"圣杯神器"系列

第二部

CITY OF ASHES

CASSANDRA CLARE

灰烬之城

〔美〕卡桑德拉·克莱尔 著 管阳阳 龚萍 茹静 译

人民文学出版社
PEOPLE'S LITERATURE PUBLISHING HOUSE

著作权合同登记号　图字 01-2016-4687

图书在版编目(CIP)数据

灰烬之城/(美)卡桑德拉·克莱尔著；管阳阳，龚萍，茹静译. —北京：人民文学出版社，2016
(“圣杯神器”系列)
ISBN 978-7-02-011958-5

Ⅰ. ①灰…　Ⅱ. ①卡…　②管…　③龚…　④茹…　Ⅲ. ①长篇小说-美国-现代　Ⅳ. ①I712.45

中国版本图书馆 CIP 数据核字(2016)第 197378 号

责任编辑：甘　慧　周　洁
封面设计：汪佳诗

出版发行　人民文学出版社
社　　址　北京市朝内大街 166 号
邮政编码　100705
网　　址　http://www.rw-cn.com

印　　刷　上海利丰雅高印刷有限公司
经　　销　全国新华书店等

开　　本　720 毫米×1000 毫米　1/16
印　　张　18
字　　数　323 千字
版　　次　2016 年 11 月北京第 1 版
印　　次　2016 年 11 月第 1 次印刷

书　　号　978-7-02-011958-5
定　　价　62.00 元

目 录

卷·三　愤怒之日

·致　谢·

没有我的创作团队的支持和鼓励，本书不可能问世：霍莉·布莱克、凯莉·林克、埃伦·库什纳、迪莉娅·谢尔曼、加文·格兰特和莎拉·史密斯。我也离不开NB团队：贾斯丁·拉巴勒斯蒂尔、莫琳·约翰逊、玛格丽特·克罗克尔、力巴·布雷、塞西尔·卡斯特卢奇、杰达·琼斯、戴安娜·彼得弗洛伊德和玛丽萨·埃德尔曼。我还要感谢夏娃·西奈科和艾米丽·劳尔的帮助（及其犀利的评论）；也要感谢莎拉·里斯·布雷南，在这个世界上没有谁比她更爱西蒙。我也对西蒙-舒斯特和沃克图书公司的所有人致以感谢，因为他们相信本系列作品中所描述的一切。特别感谢我的编辑凯伦·沃依提拉的紫色铅笔批注；感谢巴拉·麦克内尔一直跟进杰斯的兵器藏身之处；感谢我的代理人巴里·戈德布拉特在我愚钝犯傻之时的直言不讳。也要感谢我家人的鼓励：我的母亲、我的父亲、凯特·科纳、吉姆·希尔、我的婶婶内奥米和我的外甥女乔伊斯。还要感谢乔什，他还不到三岁。

这种苦涩的语言

我了解你的大街小巷，亲爱的城市，
我知道天使与恶魔宛如群鸟蜂拥而至，
栖息在你的枝头。
我懂你，河流，仿佛你从我的心间流淌而过。
我是守护你的战士女儿。
有一些由你的血肉之躯构成的文字，
犹如源泉由水汇流而成。
也有一些语言，你是它们的蓝图。
在我们脱口而出之际，
城市即拔地而起。

——埃尔卡·克洛克

序言

烟与钻

一幢令人叹为观止的玻璃与钢结构在前街[①]拔地而起，像闪烁着微光的细针一样插入云霄。这幢都会大厦有五十七层，是曼哈顿最昂贵的新市中心公寓大楼。顶层即五十七楼坐拥此地最奢华的公寓：都会大厦的顶层套房，这可是一幅流线型黑白图案的杰作。这里崭新如昨，一尘未染，透过巨大的落地窗，夜空繁星的点点星光反射在空荡荡的大理石地面上。窗户玻璃晶莹剔透，使人不禁产生一种置身无物之境的幻觉，即使不恐高的人也会感到眩晕。

俯瞰远处，东河宛如一条银色的丝带缓缓流淌而过，一座座闪闪发光的桥梁仿佛一个个手镯套在上面，影影绰绰的船只远远望去俨如苍蝇般大小的斑点，点缀着河面，把两岸灯光闪耀的曼哈顿和布鲁克林河堤分割开来。皓月当空的夜晚，发光的自由女神像只有在南面才可见——但今晚有雾，自由岛隐藏在一片白色的雾霭之中。

无论眼前的景致多么壮观，站在窗前的那个男子似乎并不为之动容。他那消瘦坚毅的脸上，眉头紧皱，转身大步走过，鞋后跟在大理石地面上发出啪啪啪啪的回声。“你还没准备好吗？”他逼问道，用手耙了耙盐白色的头发，“我们到这里都快一个钟头了。”

跪在地板上的男孩抬头看着他，既紧张又急躁。“都怪这大理石，比我原本以为的还要牢固，很难在上面画出五角阵。”

“那么就别画五角阵了。”靠近一看便知道这个男人尽管头发花白，但并不衰老。他冷酷的脸庞严峻有余却没有皱纹，眼神明亮而坚定。

男孩用力咽了一口唾沫，从他那消瘦的肩胛骨上伸出来的黑色膜状翅膀紧张不安地拍打起来（为了适应这对翅膀，他在牛仔布夹克的背部划了两条细长的口子）。“五角阵是召唤恶魔仪式必不可少的一部分。您了解这一点，先生。没

---

① 前街，位于曼哈顿下城东边的一条街道，从布鲁克林大桥附近的丹佛街向西南方向延伸，穿过南街海港，至金融区内的旧高速公路交叉点。

有它……”

“我们就不受保护。我知道，年轻的埃利阿斯。不过继续画吧。我认识一些巫师，他们能召唤恶魔，和它聊天，并且在你画完半个五角阵之前就能让它回到地狱。”

男孩没说话，又埋头去敲击大理石了，不过这一次却带着重新燃起的紧迫感。汗水从他的额头滴落下来，他用一只手把头发拨开，手指之间连接着精致的网状薄膜。“好了，”他终于说道，气喘吁吁地坐在自己的脚后跟上，“画好了。”

“很好，”男人的声音听起来很满意，“让我们开始吧。”

“我的钱——”

“我告诉过你，你会拿到钱，但要在我跟阿格拉蒙说过话以后，而不是之前。”

埃利阿斯站起来，脱掉夹克。尽管他在夹克上划了洞，但衣服仍然很不舒服地挤压着他的翅膀。一旦获得自由，翅膀自动地伸展开来，刮起一阵风，穿过密不透气的房间。他翅膀的颜色和浮油一样：漆黑一片，令人眼花缭乱的颜色夹杂其中，像彩虹一样五彩斑斓。那个男人把视线从他身上移开，仿佛翅膀令他不悦似的，但埃利阿斯似乎没有注意到。他开始围着自己画的五角阵沿逆时针方向旋转，反复吟唱着一种恶魔的语言，听起来像火焰燃烧时发出的劈啪声。

扑哧一声，仿佛轮胎的气被吸空似的，五角阵的轮廓突然燃烧起来。十几扇巨大的窗户反射出十几只熊熊燃烧着的五角星。

五角阵里面有东西在移动，形状模糊，颜色漆黑。埃利阿斯此刻吟唱得更快了，他举起有蹼的双手，手指在空气中画着精致的线条，所到之处噼里啪啦燃起蓝色的火焰。那个男人不会说流利的暗黑咒，即巫师的咒语，但他辨认得出这些词，能够理解埃利阿斯不停重复的歌谣：阿格拉蒙，我召唤你。从诸界之间现身，我召唤你。

那个男人将手插入口袋。一个坚硬冰冷的金属状物体碰到了他的手指，他会心一笑。

埃利阿斯已经停下脚步，此刻他正站在五角阵的前面，有规律地吟唱咒语，声音随之起起伏伏，蓝色的火焰像闪电似的在他周围劈啪作响。突然，一缕黑烟从五角阵中升起，盘旋而上，不断扩大，逐渐成形。两只眼睛像困在蜘蛛网中的宝石一样悬挂在阴影之中。

“是谁从诸界之间召唤我到此？”阿格拉蒙命令道，声音犹如哗啦啦破裂的玻璃，“是谁召唤我？”

埃利阿斯停止吟唱。他一动不动地站在五角阵前面——除了翅膀轻轻地拍打着空气，传来一阵腐臭与烧焦的气味。

“阿格拉蒙，”巫师说，“我是巫师埃利阿斯，是我召唤你的。”

沉默片刻之后，恶魔大笑起来，如果烟也能笑的话。笑声就像硫酸一样尖酸刺骨。“笨巫师，”阿格拉蒙呼哧呼哧地说，“笨小子。”

“要是你觉得能威胁我，那你才是笨蛋，”埃利阿斯说，但他的声音在颤抖，就像他的翅膀一样，“阿格拉蒙，你会被囚禁在这个五角星里，除非我放你出来。”

“我会吗？”烟向前翻滚，不停地变换着各种形状。一个卷须变成了人手的模样，轻轻拍打控制它的那个熊熊燃烧的五角星边缘，然后猛地翻滚，烟从星星的边缘渗透出去，像冲破堤岸的海浪一样从边界倾泻而下。火焰摇曳不定，逐渐熄灭，埃利阿斯尖叫起来，跌跌撞撞地往后退。他唱起咒语，快速地念着暗黑咒，那是控制和驱逐的咒语。但一点儿也不管用，漆黑的烟团来势汹汹，不可阻挡，逐渐呈现出某种形状——奇形怪状，巨大无比，令人惊骇，炽热的眼睛在变形，逐渐变成茶托大小的圆形，散发出令人恐惧的光芒。

那个男人不为所动地看着埃利阿斯尖叫起来转身逃跑。他再也无法到达门口。阿格拉蒙滚滚向前，巨大的黑色烟团像喷涌而出的滚烫柏油一样压向巫师。埃利阿斯遭此攻击之后虚弱地挣扎了片刻，便静止不动了。

黑影向后退，只留下巫师躺在大理石地面上不停地抽搐。

“我的确希望，”那个男人从口袋里掏出一个冰冷的金属物体，漫不经心地把玩起来，“你对他做的一切不会让他变得对我毫无用处。你瞧，我需要他的血。”

阿格拉蒙转过身来，此刻它已变成一根黑色的柱子，上面有致命的钻石般的眼珠。它们端详着这个身穿昂贵西装的男子，打量着他那消瘦冷酷的脸庞、布满皮肤的黑色印记以及手中闪闪发光的物体。“是你付钱给小巫师召唤我的？你也没告诉他召唤我的后果？”

“你猜得没错。”那个男人说。

阿格拉蒙带着不情愿的欣赏说道：“想到这一招倒是很聪明嘛。”

那个男人向恶魔走近一步。“我的确非常聪明，而且我现在也是你的主人。我拥有生命之杯。你必须服从我，否则后果自负。”

恶魔沉默了片刻，接着滑到地面上摆出一副行屈膝礼的样子——这是没有身躯的生物能做到的最接近下跪的姿势。“我为您效劳，我的主人……”

这句话礼貌地以问句结束。

那个男人笑道：“你可以叫我瓦伦丁。”

卷 · 一

在地狱的那一季

我相信我在地狱，所以我就在地狱。

——亚瑟 · 兰波[①]

① 亚瑟 · 兰波（1854—1891），法国诗人。前期诗作反映普法战争和巴黎公社起义等事件。巴黎公社失败后，转向象征主义，认为幻觉和暧昧的主观世界构成诗的“真实”。主要作品有《地狱里的一季》等。

第一章

瓦伦丁的箭

“你还在生气吗？”

亚历克靠在电梯的墙壁上，透过狭小的空间瞪眼看着杰斯。“我没生气。”

“哦，你就是在生气。”杰斯对自己异父异母的兄弟做了个责备的手势，接着胳膊传来一阵刺痛，他不由自主地叫了起来。那天下午他从三楼跌穿腐朽的木板狠狠地摔倒在一堆废金属片上，从那时起他浑身上下都疼得要死。就连他的手指也擦伤了。亚历克与阿班顿搏斗受伤后不得不拄拐杖行走，他刚把拐杖收起来没多久，现在他的状况比杰斯好不到哪里去。他的衣服上都是泥巴，汗津津的头发稀稀拉拉地垂下来。脸颊外侧还有一条长长的口子。

“我没生气，”亚历克冷冷地说，“就因为你说过龙族恶魔灭绝了——”

“我说的是几乎灭绝了。”

亚历克用一根手指朝他戳去。“几乎灭绝，”他气得声音发颤，“这种程度还不够！”

“我明白，”杰斯说，“我会把它们从恶魔词汇课本上的‘几乎灭绝’改成‘对亚历克而言程度还不够’。他更愿意恶魔真的，真的灭绝了。这样你总开心了吧？”

“打住，打住，”伊莎贝尔说，她一直在电梯里的镜面墙壁上照镜子，“别吵架。”她阳光灿烂地笑着从镜子面前转过头，“好了，只不过比我们料想的多费了点儿工夫罢了，但我觉得很好玩。”

亚历克看着她，摇头道：“你身上从来都没沾过泥巴，你是怎么做到的？”

伊莎贝尔泰然自若地耸了耸肩。“我内心纯洁，可以抵挡灰尘。”

杰斯故意大声地哼了一下，她皱着眉头转身面对他。他对她摆了摆满是污泥的手指头，连指甲缝里都是黑乎乎的。“里里外外都污秽不堪。”

伊莎贝尔正准备反驳，电梯嘎吱一声突然停了下来。“是时候该修修这玩意儿了。”她说着猛地拉开门。杰斯跟着她走进入口，他已经迫不及待地想要摆脱战袍和武器，赶紧冲个澡了。他说服异父异母的兄妹和他一起出去猎捕，尽管他们俩并不是毫无顾虑，因为这是他们在没有霍奇的指令下第一次独自行动。但杰斯想要那种在战斗中忘却一切的状态，在那种状态下，他的注意力随着残酷的杀戮而分散，心思也随之转移到搏斗和负伤上面去了。而且既然知道他想要这个，他们就会一起去，爬过废弃的地铁隧道直到发现暴龙恶魔并将之铲除。他们仨合作得天衣无缝，他们一直如此，就像一家人一样。

他拉开夹克衫的拉链，一把将它抛在墙壁上的一个挂钩上。亚历克坐在他旁边的一张低矮的木凳上，一脚踢掉了沾满污泥的靴子。他轻声地哼着一支不成调的曲子，故意让杰斯知道他并不是那么恼火。伊莎贝尔把乌黑长发上的发夹拉下来，让头发如瀑布般散落。"我现在饿了，"她说，"我希望妈妈在家给我们煮点儿吃的。"

"她不在更好，"杰斯一边说一边解开别着武器的皮带，"她一定会因为地毯的事情而尖叫的。"

"这一点你倒是对的。"一个冷静的声音突然响起，杰斯猛地转身，手还放在皮带上，他看见玛丽斯·莱特伍德双臂交叉站在门口。她穿着一套挺括的旅行套装，她的头发和伊莎贝尔的一样乌黑，向后梳成一根粗辫子一直垂到腰部。她的眼睛是冰蓝色的，像追踪的探照灯一样从他们仨身上一一扫过。

"妈妈！"伊莎贝尔恢复镇定，向她妈妈飞奔过去，一把抱住她。亚历克站起身，来到她们身边，想要掩饰他还有些一瘸一拐的事实。

杰斯站在原地。玛丽斯转移到他身上的眼神使他僵在原地。他所说的话没那么糟糕吧？他们一直拿她对那块古董地毯的痴迷开玩笑的——

"爸爸在哪里？"伊莎贝尔从她妈妈怀里挣脱出来问道，"还有麦克斯呢？"

一阵几乎觉察不到的停顿之后，玛丽斯说："麦克斯在他的房间里。你爸爸，很不幸，还在阿利坎特，那边有事情要他处理。"

通常，亚历克比他妹妹更善于察言观色，他似乎显得有些犹豫不决。"出事了吗？"

"我倒要问你呢，"他母亲的语气很严厉，"你跛脚了吗？"

"我……"

亚历克从来不会撒谎。伊莎贝尔不着痕迹地为他挡了下来。"我们在地铁隧道里与一头暴龙恶魔交锋了，但它没什么大不了的。"

"我猜你们上个星期打败的那个大恶魔也算不上什么吧？"

就连伊莎贝尔也被这句话问懵了。她看向杰斯，他却希望她别那样看着自己。

"那是计划之外的事情。"杰斯费力地集中精神。玛丽斯还没跟他打过招呼，就连"你好"也没说一声，而且她还用那种犹如蓝色匕首的眼神看着他。一种空虚的感觉在他心底油然而生。她以前从来没有这样审视过他，不管他做过什么事。“那是个错误——”

“杰斯！”麦克斯，莱特伍德家最小的孩子从玛丽斯身边挤过去，冲进房间，躲开妈妈伸过来的手，“你回来了！你们全都回来了！”他转了个圈儿，面带胜利的笑容看着亚历克和伊莎贝尔，“我就觉得我听见电梯的声音了。”

“我以为我告诉过你待在房间里的呢。”玛丽斯说。

“我不记得了。”麦克斯说道，他的语气那么严肃，就连亚历克也忍俊不禁了。麦克斯在同龄人中显得比较瘦小——他看起来大约七岁——但他持重寡言，还戴着一副过大的眼镜，使他有种比实际年龄更大的感觉。亚历克伸手过去摩挲了一下弟弟的头发，但麦克斯仍然看着杰斯，双眼闪烁着光芒。杰斯感到心中紧握的冰冷拳头稍稍放松了一些。麦克斯对他一直怀有某种英雄式的崇拜之情，而他对自己的哥哥却没有这种崇拜，或许是因为杰斯对麦克斯的存在要宽容得多吧。“我听说你打败了一头大恶魔，”他说，“是不是很吓人？”

“它……与众不同而已，”杰斯避重就轻地说，“阿利坎特怎么样？”

“令人肃然起敬。我们见到了最酷的东西。在阿利坎特有那么大的军械库，他们带我参观了造武器的地方。他们也教我制作六翼天使刃的新方法，这样它们的使用寿命更长，我打算去找霍奇，让他教我——”

杰斯忍不住了，他的眼神倏地飘到玛丽斯身上，脸上闪过一丝怀疑。那么麦克斯还不知道霍奇的事情？难道她没告诉他？

玛丽斯觉察到他的神色，双唇紧闭成犹如利刀似的一条线。“够了，麦克斯。”她一把抱起小儿子。

他伸长脖子惊讶地抬头看着她。“但我在跟杰斯说话——”

“我知道。”她把他轻轻地推向伊莎贝尔。“伊莎贝尔，亚历克，把你们的弟弟带回他的房间去。杰斯，”当她说出他的名字时声音里有种密不透风的感觉，仿佛某种看不见的酸性液体溶解了她口中的音节似的，“把自己收拾干净后尽快来图书室见我。”

“我不明白，”亚历克说道，他看了看妈妈又看了看杰斯，“发生了什么事？”

杰斯感到脊梁骨上冒起了冷汗。“这跟我父亲有关吗？”

玛丽斯的肌肉抽搐了两下，仿佛“我父亲”这三个字狠狠地扇了她两巴掌似的。“到图书室去，”她咬牙切齿地说，“我们在那里讨论这件事。”

亚历克说：“你们不在时发生的事情不是杰斯的过错。我们全都有份。而且霍奇说——”

“我们稍后也会讨论霍奇。”玛丽斯的视线停留在麦克斯身上，语气中含有警告的意味。

“可是，妈妈，”伊莎贝尔抗议道，“如果你要惩罚杰斯，你也应该惩罚我们。这才公平。我们做了完全相同的事情。”

“不。”玛丽斯说。她停顿了许久，久得让杰斯以为她打算缄口不语了呢，之后才又补充道：“你们做的不一样。”

“日本动漫规则一。”西蒙说。他笔直地靠坐在床脚的一堆枕头上，一只手拿着一包薯片，另一只手拿着遥控器。他身穿黑色T恤衫，上面还印着“我给你妈妈发了微博”的字样，下身穿一条牛仔裤，一边的膝盖上还有条纹状的洞眼。“决不能跟瞎眼和尚纠缠不清。”

“我知道，”克拉丽说着伸手拿了一块薯片，然后在他俩之间的电视机托盘上的蘸酱里沾了沾，“不知道为什么，他们总是比看得见的和尚更善于格斗。”她眯起眼睛看着屏幕，“那些家伙在跳舞吗？”

“那不是跳舞。他们正试图置对方于死地呢。这家伙是另一个家伙的死敌，还记得吗？他杀害了他父亲。他们怎么会跳舞呢？”

克拉丽嘎吱嘎吱地嚼着薯片，若有所思地盯着屏幕，几朵粉红色和黄色的云团绕着两个长翅膀的男人，他们的身影像波纹一样荡漾开来，两个人飘浮在彼此周围，手里各握着一根金光闪闪的长矛。每隔一会儿他们其中的一个人就会说话，但由于说的全是日语，而且只有中文字幕，对说明情节起不了多少作用。“戴帽子的那个家伙，”她问，“他是坏人吗？”

“不是，戴帽子的那个是父亲。他是拥有魔法的皇帝，那是象征其权力的帽子。坏蛋是有会说话的机械手的那个。”

就在这时电话铃响了起来。西蒙放下薯片袋，做出起身准备去接电话的姿势。克拉丽把手放在他的手腕上。“别接。别理它。”

“但可能是卢克。他可能是从医院打来的电话。”

“不是卢克，”克拉丽说道，语气比她感觉到的更加确定，“他会打我手机，而不是你家的电话。”

西蒙看着她，许久之后才又坐回到她旁边的地毯上。“你说怎样就怎样吧。”她听得出他怀疑的口吻，但也听得出其中不言而喻的保证，你开心就好。她不确信“开心”会不会是她此刻可能感受到的一种心情，她妈妈躺在医院里，身上插满各种各样的管子和嘀嘀作响的仪器，卢克像一具僵尸般无力地坐在她床边那张硬邦邦的塑料椅子上。她时时刻刻担心杰斯，无数次拿起电话想要打给学院却又放回去，电话号码也没有拨过，在这种情况下她怎么开心得起来呢？要是杰斯想要跟她说话的话，他会打给她的。

或许带他去看乔斯琳本来就是个错误。她那么确信如果妈妈听见她儿子，她的第一个孩子的声音，就会苏醒过来。但是她没有。杰斯呆若木鸡、尴尬地站在病床边，流露出油画中天使般的表情，双眼空洞而冷漠。克拉丽终于忍不住对着他大吼大叫起来，他也对她大吼大叫一番，然后气冲冲地离开了。卢克看着他离开，疲惫不堪的脸上带着那种超然的兴致。“我还是头一遭看见你们像兄妹那样。”他评论道。

克拉丽什么也没说。告诉自己多么希望杰斯不是她哥哥毫无意义。你无法剔除你的 DNA，无论你多么希望如此，无论这么做会让你感到多么开心。

但即使她无法让自己开心起来，她想，至少在西蒙的家里，在他的卧室里，她感到很舒服，很自在。她认识他的时间久到可以记起来什么时候他的床像救火车的形状，什么时候房间的角落里堆放着乐高塑料积木。现在床上铺着一条色彩鲜艳的条纹被单，那是他姐姐送的礼物，墙上贴满了像“坚如磐石的熊猫”和“跨步剃刀”等乐队的海报。一只鼓靠在原来堆放乐高积木的角落里，另一个角落里摆放着电脑，屏幕定格在“魔兽世界”的图片上。这种感觉几乎就跟在自家的卧室里一样——现在那里已经不存在了，所以，至少还有这里。

“再来些樱桃小丸子。”西蒙闷闷不乐地说。屏幕上所有的人物全都变成了三十厘米高的婴儿版，他们围着波浪状起伏的罐子和平底锅相互追逐着。“我看腻了这部动漫。我看不懂情节，也没人做爱。”

“他们当然不会做了，”克拉丽说道，随手又拿了一片薯片，“动漫是有益身心健康的家庭娱乐节目。”

“要是你有兴致看看不那么有益身心健康的娱乐节目，我们可以试试色情频道，”西蒙评论道，“你愿意看《乳镇女巫》还是《与黛安缠绵》？”

“把那个给我！”克拉丽一把夺过遥控器，但西蒙哈哈大笑着已经把电视切换到别的频道了。

突然，他的笑声戛然而止。克拉丽惊讶地抬起头，发现他眼神空洞地盯着电视机，上面正在放一部黑白老电影——《德拉库拉》。她以前和妈妈一起看过。贝拉·卢戈西出现在屏幕上，他身材消瘦，脸色苍白，裹在一件普通的高领外衣里，他的嘴唇向后缩，露出锋利的牙齿。“我从不饮……酒。”他带着浓厚的匈牙利口音抑扬顿挫地说。

“我想看用橡胶怎么做蜘蛛网的那个节目，”克拉丽故作轻松地说，“你一眼就看得出来。”

但西蒙已经站起身，把遥控器扔到床上。“我马上回来。”他轻声说道，脸色犹如大雨来临前的冬季天空那样铁青。克拉丽咬紧嘴唇看着他离开——这是自从她妈妈住进医院以来她头一次意识到西蒙也不开心。

杰斯用毛巾擦干头发，打量着镜子中的自己，脸上写满了愠怒和疑问。有治愈功效的如尼文处理了最严重的擦伤，但无法消除眼窝下的阴影，抑或是紧绷的嘴角。他的头很痛，还感到有些眩晕。他知道那天早上本该吃些东西的，但他从噩梦中气喘吁吁地惊醒过来，感到恶心想吐，根本不想停下来吃东西，只想借助体力活动释放自己，在伤痕和汗水中将梦魇烧成灰烬。

他把毛巾抛开，想起霍奇以前用暖房中夜晚绽放的花朵煮的甜红茶，一种眷恋的感觉油然而生。那种茶会带走饥饿引起的疼痛，同时迅速带来一种滚涌而至的能量。自从霍奇消失后，杰斯就尝试着将植物的叶子放在水里煮，他想看看自己煮的茶是否能达到相同的效果，但唯一的结果就是一种烟灰似的、让他恶心得喷出来的苦水。

他光着脚丫啪嗒啪嗒地走进卧室，穿上一条牛仔裤和一件干净的衬衫。他把湿漉漉的金发往后推了推，皱了皱眉头。在他看来，事情过去那么久了，玛丽斯肯定不会找什么借口来责怪他。她一直如此。他可能不是莱特伍德家亲生的，但自从十岁时他父亲去世后他们收养他以来，一直视他如己出。误以为真的死亡，杰斯提醒自己，他心中的那种空虚又涌现出来。这几天他感觉自己像个空心南瓜灯一样，尽管他脸上挂着那一如既往的露齿微笑，但他的内脏却被人用叉子拉出来，然后扔进了垃圾堆里。他一直不知道他相信的有关自己的生活或自己的一切是否真实。他原本以为自己是个孤儿——结果他不是。他原本以为自己是独生子——结果他有个妹妹。

克拉丽。痛苦再次袭来，这一次更加强烈。他强忍住悲痛，视线落在梳妆台上放着的一枚镜子碎片上，它仍然反射出绿色的枝桠和像钻石一样的蓝天。在伊德里斯现在几乎是午夜了：钴蓝色的天空黑漆漆的。杰斯抑制住心中的空虚感，用力扯上靴子，径直下楼往图书室走去。

他“咔嗒咔嗒”地走下石头台阶时禁不住想知道玛丽斯究竟想单独跟他谈什么。她看起来一副想把他拽走，掴他几巴掌的样子。他记不起来上一次她揍他是什么时候。莱特伍德一家没有体罚的癖好——这倒是跟被瓦伦丁抚养长大的经历大相径庭，后者会制造各种痛苦的惩罚手段以达到让人屈从的目的。杰斯的暗影猎手皮肤总是会自己愈合，会掩饰除了最严重的伤痕之外的一切证据。在他父亲死后的数天和数周后，杰斯还记得当时他在自己的身体上找伤疤，寻找某种记号，可以将他从身体上与父亲的记忆联系在一起的某种象征或纪念。

他来到图书室，敲了敲门，然后把门推开。玛丽斯在那里，坐在火炉边霍奇常坐的那张椅子上。阳光从高高的窗户上洒落下来，杰斯能看见她头发上有层灰色的光晕。她手里握着一杯红酒，她身旁的桌子上有一个雕花玻璃细颈酒瓶。

“玛丽斯。”他叫道。

她吓了一跳，酒也泼洒了一些出来。“杰斯，我没听见你进来。”

他没有动。“你还记得你以前一直唱给伊莎贝尔和亚历克听的那首歌吗？他们年纪很小还怕黑的时候——你会唱给他们听，哄他们入睡。”

玛丽斯有些惊呆了。“你在说什么？”

“我以前常常隔着墙壁听你唱歌，”他说，“那时候亚历克的卧室在我隔壁。”

她什么也没说。

“那是法语，”杰斯说，“那首歌。”

“我不知道你为什么记得那样的事情。”她看着他，仿佛他在责备她什么似的。

“你从没给我唱过歌。”

短暂得几乎无法察觉的停顿。接着，她说道：“哦，你——你从不怕黑。”

“什么样的十岁小孩会不怕黑？”

她挑起眉毛，说道：“现在坐下，乔纳森。”

他走到房间的另一边，故意慢吞吞地以使她烦躁不安，然后一屁股重重地坐在书桌侧面的一张椅子上。“我宁愿你不要叫我乔纳森。”

“为什么不？这是你的名字，”她若有所思地看着他，“你知道多久了？”

“知道什么？”

“别装傻。你知道我指的是什么，”她用手指转动着酒杯，“瓦伦丁是你父亲这件事你知道多久了？”

杰斯斟酌之后放弃了几个可能的答案。通常他总有办法使玛丽斯大笑，他可是这个世界上为数不多能让她笑起来的几个人之一。“大概和你知道的一样久。”

玛丽斯慢慢地摇了摇头。“我不信。”

杰斯坐直身体，紧握成拳头的手搁在椅背上。他看到自己的手指有些颤抖，怀疑自己以前是否有过这样的经历。他想这是从未有过的事情，他的手一直和自己的心跳一样稳健。“你不相信我？”

他听出自己怀疑的语气，心中不禁一颤。她当然不信他，这一点从她到家的那一刻起就显而易见了。

“这毫无道理，杰斯。你怎能不知道自己的父亲是谁呢？”

“他告诉我他是迈克尔·维兰德。我们住在维兰德的乡村小屋里——”

“很会装，”玛丽斯说，“那么，你叫什么名字？你的真名是什么？”

“你知道我的真名。”

“乔纳森。我知道那是瓦伦丁儿子的名字。我知道迈克尔也有个叫乔纳森的儿子。这个名字在暗影猎手中常见得很——我从没觉得他们俩同名很奇怪。至于迈克尔儿子的中间名我从未询问过，但现在我忍不住想要知道。瓦伦丁计划目前他所进行的事情有多久了？他打算谋杀乔纳森·维兰德的计划有多久了——”她的话音戛然而止，目不转睛地凝视着杰斯。“你知道，你和迈克尔一点儿也不像，”她说道，“但有时候小孩长得不像父母，我以前从未想过。但现在我在你身上看见瓦伦丁的影子。你看着我的时候的样子。那种挑衅的态度。你根本不在乎我说的话，是不是？”

但他很在乎。他最擅长的只不过是确保她看不出来罢了。“要是我在乎的话会有任何不同吗？”

她把酒杯放在身旁的书桌上。杯子空了。“你反问作答以摆脱我的伎俩和瓦伦丁如出一辙。或许我早该知道的。”

“或许什么都不是。我仍然与过去七年里的杰斯毫无二致。我什么也没变。如果我以前没让你想起瓦伦丁，我不明白为什么现在却使你有这个念头。”

她的目光从他身上扫过，又移开了，仿佛她无法忍受正视他似的。“当我们过去讨论迈克尔时，你肯定已经知道我们所说的不是你的父亲，他的那些事情绝不可能适用于瓦伦丁。”

“你说他是个好人，”他怒火中烧，“是个勇敢的暗影猎手。是个慈爱的父亲。我以为这样的评价精确之至。”

“那照片呢？你肯定见过迈克尔·维兰德的照片，而且认得出他不是那个你称之为父亲的人，”她咬紧嘴唇，“这事你怎么解释，杰斯？”

“所有的照片全都毁于大叛乱，这是你告诉我的。现在我倒怀疑是不是瓦伦丁把它们全都烧毁了，以免集团人员的信息外泄。我从未有过我父亲的照片。”杰斯说，他不由得想知道自己的语气是否一如自己的感觉那样苦涩。

玛丽斯一只手按住太阳穴，仿佛头疼似的按摩起来。“我不信这些，”她说，仿佛是在自言自语，“这太疯狂了。”

“那么就别相信它，相信我。”杰斯说话时感到手上的颤抖越来越强烈。

她放下手臂。“难道你认为我不想？”她反诘道，顷刻间，他从她的语气中听见玛丽斯的叹息声，那时他才十岁，半夜里玛丽斯来到他的房间，欲哭无泪地凝视着天花板，想着他父亲的所作所为——她会一直守候在他床边直到他在拂晓降临之前入睡。

“我不知道，”杰斯又说，“而且他要我和他一起回到伊德里斯时，我拒绝了。我仍然在这里。难道这还不能说明什么吗？”

她转而重新看着细颈酒瓶，仿佛在考虑是不是要再来一杯，然后似乎又打消了这个念头。“我希望这能说明问题，”她说，“但你父亲有那么多理由希望你留在学院。只要事关瓦伦丁，我就无法信任被他影响过的任何人。”

“他的影响力曾经触动过你。”杰斯说，但一看到她脸上一闪即逝的表情，他就后悔了。

“而我拒绝接受他，”玛丽斯说，“你呢？你能吗？”她的蓝色眼眸和亚历克眼睛的颜色一样，但亚历克从未用这种眼神看过他，“告诉我你恨他，杰斯。告诉我你恨那个人，恨他所代表的一切。”

时间一点一滴地流逝，杰斯低下头，看见自己的手紧握成拳，指关节像鱼刺似的凸出来，又白又硬。“我说不出口。”

玛丽斯深深地吸了一口气。“为什么不？”

“为什么你不能说你信任我？我的大半辈子都和你们生活在一起。你对我的了解肯定远不止于此吧？”

“你听起来如此诚恳，乔纳森。即使在孩提时期，你想要把自己做的错事嫁祸给伊莎贝尔或亚历克时，你就总是这样。我只遇到过一个口才能与你相媲美的人。”

杰斯感到舌干喉燥。“你指的是我父亲。”

“在这个世界上对瓦伦丁而言只有两种人，”她说，“一类是支持集团的人，另一类则是反对集团的人。后者是敌人，前者则是其兵器库的武器。我亲眼见到他将自己的朋友一个个变成其事业的武器，就连自己的妻子也不放过——你指望我相信他不会将同样的事情加诸在自己儿子的身上？”她摇摇头，“我对他的了解远不止于此。”玛丽斯看着他，脸上流露出的表情与其说是愤怒还不如说是悲伤，这还是第一次，“你是直击圣廷心脏的一支箭，杰斯。你是瓦伦丁的箭，无论你知道与否。”

克拉丽关上卧室的门径直去找西蒙，任凭电视机大声地响着。她在厨房里找到西蒙，他弯腰对着水槽，水哗哗地流下来，他的双手则紧紧扶住滴水板。

“西蒙？”厨房的墙壁是使人心情爽朗的鲜黄色，上面挂着西蒙和丽贝卡小学时候的镶框粉笔素描和铅笔素描。一眼就看得出丽贝卡颇有绘画天赋，而西蒙的人物素描看起来全都像长着一簇簇头发的停车计时器。

他没有抬头，但她从他肩膀上绷紧的肌肉看得出他听见自己进来了。她走到水槽边，一只手轻轻地放在他的后背上。透过薄薄的棉T恤衫，她感觉到他那瘦骨嶙峋的脊背，她不禁想知道他是否瘦了许多。平时看着他倒不觉得，因为看着西蒙就像照镜子一样——每天看到这个人，我们很少会觉察到其外表上的细微变化。“你没事吧？”

他猛地拧紧水龙头。“当然啦，我很好。”

她把一根手指放在他的下巴一侧，让他的脸面对自己。尽管从半掩着的窗户吹进来的风很凉爽，他却在流汗，额头上的黑发湿漉漉地黏在皮肤上。“你看起来并不好。是因为电影的关系吗？”

他没回答。

“对不起，我不该嘲笑你，只是——”

“你不记得了？”他的声音听起来有些沙哑。

“我……”克拉丽欲言又止。那天晚上的长途奔跑，充满鲜血和汗水，门边一瞥即逝的魅影，坠落着穿越不同的空间，现在回想起来却有种如烟似梦的感觉。她想起吸血鬼惨白的脸孔，像黑暗映衬下的纸影，她想起杰斯抱着她，声音沙哑地在她耳边大叫。“不太记得，很模糊。”

他飞快地朝她看了一眼，然后又移开视线。“我在你眼里有所不同吗？”他问道。

她抬高视线正视着他。他的眼眸是黑咖啡的颜色——不是那么黑，而是那种不掺杂任何灰色或黄褐色的深棕色。他看起来有所不同吗？自从那天他杀死大恶魔阿班顿之后，他就摆出一副更加自信的模样，但他身上也多了一种警惕的感觉，仿佛他在等待或守卫什么。这也是她在杰斯身上察觉到的东西，或许这只不过是明白生命脆弱之后的顿悟吧。“你还是西蒙啊。”

他仿佛如释重负般地半闭起眼睛，眼睫毛垂下来的刹那，她才注意到他的颧骨多么棱角分明。他变瘦了，她想道，正当她准备说出来的时候，他却弯腰吻住她。

感觉到他的嘴唇紧贴着自己的，这让她不知所措，她全身都绷直了，慌乱地抓住滴水板的边缘支撑住自己。然而，她并没有推开他，显然西蒙觉得这是鼓励的信号，他的一只手轻快地滑到她的颈项后面，更深情地吻着她，他的双唇使她张开了嘴巴。他的嘴唇很柔软，比杰斯的更柔软，捧住她脖子的手温暖且温柔。他的嘴唇咸咸的，像盐一样。

她闭上眼睛，顷刻间，仿佛在黑暗和炙热中迷离地飘浮起来，他的手指拨弄着她的头发，这种感觉让人意乱情迷。刺耳的电话铃声使她从迷乱中惊醒过来，她本能地跳了回去，好像是他把她推开似的，尽管他并没有动过。他们四目交织了片刻，在狂野的混乱中，感觉就像两个人突然发现自己被运送到完全陌生的奇怪领地。

西蒙首先转过身去拿电话，就挂在调味品架子旁边的墙壁上。“喂？”他听起来很正常，尽管他的胸脯飞快地起伏。他把听筒递给克拉丽。“找你的。”

克拉丽接过电话。她仍能感觉到心提到嗓子眼时的怦怦声，就像被困在外壳下的小昆虫扑哧扇动的翅膀。是卢克，从医院打来的，我妈妈出事了。

她咽了一下口水。“卢克？是你吗？”

“不是，是伊莎贝尔。”

“伊莎贝尔？”克拉丽抬起头看见西蒙斜靠在水槽边正注视着自己。他脸颊上的红晕逐渐消退了。“为什么你——我的意思是，有什么事？”

电话另一端的那个女孩的声音听起来很急促，仿佛她在哭泣似的。“杰斯在你那儿吗？”

克拉丽的第一反应是拿开电话，盯着它看了半天，然后才又把听筒放回耳边。“杰斯？没有，为什么他会在我这里？”

在电话上听起来，伊莎贝尔似乎倒抽了一口气。“事情是这样……杰斯失踪了。”

第二章
猎人之月

迈亚·罗伯茨从来都不相信外表俊俏的男生，这就是为什么她打第一眼看见杰斯·维兰德就讨厌他的原因。

她哥哥丹尼尔天生遗传了她母亲蜂蜜色的皮肤和大大的黑眼睛，结果他就变成了冷眼旁观别人遭殃的那种人。他也折磨她，一开始微不足道，无伤大雅地掐她一下，把漂白剂倒进她的洗发水瓶子里之类的。她向父母告状，但他们却不相信她。没有人相信过她，从他们看丹尼尔的样子就知道原因了。他们将美丽和天真无害混为一谈。九年级时他打断了她的胳膊后她就离家出走了，但她父母把她接了回去。十年级时，丹尼尔在街上被一辆车撞死，司机则逃逸了。在墓地，她站在父母旁边，那种排江倒海而来的欣慰感使她感到羞愧。她想，哥哥死了她却很高兴，上帝一定会因此而惩罚她。

第二年，他的确惩罚了她。她遇见了乔丹，他有一头乌黑的长发，苗条的臀部上套着条破烂的牛仔裤，上身穿一件印第安男孩风格的摇滚衫，睫毛像女孩子的那样长。她从来都没奢望过他会看上自己——他那种男生通常都很喜欢皮肤苍白、骨瘦如柴、爱穿低腰裤的时髦女孩——但他似乎喜欢她丰满的身材。他在接吻时告诉她，她长得很美。头几个月像做梦一般，最后几个月则像梦魇一样。他变得占有欲极强，一心想要控制她。他生她的气时，会咆哮着用手背扇她耳光，在她的脸颊上留下一道深深的红印。她试图和他分手，他则推搡她，在她来不及跑进屋子关上门之前，把她推倒在自家的前院里。

后来，她故意让他看见自己和另一个男生接吻，只是为了告诉他一切都结束了。她甚至记不起那个男生的名字。但她记得那天晚上，淅淅沥沥的雨滴淋湿了她的头发，泥巴溅到了她的裤管上。她穿过离家不远的公园里的那条捷径时，那个黑影从金属旋转木马后面突然跳出来，一个像狼一样的巨大躯体将她撞进泥泞之中，它的嘴巴钳住她喉咙时那种猛烈的疼痛似乎依然感觉得到。她尖叫起来，在地上打滚，嘴巴里都是她自己的血的味道，她在脑海中尖叫：这不可能。不可能。新泽西没有狼，在普通的城郊住宅区没有狼，在二十一世纪不可能有狼。

她的尖叫吵醒了附近的住户，灯火像擦亮的火柴似的从一个接一个的窗户里亮了起来。狼放开她，它的嘴巴下滴着血和撕裂的肉。

缝了二十四针后，她回到自己的粉红色卧室，她母亲忧心忡忡地守候在她床边。急诊室的医生说伤口像是被一条大狗咬的，但迈亚心里清楚。狼转身逃跑之前，她在耳边听见愤怒而熟悉的耳语声："现在你是我的了，你将永远是我的。"

她再也没见过乔丹——他和他父母收拾好公寓搬走了，他的朋友们没人知道他去了哪里，或者只是不愿意承认而已。当下一次月圆之夜痛苦来袭时她并不是那么惊讶：撕心裂肺的疼痛传遍她的双腿，她支撑不住跪倒在地上，脊椎蜷缩起来，就像魔法师把汤匙拧弯那样。她的牙齿从牙龈上凸出来，像吐出来的芝兰口香糖一样咯吱咯吱地摩擦着地板，她昏了过去，或者说她认为自己晕了过去。她醒来时已经离家很远了，一丝不挂，浑身是血，胳膊上的伤口像心脏一样在跳动。那天晚上她跳上开往曼哈顿的火车。这并不是很难的决定。在保守的城郊社区即使是黑白混血儿都生存艰难，只有上帝知道他们会怎么对付狼人。

找到一群狼人并加入其中并不是那么困难。仅仅在曼哈顿就有好几群。她最终选择了市中心的狼群，他们睡在唐人街废弃的警察局里。

狼人首领变换不定，一开始是基托，然后是维罗尼克，后来又是加布里埃尔，现在则是卢克。她觉得加布里埃尔还不错，但卢克更好。他有一副值得信赖的外表，有一双善良的蓝眼睛，也不是太帅，所以她并不讨厌他在场。她和狼群们在一起觉得很自在，未到满月的时候睡在废弃的警察局里，打牌，吃中国菜；月圆之时则和狼群们一起狩猎，第二天则在"猎人之月"酒吧将变形时遗留下来的一切一饮而尽。这家酒吧是城里较好的一家地下狼人酒吧，院子里有麦芽啤酒，没有人会为了你是否年满二十一岁而检查你的证件。身为狼人长得特别快，只要每个月长出狼毛，露出狼牙，你就能在"猎人之月"酒吧里喝酒，无论你作为人类时有多大。

近来她几乎不再想念家人，但当那个身穿黑色长外套的金发男孩鬼鬼祟祟地走进酒吧时，迈亚全身都僵住了。他长得不像丹尼尔，并不完全像——丹尼尔的黑色卷发长及肩部，遮住蜂蜜色的皮肤，而这个男孩皮肤白皙头发金黄。但他们有同样消瘦的身材，走路的样子也完全相同，像一只盯着猎物、伺机出动的猎豹一样，还有那副深谙自己魅力所在的自命不凡。她握着酒杯底部的手不由自主地抖动了一下，她不得不提醒自己：他死了。丹尼尔死了。

这个男孩刚迈入酒吧就引起一阵低声的抱怨，犹如船尾荡漾开来的泡沫似的。男孩佯装什么都没发生，用穿着靴子的一只脚把一把高脚凳勾过来，稳稳当当地坐在上面，双肘搁在吧台上。迈亚听见他在那阵低声抱怨之后要了一杯麦芽啤酒。他手腕轻轻一抖就将半杯一饮而尽。啤酒的颜色和他的头发一样是深金色的。他抬起手把酒杯放回到吧台上时，迈亚看见他手腕和手背上有一圈圈的浓黑色印记。

坐在她旁边的巴特——她曾经很讨厌他，不过现在他们是朋友了——轻声地嘟囔了一声，听起来像是“拿非力人”。

原来如此。这个男孩根本不是狼人。他是暗影猎手，是神秘世界的秘密警察部队的一员。他们在《盟约》的支持下捍卫《大律法》，你无法变成他们：你们生而如此。血脉相传成就了他们。有许多关于他们的流言蜚语，大多数都很不中听：他们盛气凌人、骄傲自大、残暴不堪；他们瞧不起甚至鄙视暗影魅族。恐怕除了吸血鬼之外，狼人一族最讨厌的就是暗影猎手。

人们也说暗影猎手铲除恶魔。迈亚还记得第一次听说恶魔的存在，并被告知它们的所作所为时的情景。这让她头痛。吸血鬼和狼人只不过是有病的人而已，这些她倒能接受，但期望她相信天堂和地狱、天使与魔鬼之类的事简直太不可思议了，到目前为止还没有人能肯定地告诉她上帝是否存在，也没有人告诉她人死后会去哪里，不是吗？这不公平。她现在相信恶魔的存在了——它们的所作所为，她见得太多了，容不得她否认——但她希望自己不必考虑这些。

“我猜，”男孩边说边把胳膊斜靠在吧台上，“你们这里不卖银色子弹[①]。会引起太多糟糕的联想吧？”他的眼睛闪烁着微光，像上弦月一样细长而耀眼。

酒保怪人皮特只是看了一眼这个男孩，厌恶地摇了摇头。要是他不是暗影猎手的话，迈亚心想，皮特或许会把他扔出“猎人之月”酒吧，相反，他只是走向酒吧的另一头，一门心思地擦拭酒杯。

“实际上，”巴特实在看不下去了，忍不住说，“我们不卖是因为那实在是种劣质啤酒。”

男孩将细长闪亮的目光转移到巴特身上，高兴地微笑起来。巴特无礼地看着别人时，大多数人都笑不出来：他身高一米八二，一道粗大的伤疤使他的整张脸都变了形，那是银色粉末烧伤他皮肤时留下的伤痕。巴特不是那种在外面过夜的人，不属于在警察局生活、在冰冷的旧密室里睡觉的狼群。他一直是个非常不错的男朋友，直到最近他为了一个名叫夏娃的红头发女巫甩了迈亚，那个女人住在杨克斯，在自家车库里开手相馆。

---

① 银色子弹（镀银），在欧洲传说中被认为是狼人和吸血鬼的克星，是杀死狼人的唯一方法（只是一种说法），专门对付妖怪，并具有驱魔的效力。现代经常被用做致命武器的代言词。银色子弹还指一种鸡尾酒，由金酒加苏格兰威士忌调配而成，同样具有驱魔效果。

“那么，你喝的是什么？”男孩打听道，他倾身靠向巴特，距离近得差不多带有侮辱的意味，“只不过是些狗毛啊——啊，你们个个如此吗？”

“你真以为自己了不起啊！”此时其他狼人全都聚集过来以听清他们的对话，要是巴特决定把这个可恶的毛头小子狠狠教训一番的话，他们随时准备支援他，“是不是？”

“巴特。”迈亚说道，她不知道自己是不是酒吧里唯一一个怀疑巴特没有能力教训这个男孩的人。并不是因为她怀疑巴特的能力，而是男孩的眼神。“别这样。”

巴特没理会她。“是不是？”

“否认显而易见的事可不是我的风格！”男孩的眼睛扫过迈亚，仿佛她是隐形的，然后又看着巴特，“我想你可不愿意告诉我你的脸怎么了吧？看起来像——”刚说到这里他故意身体前倾，轻声对巴特说了些什么，迈亚没听见。紧接着她就发现巴特一拳向男孩挥去，若不是他躲闪得快，这一拳很可能会打碎他的下巴。巴特刚出拳，手里的酒杯也随之抛了出去，飞过酒吧撞击在对面的墙壁上，玻璃碎片哗啦啦地洒落下来，而他却站在一米开外的地方大声笑着。

怪人皮特在吧台里面，迈亚还没来得及眨眼睛，他的大拳头就已经扯住了巴特的衬衣。“够了，”他说道，“巴特，为什么你不去散散步，消消气？”

巴特被皮特抓得痉挛了一下。“散步？难道你没听见——”

“我听见了，”皮特的声音很轻，“他是暗影猎手。消消气，哥们儿。”

巴特骂骂咧咧地从酒吧里抽身出来。他大踏步地走向出口，肩膀气得僵直，门砰的一声在他身后关上了。

男孩脸上的笑意消失了，带着一脸邪恶的憎恨表情看着怪人皮特，仿佛酒保抢走了他打算玩的玩具似的。“那倒不必，”他说道，“我可以自己解决。”

皮特看着暗影猎手。“我的酒吧才是我担心的，”他斩钉截铁地说，“如果你不想惹麻烦的话，不妨到其他地方处理事情，暗影猎手。”

“我可没说我不想惹麻烦，”男孩坐回到高脚凳上，“此外，我还没喝尽兴呢。”

迈亚往后看了一眼，她身后的墙壁都被酒精浸湿了。“在我看来你好像已经喝完了。”

男孩一时略显茫然，紧接着他的眼睛里就闪烁起一阵饶有兴致的好奇火花。在那一刻他与丹尼尔如此相似，迈亚害怕得想要往后退。

皮特没等男孩回答迈亚，就把一杯啤酒推到吧台对面。“给你。”他说。他的眼神飘忽到迈亚身上，她想她看见他眼中闪过一丝惊诧。

“皮特——”她开口道，还没等她说完，酒吧的门突然开了。巴特站在入口。

迈亚过了一会儿才反应过来，浸湿了他的衬衣前襟和袖口的是鲜血。

她从高脚凳上溜下来向他跑去。“巴特！你受伤了吗？”

他脸色惨白，银色的疤痕像扭曲的铁丝似的从脸颊上凸起来。“有人袭击，”他说道，“巷子里有一具尸体。一个孩子死了。血——到处都是血。”他摇了摇头，低头看着自己，“不是我的血，我没事。”

“尸体？但谁——”

巴特的回答淹没在骚动之中。座位上顿时空无一人，狼群向门口奔去。皮特从柜台后面走出来，从骚动的人群中走过。只有暗影猎手男孩坐在原地没动，他正低着头喝酒。

从门边人群的缝隙中，迈亚瞥了一眼巷子里灰色的水泥路面，那里血溅得到处都是，鲜血还没凝固，像红色植物的茎蔓一样流向水泥路面的裂缝里。“他的喉咙被咬了？”皮特正在问巴特，巴特已经恢复镇静，“怎么——”

“巷子里有个人，有人跪在他身上。”巴特说道。他的语气很紧张。“不像是个人——像个影子，它看见我后就逃跑了。那时他仍然活着，奄奄一息。我弯腰查看他，但——”巴特耸了耸肩。尽管这是个漫不经心的动作，但他脖子上的青筋毕露，像粗壮的根缠绕着树干一样。“他来不及说一句话就死了。”

“吸血鬼，”一个丰满漂亮的女狼人说道——她名叫阿玛贝尔，迈亚想道——她正站在门口，“黑夜之子。不可能是别的东西。”

巴特看着她，然后转过身，昂首阔步地穿过屋子朝吧台走去。他一把抓住暗影猎手的夹克后背——或者准备伸手这么做，但男孩已经站起来，敏捷地转过身。“有何贵干，狼人？”

巴特的手还没收回来。“你聋了吗，拿非力人？”他低吼起来，“巷子里有个男孩死了。是我们的人。”

“你是说狼人，还是其他暗影魅族？”男孩的金色眉毛挑了起来，“在我看来你们全都差不多。”

传来一声低吼——是怪人皮特发出来的，这一点倒是让迈亚有些惊讶。他已经回到酒吧，被其他狼人围作一团，他们的眼睛全都盯着暗影猎手。“他只是个孩子，”皮特说，“他的名字叫约瑟夫。”

这个名字迈亚一点儿也不熟悉，但她看见皮特的下巴绷得很紧，心里感到一阵不安。狼群现在怒不可遏，如果暗影猎手有自知之明，就该疯了似的赶紧撤退。但他没有。他只是站在那里用那双金色的眼睛看着他们，脸上露出那种嘲讽的笑容。“一个狼人男孩？”他问。

“他是我们的人，”皮特说，“他只有十五岁。”

“你到底想要我为此做些什么？”男孩问道。

皮特有点不敢相信地盯着他。“你是拿非力人，”他说道，“圣廷在这种情况下应给予我们庇护。”

男孩慢悠悠地环顾了一下酒吧，那种目中无人的眼神使皮特的脸涨得通红。

“我看不出你们这里有什么需要保护的，”男孩说道，“除了糟糕的装饰以及可能的外形问题之外。但你们通常可以用漂白剂收拾干净。”

“一具尸体就躺在这家酒吧的正门口，”巴特小心地一字一顿地说道，“难道你不认为——”

“我认为对他而言需要保护未免为时已晚，”男孩说道，“如果他已经死了的话。”

皮特仍然愤怒地盯着他。他的耳朵竖起来，他开口说话时声音被粗大的犬齿压低了。“你给我小心点儿，拿非力人，”他说道，“你可要非常小心了。”

男孩目光朦胧地看着他。“是吗？”

“那么你打算袖手旁观吗？”巴特说，“是不是这样？”

“我想喝完酒，”男孩看着仍然放在吧台上喝了一半的酒杯说，“如果你让我喝的话。”

“《盟约》才签了一个星期，圣廷就是这种态度吗？”皮特厌恶地说，“暗影魅族的死活对你们而言无关紧要？”

男孩笑了起来，迈亚感到脊椎一阵刺痛。此时的他与丹尼尔伸出手一把扯断瓢虫翅膀时的神情如出一辙。“暗影魅族居然期望圣廷为你们收拾烂摊子？仅仅因为某个愚蠢的臭小子决定在你们的巷子里到处泼溅自己的血，好像我们就要费心——”

他还用了一个词，那个词是狼人一族永远不会用在自己身上的，那是一个令人不悦的脏字，暗指狼和人类女性之间的不当关系。

其他人还没来得及有所反应，巴特就已经纵身一跃向暗影猎手扑去——但男孩躲开了。巴特跌跌撞撞地转过身来，恶狠狠地盯着他。狼群一片惊呼。

迈亚不由自主地张大嘴巴。暗影猎手男孩双脚张开，稳稳当当地站在吧台上。他十足像个复仇的天使，随时准备从天而降执行神圣的公正使命，一如暗影猎手天生的职责。紧接着他伸出一只手，朝自己飞快地弯曲手指，这是迈亚从游乐场里得知的“过来抓住我”的手势——就在这时整个狼群向他冲去。

巴特和阿玛贝尔一起朝吧台跑去，男孩一跃而起，他的身影从吧台后面的镜子里反映出来，白花花的一片。迈亚看见他踢腿，接着这两个人随着哗啦啦散落的玻璃碎片一起躺在地上呻吟起来。即使有人伸手把他拉下来时，她还能听见男孩的大笑声。他从容地湮没在人群中，显然是心甘情愿的，然后她根本看不见他了，除了徒劳挣扎的胳膊和腿纠缠在一起。就连金属闪过一道白光——那是刀刃，她仍然觉得他还在大笑，而她则听见自己倒吸一口冷气。

“够了。”

那是卢克的声音，像心跳一样平静而稳定。奇怪的是你总是有办法辨认出狼人首领的声音。迈亚转过身看见他正站在酒吧入口，一只手撑着墙壁。他不仅面露倦色，而且悲痛欲绝，仿佛什么东西从里到外将他撕裂一样。然而，当他再度开口时声音却很平静。“够了，不要理会这个男孩。”

狼群从暗影猎手身边散去，只留下巴特一个人不服气地站在那里，一只手还拎着暗影猎手的衬衣后背，另一只手则握着一把短刃刀。男孩自己则满脸是血，但看起来一点儿也不像需要人营救的样子。他咧嘴笑的时候还带着危险的神情，一如撒落在地板上的那些玻璃碎片。“他不是普通的男孩，”巴特说，“他是暗影猎手。”

“他们在此也应受到足够的欢迎，”卢克不偏不倚地说，“他们是我们的盟友。”

“他说那无所谓，”巴特生气地说，“关于约瑟夫——”

“我知道，”卢克平静地说话时，目光转移到金发男孩身上，“你是不是故意跑到这里找架打的，杰斯·维兰德？”

这个男孩——杰斯——微微一笑，拉开了撕裂的嘴唇，一道细小的血痕从下巴上流淌下来。“卢克。”

巴特听见狼人首领的名字从暗影猎手的嘴巴里喊出来惊诧万分，他不由自主地松开了杰斯的衬衣。“我不知道——”

“没什么要知道的。”卢克说道，眼里的倦意渐渐出现在他的声音里。

怪人皮特说话时有种低沉的男低音。“他说圣廷不会在乎一个狼人的死活，哪怕是个孩子。《盟约》签署才只过了一个星期啊，卢克。”

“杰斯不代表圣廷，”卢克说，“就算他想帮忙也无能为力。难道不是这样吗？”

他看着脸色苍白的杰斯。“你怎么——”

“我知道发生了什么事，”卢克说，“你和玛丽斯之间。”

杰斯绷直了身体，有那么一刻，迈亚透过与丹尼尔相似的狂野逗乐的表象，看到他的背后还有阴郁而痛苦的隐情，与其说让她想到她哥哥的眼睛，还不如说是看见了镜子中的自己。“谁告诉你的？克拉丽？”

“不是克拉丽，”迈亚以前从未听卢克提起过那个名字，但他谈及此事的语气暗示出这个人对他而言很特别，而且对暗影猎手来说也同样如此，“我是狼人首领，杰斯。我有很多耳目。现在来吧，我们去皮特的办公室谈一谈。”

杰斯犹豫了片刻，然后耸了耸肩。“好吧，”他说，“但你欠我一杯我还没喝的苏格兰威士忌。”

“我再也猜不出了。”克拉丽挫败地叹了口气，虚弱无力地坐在大都会艺术博物馆外面的台阶上，闷闷不乐地俯瞰着第五大道。

“猜得不错，”西蒙在她身边坐下来，长长的腿在他面前摊开，“我的意思是，他是个喜欢武器和打打杀杀的人，所以为什么不到全城最大的武器收藏地去看看呢？况且我准备参观一番兵器与盔甲，为我的战斗找些灵感。”

她惊讶地看着他。“你还在跟埃里克、科克和马克打游戏？”

“当然啦，我为什么不跟他们打呢？”

“我以为打游戏对你而言可能已经失去吸引力了，自从……”自从我们的真实生活开始与你在游戏中的战斗越来越接近。如果你想要在游戏中打胜仗的话，就得有全套装备：好人、坏蛋、邪恶无比的魔法以及你不得不找到的重要的附魔物品。

在游戏中，好人总是会打败坏蛋，克敌制胜，带着财宝凯旋。然而在现实生活中，他们会失去财宝，有时候克拉丽甚至分不清楚谁是好人，谁是坏蛋。

她看着西蒙，心里泛起一阵悲伤。要是他真的放弃打游戏的话，就是她的错，过去几周发生在他身上的一切也都是她的错。她回想起那天早上他在水槽边脸色惨白的样子，而这就发生在他吻她之前。

“西蒙——”她欲言又止。

“现在我正在扮演一个半巨魔牧师，他想要找杀害他家人的魔兽复仇，”他开心地说道，“太爽了。”

她大笑起来，正在这时手机响了。她从口袋里掏出手机，啪的一声打开。是卢克。“我们没找到他。”她没等卢克打招呼就开口了。

“没找到啊，但我找到了。”

她坐直身体。“你在开玩笑。他在你那儿？我能跟他讲话吗？”她注意到西蒙正痛苦地看着她，就压低了声音，“他没事吧？”

“还行。”

“你说‘还行’是什么意思？”

“他跟一群狼人单挑，受了些皮外伤。”

克拉丽半闭起眼睛。杰斯跟一群狼人单挑，为什么啊为什么？什么把他给控制住了？又来了，杰斯就是这样。他一时冲动的话甚至会跟马克货车[①]单挑。

“我想你应该来一趟，”卢克说，“得有人跟他讲讲道理，我可没那个运气。”

“你在哪里？”克拉丽问。

他告诉了她，在赫斯特大街上一个叫“猎人之月”的酒吧。她想知道那里是否也被施了魔法。她啪的一声合上手机，转身面对西蒙，他正扬起眉毛盯着她。

“浪子回头了？”

“差不多。”她挣扎着站起来，伸了伸疲惫的双腿，在心里盘算乘地铁需要多久才能赶到唐人街，把卢克给她的零花钱拿来打出租车是否值得。或许不值得，她下定决心——如果他们遇到交通阻塞，打车比坐地铁还要慢。

“……跟你一起去？”西蒙说完就站了起来。他站在她下面一级台阶上，这使他们看起来差不多高。“你意下如何？”

她张大嘴巴，然后又飞快地闭上。“呃……”

他听起来有些勉强。“你在过去的两分钟里根本没听见我在说什么，是不是？”

“是的，”她承认，“我在想杰斯的事情。听起来他情况不妙。对不起。”

他的棕色眼睛阴沉下来。“我倒认为你想赶过去给他包扎伤口。”

“卢克要我过去一趟，”她说，“我希望你跟我一起去。”

西蒙用穿着靴子的脚踢了一下他上面的台阶。“我想去，但——为什么？难道卢克没有你的帮助就不能把他送回学院吗？”

“很可能，但他认为杰斯或许愿意先跟我谈一谈发生了什么事。”

“我以为或许我们今晚能有什么节目呢，”西蒙说，“做些有趣的事情。看场电影。在市中心吃顿饭。”

她看着他。她听得见远处博物馆的喷泉里水哗啦啦地喷洒的声音。她想起他家里的厨房，他潮湿的手摩挲她的头发，但一切感觉那么遥远，尽管她仍能清晰地记起那些画面——就像你可能会想起一场事故的场景，但并不记得那件事本身。

“他是我哥哥，”她说道，“我不得不去。”

西蒙露出一副疲累到连叹气都没力气的表情。“那么我跟你一起去。”

---

① 马克货车，是美国一家重型货车制造厂商，在重型卡车行列赫赫有名，自一九〇〇年创建以来，全世界到处都有它的身影，至二〇〇一年为瑞典 Volvo 集团所收购，成为 Volvo 的附属公司。

“猎人之月”酒吧的结算室在一条布满锯末的狭窄走廊的尽头。到处都是被脚印搅乱的锯末，上面还有星星点点的黑色液体，看起来并不是啤酒。整个地方弥漫着烟味和腐烂的气味，至少有些像是狗的尿骚味——克拉丽不得不承认这一点，尽管她不会这样跟卢克说。

“他心情不太好，”卢克说着在一扇关闭的门前停了下来，“在他几乎徒手杀死我狼群的一半人马之后，我把他关在了怪人皮特的办公室。他不愿意跟我谈，所以——”卢克耸了耸肩，“我想到了你。”他看了看克拉丽一脸迷茫的脸，又看了看西蒙的，“怎么啦？”

“我不敢相信他居然来这里。”克拉丽说。

“我不敢相信你居然认识名叫怪人皮特的人。”西蒙说。

“我认识很多人，”卢克说，“怪人皮特并不是严格意义上的人类，但我无权评论，因为这一点也同样适用于我。”他一把推开办公室的门。里面是一个没有装修的房间，没有窗户，墙壁上挂满体育锦旗。还有一张摊满纸张的书桌，上面还压着一台小电视机，杰斯就坐在书桌后面那张皮质破得像裂痕斑驳的大理石的椅子里。

门打开的瞬间，杰斯一把抓起躺在书桌上的黄色铅笔扔了出去。铅笔飞驰而过，正好插进卢克脑袋边的墙壁里，它插入的地方还在振动。卢克吓得瞪大了眼睛。

杰斯稍微笑了笑。“对不起，我没想到是你。”

克拉丽心头一紧。她很多天没见过杰斯了，不知怎地，他看起来有些不一样——不仅仅是因为他满脸血迹和淤青，很显然这些都是新伤，而是因为他脸上的皮肤似乎绷得更紧，颧骨显得更加突出。

卢克挥了挥手示意西蒙和克拉丽。“我带了一些人来看你。”

杰斯的眼睛移向他们，眼睛像油画画出来的那样空洞。“很不幸，”他说，“我只有一支铅笔。”

“杰斯——”卢克吃惊道。

“我不想他来这里。”杰斯对着西蒙扬起下巴。

“那根本不公平。”克拉丽愤愤不平。难道他忘了西蒙救过亚历克的命，很可能是救了他们所有人的命吗？

“出去，盲呆。”杰斯指着门说道。

西蒙摆了摆手。“没关系，我在走道里等你。”他离开时，克制住自己不要甩手关门，不过克拉丽看得出他有此意图。

她转过身看着杰斯。“你非得要这么——”在看见他的脸的那一刻她顿住了。此刻他的脸看起来像剥掉一层外衣似的，显得格外脆弱。

“很不客气？”他说完了她要说的话，“只有在我养母把我赶出家门，告诉我别再使她家蒙羞的时候我才这样。通常，我还是性情温和得惊人的。其他任何时候，你都可以拿那些形容性情的好词在我身上试一试。”

卢克皱起眉头。“虽然玛丽斯和罗伯特·莱特伍德不是我喜欢的那种人，但我还是不敢相信她居然会这么做。”

杰斯面露惊色。“你认识他们？莱特伍德一家？”

“他们以前跟我一样是集团里的人，”卢克说，“听说他们主管这里的学院时我很惊讶。似乎在大叛乱之后他们跟圣廷达成某种协议以求自保，而霍奇——好吧，我们知道发生在他身上的事情。”他沉默了片刻，“这么说来，玛丽斯说过她为什么要流放你吗？”

“她不相信我以为自己是迈克尔·维兰德的儿子。她指责我一直以来跟瓦伦丁是一伙的——还说我帮助他带着生命之杯脱逃。”

“那么你为什么还留在这里呢？”克拉丽问，“为什么你不跟他一起逃跑呢？”

“她不愿意说，但我怀疑她认为我留下来是为了当间谍。把毒蛇揣在怀里，她倒没有用‘揣在怀里’这个词，但想法却是如此。”

“瓦伦丁的间谍？”卢克惊愕不已。

“她认为瓦伦丁会利用他们对我的喜爱，她和罗伯特会相信我所说的一切。所以玛丽斯决定解决方法就是不要再喜爱我。”

“喜爱可不是那么回事，”卢克摇了摇头，“你不能像关自来水那样把它关闭，特别是身为父母时。”

“他们并不是我真正的父母。”

“养育之情重于血缘。他们养育你七年了，不管从哪方面讲这都是最重要的。玛丽斯只是很受伤。”

“受伤？”杰斯深表怀疑，“她很受伤？”

“记得吗，她和我们大家一样曾经都很爱瓦伦丁，”卢克说，“他深深地伤害了她。她不希望他的儿子对她造成同样的伤害。她担心你对他们撒谎。这些年来她把你当成另外一个人，而这件事情原来是个骗局，是个计谋。你得消除她的疑虑。”

固执与惊诧交错出现在杰斯的脸上。“玛丽斯是大人！她不应该从我这里获得安慰。”

“哦，别这样，杰斯，”克拉丽说，“你不能指望所有人都完美无缺。大人也会把事情搞砸。回到学院，跟她心平气和地谈一谈。做个男子汉。”

“我不想当男子汉，”杰斯说，“我想当个备受痛苦折磨的青少年，这种人不能直面自己内心深处的恶魔，反而逞一时口舌之快转嫁到他人身上。”

“好吧，”卢克说，“你现在表现得棒极了。”

“杰斯，”克拉丽赶在他俩开始较真地打嘴仗之前急忙说道，“你得回到学院，想一想亚历克和伊莎，想想这会带给他们什么样的伤害。”

“玛丽斯会编故事让他们平静下来的，或许她会说是我自己离家出走的呢。”

“那不起作用，”克拉丽说，“伊莎贝尔在电话里听起来像要疯了似的。”

“伊莎贝尔的声音向来像疯了似的。”杰斯说道，但看上去他很高兴。他靠回到椅背上。下巴和脸颊上的擦伤很明显，像烙在他皮肤上的漆黑而无形的印记一样。“我不会回到不被信任的地方去。我不再是十岁的小孩了。我能照顾好自己。”

听他这么说，卢克露出不太确信的表情。“你要去哪里？你怎么生活？”

杰斯的眼睛泛起光芒。“我已经十七岁了，实际上已经成年。任何暗影猎手都有权——”

“任何成年人。但你还不是。你不能从圣廷获得工资，因为你年纪太小了，实际上莱特伍德一家照顾你是受法律约束的。如果他们不愿意，其他人会被任命或者——”

“或者什么？”杰斯从椅子上弹了起来，“我要去伊德里斯的孤儿院？被丢到我从未见过的人家？我可以在人类世界找一份工作干上一年，像他们中的一员那样生活——”

“不，你不能，”克拉丽说，“我比你更清楚，杰斯，我曾经是其中的一员。你年纪太小，找不到任何你想干的工作，而且你拥有的技能——好吧，大多数职业杀手比你年纪都大。而且他们是罪犯。”

“我不是杀手。”

“如果你在人类世界生活，”卢克说，“那就是你唯一能做的事情。”

杰斯挺直身体，嘴巴闭得很紧，克拉丽知道卢克的话戳中了他的要害。“你们不明白，”他带着一种突兀的绝望语气说道，“我不能回去。玛丽斯希望我说我恨瓦伦丁。但我说不出口。”

杰斯抬起下巴，下颌收紧，他的目光定格在卢克身上，仿佛有一半的自己希望这个大人会以怀疑乃至恐惧的态度回应他。毕竟，卢克在这个世界上有更充分的理由憎恨瓦伦丁。

“我知道了，”卢克说，“我也曾经爱过他。”

杰斯几乎如释重负般地呼出一口气，克拉丽突然想到，这就是为什么他来这里，不仅仅是为了找人打架，而是为了找到卢克，因为卢克会理解他。杰斯所做的一切并不全都毫无理智，带有自杀性的目的，她提醒自己，事情好像就是这样。

“你不应该非得声明你恨自己的父亲，”卢克说，“就算是为了消除玛丽斯的疑虑也不必这样，她应该理解。”

克拉丽仔细端详着杰斯，试图读懂他的表情，那就像一本用外语写的书，她此前读得太过简单了。“她真的说过她再也不想你回去吗？”克拉丽问，“还是你臆测她是这个意思，所以你离开了？”

“她告诉我，如果我能到别处待一段时间或许会更好，”杰斯说，“她没有说哪里。”

“你给过她机会说明吗？”卢克问，“瞧，杰斯，只要你需要，我绝对欢迎你跟我一起住。我希望你了解这一点。”

克拉丽的心中五味杂陈，一想到杰斯跟自己住在同一屋檐下，总是在她身边，可谓是喜忧参半。

“谢谢。”杰斯说。他的声音很平静，但他的眼神立即无助地看着克拉丽，她看见他眼中涌现出与自己一样的感情，感觉糟透了。卢克，她心想，有时候我希望你不要那么慷慨，或者说那么没眼力。

“不过，”卢克继续说，“我想你至少应该回到学院好好跟玛丽斯谈一谈，弄清楚到底发生了什么事。听你这么说，我倒觉得发生的事情肯定不只她跟你讲的这一点这么简单，或许有些事情是你不愿意听到的。”

杰斯不情愿地将目光从克拉丽身上移开。“好吧，”他的声音有些沙哑，“但有个条件。我不想一个人去。”

“我会跟你一起去。”克拉丽赶紧说道。

“我知道，”杰斯的声音很小，“而且我希望你去，但我希望卢克也去。”

卢克大吃一惊。“杰斯——我在这里生活了十五年，从来没去过学院。一次也没去过。我怀疑玛丽斯对我的好感并不会多一些——”

“求你了。”杰斯说，尽管他语气平淡，说得也很平静，克拉丽却几乎感受到一种能触摸得到的东西，他不得不克制内心的傲气才说得出这个词。

“好吧，”卢克点点头，这是狼人首领履行职责时习惯性的点头，与个人意愿无关，“那么我跟你们一起去吧。”

西蒙靠在皮特办公室外面走廊的墙壁上，努力不去自怨自怜。

这一天开始得可真不错，不管怎么说都相当不错。一开始是电视上《德拉库拉》电影的糟糕片段使他感到恶心头晕，勾起他一直以来努力抑制并尝试遗忘的各种情绪和渴望。接着，不知为何，这种恶心的感觉彻底击垮了他紧绷的神经，不经意间他发现自己正在吻克拉丽，这可是这么多年来他一直朝思暮想的事情啊。人们总是说事情从不随人所愿。人们错了。

而她回应了他的吻……

但现在她却在那里跟杰斯在一起，西蒙心乱如麻，好像吞下了一整碗虫子似的，这是他近来早已经逐渐习惯的心烦意乱。即使在他意识到自己对克拉丽的感情之后，事情并不总像这样。他从不逼她，从不把自己的感情强加于她。他一直很肯定，总有一天她会从动漫王子和功夫英雄的梦境中惊醒，然后意识到一直摆在他们面前的是什么：他们注定属于彼此。即使她似乎对西蒙不感兴趣，至少她也不像会对其他人感兴趣。

直到杰斯出现。他记得坐在卢克家的门廊台阶上的情景，那时，他看着克拉丽向他解释杰斯是谁和他做过的事情，而杰斯则在仔细查看自己的指甲，显得高人一等似的。西蒙几乎没听见她说的话。他忙于观察她看着那个身上有奇怪文身、脸庞棱角分明、外貌英俊的金发男孩的模样。英俊得有些过头了，西蒙当时心想，但克拉丽显然不是那么想的。她看着他的样子，就像他就是她心中的动画英雄苏醒过来一般。他以前从未见过她像这样看过任何人，并且总以为如果她会这样，那个人一定是自己。但事情不是这样，由此带给他的伤害超过了他曾设想过的任何事情可能带给他的伤害。

但杰斯是克拉丽的哥哥，这就好像他原本已走在行刑队前面，但却在最后一分钟被改为死缓。突然世界又充满了各种可能。

现在他不那么确定了。

“嗨，你好，”有人沿着走廊走过来，一个身材不是很高的人小心翼翼地走在溅满血滴的路上，“你在这里等着见卢克吗？他在这里吗？”

“并不完全是，”西蒙从门边移开，“我的意思是，差不多。他在里面，跟我的一个朋友在一起。”

那个人刚刚来到他身旁，停下来盯着他。西蒙看出她是个女孩，大约十六岁，浅棕色皮肤很光滑。她的金棕色头发紧贴着头皮编成了许多条小辫子，她的脸型几乎跟心脏的形状一模一样。她的身材紧致婀娜，臀部丰满，腰部纤细。“那个酒吧里的家伙？暗影猎手？”

西蒙耸了耸肩。

“好吧，我讨厌告诉你这个，”她说，“但你朋友是个混球。”

“他不是我朋友，”西蒙说，“实际上，我十分同意你的看法。”

“但我以为你说过——”

“我在等他妹妹，”西蒙说，“她是我最好的朋友。”

“她现在跟他在一起？”女孩用大拇指指了指门。她的每根手指上都戴着戒指，铜和金锻造而成的指环有种原始复古的感觉。她的牛仔裤很破烂但很干净，她扭过头时，西蒙看见她脖子上有一道长长的伤疤，就在T恤衫的领口上方。“哦，”女孩耿耿于怀地说，“我了解混球哥哥。我猜那可不是她的错。”

“是啊，”西蒙说，“但他可能只听得进她说的话。”

“他可没让我觉得是那种听得进别人意见的人，”女孩说话时斜眼看到他从侧面看自己的眼神，感到好笑的表情在她脸上一闪而过，“你在看我的伤疤，这是我被咬的地方。”

“被咬？你的意思是你是——”

“狼人，”女孩说，“跟这里的其他人一样，除了你和那个混球，还有那个混球的妹妹。”

“但你并不是一直就是狼人啊，我的意思是，你不是天生如此。”

“我们大多数人都不是，”女孩说，“那使我们有别于你的暗影猎手伙伴们。”

“什么？”

她笑了笑。“我们曾经是人类。”

西蒙无言以对。过了一会儿，女孩伸出手。“我是迈亚。”

“西蒙。”他握了握她的手，她的手很干燥却很柔软。她透过金棕色的睫毛抬头看着他，那种颜色跟涂了黄油的烤面包一样。“你怎么知道杰斯是个混球？”他说，“或许我该说，你怎么发现的？”

她抽回自己的手。“他把酒吧砸得稀巴烂，打了我的朋友巴特，还把几个狼人打得不省人事。”

“他们没事吧？”西蒙警觉起来。杰斯向来不会惹是生非，但鉴于对他的了解，西蒙毫不怀疑他一个早上就能对付好几个人，事后还会胡扯一通。“他们找了医生吗？”

“找了个巫师，”女孩说，“我们很少跟人类医生打交道，我们族群。”

“暗影魅族?”

她扬起眉毛。“有人教过你所有的术语，对不对?”

西蒙被惹火了。“你怎么知道我不是他们一伙儿的？或者跟你是一族的？暗影猎手，暗影魅族，或者——”

她一直摇头，辫子都跳了起来。“你全身上下都散发着那种光芒，”女孩略带苦涩地说，“你身上的人性。”

她紧张的语气几乎使他颤抖起来。“如果你想见卢克的话，我来敲门。”他提议，突然感到很差劲。

她耸了耸肩。“只是告诉他马格纳斯到了，在巷子里勘察现场。”他肯定露出惊愕的表情了，因为她说道：“马格纳斯·贝恩，他是巫师。”

我知道，西蒙想说，但他没说出口，他们之间的对话从头到尾已经够奇怪的了。“哦。”

迈亚转身似乎要走，但在走到过道一半的地方停了下来，一只手放在门栓上。“你认为她能让他恢复理智吗?”她问道，“他妹妹?”

“如果他听从别人的意见的话，那个人一定是她。”

“那样真幸福啊，”迈亚说，“他这样爱自己的妹妹。”

“是的，”西蒙说，“这很珍贵。”

第三章

大审判官

克拉丽第一次见到学院时这里还像个破败失修的教堂，屋顶坍塌，黄色警用胶带封锁大门，而现在她无需集中精神就能驱散这层幻影。即使在马路对面，她也看得一清二楚。这是一幢高高耸立的哥特式大教堂，尖顶像利刀一样穿透湛蓝的天空，直入云霄。

卢克突然沉默下来。他的表情显然说明他内心深处正在进行某种挣扎。他们拾级而上，杰斯习惯性地把手伸进了衬衣里，不过当他把手拿出来时却什么也没有。他的笑容里毫无喜悦："我忘了，玛丽斯在我离开之前拿走了钥匙。"

"她当然拿走了。"卢克正站在学院的大门前。他轻轻摸了一下刻进木头里的符号，就在柱顶过梁的正下方。"这些门和伊德里斯长老会议事大厅的门一模一样。我从未想过我会再次见到类似的门。"

克拉丽有些内疚地打断卢克的遐想，但现在有现实的问题要解决。"如果我们没有钥匙——"

"钥匙不应该是必须的。学院应该向任何无意伤害此地居民的拿非力人开放。"

"要是他们有意伤害我们呢？"杰斯咕哝道。

卢克的嘴角突然一歪。"我认为这没什么区别。"

"是的，圣廷一向会未雨绸缪。"杰斯的声音听起来被压低了——他的下嘴唇正肿着，左眼睑变紫了。

为什么他不自己疗伤呢？克拉丽心想。"她也拿走了你的石杖吗？"

"我离开时什么也没带，"杰斯说，"我不想带走莱特伍德一家给我的任何东西。"

卢克不无关切地看着他。"每个暗影猎手必须有石杖。"

"那么我会再弄一根。"杰斯说着把手放在了学院的门上，"以圣廷之名，"他说，"我请求进入这一神圣之地。以天使拉结尔之名，我请求您庇佑我的使命，以——"

门突然开了。克拉丽透过大门看见教堂漆黑的内部，高大的铁枝状大烛台上的烛光点亮了四周，影影绰绰。

“好吧，那很方便，”杰斯说，“我猜庇佑来得比我预想的容易些。或许我应该请求庇佑我反对所有在劳动节之后还穿白色衣服的人的使命。”

“天使知道你的使命是什么，”卢克说，“你不必大声说出这些话，乔纳森。”

有那么一刻，克拉丽觉得自己看见某种神情在杰斯脸上一闪而过——不确定，惊讶——或许甚至是如释重负？但他说的只不过是：“别那么叫我。那不是我的名字。”

他们一路穿过大教堂的底楼，经过空荡荡的教堂长椅和神坛上永燃不灭的灯台。卢克好奇地环顾四周，当像镀金鸟笼一样的电梯下来接他们上楼时，他似乎还显得有些惊讶。“这肯定是玛丽斯的主意，”他们走进去时卢克说道，“这完全是她的品位。”

“我来这里多久了，它们就在这里多久了。”杰斯说话时电梯门砰的一声在他们身后关闭了。没过多久他们就上楼了，一路上他们没有说话。克拉丽紧张兮兮地拨弄着她围巾的流苏。要西蒙回家等，她稍后打电话给他，她有些内疚。他大踏步地走过坚尼街[①]时肩膀紧绷，她看得出就这样草率地把他打发了，他很恼火。然而，她无法想象让他待在这里亲眼目睹卢克代表杰斯向玛丽斯求情，这只会把事情弄得更难堪。

电梯咣当一声停了下来，他们走出来时发现丘奇正在入口处等着他们，脖子松松垮垮地摆了个鞠躬的姿势。杰斯弯下腰用手顺着猫脖子上的毛摸了摸。“玛丽斯在哪里？”

丘奇的喉咙里发出一个介于呼噜和咆哮之间的声音，然后径直向走廊跑去。他们跟在后面，杰斯沉默下来，卢克满脸好奇地到处张望。“我从未想过我会看见这个地方的内部。”

克拉丽问道：“这和你想象中的样子像吗？”

“我去过伦敦和巴黎的学院，这里跟那些地方的学院不一样，不。不过，有些——”

“有些什么？”杰斯已经走到他们前面几步远的地方了。

“更冰冷。”卢克说。

---

① 坚尼街，纽约市的一条重要街道，向西穿过曼哈顿下城，经荷兰隧道可达新泽西州，向东经曼哈顿大桥通往布鲁克林。它构成曼哈顿唐人街的主要脊柱。坚尼街得名于一条运河，开挖于十九世纪初，以便将污染的池水排入哈德逊河。一八一一年填平了池塘，一八二〇年填河修筑此路。

杰斯什么也没说。他们来到图书室。丘奇坐下来，仿佛是在暗示它不打算走得更远了。透过厚重的木门隐隐约约听到有人说话的声音，但杰斯没有敲门就推开大门昂首阔步地走了进去。

克拉丽听见一声惊呼。她很快就想到霍奇，不由心口一紧，他曾经就住在这个屋子里。霍奇，声音低沉而沙哑；雨果，那只几乎一直相伴他左右的乌鸦，在他的命令下差一点儿把她的眼睛扯出来。

当然不是霍奇。在那张由两个下跪的天使后背维持平衡的巨大木桌后面坐着一个中年妇女，她的头发跟伊莎贝尔一样墨黑，她的身形跟亚历克一样精瘦结实。她穿一套整洁的黑色套装，非常朴素，跟她手上闪闪发光的五彩斑斓的指环形成鲜明的对比。

她旁边站着一个人：一个身材苗条的少年，个子不高，有一头乌黑的卷发，皮肤像蜂蜜一样呈黄褐色。他转身看着他们时，克拉丽情不自禁地惊呼起来。“拉斐尔？”

男孩先是一惊，而后笑了起来，露出雪白而锋利的牙齿——鉴于他是吸血鬼，这一点并不令人惊讶。“上帝[①]啊，”他对杰斯说道，“兄弟，你出了什么事？你的样子看起来就像是一群狼要把你大卸八块似的。”

“这个猜测若不是准得惊人，就是你对发生的事情有所耳闻了。”杰斯说道。

拉斐尔的微笑变成露齿大笑。“我听说了。”

书桌后面的女人站起身来。“杰斯，”她说话时充满了焦心的语气，“发生了什么事？为什么你这么快就回来了？我以为你打算住到——”她的目光扫过杰斯，然后落到卢克和克拉丽身上。“你们是谁？”

“杰斯的妹妹。”克拉丽说。

玛丽斯的眼睛定格在克拉丽身上。“是啊，我看得出来。你长得像瓦伦丁。”她又看着杰斯。“你带你妹妹一起来？也是个盲呆？现在此处对你们谁都不安全，特别是盲呆——”

卢克稍微笑了笑，说道：“但我不是盲呆。”

看着卢克时——真正地看着他——这还是第一次，玛丽斯的表情缓缓地从迷惑不解转变成震惊。“卢西恩？”

“你好，玛丽斯，”卢克说，“好久不见。”

---

① *Dios*，西班牙语。

玛丽斯面无表情，那一刻她突然显得更老了，比卢克还要显老。她小心翼翼地坐下来。“卢西恩，”她再次说道，双手平放在书桌上，“卢西恩·格雷马克。”

拉斐尔一直好奇地注视着眼前发生的一切，目光犹如飞鸟般犀利，他转过身对卢克说：“你杀了加布里埃尔。”

谁是加布里埃尔？克拉丽一脸茫然地盯着卢克。他稍稍耸了耸肩。“是的，是我干的，就像他之前杀害前任狼人首领一样，这是狼人的行事原则。”

玛丽斯抬头看着这一幕。“狼人首领？”

“如果你现在是狼人的头儿，那么我们该谈一谈了，”拉斐尔说着把头优雅地向卢克的方向倾斜，尽管他目光警觉，“不过，或许不是此时此刻。”

“我会派人过来安排此事，”卢克说，“最近是多事之秋，我可能顾不上那么多礼节了。”

拉斐尔只说了句“可以”。他又转身面对玛丽斯。“我们的事情是不是都谈妥了？”

玛丽斯艰难地开口了。“既然你说黑夜之子与这些凶杀事件无关，那么我就相信你的话。我也是奉命进行调查，除非有其他证据见光。”

拉斐尔皱起了眉头。“见光？”他说，“这可不是我喜欢的词。”然后他转过身，克拉丽惊讶地发现自己能看透他身体的边缘，仿佛他是一张边缘模糊的照片一样。他的左手是透明的，透过这只手她看到霍奇一直放在桌上的一只大金属球。她听见自己轻轻地惊叫了一声：透明的范围从他的手扩展到他的胳膊，然后从他的肩膀扩散到他的胸部，不一会儿他就像从草图上被擦掉的人物一样消失不见了。玛丽斯备感宽慰地叹了口气。

克拉丽目瞪口呆。“他死了吗？”

“什么，拉斐尔？”杰斯说，“不可能。那只不过是他的投影而已，他无法以肉身的形式进入学院。”

“为什么不能？”

“因为这是神圣之地，”玛丽斯说，“而他受到了诅咒。”当她将目光转向卢克时，冰冷眼神中的严寒丝毫没有减少。“你是这里的狼群首领？”她问道，“我猜我几乎不该感到惊讶。这的确很像你的做派，是不是？”

卢克没有理会她挖苦的语气。“拉斐尔来这里是因为今天被杀的那个小孩吗？”

“因为此事以及另一个遇害的巫师，”玛丽斯说，“在市中心被谋杀，只隔了两天。”

“但为什么拉斐尔来这里呢？”

“巫师的血被吸干了，”玛丽斯说，“不管是谁谋杀了狼人，凶手在夺走血液之前被打断了，嫌疑自然而然地首先落在了黑夜之子身上，吸血鬼来到此地向我保证此事与他们这一族无关。”

“你相信他吗？”杰斯问。

“我现在不想跟你讨论圣廷的事情，杰斯——特别是在卢西恩·格雷马克面前。”

“我现在只叫卢克，”卢克温和地说，“卢克·加洛维。”

玛丽斯摇了摇头。“我几乎没认出你来。你看起来像个盲呆。”

“就是为了达到这个效果，是的。”

“我们全都以为你死了。”

“是希望吧，”卢克仍然温和地说，“希望我死了。”

玛丽斯仿佛咽下一块锋利的东西似的。“你们不妨坐下来，”她指着书桌前面的椅子终于开口了，“现在，”玛丽斯等他们一坐下就说道，“或许你们可以告诉我你们为什么到这里来。”

“杰斯，”卢克开门见山，“希望在圣廷面前接受审判。我愿意为他担保。瓦伦丁在伦维克现身那天我也在场。我和他打斗，彼此险些杀死对方。我能证明杰斯所说的一切都是真的。”

“我不确定你的话有何价值。”玛丽斯反驳道。

“我或许是狼人，”卢克说，“但我也是暗影猎手。我愿意接受圣剑的考验，如果那样做有所帮助的话。”

圣剑？听起来很糟糕。克拉丽望向杰斯那边。他外表平静，手指交叉放在膝盖上，但他内心紧张得几近战栗，仿佛他离爆炸只有毫发之隔。他看见她注视着自己，说道：“灵魂之剑，致命秘器中的第二件，在审判中用来确定暗影猎手是否在撒谎。”

“你不是暗影猎手，”玛丽斯对卢克说，仿佛杰克没说过话似的，“你不遵守圣廷律法已经有很长、很长一段时间了。”

“你也有一段时间没有遵守它。”卢克说。玛丽斯的脸颊涨得通红。“我原本以为，”他继续说道，“到现在为止你已经克服了不能信任任何人的问题，玛丽斯。”

“有些事情你永远无法忘记，”她说话时克制住一种危险的温柔，“你认为装死是瓦伦丁告诉我们的最大的谎言？你认为魅力等同于诚实？我以前认为是这样，但我错了。”她站起来，身体前倾，两只消瘦的手支撑着书桌，“他告诉我们他愿为集团赴汤蹈火在所不辞，他期望我们也这么做。我们会——我们大家全都会——我知道。我差点就这么做了。”她的目光扫过杰斯和克拉丽，眼睛直勾勾地盯着卢克的双眼。“你记得那时的情景吧，”她说，“他对我们说大叛乱不会有事，几乎算不上一场战斗，只不过是几个赤手空拳的外交官对抗全副武装的圣廷。我对我们速战速决、手到擒来信心满满，在奔赴阿利坎特时还把亚历克留在家里。我请乔斯琳在我离开时去照看他，但她拒绝了。我现在知道为什么了。她已经知道——而且你也知道，但你却没有提醒我们。”

“我尝试过提醒你们警惕瓦伦丁，”卢克说，“你们不听。”

“我指的不是瓦伦丁。我指的是大叛乱！我们只有五十个人对抗五百个暗影魅族——”

“当你们以为他们只有五个时，难道就可以把赤手空拳的他们屠杀掉？”卢克心平气和地说。

玛丽斯握紧放在书桌上的手。“我们被屠杀了，”她说，“在深陷灾难之时，我们仰仗瓦伦丁领导我们，但他不在那里。在圣廷包围天使大厅之前，我们原本以为他被杀了，并且准备好在最后猛攻的绝境中牺牲。接着我想起了亚历克——如果我死了，什么样的事情会发生在我的孩子身上？”她声音哽咽，“所以我放下武器，向圣廷投降。”

“你做得很对，玛丽斯。”卢克说。

她冒火地看着他，目光如炬。“别以高人一等的姿态对我，狼人。要不是因为你——”

“别对他大叫！”克拉丽插话道，她几乎站了起来，“一开始就信任瓦伦丁是你自己的错——”

“你以为我不知道这一点？”现在玛丽斯的声音有些刺耳了，“哦，圣廷在质询我们时把这一点演绎得可谓淋漓尽致啊——他们使用灵魂之剑，他们知道我们何时在撒谎，但他们无法强迫我们开口说话——没有什么能迫使我们说话，直到——”

“直到什么？”这次说话的是卢克，“我根本不知道。我一直以为你们背叛他是因为他们告诉了你们什么。”

“只不过是真相而已，”玛丽斯的语气突然变得疲惫不堪，“瓦伦丁并没有在天使大厅里死掉。他逃跑了——扔下我们在那里为他送死。我们被告知，他后来死了，在自家的房子里被烧死。大审判官向我们展示了他的遗骸，还有他家人炭似的遗骨。当然了，这是另一个谎言……”她的声音逐渐消失，接着又恢复原样，字字干净利落，“不管怎样，到那时一切都破裂了。在战斗之前，瓦伦丁把我叫到一旁，说在集团之中，我是他最信任的人，是他最亲密的副手。但圣廷质问我们时，我发现他对所有人说了相同的话。”

“千万别得罪女人。”杰斯的声音轻得只有克拉丽听得见。

“他不仅对圣廷撒谎，还对我们撒谎。他利用了我们的忠诚和喜爱。正如他把你送到我们这里时那样，”玛丽斯现在正眼看着杰斯，“而现在他回来了，还拥有生命之杯。他预谋这一切已经多年了，一直在谋划。我无法承受信任你的风险，杰斯。我很抱歉。”

杰斯一言不发，他面无表情，但玛丽斯说话时他的脸色变得更苍白了，下巴和脸颊上的新伤痕显得愈发青紫。

“然后呢？”卢克问，“你期望他怎么做？他应该去哪里？”

她的眼睛在克拉丽身上停留了片刻。“为什么不去他妹妹那里？”她说道，“家人——”

“伊莎贝尔是杰斯的妹妹，”克拉丽打断她，“亚历克和麦克斯是他的兄弟。你打算怎么跟他们说？如果你把杰斯赶出家门，他们会永远恨你。”

玛丽斯的眼睛停留在她身上。“你知道什么？”

“我认识亚历克和伊莎贝尔。”克拉丽说。这使她想起瓦伦丁，她推开了这个令人不悦的想法。“亲情胜于血缘。瓦伦丁不是我父亲。卢克才是。就像亚历克、麦克斯和伊莎贝尔是杰斯的家人一样。如果你想把他从你们家剥离出去，你会留下永远无法愈合的伤口。”

卢克带着一种惊讶的尊敬看着她。玛丽斯的眼中闪过一丝什么——是不确定吗？

“克拉丽，”杰斯温和地说，“够了。”他的声音听起来很挫败。克拉丽对玛丽斯心怀敌意。

“圣剑怎么样？”她逼问。

玛丽斯满心迷惑地看了她一会儿。“圣剑？”

“灵魂之剑，”克拉丽说，“你们用来判断暗影猎手是否撒谎的那把剑。你可以用它来考验杰斯。”

“那是个好主意。”杰斯的声音中闪现出一丝生气。

“克拉丽，你用意良好，但你并不知道圣剑意味着什么，”卢克说，“唯一能使用它的人是大审判官。”

杰斯坐向前。“那么请她来，请大审判官来。我想结束这一切。”

“不。”卢克说，但玛丽斯却看着杰斯。

“大审判官，”她不情愿地说道，“已经在来的路上了——”

“玛丽斯，”卢克的声音突然变得粗哑，“告诉我你没有请她来调查此事。”

“我没有！你认为在弃魔战士、移空门和装死等流言漫天飞之时，圣廷还会袖手旁观吗？在霍奇的所作所为之后？我们现在全都要接受调查，这得感谢瓦伦丁，”她一口气说完，看见杰斯惊呆的惨败表情，“大审判官会把杰斯关进监狱。她可以剥夺他的印记。我以为那样会更好……”

“如果杰斯在她赶到之前就离开，”卢克说，“难怪你那么迫不及待地把他赶走。”

“谁是大审判官？”克拉丽追问。这个词让人联想起西班牙宗教法庭的酷刑、鞭笞和拷问台。“她是做什么的？”

“她为圣廷调查暗影猎手，”卢克说，“她确保拿非力人不违反律法。她在大叛乱之后调查了所有的集团成员。”

“她诅咒了霍奇？”杰斯说，“她把你流放到这里？”

“她选择了放逐我们，选定了他应接受的惩罚。她对我们没有爱，她憎恨你父亲。”

“我不会走，”杰斯说，脸色仍然惨白，“如果她到达这里发现我已经不见了，她会怎么对付你？她会认为你将我藏起来了，她会惩罚你们——你、亚历克、伊莎贝尔和麦克斯。”

玛丽斯什么也没说。

“玛丽斯，别傻了，”卢克说，“如果你让杰斯离开，她会加倍地责罚你。让他留在这里，允许以圣剑之名进行审判是真诚的信号。”

“留下杰斯——你不是认真的吧，卢克！”克拉丽说。她知道使用圣剑是她的主意，但她开始后悔这么提议了。“她听起来很可怕。”

“但如果杰斯离开，”卢克说，“他再也不能回来了。他再也不能成为暗影猎手了。不管你喜欢与否，大审判官是律法的左右手。如果杰斯还想成为圣廷的一员，他就得跟她合作，他身上有集团成员所没有的东西。”

“那是什么？”玛丽斯问。

卢克稍微笑了笑。“跟你们不同，”他说道，“杰斯说的都是真话。”

玛丽斯艰难地吸了一口气，然后转向杰斯。“最终，这是你的决定，”她说，“如果你想接受审判，你可以在这里等待大审判官的到来。”

“我会留下。”杰斯说。他语气坚定，没有愤怒，这让克拉丽很惊讶。他的目光似乎穿过玛丽斯，眼睛里闪烁着一丝光芒，宛如反射出来的火光。在那一刻，克拉丽情不自禁地想到他跟他父亲非常像。

第四章

巢中的布谷鸟

“橙汁，糖浆，鸡蛋——不过，已经超过保质期好几个星期了——还有看起来像莴苣的东西。”

“莴苣?”克拉丽越过西蒙的肩膀眯起眼睛看进冰箱里，“哦，那是意大利干酪。”

西蒙不寒而栗，一脚踢上了卢克的冰箱门。“订比萨饼?”

“我已经订了，”卢克手里拿着一个无线电话机走进厨房，“一个大蔬菜馅饼，三杯可乐。而且我刚给医院打了电话，”他补充道，说着把电话机挂上，“乔斯琳还是老样子。”

“哦。”克拉丽说。她在卢克家厨房的木餐桌边坐下来。卢克平常非常整洁，但此时餐桌上摆满了没有拆开的信件和几堆脏盘子。卢克的绿色圆筒状旅行袋挂在一张椅子的后背上。她知道她应该帮忙整理，但最近她就是没有精力。卢克的厨房很小，情况最好的时候也有点儿昏暗——他不太会做饭，这一点从挂在旧式燃气炉上方空荡荡的调料架就能显而易见地看出来。相反，他用调料架来装一箱箱的咖啡和茶叶。

西蒙在她旁边坐下来，卢克把脏盘子从餐桌上清走，扔进水槽。“你还好吗?”他轻声问。

“我没事，”克拉丽勉强挤出一个笑容，“我没期望妈妈今天醒过来，西蒙。我有种感觉，她——在等待什么。”

“你知道是什么吗?”

“不知道，只是觉得少了什么东西，”她抬头看着卢克，但他正卖力地在水槽里刷盘子呢，“或者是什么人。”

西蒙迷惑不解地看着她，然后耸了耸肩。“那么听起来好像学院的情况非常紧张啊。”

克拉丽不寒而栗。“亚历克和伊莎贝尔的妈妈很吓人。”

“再告诉我一下她的名字?”

“玛——丽斯。”克拉丽模仿卢克的发音说。

“这是个古老的暗影猎手的名字。”卢克在洗碗布上擦手。

“而且杰斯决定留在那里，应付这个大审判官？他不想离开？”西蒙问。

“如果他还想继续当暗影猎手的话，他就不得不这么做，”卢克说，“而且这种人生——作为拿非力人——对他来说是生命的全部。我认识一些跟他一样的暗影猎手，在伊德里斯。如果你把这从他身上夺走——”

熟悉的门铃声嗡嗡地响起来。卢克把洗碗布扔到桌子上。“我一会儿就回来。”

他一走出厨房，西蒙就说道：“想到卢克曾经是暗影猎手真的很奇怪，比想到他是狼人更奇怪。”

“真的吗？为什么？”

西蒙耸了耸肩。“我以前听说过狼人。他们是一种我熟悉的元素。所以他每个月会有一次变成狼人，也无所谓。但是暗影猎手这件事——他们好像是某种异教徒。”

“他们不像异教徒。”

“他们当然是。暗影猎杀是他们生命的全部。他们蔑视其他人。他们把我们称作盲呆，好像他们不是人类似的。他们不与普通人为友，他们不去普通人的地方，他们不懂普通人的笑话，他们认为自己凌驾于我们之上，”西蒙抬起一条瘦长的腿，扭动他牛仔裤膝盖处一个洞上的毛边，“我今天遇见了另一个狼人。”

“别告诉我你在‘猎人之月’酒吧与怪人皮特约会。”她心底有种不安的感觉，但她说不出到底是什么原因，很可能是举棋不定的压力吧。

“不是，是个女孩，”西蒙说，“跟我们差不多大，叫迈亚。”

“迈亚？”卢克拿着一个正方形的白色比萨饼盒子回到厨房。他把盒子放在餐桌上，克拉丽探身过去把它打开。热面团、番茄酱和奶酪的味道使她想起自己已经饥肠辘辘了。她没等卢克把一个盘子滑过来给她就撕下一片。他咧嘴笑着坐了下来，摇了摇头。

“迈亚是狼群的一员，对吗？”西蒙问，自己拿了一片。

卢克点点头。“当然啦，她是个好孩子。我在医院的时候有好几次都是请她帮忙照看书店的。她让我用书当报酬。”

西蒙边吃比萨饼边看着卢克。“你缺钱用吗？”

卢克耸了耸肩。“钱对我而言向来不重要，而且狼群自己照顾自己。”

克拉丽说：“我妈妈总是说等我们没钱的时候她就卖掉我爸爸的股票。但既然我原本以为是我爸爸的那个人根本不是我爸爸，我怀疑瓦伦丁有没有股票——”

“你妈妈一点点地卖掉了她自己的首饰，”卢克说，“瓦伦丁送给她一些传家宝，都是摩根斯特恩家族代代相传的珠宝。哪怕一小块都能在拍卖时卖出高价。”他叹了口气，“现在它们都不见了——尽管瓦伦丁可能已经从你们住过的公寓残存中把它们找了回来。”

“好吧，不管怎样，我希望这让她多少有些满足，”西蒙说，“像那样卖掉他的东西。”他拿了第三块比萨饼。真的很令人惊叹，克拉丽心想，青春期的男生无论吃多少都长不胖，也不会感到不舒服。

“这对你而言肯定很奇怪，”她对卢克说，“那样的情境下见到玛丽斯·莱特伍德，在过了那么久之后。”

“确切地讲，并不奇怪。现在的玛丽斯和过去的她并没有多少不同——实际上，她比以往更像她自己，如果说这种不同确实有意义的话。”

克拉丽心想的确如此。玛丽斯·莱特伍德现在的样子使她想起霍奇以前给她看的那张照片上的苗条的黑女孩，那个下巴上扬、盛气凌人的女孩。“你怎么看她对你的感觉？”她问道，“你真的认为他们希望你死了吗？”

卢克笑了起来。“或许不是因为恨，不，而是因为要是我死了的话，对他们而言事情会更容易，不那么混乱。但我不仅活着，还领导市中心的狼群，这件事可不是他们希望发生的。毕竟，维护暗影魅族之间的和平是他们的工作——现在我回来了，与他们有一段过去，还有足够的理由想要复仇。他们担心我会是一张百搭牌。”

“是吗？”西蒙问。比萨饼都吃完了，所以他探过身去，看也没看就拿了一片克拉丽啃剩下来的酥皮。他知道她讨厌酥皮。“我指的是百搭牌。”

“我毫无野心，我很迟钝，而且已经人到中年。”

“除了每个月一次会变成狼人，四处奔跑进行杀戮。”克拉丽说。

“还可能更糟糕，”卢克说，“人们都认为我这个年龄的男人应该购买豪车，沉迷在超模的温柔乡里。”

“你只不过三十八岁而已，”西蒙指出，“那还不到中年。”

“谢谢你，西蒙，我很感激你那么说，”卢克打开比萨饼盒，发现已经空了，叹了口气把它关上，“不过你倒是吃光了所有的比萨饼。”

“我只吃了五片。”西蒙一边抗议，一边把椅子往后顶，椅子的两条后腿岌岌可危地保持着平衡。

“呆子，你觉得一盒比萨饼有多少片？”克拉丽很想知道。

“少于五片就算不上一顿饭了。那只不过是零食罢了，”西蒙担心地看着卢克，

“这是不是意味着你要变成狼人，然后把我吃掉？”

“当然不，”卢克站起身来把比萨饼盒子扔进垃圾桶，“你的肉有太多筋，而且难以消化。”

“按照犹太教食规，却是清洁可食的。”西蒙开心地指出。

“如果任何有犹太血统的狼人来问我，我肯定会把他们介绍到你这里，”卢克把后背靠在水槽上，“不过，要回答你早前的问题，克拉丽，看见玛丽斯·莱特伍德很奇怪，并不是因为她，而是周遭的环境。学院使我回想起有关伊德里斯天使大厅的太多事情——我能感受到《灰色格雷》如尼文的力量包围着我，而这却是我花了十五年努力想要忘却的一切。”

“你真的忘记它们了吗？”克拉丽问。

“有很多事情你永远也不会遗忘。书上的如尼文远非插图。它们成为你的一部分，你皮肤的一部分。身为暗影猎手这一切永远不会离你而去。这是流淌在你血液中的一种天赋，你不能改变它，正如你无法改变自己的血型一样。”

“我很想知道，”克拉丽说，“是不是我也应该给自己弄一些印记。”

西蒙放下正在啃的比萨饼酥皮。“你在开玩笑。”

“不，我没有。为什么我要拿这种事情开玩笑？为什么我不应该有印记？我是暗影猎手。我可以争取我能获得的保护。”

“保护什么？”西蒙追问道，身体往前倾，椅子的两条前腿砰的一声敲击在地板上，“我还以为有关暗影猎手的一切已经结束了呢。我还以为你正努力过正常人的生活呢。”

卢克的语气很温和。“我不确定正常人的生活是否存在。”

克拉丽低头看着自己的胳膊，杰斯曾经画下她所获得的唯一的印记。她仍然看得见印记留下的蕾丝状白色印痕，与其说是伤疤，还不如说是记忆。“当然，我想远离这些奇异的事情。但要是它们找上我呢？要是我没有选择呢？”

“或者你可能并不是那么迫切地想要远离这种奇异的事情，”西蒙嘟囔道，“无论如何，只要杰斯仍然卷入其中，你就不会。”

卢克清了清嗓子。“大多数拿非力人在接受印记之前都会经历不同阶段的训练。在你学完一些教导之前，我不建议你弄一些印记。当然啦，你是否想要那么做取决于你自己。然而，有一件东西是你应该拥有的，那是每个暗影猎手都应该拥有的。”

“一种讨厌的高傲态度？”西蒙说。

“石杖，”卢克说，“每个暗影猎手都应该有一根石杖。”

“你有吗？”克拉丽惊讶地问。

卢克没有回答，径直走出厨房。他片刻之后就回来了，手里拿着一个用黑布包裹着的物体。他把这个物体在桌上放下，打开布，一根闪烁着微光的棍状武器呈现在眼前，它是用不透明的灰白色水晶做成的。这是一根石杖。

“很漂亮。”克拉丽说。

“我很高兴你这么想，”卢克说，“因为我希望你拥有它。”

“拥有它？”她惊讶地看着他，“但这是你的，对不对？”

他摇摇头。“这是你母亲的。她不想放在公寓里，生怕你碰巧发现，所以她拜托我替她保管。”

克拉丽拿起石杖，手感很凉爽，不过她知道使用时它会先发热，然后发光。这是个奇怪的物体，当作武器不是特别长，当作绘画工具又不够短。她觉得随着时间的流逝自己会习惯这种古怪的尺寸。

“我能拥有它？”

“当然。当然这是旧款式，差不多过时二十年了。他们现在可能已经改良了设计。不过，它还是足够牢靠的。”

西蒙看着她像指挥家握着指挥棒那样握着石杖，在空中轻轻地划着看不见的图案。“这有点儿让我想起我祖父把他的旧高尔夫球棍送给我的那个时刻。”

克拉丽大笑着把手放低。“是的，但是你从来不用那些东西。”

“而我希望你永远都不必用这个。”西蒙说，没等她回答便飞快地避开了她的视线。

黑漆漆的浓烟从印记上盘旋而起，他闻到自己皮肤燃烧时散发出来的令人窒息的气味。他的父亲站在他身旁密切注视着他，手里握着石杖，石杖末梢红光闪亮，好似拨火棒的末梢放在火上烧的时间太长了一般。“闭上眼睛，乔纳森，”他说，“只有当你放任自流时，痛苦才会出现。”但杰斯的手不由自主地地弯曲起来，仿佛他的皮肤痛苦地扭动着想要逃离石杖。他听见手上的一根骨头啪的一声断裂了，然后又传来另一声……

杰斯睁开眼睛，在黑暗中眨了眨，他父亲的声音像上升气流中的烟一样逐渐消散了。他的舌头很疼，有股金属的味道。他咬碎了嘴唇内侧。他坐起来，心里不由一颤。

啪啪的声音又响了起来，他很不情愿地低头看了一眼自己的手。上面没有印记。他意识到声音是从房间外面传来的。有人在敲门，有些犹豫不决。

他翻滚下床，赤脚踩在冰冷的地面上让他打了个冷颤。他穿着衣服睡着了，不由反感地低头看了看自己皱巴巴的衬衣。他身上很可能还有狼人的气味，而且他全身疼痛不已。

敲门声又响了，杰斯大踏步穿过房间，猛地把门拉开。他惊讶地眨了眨眼睛。“亚历克？”

亚历克的手放在牛仔裤的口袋里，难为情地耸了耸肩。“抱歉吵醒你。妈妈派我来叫你。她想在图书室见你。”

“现在？”杰斯眯着眼睛看着他的朋友，“我之前去过你房间，但你不在。”

“我出去了。”亚历克看来不愿意透露更多的信息。

杰斯用手耙了耙凌乱的头发。“好吧，等我换件衣服。”他径直走到衣橱那里，在几个折叠整齐的方块堆里乱翻一气，直到找到一件深黑色的长袖T恤衫。他小心翼翼地把要脱的衣服剥下来——有些地方已经被干掉的血渍黏在了皮肤上。

亚历克移开视线。“你出了什么事？”他的声音紧得出奇。

“跟一群狼人干了一架。”杰斯把蓝色衬衣拉到头上。穿好衣服后，他啪嗒啪嗒地跟在亚历克后面穿过过道。“你脖子上有东西。”他注意到。

亚历克的手飞快地捂住脖子。“什么？”

“看起来像是被咬的印子，”杰斯说，“你一整天都在做什么？”

“没做什么。”亚历克朝走廊走去，他脸色鲜红，手仍紧压着脖子。杰斯跟着他。“我到公园走了走，想要理清思绪。”

“然而撞见了吸血鬼？”

“什么？没有！我摔倒了。”

“摔在脖子上？”亚历克咕哝了一声，杰斯觉得不再提这件事为上策，“好吧，管他呢。你需要理清什么思绪？”

“你，我父母，”亚历克说，“我妈妈过来解释了为什么她会那么生气。而且她也解释了霍奇的事情。顺便说一下，多谢没告诉我那件事。”

“抱歉，”现在轮到杰斯脸红了，“不知为何，我自己开不了口。”

“好吧，看起来并不妙，”亚历克终于把手从脖子上放了下来，转过身责备地看着杰斯，“看起来你在关于瓦伦丁的事情上遮遮掩掩的。”

杰斯在半路上停了下来。“你认为我在撒谎？关于不知道瓦伦丁是我父亲？”

“不！”亚历克大吃一惊，要么是关于这个问题，要么是因为杰斯对此事强烈的反应，“我也不在乎你父亲是谁。这对我无关紧要。你仍然是你。”

“我只管得着自己是谁。”这些冰冷的话他脱口而出。

“我只是说说，”亚历克语气和缓，“你有时候有些——刻薄。在你说话之前先想一想，我要求的只有这一点。这里没有人是你的敌人，杰斯。”

“好吧，谢谢你的建议，”杰斯说，“接下来我自己走到图书室就行了。”

“杰斯——”

但杰斯已经不见了，他没有理会亚历克的苦恼。杰斯讨厌别人因为他的事情而担忧。这就像真的有事情需要担心似的。

图书室的门半掩着。杰斯懒得敲门便径直走了进去。这里一直是学院里他最喜欢的房间之一——木质家具和铜质配件，沿着墙壁摆放着一排排的真皮与天鹅绒捆扎的书籍，这种老式混搭令人备感欣慰，就像老朋友等着他回来一样。而现在，打开门等待他的却是一股冰冷的气息。整个秋天和冬天都在巨大壁炉里熊熊燃烧的火焰现在只剩下一堆灰烬。灯被熄灭了。唯一的光线来自狭小的百叶窗和塔楼那高高在上的天窗。

杰斯想起了霍奇，尽管他不愿意。要是他在这里的话，炉火就会燃着，煤气灯就会开着，金黄色的光线会影影绰绰地洒落在木质地板上。霍奇他自己会懒洋洋地坐在壁炉边的摇椅里，雨果栖息在他的肩膀上，一本书在他身旁摊开——

但有个人坐在霍奇以前坐过的旧摇椅里。一个人，身材消瘦，头发灰白。这个人从摇椅上站了起来，拉直身体的动作像玩蛇人手中的眼镜蛇一样轻盈流畅，并且脸上带着冷酷的笑容。

是个女人。她穿着一件旧式深灰色长袍，袍子垂落到她的靴子的上方。在长袍下面她穿着一套合身的蓝灰色套装，领口是中式的，硬领紧贴着她的脖子。她的头发是那种灰金色，用梳子紧紧地盘在脑后；她的一双眼睛好似一对坚硬的灰色缺口。杰斯感受得到这种眼神，就像触碰到正在结冰的水一样，她上下打量着他，目光从他脏兮兮、溅满泥泞的牛仔裤移到他受伤的脸，然后移到他的眼睛上，最终锁定在这里。

她的眼神中闪现出一丝炽热，像困在冰下的火焰散发的光芒一样，不过只一会儿就消失得无影无踪。“你就是那个孩子？”

杰斯还没来得及回答，另一个声音就作答了：是玛丽斯，她在他之后来到图书室。他不知道为什么自己没有听见她走进来的声音，接着才发现她没穿有跟的鞋子，却穿了一双拖鞋。她穿着一件有图案的丝质长袍，嘴唇绷成一条线。“是的，大审判官，”她说，“这位就是乔纳森·摩根斯特恩。”

大审判官像飘移的灰烟似的向杰斯走过去。她在他面前停下来，伸出一只手——指甲很长，皮肤白皙——这使他联想起得了白化病的蜘蛛。“孩子，看着我。”她说，突然那些细长的手指已经移到他的下巴下，迫使他抬起头来。她简直强悍得令人难以置信。“你要称呼我为大审判官，此乃唯一称谓。”她眼睛周围的皮肤像油画上的裂痕一样布满了细纹，两条细细的凹痕从嘴角边一直延伸到下巴，“你明白了吗？”

在他有生以来的大部分时间里，大审判官对杰斯而言都是遥不可及、神秘莫测的人物。她的身份，乃至她的许多职责都隐藏在圣廷的秘密之下。他以前总是想象着她会像无声使者那样拥有沉默寡言、一应俱全的力量和不为人知的秘密。他从未想象有人会如此咄咄逼人，甚至充满敌意。她的眼睛似乎要将他劈开，把他那自信和戏谑的盔甲切开，将他剔得只剩下骨头。

“我的名字是杰斯，”他说，“不是男孩。杰斯·维兰德。”

“你没有权利姓维兰德，”她说，“你是乔纳森·摩根斯特恩。声称自己姓维兰德分明就是在撒谎，就像你父亲一样。”

“实际上，”杰斯说，“我倒偏爱以我独一无二的方式成为一个说谎的人。”

“我明白了，”她的嘴角浮现出一丝笑意，那可不是友善的笑，“你无法容忍权威，就像你父亲一样，就像你们俩的名字里都含有其名字的那个天使一样。”她的手指猛地一用力抓住了他的下巴，指甲掐入他的皮肤，传来一阵疼痛，“路西法[①]因为反叛而得到的奖赏就是上帝将他放逐到地狱深渊，”她的语气像醋一样酸溜溜的，“如果你藐视我的权威，我保证你会嫉妒他的命运。”

她放开杰斯，后退回去。他能感觉到她的指甲划伤他脸颊的地方有血丝渗出来了。他的手气得发抖，但他拒绝举起手把血擦掉。

“伊莫金——”玛丽斯开口后立即纠正自己，“大审判官希伦戴尔。他同意以灵魂之剑之名接受审判。你能查明他讲的是否是真话。”

“关于他父亲？是啊，我知道我能，”大审判官希伦戴尔转过身看着玛丽斯时硬领伸进了她的喉咙，“你知道，玛丽斯，圣廷对你并不满意。你和罗伯特是学院的守卫者。算你们走运，你们过去几年的记录相对干净，几乎没有出现过恶魔扰乱的事件，过去几天一切都很平静。没有报告，就连伊德里斯也没有，所以圣廷暂且宽容尔等。我们有时候想知道你们是否真的完全消除了对瓦伦丁的忠诚。照现状看，他给你们下了个套，你们正好钻了进去。大家可能认为你们应该更心知肚明呢。”

---

① 路西法（Lucifer），即撒旦，瓦伦丁的姓 Morgenstern 意为“早上升起的星星”，即“启明星”，Lucifer 一词亦有此意，可谓一语双关。

“没有圈套，”杰斯插话道，“我父亲知道如果莱特伍德一家把我当成迈克尔·维兰德的儿子，他们就会抚养我。事情就是这样。”

大审判官恶狠狠地盯着他，仿佛他是一只会说话的蟑螂。“你知道布谷鸟吗，乔纳森·摩根斯特恩？”

杰斯怀疑担任大审判官一职——或许可能不是什么愉快的工作——搞得伊莫金·希伦戴尔有些精神错乱。“什么？”

“布谷鸟，”她说，“你瞧，布谷鸟是寄生的。它们把蛋下在其他鸟的窝里。蛋孵化后，布谷鸟幼鸟把其他幼鸟推出鸟巢外。鸟父母拼命想要给巨大的布谷鸟幼鸟找到足够的食物，而它们却谋杀了这些可怜父母的孩子，取而代之。”

“巨大的？”杰斯问，“你的言外之意是说我很胖啰？”

“只是打个比方而已。”

“我不胖。”

“而我，”玛丽斯说，“我不想要你的同情，伊莫金。我拒绝相信圣廷会惩罚我或者我丈夫，就因为我们选择抚养亡友的遗孤。”她挺直肩膀，“况且我们并不是没有告诉他们我们正在做的事情。”

“而且我从未伤害莱特伍德一家，”杰斯说，“我努力工作，努力训练——关于我父亲，随便你怎么说，但他使我成为一名暗影猎手。我通过自己的努力在这里获得一席之地。”

“别在我面前为你父亲辩护，”大审判官说，“我了解他。他以前是——现在也是——最邪恶的人。”

大审判官眯起眼睛时毫无颜色的睫毛轻轻擦过她的脸颊，露出狐疑的眼神。“你很傲慢，”她终于开口道，“而且也很偏执。你父亲教过你这样为人处世吗？”

“用不着他来教。”杰斯干脆地说。

“那么你是向他学的啰。瓦伦丁是我遇见过的最傲慢无礼的人之一。我想他把你养大就是为了让你像他一样。”

“是的，”杰斯不由自主地说，“我年纪很小时就受训于一个邪恶的策划者。把苍蝇的翅膀扯下来，给地球的自来水投毒——我在幼儿园时就知道掩人耳目这种事。我猜我父亲还没来得及把强奸和抢劫纳入我的教育计划之中就装死了，这对我们大家而言都算得上是幸事一桩，否则，没有人会安全了。”

玛丽斯惊恐地呻吟了一声。“杰斯——”

但大审判官打断了她。“与你父亲如出一辙，你不能控制自己的脾气，”她说，“莱特伍德一家娇惯了你，任由你的劣性放肆发展。你或许看起来像天使，乔纳森·摩根斯特恩，但我知道你到底是什么样的人。”

“他不过是个孩子。”玛丽斯说。她在为他辩护吗？杰斯飞快地看了她一眼，但她的眼睛躲开了。

“瓦伦丁曾经也只是个孩子。那么在我们对你那个金黄色的头脑进行挖掘以查证真相之前，我建议你冷静一下。而且我知道你只能在什么地方做到最好。”

杰斯眨了眨眼睛。“你要打发我回房间？”

“我要把你送进无声之城的监牢里。我怀疑，在那里过完一夜之后你会合作得多。”

玛丽斯惊呼道：“伊莫金——你不能！”

“我当然能，”她的眼睛像利刀一样闪着微光，“你还有什么要跟我说的吗，乔纳森？”

杰斯只能茫然地瞪着眼。通往无声之城要经过好多好多层，他只见过两层，历史档案就保存在那里，圣者在那里举行议事会。牢房位于该城的底层，在墓地那一层的下方，成千上万的暗影猎手死后埋葬在这一层之上，无声地安息于此。牢房是为穷凶极恶之徒准备的：离群的吸血鬼恶棍，违反《盟约》法律的巫师，互相残杀的暗影猎手。杰斯跟这些都不搭边，她怎么能提议把他送到那里去呢？

“非常明智，乔纳森。我看出你已经开始学习无声之城要教给你的最受用的一课了，那就是如何保持闭嘴。”大审判官的微笑仿佛笑的时候露出牙齿的骷髅。

当克拉丽正在帮卢克清理晚餐的剩菜剩饭时，门铃又响了。她站直身体，眼神飘到卢克身上。“在等人吗？”

他皱起眉头，用洗碗布擦了擦手。“没有，在这儿等着。”她看见他离开厨房时从一个架子上抽出什么东西，闪闪发光的东西。

“你看见那把刀了吗？”西蒙吹了个口哨，从桌边站了起来，“他在等麻烦吗？”

“我想这些天他一直都在等麻烦。”克拉丽说。她从厨房门的一侧朝四周望了望，看见卢克站在敞开的大门那里。她听得见他的声音，但听不清他在说什么。不过，他听起来并不心烦。

西蒙的手落在她的肩膀上，把她拉回来。“离门远一点儿。你干吗？疯了吗？要是外面有恶魔呢？”

“那么卢克很可能需要我们帮忙啊，”她俯视着放在她肩膀上的他的手，笑道，“现在你可是有强烈的爱护意愿吧？真可爱。”

“克拉丽！”卢克在前门喊她，“过来，我想让你见一个人。”

克拉丽拍了拍西蒙的手，把它放到一边。“马上回来。”

卢克斜倚在门框上，双臂交叉放在胸前。他手里的刀魔法般地消失了。一个女孩站在房子正门的台阶上，她有一头棕色卷发，梳成许多根小辫子，穿一件棕黄色灯芯绒外套。“这是迈亚，”卢克说，“就是我刚刚跟你提起的那位。”

女孩看着克拉丽。她的眼睛在明亮的走廊灯光下散发着一种奇怪的琥珀色绿光。“你一定是克拉丽。”

克拉丽承认正是如此。

“那么那个孩子——那个把‘猎人之月’砸烂的金发男孩是你哥哥？”

“杰斯。”克拉丽干脆地说，她不喜欢这个女孩冒昧的好奇心。

“迈亚？”是西蒙，他在克拉丽后面走过来，双手插进牛仔夹克的口袋里。

“是的，你是西蒙，对吗？我总是记不住名字，但我记得你。”这个女孩越过克拉丽对他笑了笑。

“好极了，”克拉丽说，“那么我们全都是朋友啦。”

卢克咳嗽了一声，直起身来。“我希望你们认识一下是因为迈亚在接下来的几个星期里要在书店帮忙，”他说，“如果你们看见她进进出出，别担心。她有钥匙。”

“而且我还会监视任何异常的事情，”迈亚保证，“恶魔、吸血鬼之类的。”

“谢谢，”克拉丽说，“现在我可是备感安全了啊。”

迈亚眨了眨眼睛。“你在嘲讽人吗？”

“我们全都有些紧张，”西蒙说，“举个例子来说，我很高兴知道家里没人时有人会保护我的女朋友。”

卢克挑起眉毛，但什么也没说。克拉丽说：“西蒙是对的，对不起，我说话的语气太重了。”

“没关系，”迈亚露出可怜的表情，“我听说了你母亲的事情。很抱歉。”

“我也是。”克拉丽说完转过身回到厨房。她在桌边坐下来，双手捧着脸。片刻之后卢克跟了进来。

“对不起，”他说，“我猜你没心情认识任何人。”

克拉丽从张开的手指缝里看着他。“西蒙在哪里？”

“跟迈亚聊天，”卢克说，实际上克拉丽听得见他们的声音，从房子的另一端传来，像喃喃自语般轻柔，“我原本以为现在对你而言有个朋友会好一些。”

“我有西蒙。”

卢克把眼镜推上鼻梁。“我听见他说你是他的女朋友？”

看着他迷惑不解的表情，她几乎大笑出来。“我猜是的。”

“是最近的事情，还是我本应该记得却忘记了的事情？”

“在此之前我自己也不知道。”她把手从脸上移开，看着它们。她想起如尼文，装饰每个暗影猎手右手背面的那只张开的眼睛。“某个人的女朋友，”她说，“某个人的妹妹，某个人的女儿。所有这些角色都是我以前不知道的，我仍然不是很明白我是什么。”

“难道问题不总是这样吗？”卢克说，她听见门在房子的另一头关上的声音，然后听见西蒙的脚步声离厨房越来越近。寒冷的夜晚气息跟他一起进来了。

“今晚我可以在这里过夜吗？”他问，“赶回家有些晚了。”

“这里随时欢迎你，”卢克瞟了一眼他的手表，“我要去睡一会儿了，早上五点得起床，六点之前要赶到医院。”

“为什么要六点？”西蒙等卢克离开厨房后问。

“那是医院开始探病的时间，”克拉丽说，“你不必在长沙发上睡，如果你不想的话。”

“我不介意陪你到明天，”他说，摆着头不耐烦地把遮住他眼睛的黑发甩开，“一点儿也不介意。”

“我知道，我的意思是如果你不想睡沙发的话，就不必睡那儿。”

“那么哪里……”他的声音消失了，眼睛在眼镜后面瞪得大大的，“哦。”

“客房里的是张双人床。”她说。

西蒙把手从口袋里抽出来，满脸通红。杰斯会故作潇洒，而西蒙甚至懒得试一试。“你确定？”

“我确定。”

他从厨房那头向她走来，弯下腰，轻轻地又有些笨拙地吻着她的嘴唇。她笑着站起来。“厨房到此为止，”她说，“不要再在厨房了。”她紧紧地拽着他的手腕，拖着他走出厨房，向她睡觉的客房走去。

第五章

父辈的罪孽

无声之城监狱中的黑暗比杰斯所知道的任何黑暗都要可怕。他看不见眼前自己双手的形状，看不见地面，也看不见牢房的天花板。他对囚室的认识仅仅来自火把照亮时的第一瞥，那时，一队无声使者把他带到这里，他们为他打开了钉有栅栏的铁门，并陪同他走进去，仿佛他是个普通的罪犯一般。

很可能他们就是这么看他的。

他知道囚室的地面铺着石板，三面墙由毛石构成，第四面墙由狭窄的琥珀金铁栅栏制成，两头深深嵌进石头里。他知道这些栅栏里面有一扇门。他也知道东边的墙壁上有一根长长的铁棒，因为无声使者把一副银手铐的一只挂在了这根铁棒上，另一只则拷在他的手腕上。他能在牢房里来回走几步，像马利[①]的鬼魂一样发出咔嗒咔嗒的声音，但他只能在这么小的范围内活动。他不假思索地硬拉拷在右手上的手铐，手腕都被勒痛了。至少他是左撇子，这是在这无法穿透的黑暗中的一个小亮点，并不是因为这个很重要，而是因为更好使的那只手还能自由活动让人觉得很心安。

他又沿着牢房慢慢踱了几步，一边走一边用手指在墙壁上摸索。不知道时间让人觉得害怕。在伊德里斯，他父亲曾教过他根据太阳的角度、下午阴影的长度、夜空中星星的位置来判断时间。但这里没有星星。实际上，他开始怀疑自己能否再看见天空。

杰斯停了下来。此刻，他为什么会这么想呢？他当然会再次看见天空。圣廷不会杀他。死刑是预留给谋杀犯的。但恐惧停留在他心里，就在他的胸腔里，和意料之外的刺痛一样那么陌生，却令人忐忑难安。杰斯并不是那种动不动就感到惊慌失措的人——亚历克说有用的胆怯会让他受益更多。恐惧从不曾对他造成很大的影响。

---

① 马利·鲍勃（1945—1981），全名罗伯特·内斯塔·马利，牙买加雷盖歌手、吉他演奏家和歌曲作家。一九六五年组建了“号叫者”三人合唱乐队。二十世纪七十年代，他推动了雷盖音乐的流行。歌词创作常反映他的拉斯特法里教信仰。

他想起玛丽斯说过的话，你从不怕黑。

这是真话。这种焦虑不自然，完全不像他的风格，单纯的黑暗无法使他感到恐惧，除非还有其他什么原因。他又浅浅地吸了一口气。他只需要熬过这一夜，一夜，仅此而已。他又往前走了一步，他的手铐单调无味地叮当作响。

一个声音划破静寂的夜空，使他停下脚步一动不动。那是凄厉而尖锐的哀号，是纯粹且无意识的恐惧造成的。号叫声持续不断，像小提琴弹拨出来的吟唱音符，音调越来越高、越来越细、越来越尖锐，直到突然戛然而止。

杰斯骂了一句。他的耳朵嗡嗡作响，他能从嘴巴里尝到恐惧的滋味，苦涩得像干巴巴的金属。谁会想到恐惧还有味道呢？他的后背紧紧贴在牢房的墙壁上，努力使自己镇静下来。

声音又传了过来，这一次更大，接着又传来一声尖叫，然后又是一声。什么东西在头顶上发出巨响，杰斯下意识地猫起腰，然后才想起来自己在地底下好几层。他听见另一声巨响，脑海中浮现出一幅画面：陵墓的门被撞开，死了几个世纪的暗影猎手的尸体摇摇晃晃地挣脱出来，它们只剩下一具骸骨，由干瘪的肌腱支撑在一起，它们拖着自己的躯壳穿过无声之城的白色地板，伸出瘦骨嶙峋、光秃秃的手指——

够了！杰斯迫使自己别这么想。死去的人不会复活。此外，他们是和自己一样的拿非力人的尸体，他们是他的被杀害的兄弟姐妹。他们对他而言没什么可怕的。那他为什么这么害怕呢？他把手握成拳头，指甲都掐入手掌了。这种惊慌配不上他。他会主宰它。他会碾碎它。他深深地吸了一口气，充盈整个肺部，就在这时传来另一声尖叫，这一次叫得很响。这口气从他的胸腔里呼哧而出，此时什么东西在离他非常近的地方砰的一声撞击地面，他看见突如其来的幽暗光线，然后一团炽热的火花刺入他的眼帘。

圣者耶利米跌跌撞撞地闯入他的视线，右手紧紧抓着一个仍然熊熊燃烧着的火把，他的仿羊皮兜帽滑落下来，露出一张恐惧得面目扭曲的脸孔。他的那张嘴巴，先前缝得密不透风，现在张得很大，发出无声的尖叫，缝线在缝合处撕裂，上面沾满了血渍，悬挂在他那破裂的嘴唇上。血滴溅在他浅色的长袍上，在火把的照射下呈黑色。他踉踉跄跄地往前走了几步，双手张开——然后，耶利米向前倾斜，一头跌倒在地面上，杰斯注视着这一切，完全不相信眼前发生的这一幕。档案保管员的身体撞击地面时，杰斯听见骨头碎裂的声音，火把从耶利米的手中滚出去，劈啪作响地飞向凿进地面的浅石槽，落在牢房的铁栅栏门前。

杰斯立即跪了下来，在铁链允许的范围内尽可能地伸长手臂，用手指去够火把，差点儿就够到了。光很快就暗淡下来，但透过逐渐变暗的火光，他看见耶利米毫无生气的脸面向他，血仍然从他张开的嘴巴渗出来，牙齿只剩下黑乎乎的残端。

杰斯感到胸口被压得喘不过气来。无声使者从来不开口，从来不说话，从来不大笑，也从来不会尖叫。但这就是杰斯听到的声音，他现在对此很确信——这是那些半个世纪以来未曾大喊过的人发出的尖叫，是恐惧的声音，它比古老的无声如尼文更加深奥，更加强大。但这怎么可能呢？其他圣者在哪里？

杰斯想要高声求救，但他的胸口仍然备感沉重，压得他开不了口。他似乎吸不到足够的空气。他突然又向前扑去想要够到火把，同时听见手腕处的一根小骨头碎裂的声音。疼痛顿时传遍他的胳膊，但这却使他获得了自己所需的那两厘米。他一把抓起火把，站了起来。随着火焰重新摇曳着升腾起来，他听见了另一个声音。这个声音更厚重，是那种丑陋拖拽的滑行声。他颈项上的汗毛像针尖一样直刷刷地竖了起来。他把火把往前推，摇曳不定的光线从摇晃的手臂上凌乱地洒落下来，在四周的墙壁上翩翩起舞，阴暗的地方顿时亮堂起来。

这里什么也没有。

他并不觉得放心，反而感到更加恐惧了。他现在大口地喘息着，仿佛身在水底下一样。恐惧更糟糕，因为它是那么陌生。他这是怎么了？难道他突然变成了胆小鬼？

他用力地拉扯手铐，希望疼痛能使他头脑清醒，但这没有用。他又听见了那个声音，那个砰砰作响的滑行声，犹如一阵轻柔不断的低语。他从未听到过如此邪恶的声音。他害怕得不知所措，摇摇晃晃地后退，靠在墙壁上，猛地扭动手臂举起火把。

刹那间，这里像白天一样明亮起来，他看清了整个房间：牢房，带有铁栅栏的门，还有光秃秃的厚石板之外的地方，以及耶利米，他的尸体缩成一团躺在地面上。就在耶利米身后有一扇门。它慢慢地打开了。什么东西笨重地穿过门。是一种巨大、黑暗且无形的东西。它的眼睛像燃烧的冰一样，深深地陷入黑乎乎的褶皱里，带着咆哮的兴致看着杰斯。接着这个东西向前一跃而起。一团厚重的水蒸气像扫过海面的巨浪一样在杰斯眼前翻腾而起。他看见的最后一个东西就是火把的火焰忽明忽暗，一会儿绿，一会儿蓝，然后就被黑暗吞噬了。

亲吻西蒙令人心旷神怡，那种愉悦轻柔而和缓，就像夏日里躺在吊床上一边看书，一边喝着柠檬汁一样。这是那种你一直会做的事情，既不会感到厌倦，也不会感到不安，亦不会因为其他事情而扰乱心境，或让人感到心烦意乱，除了沙发床上的金属条正戳着你的后背。

“哎哟。”克拉丽叫起来，试图扭动着躲开金属条，却没成功。

“我弄痛你了吗?”西蒙侧躺着支起身体，满脸关心，或者只是因为他没戴眼镜，眼睛显得是平常的两倍那么大，那么黑。

“没有，不是你——是床，它像个行刑设备。”

“我没注意到，”他阴沉地说，她则从地上抓起一个掉下去的枕头，然后把它塞到他们身体下面。

“你不会注意到，”她大笑起来，“我们到哪里了?”

“哦，我的脸差不多就在现在这个位置，但你的脸之前离我的脸要近很多，不管怎样，我就记得这些。”

“多么浪漫啊。”她一把将他拉到自己身上，他则用胳膊肘支撑自己以保持平衡。他们的身体叠成一条线，透过他们的T恤衫，她能感觉到他的心跳。他的眼睫毛通常都藏在眼镜下面，当他靠过来吻她的时候擦到了她的脸颊。她不禁发出一阵颤笑。“这对你来说会不会很奇怪?”她在他耳畔低语道。

“不会啊，我觉得你想象力太过丰富，现实似乎——”

“令人扫兴?”

“不，不!”西蒙抽回身体，看着她，他的眼睛虽然近视，眼神却很笃定，“想都别想。这跟令人扫兴完全相反。这——”

她忍住没让心里咯咯的笑声发出来。“好吧，可能你也不想说那个。”

他半闭起眼睛，嘴巴弯弯地笑了起来。“好吧，现在我想对你说些甜言蜜语，但我能想到的只是……”

她朝他露齿一笑。“你想做爱?”

“别胡说，”他握住她的手，将它们按在床单上，严肃地俯视着她，“我想说的是，我爱你。”

“那么你不想做爱?”

他放开她的手。“我没那么说。”

她大笑起来，用双手推着他的胸脯。“拉我起来。”

他立即警觉起来。“我的意思并不是我只想做爱……”

“不是这样。我想换身睡衣。穿着袜子没法让我认真地跟你亲热。”他悲伤地注视着她从梳妆台里收起睡衣向浴室走去。她把门拉起来的时候，朝他扮了个鬼脸。“我马上回来。”

不管他的回答是什么都随着门关闭起来的那一刻错过了。她刷牙，然后往水槽里放了很长时间的水，久久凝视着医药箱镜子里的自己。她头发凌乱，脸颊酡红。她想知道，这算得上容光焕发吗？恋爱中的人们就应该容光焕发，不是吗？或者说，怀孕的女人应该是这样，她记不真切，但她肯定看起来有些不一样。毕竟，这是她经历过的第一次真正的长吻——而且感觉很美妙，她告诉自己，安全、惬意而且舒适。

当然，她吻过杰斯，在她生日的那天晚上，那跟安全、舒适和惬意完全搭不上边。那就像在她身体里打开了一股未知的东西，比血还要滚烫、还要甜蜜、还要苦涩的东西。别想杰斯，她猛烈地告诉自己，但看着镜子中的自己，她看见自己的眼神黯淡下来，随即明白她的身体还记得，即使她的理智不想记起这些。

她让水变冷，往脸上拍打，然后伸手去拿睡衣。很好，她意识到，她拿进来的只有睡裤，没有上衣。不管西蒙会多么欣赏这一点，上身裸睡的安排似乎有些为时过早。她返回卧室，却发现西蒙已经躺在床中央睡着了，他还紧紧地抱着支撑他们的那个枕头，仿佛那是个人一样。她憋住没笑出来。

“西蒙……”她低声呢喃——然后她听见手机哔哔地响了两声，告诉她有短消息进来。手机孤单地躺在床头柜上，盖子没打开，克拉丽拿起手机，看见那条消息是伊莎贝尔发的。

她轻轻地弹开手机，急匆匆地从上往下翻看信息。她读了两遍，只想确保她不是在想象。接着她朝衣橱跑去，准备拿外套。

“乔纳森。”

声音从黑暗中传来：缓慢、神秘，对他来说熟悉得就像痛苦一样。杰斯眨巴着睁开眼睛，只看见一片漆黑。他打了个冷颤。他正蜷缩着躺在冰冷的厚石板上。他肯定是晕倒了。一阵愤怒刺痛着他自己的懦弱和脆弱。

他翻滚着侧坐起来，受伤的手腕在手铐里抽搐。“有人吗？”

“你当然认得你自己的父亲，乔纳森。”声音又传来了，杰斯不知道：听上去像某种陈旧的铁质，流畅平滑，几乎不含任何语气。他试图挣扎着站起来，但他的靴子被一团东西绊了一下，他向后滑了出去，肩膀重重地撞在墙壁上。他的链子像钢质的风铃一样传来一阵咔嚓声。

“你受伤了吗？”一阵光在上方闪耀，刺痛了杰斯的眼睛。他眨着眼睛使灼热的眼泪掉下来，然后看见瓦伦丁站在铁栅栏的另一边，就站在圣者耶利米的尸体旁边。他一只手拿着一枚闪闪发亮的巫光石，白得耀眼的光照亮了房间。杰斯看得见墙壁上的老血迹——还有更新一点儿的血渍，像一摊小小的湖泊，那是从耶利米张开的嘴巴里流淌出来的。他感到心里翻江倒海，胃缩成一团，想到先前看到的那团黑乎乎的东西，它的眼睛像珠宝一样熊熊燃烧着。“那个东西，”他哽咽道，“它在哪里？它以前是什么？”

“你受伤了，”瓦伦丁靠近铁栅栏，“谁下令把你关押在这里的？是圣廷吗？是莱特伍德家？”

“是大审判官。”杰斯低头看着自己。他的裤腿和上衣上沾着更多的血。他分不清这些是否是他自己的。血慢慢地从他的手铐下方渗透出来。

瓦伦丁透过铁栅栏若有所思地看着他。这是多年来杰斯第一次看见父亲身着真正的战袍——厚重的皮质暗影猎手服，不仅能使身体伸展自如，还能防范大多数种类各异的恶魔毒液；琥珀金镀金护具套在他的胳膊和腿上，每个护具上都刻有一系列的符号和如尼文。他的胸膛上斜挂着一根宽皮带，剑柄在他的肩膀上方闪着微光。然后他蹲下来，使他那冷漠的黑眼睛与杰斯的眼睛保持在同一水平线上。杰斯惊讶地发现他的眼里没有愤怒。“大审判官和圣廷是一丘之貉。而莱特伍德一家本来就不应该允许这样的事情发生。我绝不会让任何人这样对你。”

杰斯使自己的后背紧紧地靠在墙壁上，这样他就在锁链允许的范围内离他父亲尽可能地远了。“你下到这里来是为了杀我吗？”

“杀你？我为什么想要杀你？”

“好吧，为什么你杀了耶利米？别用他自然死亡之后你碰巧闲逛到这里之类的话来搪塞我。我知道这是你干的。”

瓦伦丁第一次朝下扫了一眼圣者耶利米的尸体。“我确实杀了他，还有其他的无声使者。我不得不这么做。他们有我需要的东西。”

“什么？浩然正气吗？”

“这个，”瓦伦丁话音刚落就从肩膀上的剑鞘中敏捷地抽出一柄剑，“梅拉塔奇之剑。”

杰斯咽下升到喉咙口的惊呼。还好他认出了这柄剑：这把巨大的银剑剑刃很厚重，剑柄上刻着张开的翅膀的图案，正是挂在会说话的星星上方的那柄，就在无声使者的会议室里。“你夺走了无声使者的剑？”

“根本就不是他们的，”瓦伦丁说，“它属于全体拿非力人。天使将亚当和夏娃赶出伊甸园时用的就是这柄剑。他在小天使伊甸园的东面，一柄迸发火焰的剑指向四面八方。”他引用了原文，低头凝视着剑。

杰斯舔了舔干燥的嘴唇。“你打算用它做什么？”

“我会告诉你的，”瓦伦丁说，“如果我能信任你并且知道你也信任我。”

“信任你？你从伦维克的移空门溜走，还摧毁了它，使我不能跟随你过去。还有你千方百计地想致克拉丽于死地？”

“我绝不会伤害你妹妹，就像我不会伤害你一样。”瓦伦丁勃然大怒。

“你所做的一切就是伤害我！是莱特伍德一家人保护了我！”

“我可不是把你关押在这里的那个人。我可不是威胁你，不信任你的那个人。那是莱特伍德和他们圣廷的朋友们做的事，”瓦伦丁顿了一下，“看看你现在这个样子——他们这样对你，你却还很坚韧——我真为你骄傲！”

听到这些，杰斯惊讶地抬起眼睛，他的动作太快，于是感到一阵眩晕。他的手急促地痉挛了一下。他压下疼痛，反复几次，直到呼吸均匀。“什么？”

“我现在意识到在伦维克我做错了什么事，”瓦伦丁继续说，“我那时还想象着你是我留在伊德里斯的那个小男孩，服从我的每一个心愿。相反，我发现了一个固执己见的年轻人，独立而勇敢，然而我却仍然把你当成小孩子那样对待，难怪你要背叛我。”

“背叛？我——”杰斯的喉咙一紧，打断了想要说的话。他的心和着手上的抽搐开始怦怦跳动起来。

瓦伦丁催促道：“我从未有机会向你解释我的过去，告诉你我为什么要做那些事情。”

“没什么要解释的。你杀死了我的外祖父母，你囚禁了我母亲。为了满足你的一己之私，你杀戮其他暗影猎手。”杰斯说出这些话，字字味如毒药。

“你只知道一半的事实，乔纳森。你还是小孩时我骗你是因为你年纪太小理解不了。现在你年纪够大，可以知道真相了。”

“那么告诉我真相吧。”

瓦伦丁从牢房铁栅栏的缝隙里伸出手去，把手放在杰斯的手上。他手指粗糙，长满老茧，跟杰斯十岁时的感觉一模一样。

“我想信任你，乔纳森，”他说，“我能吗？”

杰斯想要回答，但话说不出口，他的胸口上仿佛有个铁箍正慢慢地收紧，一寸寸地切断他的呼吸。“我希望……”他低语道。

一个声音从他们上方传来，像金属门撞击时发出的哐当声，接着杰斯听见了脚步声，沙沙的低语声在无声之城的石墙间回荡。瓦伦丁站起身，将手罩在巫光上直到只剩下豆大的微光，他本人也只看得见模模糊糊的影子轮廓。“比我设想的还快。”他嘀咕道，透过铁栅栏低头看着杰斯。

杰斯向他望去，但他只看见巫光发出的微弱光芒之外有一团漆黑的东西。他想起之前看见过的那团翻滚的黑状物，把它前面的所有光线都吞噬掉了。“什么来了？那是什么？”他追问，跪在地上胡乱地往前移动。

“我必须走了，”瓦伦丁说，“但我们之间的事情还没完，你和我。”

杰斯一把抓住铁栅栏。“解开我身上的锁链。无论是什么，我都希望能上前迎战。”

“现在解开你身上的锁链可不是什么善举。”瓦伦丁的手完全罩住了巫光石。它闪烁着熄灭了，使整个屋子又陷入黑暗之中。杰斯用身体拼命地撞击牢房的铁栅栏，一阵刺痛传遍他那只受伤的手，向他表示抗议。

“不！”他大叫，“父亲，求你了。”

“你想找我的时候，就能找到我。”瓦伦丁说。接着杰斯只听见他迅速撤退时传来的脚步声，还有自己无力地靠在铁栅栏上时不规则的呼吸声。

在乘地铁前往住宅区的路上，克拉丽发现自己没法坐下来。她在差不多空荡荡的车厢里踱来踱去，她的 iPod 耳机在脖子上晃来晃去。伊莎贝尔没接克拉丽打给她的电话，一阵不理智的担忧折磨着克拉丽。

她想起杰斯在“猎人之月”满身是血的情形。他愤怒地露出牙齿，大声吼叫着，看起来他本人更像是狼人，而不是肩负保护人类、使暗影魅族遵守秩序的暗影猎手。

她冲向九十六大街地铁站的台阶，当她接近学院庞大得犹如灰色巨影的街角时才放慢脚步，变跑为走。隧道下面很热，当她沿着裂开的水泥人行道向学院正门走去时，她脖子后面的汗冷得有些刺痛。

她伸手去探挂在柱顶过梁上的大铁铃扣，然后又犹豫地停了下来。她是暗影猎手，不是吗？她有权进入学院，就和莱特伍德家一样。决心突然在她心中奔腾而起，她抓住门把手，努力想起杰斯说过的话。“以天使之名，我——”

门旋转着打开了，迎面而来的是一片漆黑，只有几根细小的蜡烛散发出的火光点缀其间。她急匆匆地穿梭在教堂的长椅之间，烛光摇曳不定，仿佛在嘲笑她一般。她来到电梯间，哐当一声把门关上，用颤抖的手指戳了一下按钮。她努力使紧张的情绪消退——她想知道自己是在担心杰斯，还是在担心看见杰斯？她的脸陷进外套上翻的衣领里，显得又白又小，眼睛既大又绿，嘴唇苍白且咬在一起。一点儿也不好看，她郁闷地想道，强迫自己不去想这个。她长得怎么样又有什么关系呢？杰斯才不在乎。杰斯不能在乎。

电梯哐当一声停了下来，克拉丽推开门。丘奇在门厅等她，它不高兴地喵了一声算是跟她打招呼。

“怎么啦，丘奇？”在静寂无声的房间里她的声音听起来大得不自然。她怀疑学院里到底有没有人。或许只有她自己吧。想到这一点令她毛骨悚然。“有人在家吗？”

这只蓝色的波斯猫转过身，朝走廊跑去。他们经过音乐室和图书室，两个房间都空无一人，然后丘奇又拐了个弯，在一扇关闭的门前坐了下来。那么，就在这儿，我们到了，它的表情似乎会说话。

她没来得及敲门，门就开了，伊莎贝尔出现在门边，她光着脚丫，穿着牛仔裤和柔软的紫罗兰色上衣。看见克拉丽后她说道：“我听见有人从大厅里过来，但我没想到会是你，”她说，“你在这里做什么？”

克拉丽盯着她。“你给我发了那条消息。你说大审判官把杰斯送进了监狱。”

“克拉丽！”伊莎贝尔来回扫了一眼走廊，然后咬起嘴唇，“我并不是要你即刻赶到这里来。”

克拉丽面露惧色。“伊莎贝尔！那可是监狱！”

“是的，但——”伊莎贝尔挫败地叹了口气，站在一边，示意克拉丽进屋说话，“瞧，你不妨进来。你，去守卫电梯。”她说着向丘奇挥了挥手。

丘奇眼神恐怖地看了她一眼，肚皮贴在地面上，准备睡觉了。

“猫啊。”伊莎贝尔咕哝了一声，关上了门。

“嘿，克拉丽，”亚历克坐在伊莎贝尔没有整理过的床上，他穿着靴子的脚悬挂在床边，“你在这里干什么？”

克拉丽在伊莎贝尔光鲜却杂乱的梳妆台前的衬垫凳子上坐下来。“伊莎贝尔给我发了消息，她告诉我杰斯出了什么事。”

伊莎贝尔和亚历克意味深长地看了看对方。“哦，别这样，亚历克，”伊莎贝尔说，“我以为她应该知道。我不知道她会赶到这里来！”

克拉丽的胃一颤。“我当然得来！他好吗？大审判官究竟为什么要把他关进监狱？”

“那并不是真正的监狱。他在无声之城。”亚历克说着坐直了身体，把伊莎贝尔的一个枕头拉到自己的膝盖上。他漫不经心地拨弄着缝在枕头边上的串珠流苏。

“在无声之城？为什么？”

亚历克一时语塞。“无声之城下面有牢房。在把罪犯送到伊德里斯接受长老会的审判之前，他们有时候被关押在那里，他们都是些为非作歹之徒、谋杀犯、变节的吸血鬼、违反《圣约》的暗影猎手。杰斯现在就在那里。”

“和一群谋杀犯关在一起？”克拉丽义愤填膺地站了起来，“你们这帮人有病吗？你们为什么不觉得难过？”

亚历克和伊莎贝尔又交换了个眼色。“只是一个晚上，”伊莎贝尔说，“那里没有其他人跟他在一起。我们问过了。”

“但是为什么？杰斯做了什么？”

“他辱骂大审判官，据我所知，情况就是这样。”亚历克说。

伊莎贝尔坐在梳妆台的边缘。“难以置信。”

“那么大审判官肯定是疯了。”克拉丽说。

“她实际上没疯，”亚历克说，“要是杰斯在你们盲呆的部队里，你认为他会被允许辱骂上司吗？绝对不会。”

“好吧，但这不是在战争期间。而杰斯也不是战士。”

“但我们全都是战士，杰斯跟我们其他人一样。我们有等级之分，大审判官几乎是最高级别的，而杰斯是最低级别的。他本应该对她多一些敬意的。”

“如果你们认同他应该进监狱，又为什么叫我来这里？只是为了让我同意你们的看法吗？我不明白。你们希望我做什么？”

“我们并没有说他应该进监狱，”伊莎贝尔不客气地打断她，“我们只不过是说他不应该对圣廷最高级别的成员反唇相讥。此外，”她小声地补充道，“我以为或许你能帮忙。”

“帮忙？怎么帮？”

“我以前跟你说过，”亚历克说，“有一半的时间，杰斯似乎想要让自己被杀。他得学会管住自己，那也包括与大审判官合作。”

“你认为我可以帮助你们让他那么做？”克拉丽的声音里明显带有不相信的色彩。

“我不确定谁能强迫杰斯做什么事情，”伊莎贝尔说，“但我认为你可以提醒他，他还有活下去的意义。”

亚历克低头看着手中的枕头，突然狠狠地扯了一下流苏。串珠像一阵小雨一样哗啦啦地撒落在伊莎贝尔的被子上。

伊莎贝尔皱起眉头。“亚历克，别这样。”

克拉丽想告诉伊莎贝尔他们才是杰斯的家人，而她不是，他们的意见对他来说比她的更有分量。但她只听见脑海中响起杰斯的声音在说，我从未觉得自己属于任何地方，但你让我觉得有归宿感。“我们能去无声之城看他吗？”

“你会劝他跟大审判官合作吗？”亚历克追问。

克拉丽考虑了一下。“我想先听听他怎么说。”

亚历克把变得光秃秃的枕头放在床上，皱着眉头站了起来。他还没来得及说话，就传来敲门声。伊莎贝尔离开梳妆台去开门。

站在门口的是个黑头发的小男孩，眼睛半遮掩在一副眼镜下面。他穿着牛仔裤和一件过大的运动衫，一只手抱着一本书。“麦克斯，”伊莎贝尔不无惊讶地说，“我以为你睡着了。”

“我在武器库，”男孩说——他肯定是莱特伍德家的小儿子，“但图书室很吵。我想有人可能想要联系学院。”他从伊莎贝尔旁边眯着眼睛偷看克拉丽，“那是谁？”

“她是克拉丽，杰斯的妹妹。”亚历克说。

麦克斯的眼睛睁圆了。“我还以为杰斯没有兄弟姐妹呢。”

“我们原本都这么想呢。”亚历克说，拿起一件挂在一把椅子上的运动衫，套在身上。他的头发从头顶四周散射出来，像一圈柔软的黑色光环，因为静电发出咔嚓声。他不耐烦地把它推了回去。“我最好去图书室。”

“我们一起去，”伊莎贝尔说着从抽屉里拿出她那绕成一团还闪着微光的金色皮鞭，将柄插进皮带里，“或许出事了。”

“你们的父母呢？”克拉丽问。

“他们几个小时前被叫出去了。一个小精灵在中央公园被谋杀了。大审判官跟他们一起去了。”亚历克解释说。

“你们不想去？”

“我们没受到邀请，”伊莎贝尔把两根黑色的发辫盘到头顶上，将一把小玻璃匕首插进一绺头发里，“照顾麦克斯，好吗？我们很快就回来。”

“可是——”克拉丽抗议道。

“我们马上回来。”伊莎贝尔飞奔进走廊，亚历克紧随其后。门在他们身后关上，克拉丽在床上坐了下来，忧心忡忡地看着麦克斯。她从来没有跟小孩子一起玩过——她妈妈从来不让她当小孩的临时看护——而且她真的不知道怎么跟他们讲话，什么东西可能会让他们开心。这个小男孩胳膊腿细细长长，眼睛跟他的脸比起来显得太大了，让她想起西蒙这么大时候的样子，这倒有些帮助。

麦克斯若有所思地回视她的目光，他并不害羞，反而很深沉，很从容。“你多大？”他最后开口问道。

克拉丽大吃一惊。“我看起来多大？”

“十四岁。”

“我十六岁，但人们总认为我比实际年龄小，因为我个子太矮了。”

麦克斯点点头。“我也是，”他说，“我九岁，但人们总觉得我只有七岁。”

“我看你有九岁，”克拉丽说，“你拿着什么？是书吗？”

麦克斯拿出藏在背后的手，他拿着一本宽大且扁平的平装本，跟食品杂货店柜台上卖的那种小杂志差不多大小。这本书的封面色彩艳丽，英文单词下面还有日文汉字。克拉丽笑道：“《火影忍者》，我不知道你喜欢漫画。你在哪儿买的？”

“在机场。我喜欢图画，但我搞不懂该怎么读。”

“来，给我看看，”她打开书，给他看内页，“你从后往前读，从右往左，而不是从左往右。每一页都要逆时针读。你知道那是什么意思吗？”

“当然啦。”麦克斯说。克拉丽立即担心是不是惹恼了他。不过，当他拿回书翻到最后一页时看起来还是够开心的。“这一本是第九册，”他说，“我想在读这本之前我应该先拿到前面的八册。”

“好主意。或许你可以让人带你去《中城区连环漫画杂志》或‘禁忌星球’。”

“‘禁忌星球’？”麦克斯一脸茫然，不过克拉丽还没来得及解释，伊莎贝尔就冲进门来，显然是上气不接下气。

“确实是有人想联系学院，”克拉丽没来得及问，她继续说道，“是一个无声使者。骸骨之城出事了。”

“什么事？”

“我不知道。我以前从未听说无声使者求助过。”伊莎贝尔显然很焦虑。她转身对麦克斯说：“麦克斯，回你房间去，待在那儿，好吗？”

麦克斯咬紧牙。“你和亚历克要出去？”

“是的。”

“去无声之城？”

“麦克斯——”

“我想去。”

伊莎贝尔摇摇头，她脑袋后面的匕首柄像火点似的闪闪发光。“绝对不行。你太小了。”

“你也不到十八岁！”

伊莎贝尔转而看着克拉丽，脸上写满担忧和绝望。“克拉丽，过来一下，求你了。”

克拉丽站起身，觉得很奇怪——伊莎贝尔一把抓住她的胳膊，把她拖出了房间，砰的一声把门关了起来，接着传来麦克斯用自己的身体撞门时的砰砰声。“该死，”伊莎贝尔握着门把手说道，“你能帮我拿一下石杖吗？求你了，在我的口袋里——”

克拉丽急忙拿出卢克给她的石杖。“用我的吧。”

迅速地划了几下之后，伊莎贝尔就在门上刻出一个封锁的如尼文。克拉丽听见麦克斯在房门那边的抗议，伊莎贝尔朝门外退了几步，扮了个鬼脸，然后把石杖还给克拉丽。“我不知道你有这个。”

“是我妈妈的。”克拉丽说，然后她在心里责怪自己。是我妈妈的，这是我妈妈的。

“哈，”伊莎贝尔握起拳头捶了一下门，“麦克斯，要是你饿了的话，床头柜的抽屉里有一些快速能量棒。我们尽快回来。”

门后传来另一个愤怒的叫声。伊莎贝尔耸了耸肩，转身朝大厅奔去。克拉丽跟在她身边。“是什么消息？”克拉丽追问，“只是说有麻烦吗？”

“遭到袭击。仅此而已。”

亚历克在图书室外面等他们。他在衣服外面套上了黑色皮质暗影猎手铠甲。防护手套保护他的胳膊，印记环绕在喉咙和手腕上。六翼天使刃，每一柄都以一个天使的名字命名，在他腰上的皮带上闪烁着微光。“你准备好了吗？”他对他妹妹说，“麦克斯安排妥当了吗？”

“他很好，”她伸出胳膊，“给我刻上印记。”

亚历克在伊莎贝尔的手背上和手腕内侧画着如尼文图案时，他抬头瞟了一眼克拉丽。“你或许应该回家，”他说，“大审判官回来时你可不想一个人在这里。”

“我想跟你们去。”克拉丽说，这些话不由自主地脱口而出。

伊莎贝尔把一只手从亚历克那里抽回来，吹了吹画好印记的皮肤，仿佛她在冷却一杯过烫的咖啡似的。“你的语气跟麦克斯一模一样。”

“麦克斯九岁，我跟你一样大。”

“但你没接受过训练，”亚历克反驳道，“你只会妨碍我们。”

“不会，我不会。你们俩谁进过无声之城？”克拉丽逼问，“我进去过。我知道怎么进去。我知道怎么找到去路。”

亚历克直起身体，收好石杖。“我不认为——”

伊莎贝尔打断了他。“实际上，她说的有道理。我认为如果她愿意的话应该跟我们一起去。”

亚历克有些吃惊。“上一次我们面对恶魔时，她只知道躲起来尖叫，”看到克拉丽恶狠狠的怒视，他朝她抱歉地看了一眼，“抱歉，但这是事实。”

“我想她需要学习的机会，”伊莎贝尔说，“你晓得杰斯的口头禅。有时候，你不必寻找危险，危险会来找你。”

“你不能像锁住麦克斯那样锁住我，”注意到亚历克逐渐减弱的决心，克拉丽补充道，“我不是孩子。我知道骸骨之城在哪里。即使没有你们我也能找到去的路。”

亚历克转过身，摇着头，咕哝着女孩子之类的话。伊莎贝尔向克拉丽伸出一只手。“给我你的石杖，”她说，“是时候给你画上印记了。”

第六章
灰烬之城

最终伊莎贝尔只给克拉丽画了两个印记，两只手背上各一个。一个是每个暗影猎手手上都有的睁开的眼睛。另一个像两把十字交叉的镰刀，伊莎贝尔说这是保护如尼文。石杖刚触碰到皮肤时，两个如尼文都有灼痛的感觉，不过疼痛逐渐消退了，克拉丽、伊莎贝尔和亚历克乘一辆黑色吉卜赛出租车向市中心赶去。他们抵达第二大道踏上人行道时，克拉丽的手和胳膊已经轻如羽翼，仿佛她在游泳池里披上了水做的翅膀一样。

他们穿过精致的铁拱门走进大理石公墓，三个人都很沉默。克拉丽上次来到这个小公墓时，是一路小跑紧跟在圣者耶利米身后的。此刻，第一次，她注意到凿进墙壁上的名字：扬布拉德、菲尔柴尔德、斯拉什克洛斯、奈特怀因和拉文斯加。这些名字旁边还有如尼文。在暗影猎手文化中，每个家庭都有他们自己的标志：维兰德家族是铁匠的锤子，莱特伍德家族是个火把，而瓦伦丁家族是颗星星。

青草在墓地中央的天使雕像脚下乱糟糟地缠绕在一起。天使的眼睛闭着，它那消瘦的手紧握住石头高脚杯的杯脚，是根据生命之杯仿制的。它的石头面孔毫无表情，布满灰尘和污垢的痕迹。

克拉丽说："上一次我在这里时，圣者耶利米是用雕像上的一个如尼文打开通往城里的大门的。"

"我不想使用无声使者们的如尼文。"亚历克说，他的脸色铁青，"他们本应该察觉到我们已经走到这里了。现在我开始担心了。"他从皮带里抽出一把匕首，把匕首刃直接在赤裸的手掌上划过。血从浅浅的伤口里涌出来。他握着拳头在石头圣杯上举起来，让血滴进去。"拿非力人的血，"他说，"应该能当钥匙使用。"

石头天使的眼睑倏地睁开了。顷刻间，克拉丽几乎以为会从石头的褶皱中看见一双眼睛炯炯有神地盯着她，但看着她的只是更多的花岗岩。不一会儿，天使脚下的草地开始裂开。一条弯曲的黑线像蛇逶迤而过时留下的波痕，从雕像处蜿蜒展开，一个黑乎乎的洞在克拉丽脚下打开，她急忙往后跳了一步。

她朝下看去，台阶一直延伸到黑暗之中。上次她来这里时，每隔一段距离就有火把照亮台阶。现在只有黑漆漆的一片。

“有问题。”克拉丽说。伊莎贝尔和亚历克似乎都不愿反驳。克拉丽从口袋里拿出杰斯给她的巫光石，把它举到头顶上，光芒从她张开的指缝中迸发出来。“我们走吧。”

亚历克走到她前面。“我先走，你跟着我。伊莎贝尔，你断后。”

他们艰难而缓慢地往下走，克拉丽湿漉漉的靴子在被岁月打磨光滑的台阶上打滑。台阶底部是一段不长的隧道，通往宽敞的大厅，一圈白色石拱门上镶嵌着次等宝石。一排排棺木像童话故事里的伞菌一样簇拥在阴影里。他们越往阴影深处走，巫光石的光亮就越弱，不足以照亮整个大厅。

亚历克严肃地望着这一排排棺木。“我从未想过我会进入无声之城，”他说，“就连死后也不想。”

“我可不愿把事情想得那么糟糕，”克拉丽说，“圣者耶利米告诉过我，他们如何处理死者。他们把死去的暗影猎手烧成灰烬，大多数骨灰被用来做成无声之城的大理石。”降魔者的血肉本身就是抵御邪恶最有利的武器。即便死去，圣廷的成员也在继续奉献。

“嗯，”伊莎贝尔说，“这被当成一种荣耀。另外，这跟你们盲呆的火葬可不一样。”

这并没降低此事的恐怖程度，克拉丽心想。空气中有着浓厚的灰和烟的味道，因为上次她来过，很熟悉这种气味——但这些气味里面还夹杂着其他的味道，一种更强更浓的恶臭，像烂水果的腐烂味。

亚历克皱起眉头，好像他也闻到味道了似的，他从插武器的皮带里抽出一把天使刃。“阿拉希尔。”他轻声说，它的光芒与克拉丽的巫光石的光亮一起照亮了他们的去路，他们找到了第二段楼梯，向着更浓的黑暗走下去。巫光宛如即将熄灭的星星一样在克拉丽的手里抖动了一下——她怀疑它是否会能量耗尽，巫光石会不会像手电筒没有电池了一样。她希望不会。她想到要在这个阴森恐怖的地方陷入伸手不见五指的境地，内心深处就充满了恐惧。

他们来到楼梯底部时闻到更浓烈的烂水果味，接着他们发现自己不经意间来到另一条幽深的隧道。这一条通往由一个个尖而长的骨雕环绕的大厅——这个大厅克拉丽记得很清楚，镶嵌的银色星星曾像珍贵的五彩纸屑一样洒落在地板上。大厅中央摆着一张黑色的桌子。光滑的桌面上有一摊黑色液体，如涓涓溪流般淌到地板上。

当初克拉丽站在圣者长老会面前时，桌子后面曾经挂着一柄沉重的银剑。现在剑不见了，原来挂剑的地方一片模糊，墙壁上有一大片猩红色。

“那是血吗？”伊莎贝尔轻声问。她的语气不是害怕，而是惊诧。

“看起来像是。”亚历克的眼睛扫视着房间。阴影像漆一样浓厚，且变化多端。他紧紧地抓住天使刃。

“会发生什么事呢？”伊莎贝尔问，“无声使者——我以为他们是不可摧毁的……”

她的声音戛然而止，克拉丽转身时手中的巫光照亮了尖顶上诡谲的影子。有一个比其他的形状更加古怪。她努力让巫光燃烧得更亮一些，结果她做到了，巫光石突然向远处投射出一片光亮。

像挂在钩子上的小虫子一样钉在尖顶上的是一具无声使者的尸体。沾满了一道道血迹的手臂正好悬挂在大理石地板上方。他的脖子好像断了。他身体下面有一摊血泊，在巫光的照射之下凝结成黑乎乎的一团。

伊莎贝尔大惊失色。“亚历克。你看见——”

“我看见了，”亚历克语气凝重，“我已经看见更糟糕的了。我现在担心的是杰斯。”

伊莎贝尔朝前走去，摸了一下黑色的玄武岩石桌，她的手指从桌面上滑过。“这里的血迹几乎是新的，肯定是不久之前发生的。”

亚历克朝钉在尖顶上的尸体走过去。模糊的印子从地板上的血泊里延伸出去。“脚印，”他说，“有人在跑。”亚历克拱起手示意女孩子们跟着他。她们照做了，伊莎贝尔停下来只是为了在柔软的皮护腿上擦干净沾满血渍的手。

脚印一直从大厅延伸到一条狭窄的隧道，然后消失在黑暗之中。亚历克停下来看了看四周，克拉丽不耐烦地推开他，从他旁边走过去，巫光在他们前面照出一条银白色的道路。她看得见隧道尽头的双扇门，它们是敞开的。

杰斯。不知为何她已经感觉到他了，他就在附近。她开始小跑起来，靴子在坚硬的地面上发出响亮的啪嗒声。她听见伊莎贝尔在她身后呼喊自己，接着亚历克和伊莎贝尔也奔跑起来，紧紧跟着她。她一溜烟冲进大厅尽头的门，发现自己来到一个被石头包围的房间里，一排深陷进地底下的铁栅栏将房间分成两半。克拉丽只能看见铁栅栏那边有个虚弱无力的身影。就在牢房的外面，一位无声使者四肢摊开躺在那里，只剩下了无生气的身形。

克拉丽立即意识到他死了。他躺在那里的姿势说明了这一点，就像洋娃娃的关节因为旋转不当而被扭断那样。他的咖啡色仿羊皮长袍被撕下来一半。他布满伤痕的脸因为恐惧而扭曲了，但仍然辨认得出来他是圣者耶利米。

她从他的尸体旁边挤过去来到牢房门口。门是由密密麻麻的铁栅栏做成的，只有一边有铰链。似乎没有她能拉动的锁或把手。她听见亚历克在她身后呼喊她的名字，但她的注意力不在他那里，而在门这里。当然，她意识到眼下没办法能打开门。圣者们打交道的不是看得见的东西，而是无形之物。她用一只手紧紧握住巫光石，另一只手摸索着她妈妈的石杖。

从铁栅栏的另一面传来一个声音，一种模糊的惊呼或低语，她不确定是哪一种，但她认出了声音的来源。杰斯。她用石杖的尖端在牢房门上刻划，努力在脑海中想象表示“打开”的如尼文，直到坚硬的金属上出现了一个锯齿状的黑色图案。石杖碰触之处，金银合金发出嘶嘶声。打开，她希望门能打开，打开，打开，打开！

一个声音响彻整个房间，像布匹撕裂一样。克拉丽听见伊莎贝尔大叫出来，门从铰链上彻底裂开，像吊桥坠落一般倒入牢房里。克拉丽还听见其他的声音，金属分离时的嘈杂声，与搅拌一把鹅卵石时发出的格格作响的声音相同。她弯腰走进牢房，倒下的门在她脚下晃动。

巫光充满了这个小小的房间，把它照得如同白昼。她几乎没有注意到一排排的镣铐——全都是不同金属做成的：金的、银的、钢的和铁的——这些镣铐从墙壁上的螺栓上松开，哐哐当当地撞击在石头地板上。她的眼里只看到角落里了无生气的人影。她看得见金色的头发，手臂伸展开来，松开的手铐躺在离他不远的地方。他的手腕松开了，沾满血渍，皮肤上有一圈严重的擦伤。

她跪下来，把石杖放在一旁，轻轻地把他翻过来。是杰斯。他的脸颊上还有一处擦伤，他脸色惨白，尽管他的眼睛闭着，她却看得见他的眼珠在下面飞快地转动。喉咙处的一根血管跳动着，他还活着。

放心犹如一股热浪涌遍她的全身，解开了这么久以来因为紧张而牢牢缚在她心头的绳索。巫光石掉落在她身旁的地面上，仍然继续放着光芒。她轻轻地把杰斯的头发从额头上往后捋，那种轻柔的感觉对她而言如此陌生——她没有兄弟姐妹，也没有一个表亲。她从来没有机会为别人包扎伤口，亲吻擦伤的膝盖，也没有机会真正地照顾别人。

不过，像这样对杰斯满怀温柔没关系，她心想，不愿意把手拿开，即使杰斯的眼皮颤动了一下，接着他发出痛苦的呻吟。他是她的哥哥，为什么她不应该关心发生在他身上的事情呢？

他的眼睛睁开了。瞳孔瞪得很大。他可能撞坏脑袋了？他的眼睛盯着她，流露出一种困惑不解的茫然表情。“克拉丽，”他说，“你在这里干什么？”

“我来找你。”她说，因为这是事实。

他脸上一阵抽搐。“你真的在这里？我没有——我没有死，是不是？”

“是的，”她说，一只手轻轻地从他的脸庞上滑过，“你晕过去了，就是这样。很可能你也撞到了头。”

他抬起手抓住她放在他脸颊上的手。“值了。”他说话的声音那么小，她不确定他到底说的是什么。

“发生了什么事？”是亚历克，他弯腰穿过低矮的门，伊莎贝尔就跟在他后面。克拉丽一把抽回她的手，然后默默地骂自己。她又没做错事。

杰斯挣扎着坐起来。他脸色苍白，衬衣上沾满了血点。亚历克的脸上写满关心。“你没事吧？”他跪下来问道，“发生了什么事？你记得起来吗？”

杰斯举起一只没有受伤的手。“一次一个问题，亚历克。我的头本来就快裂开了。”

“谁这么对你的？”伊莎贝尔既疑惑不解，又满腔怒火。

“没人对我干什么。我想挣脱这些手铐时自己弄伤的。”杰斯低头看着自己的手腕，不禁一颤，他几乎要把所有的皮肤都撕裂了。

“来。”克拉丽和亚历克异口同声地说，伸出手想要拉他一把。他们对视了一眼，克拉丽首先把手放了下来。亚历克抓住杰斯的手腕，拿出石杖。他快速地抖了几下手腕，就画出一个移除文，即治愈如尼文，就在流血的那圈皮肤下面。

“谢谢。”杰斯说着把手抽了回来。他手腕受伤的部位已经开始愈合了。“圣者耶利米——”

“死了。”克拉丽说。

“我知道，”杰斯不屑亚历克主动过来搀扶他，挣扎着自己站了起来，撑着墙壁站直了身体，“他是被谋杀的。”

“无声使者互相残杀吗？”伊莎贝尔问，“我不理解——我不理解为什么他们会那么做——”

“他们没有，”杰斯说，“有东西杀了他们。我不知道是什么。”突然传来一阵疼痛，他的脸都扭曲了，“我的头——”

“或许我们应该离开，”克拉丽紧张地说，“不管是什么杀死他们，来……”

“来找我们之前？”杰斯问，他低头看着自己满是血污的T恤和擦伤的手，“我想它已经走了。但我猜他仍然能把它带回来。”

“谁能把什么带回来？”亚历克追问，但杰斯什么也没说。他的脸变得像纸一样白。亚历克在他开始从墙壁上滑落下去的时候一把扶住了他。“杰斯——”

“我很好，”杰斯抗议道，但他的手紧紧地抓住亚历克的袖子，“我能站起来。”

“在我看来你好像是在扶着墙支撑身体。那可不是‘站’。”

“那叫倚靠，”杰斯告诉他，“倚靠之后马上就是站。”

“别耍嘴皮子了，”伊莎贝尔说着踢开挡在她前面的一个火把，“我们得离开这里。如果外面有什么东西凶恶得足以杀死无声使者，三两下就能干掉我们。”

“伊莎说得对，我们应该走，”克拉丽拾起巫光石站起来，“杰斯——你还能走吧？”

“他可以靠在我身上。”亚历克把杰斯的胳膊放在自己的肩膀上。杰斯沉沉地靠在他身上。“走吧，”亚历克轻声说道，“我们出去后就给你疗伤。”

他们缓慢地朝牢门走去，杰斯在这里停了下来，低头盯着躺在铺面石上的圣者耶利米扭曲的尸体。伊莎贝尔跪下来，把无声使者的棕色羊毛头罩拉下来遮住他的脸孔。她直起身体时，所有人都脸色凝重。

“我从未看见无声使者害怕过，”亚历克说，“我从没想过他们有可能会感到恐惧。”

“人人都会恐惧。”杰斯仍然面色苍白，尽管他把受伤的手放在胸口，但克拉丽并不认为这一举动是出于身体上的疼痛。他神情恍惚，遁入自己的世界里想掩饰什么。

他们沿着漆黑的走廊原路返回，狭窄的台阶通往会说话的星星所在的大厅。他们来到这里时，克拉丽注意到浓烈的血腥味和烧焦味，他们之前穿过这里时她都没闻到。杰斯靠在亚历克身上四处张望，脸上混杂着恐怖和迷惑的神情。克拉丽看到他凝视着远处的墙壁，上面泼溅着厚厚的血渍，她说道：“杰斯，别看。”随即她又感到很蠢，毕竟他是恶魔猎手，他见过更糟糕的情景。

他摇摇头。“感觉有什么不对劲——”

“这里一切都不对劲，”亚历克的头偏向背离大厅的一边，“那是离开这里最近的路。我们走吧。”

他们在穿过骸骨之城返回的途中没怎么说话。每个影子似乎都在涌动，仿佛黑暗中藏匿着等待着扑向他们的生物一样。伊莎贝尔轻声说着什么。尽管克拉丽没听清楚她说的话，感觉就像是另一种语言，很古老——或许是拉丁语。

他们来到出口的台阶时，克拉丽轻松地吐了一口气。骸骨之城或许曾经很美，但现在却阴森恐怖。他们抵达最后一级台阶时，光刺痛了她的双眼，令她惊叫起来。她迷迷糊糊看见站在台阶上面的天使雕像，璀璨的金色光芒从后面照过来，犹如白昼。她环顾了一下其他人，他们跟她一样备感迷惑。

“太阳不可能已经出来了——对吗？”伊莎贝尔咕哝了一声，“我们在下面待了多久？”

亚历克看了看手表。“没那么久。”

杰斯咕哝着什么，声音低得其他人都没听见。亚历克伸长脖子去听。“你说什么？”

“巫光。”杰斯说，这一次声音要大一些。

伊莎贝尔赶紧跑上台阶，克拉丽跟在她后面，亚历克紧随其后，费力地半抱着杰斯走上台阶。在台阶顶端，伊莎贝尔像冻僵了似的突然停了下来。克拉丽朝她大喊，但她一动不动。不一会儿，克拉丽站在她身旁，轮到她惊诧地四处张望。

墓园里到处都是暗影猎手——二十个或者三十个，全都穿着黑色狩猎装备，身上用墨汁划满印记，每个人手里都握着一枚巫光石。

人群前面站着玛丽斯，她身披黑色暗影猎手铠甲和斗篷，兜帽披在背后。她身后十几个陌生人一字排开，全都是克拉丽没见过的男人和女人，但他们的胳膊和脸上全都刻有拿非力人的印记。其中有个深棕色皮肤的英俊男子转头盯着克拉丽和伊莎贝尔——和她们旁边的杰斯与亚历克，他们俩刚走上台阶，站在突如其来的亮光里眨眼睛。

“以天使之名，”男人说道，“玛丽斯——下面已经有人了。”

玛丽斯看见伊莎贝尔时惊诧得张大嘴巴，一句话也说不出来。接着她闭上嘴巴，嘴唇抿成一条细小的白线，像粉笔在她脸上划过一般。

“我知道，马利克，”她说，“他们是我的孩子。”

第七章
生命之剑

人群中传来一阵小声的惊呼。那些戴着兜帽的暗影猎手把帽子拉扯到脑后，克拉丽从杰斯、亚历克和伊莎贝尔的表情断定公墓里的许多暗影猎手都是他们认识的。

“以天使之名。”玛丽斯不敢相信的眼神从亚历克身上扫到杰斯身上，没有理睬克拉丽，然后又回到她女儿身上。玛丽斯说话的那一刻，杰斯马上从亚历克身上挪开了，他站在离其他人较远的地方，双手插在口袋里，伊莎贝尔紧张不安地缠绕着手里的金白色皮鞭。同时，亚历克似乎在心烦意乱地拨弄手机，尽管克拉丽想不出他在给谁打电话。“你们在这里干什么，亚历克？伊莎贝尔？无声之城发来求助呼叫——”

“我们接到了。”亚历克说。他的眼神焦虑地移到聚集在此的人群里。克拉丽觉得他为此感到紧张是理所当然的。这可是她见过的最庞大的一群成年暗影猎手，应该说是普通意义上的暗影猎手。她不停地看着一张张脸庞，想要找出他们之间的差异——他们在年龄、种族和外表上极为不同，然而他们全都给人留下拥有从容不迫的巨大力量的印象。她能觉察到他们意味深长地打量着她，审视着她，估量着她。其中有个女人，有一头波浪般的银发，她凶狠地盯着她，眼神里毫无深意可言。克拉丽眨了眨眼睛，转移了目光，亚历克继续说：“你们不在学院——我们不能召集别人——所以自己来了。”

“亚历克——”

“不过已经不重要了，”亚历克说，“他们都死了，无声使者。他们全都死了。他们是被谋杀的。”

这一次聚集起来的人群没有出声。相反他们似乎全都立定了，像高傲的狮子在锁定猎物小羚羊时会变得静止不动。

“死了？”玛丽斯重复道，“他们死了，你是什么意思？”

“我认为他的意思十分清楚。”一个穿灰色外套的女人忽然出现在玛丽斯的身旁。在闪烁的光线下，她看向克拉丽，给人一种爱德华·戈里[①]漫画的感觉，全身长满锋利的棱角，头发往后梳，眼睛黑漆漆的，凹陷下去，像从脸孔上撕扯下来似的。她握着一块散发着微光的巫光石，挂在一根银色的长链上，那条链子缠绕在瘦得只剩下骨头的手指上，这是克拉丽见过的最细的手指。“他们全死了？”她开口问亚历克，“你们发现城里没有人活着？”

亚历克摇摇头。“我们没看到，大审判官。”

那么这就是大审判官，克拉丽意识到。她当然看起来就像那种会把青少年扔进地牢的人，不为别的理由，只因为她不喜欢他们的态度。

“你们看见了。”大审判官重复道，她的眼睛像闪着光芒的硬珠子。她转而对玛丽斯说：“那里可能还有幸存者。我要派你的人进城彻底搜查。”

玛丽斯嘴唇紧闭。从克拉丽对玛丽斯仅有的了解，她知道杰斯的养母不喜欢别人对她颐指气使。“好极了。”

她转身面对其余的暗影猎手——克拉丽这才意识到他们的人数并没有她最初想象的那么多，大约二十个而不是三十个，但当时发现他们在场的场景太令人惊愕了，以至于觉得他们不计其数。

玛丽斯小声地跟马利克说话。他点点头，拉着银发妇女的胳膊，领着暗影猎手朝骸骨之城的入口走去。他们一个接一个地走下楼梯，把巫光石也一起带走了，墓园的光芒开始黯淡下来。最后一个下去的是那个银发妇女。她下到一半停下来，转过身回头看去——直勾勾地看着克拉丽。她的眼睛饱含着一种可怕的渴望，仿佛她急切地渴望告诉克拉丽什么事情一样。过了一会儿她把兜帽罩在自己的脸上，消失在阴影之中。

玛丽斯打破沉默。“为什么有人会谋杀无声使者？他们不是战士，他们也不带战斗印记——”

“别幼稚了，玛丽斯，”大审判官说，“这可不是随随便便的袭击。无声使者可能不是战士，他们首先是守卫，恪尽职守。更别说杀他们有多难了。有人想要拿走骸骨之城的东西，为了得到它不惜杀害无声使者。这是有预谋的。”

“什么让你如此肯定？”

“把我们呼叫到中央公园，害我们白跑一趟？死去的精灵小孩？”

“我不会称之为白跑一趟，精灵小孩的血被吸干了，跟其他情况一样。这些谋杀事件会造成黑夜之子和其他暗影魅族之间严重的矛盾——”

---

① 爱德华·戈里（1925—2000），美国著名的恐怖插画作家和画家。

“调虎离山之计，”大审判官嗤之以鼻，“他希望我们全都离开学院，这样一来无声使者求助时就不会有人应答。真是妙计，不过他向来很聪明。”

“他？”开口说话的是伊莎贝尔，她的脸在两鬓的黑发映衬下显得格外苍白，“你的意思是——”

杰斯接下来的话令克拉丽浑身一颤，仿佛触电了一般。“瓦伦丁，”他说，“瓦伦丁拿走了圣剑。那就是他杀害无声使者的原因。”

一丝不易察觉的笑意突然出现在大审判官的脸上，杰斯说的话似乎令她十分开心。

亚历克一惊，转而盯着杰斯。“瓦伦丁？但你没说他来过这里。”

“没人问起。”

“他不可能杀害圣者。他们是被撕裂的，没有人单枪匹马做得到。”

“他很可能利用了恶魔力量，”大审判官说，“他以前利用恶魔协助自己。他手上有圣杯作掩护，能够召唤一些非常危险的生物。比吞噬魔还要危险。”她补充时嘟起了嘴巴，尽管她说话时并没有看着克拉丽，但这些话让人觉得就像一记掌掴。克拉丽希望大审判官不要注意到自己，更不要认出自己，但这一渺茫的希望消失得无影无踪。“或者是可悲的弃魔。”

“我不了解这些，”杰斯脸色惨白，布满红点，好像颧骨在发烧一样，“但就是瓦伦丁。我看见他了。实际上，他下到地牢隔着铁栅栏嘲弄我的时候，带着圣剑，感觉就像一部烂电影，只不过他没捻胡须。”

克拉丽担心地看着他。他语速太快，她想，好像也站不稳。

大审判官似乎没注意到。“那么是瓦伦丁告诉你这一切的？他告诉你他杀害无声使者，因为他想得到天使之剑？”

“他还告诉过你什么？他告诉过你他要去哪里吗？他打算如何处理两样致命秘器？”玛丽斯接二连三地问。

杰斯摇摇头。

大审判官向他走近，她的外套像飘动的烟一样旋转了起来。她灰色的眼睛和灰色的嘴巴紧闭成两条平行线。“我不相信你。”

杰斯只是看着她。“我认为你不会。”

“我怀疑圣廷也不会相信你。”

亚历克怒火中烧地说：“杰斯不会说谎——”

“动动脑子，亚历山大，”大审判官说话时目光没有从杰斯身上移开，“把你对朋友的忠诚暂且抛到一边。瓦伦丁顺便到儿子的牢房里拜访就为了一场父子之间关于灵魂之剑的闲聊，而不谈论他将在计划中如何利用它，或者对他要去哪里只字不提，你觉得这种可能性有多大？”

“S’io credesse che mia risposta fosse，”杰斯讲的是克拉丽不懂的语言，“a persona che mai tornasse al mondo ......”①

“但丁的《地狱》，”大审判官似乎觉得很好笑，但仍然神色冷漠，“你还不会进地狱，乔纳森·摩根斯特恩，不过如果你执意向圣廷撒谎的话，你就会如愿。”她转过身看着其他人。“灵魂之剑失踪了，就在乔纳森·摩根斯特恩应该在圣剑面前接受审判的前夜——而他父亲正是盗走它的那个人，你们不觉得很奇怪吗？”

听到这些，杰斯露出惊愕的神情，他的嘴唇因为惊讶轻微地翕合着，仿佛这一切都不曾发生在他身上。“我父亲并不是为了我偷走圣剑的。他是为了他自己才偷的。我怀疑他甚至不知道审判的事情。”

“不管怎样，这对你而言十分便利。而对他而言，也不必担心你泄露他的秘密。”

“是啊，”杰斯说，“他可害怕我告诉大家实际上他一直都想成为芭蕾舞女演员了。”大审判官气得只能直勾勾地盯着他。“我不知道任何我父亲的秘密，”他的语气不那么尖刻了，“他向来什么都不告诉我。”

大审判官带着近乎厌烦的眼神看着他。“如果你父亲偷走圣剑不是为了保护你，那么他为什么偷走了它？”

“它是致命秘器，”克拉丽说，“威力无比，就像圣杯一样。瓦伦丁热爱权力。”

“圣杯马上就能派上用场，”大审判官说，“他能利用它创造军队。圣剑是用于审判的。我不明白这怎么会令他感兴趣。”

“他这么做或许是为了破坏圣廷稳定，”玛丽斯提出假设，“逐渐消耗我们的士气。如果他真的非常想要得到它，我们做什么都阻止不了他。”这倒是个好得惊人的观点，克拉丽心想，但玛丽斯的语气并不是那么确信，“事实是——”

不过他们再也不可能听到事实是什么了，因为就在杰斯举起手像是想问问题的那一刻，他一脸惊慌，腿脚不听使唤似的突然一屁股坐在草地上。亚历克在他旁边跪下来，但杰斯挥手示意让他别担心。“别管我，我很好。”

“你哪里好了？”克拉丽也像亚历克一样在草地上跪下来，杰斯看着她，尽管巫光石点亮了夜空，但他的瞳孔又大又黑。她低头瞟了一眼他的手腕，亚历克在那里画过一个治愈文。印记已经不见了，连个模糊的白色疤痕都没留下来表明它

① 意大利语，意为“我回答的对象是再也不会返回这个尘世的人，倘若我相信这一点的话”。

曾起过作用。她和亚历克四目相对，她在他眼中看见了自己的焦虑。“他有些不对劲，”她说，“而且很严重。”

“他很可能需要治愈如尼文，”看到杰斯在如此重要的事件中受伤，大审判官似乎显得极度恼火，“移除文，或者——”

“我们试过了，”亚历克说，“不起作用。我想这是恶魔造成的。”

“比如恶魔毒液？”玛丽斯动了一下，似乎是要去看看杰斯，但大审判官制止了她。

“他是假装的，”她说，“他现在应该在无声之城的牢房中。”

听到这句话，亚历克一下子站了起来。“你不能那么说——看看他！”他用手指着杰斯，他已经了无生气地躺在草地上了，眼睛也闭上了，“他甚至站都站不起来。他需要看医生，他需要——”

“无声使者死了，”大审判官说，“你是建议到盲呆医院去吗？”

“不是，”亚历克语气愤怒地说，“我想的是他可以到马格纳斯那里去。”

伊莎贝尔叫了一声，像是打喷嚏，又像是咳嗽。大审判官茫然地看着亚历克时她把头别了过去。“马格纳斯？”

“他是巫师，”亚历克说，“实际上，他是布鲁克林的大巫师。”

“你指的是马格纳斯·贝恩，”玛丽斯说，“他的名誉——”

“我打败大恶魔后他治好了我的伤，”亚历克说，“无声使者无能为力，但马格纳斯……”

“无稽之谈，”大审判官说，“你所想的不过是帮助乔纳森逃跑。”

“他虚弱得根本逃不了，”伊莎贝尔说，“难道你看不见吗？”

“马格纳斯不会让这种事情发生，”亚历克带着安慰的眼神看了他妹妹一眼，“他对和圣廷作对不感兴趣。”

“他会提出什么样的防范措施？”大审判官尖酸刻薄地问，“乔纳森是暗影猎手，我们可没那么容易就被囚禁起来。”

“或许你应该问他。”亚历克建议。

大审判官微微一笑，她的笑像把利刃。“当然可以。他在哪里？”

亚历克朝下瞟了一眼他手里的电话，然后又看着他面前的那个消瘦的灰色身影。“他来了，”他说。他提高嗓门。“马格纳斯！马格纳斯，快出来。”

马格纳斯大步流星地穿过大门时就连大审判官的眉毛也突然竖了起来。大巫师穿着黑色皮裤，腰带上有一个M形状的珠宝搭扣，敞开的钴蓝色普鲁士军外套里面穿一件白色的蕾丝衬衣。他散发着层层光芒。他的眼神饶有兴致地在亚历克脸上停留了片刻，似乎若有所指，然后才向杰斯走去，他几乎趴在草地上。“他死了吗？”他询问，“他看起来像死了一样。”

“没有，”玛丽斯厉声打断，“他没死。”

“你们检查过了吗？如果你们愿意的话，我能踢踢他吗？”马格纳斯朝杰斯靠近。

“别这样！”大审判官呵斥道，声音像克拉丽三年级的老师命令她不要用记号笔在课桌上乱写乱画一样。“他没死，但他受伤了，”她几乎是很不情愿地补充道，“需要你的医术。乔纳森需要身体健康方能接受审问。”

“好极了，但你们可要花不少钱。”

“我会付的。”玛丽斯说。

大审判官连眼睛也没眨一下。“很好。但他不能留在学院。就因为圣剑失窃不等于审讯不会按计划进行。同时，这个孩子必须接受监视。他很显然有逃脱的风险。”

“逃脱的风险？”伊莎贝尔反驳，“你好像是想说他企图从无声之城逃跑——”

“好了，”大审判官说，“他现在不在牢房里了，不是吗？”

“那不公平！你不能指望他待在下面，周围全是死人！”

“不公平？不公平？你诚心期望我相信你和你哥哥到骸骨之城的动机是因为求助呼叫，而不是因为你们想解救乔纳森，你们显然认为拘禁是不必要的？你们还期望我相信如果获准他留在学院的话，你们不会再次放走他？你认为你们能像愚弄你们父母那样愚弄我吗，伊莎贝尔·莱特伍德？”

伊莎贝尔脸涨得通红。马格纳斯没等她回答就插话了。“瞧，这不是问题，”他说，“让杰斯待在我那里，根本就是小事一桩。”

大审判官转而看着亚历克问道：“你的巫师的确意识到乔纳森是圣廷最重要的证人吗？”

“他不是我的巫师。”亚历克棱角分明的颧骨上方倏地变成深红色。

“我以前为圣廷看管过囚犯，”马格纳斯说，他玩世不恭的语气已经不见了，“你们会发现我在这方面记录优秀。我的合同可是最好的之一。”

他说这些时眼睛似乎停留在玛丽斯身上，这是克拉丽的想象，还是他真的这么做了？她没时间怀疑，大审判官发出尖锐的声音，可能是打趣，也可能是厌恶，她说道：“那么就这么定了。让我知道他什么时候身体好到能说话，巫师。我仍然有许多问题要问他。”

“当然。”马格纳斯答道，但克拉丽有种感觉，他并没有在听她讲话。他优雅地穿过草坪，走过来站在杰斯身旁。他又瘦又高，克拉丽抬头看着他时，惊讶地发现他散发出那么多星光。“他能说话吗？”马格纳斯问克拉丽，他指的是杰斯。

克拉丽还没来得及回答，杰斯的眼睛倏地睁开了。他仰望着巫师，头昏眼花，一阵茫然。“你在这里干什么？”

马格纳斯低头看着杰斯露齿一笑，他的牙齿像尖锐的钻石一样熠熠生辉。

“嘿，室友。”他说道。

卷·二

地狱之门

在我之前，没有创造的东西，
只有永恒的事物，而我永存。
你们走进这里的，把一切希望捐弃吧。

——但丁，《地狱》①

① 引自朱维基所译的《神曲：地狱篇》（上海译文出版社，一九八四年版，第十九页）。

第八章

希丽宫

在梦里，克拉丽变回了孩子，在科尼岛上木板路旁的一片狭窄沙滩上行走。空气中弥漫着浓重的热狗和烤花生味道，还有孩子们的叫喊声。海水在远处涌动，灰蓝色的海面在阳光下熠熠生辉。

她似乎是在从远处观望自己，她穿着肥大的儿童睡袍，袍子的边缘拖在沙滩上。潮湿的沙粒摩擦着她的脚趾，头发也都黏在脖颈上。天上没有云，湛蓝而清澈，可她却一边打着哆嗦，一边走向水边，从远处看去那里有个模糊的人影。

当她走近时，那个人影突然变得清晰了，好似克拉丽对准了镜头的焦距。是她的母亲跪在一座只建了一半的沙堡旁。她穿着一件白色睡裙，就是在伦维克废墟瓦伦丁给她穿上的那件。她手里握着一截弯曲的浮木，木头因为长期暴露于盐水和海风之中而变成了银色。

“你来帮我了吗？”她母亲说着抬起了头。乔斯琳的头发没有梳理，随着海风肆意地飘动，这让她看起来比实际年龄要年轻些。“有太多事情要做，而时间却太少。”

克拉丽努力控制住自己的哽咽。“妈妈——我想你，妈妈。”

乔斯琳笑着说：“我也想你，宝贝。但我没有离开，你是知道的，我只是睡着了。”

“那我怎样才能让你醒过来？”克拉丽喊道。可母亲朝大海看去，满脸忧愁。天空变成了暮色时分的铅灰色，密布的黑云也好似巨大的石块。

“到这里来。”乔斯琳说。当克拉丽走到她身旁时，她又说：“伸出你的手臂。”

克拉丽照做了。乔斯琳用那截浮木在女儿的皮肤上刻画起来，那种刺痛很像是石杖划过时的灼烧感，而且也同样留下了黑色的粗线。乔斯琳所画的如尼文克拉丽不曾见过，可她本能地感到这个图案让自己镇静了下来。“这个是做什么用的？”

“它会保护你。”克拉丽的母亲放开她。

“保护我什么？”

乔斯琳没有回答，只是看着大海。克拉丽也转过身，看到海水退去，留下一堆堆黑色的垃圾和水草，还有在浅水中垂死挣扎的鱼儿。海水在远处聚集成一个巨大的浪，如山峦般高耸，又好似一场雪崩一触即发，木板路上孩子们的喊声变成了号叫。克拉丽惊恐地盯着海面，看到海浪像一层薄膜那样透明，透过那层膜她能看到什么东西似乎在海面之下蠕动，巨大而又难以名状的黑色物体紧贴着海水。她举起双手——

她醒了过来，大口喘着气，心脏也在胸中狂跳。她躺在卢克家客房的床上，下午的阳光透过窗帘照射进来。她的头发因为汗水而黏在脖子上，手臂上也感到灼热和疼痛。她坐了起来，打开床头灯，毫无意外地看到自己前臂上的黑色印记。

她走进厨房时看到了卢克为她留下的早餐，布满油污的硬纸盒里放着一块丹麦酥皮饼。他还留了个字条，贴在冰箱上，去医院了。

克拉丽在与西蒙碰面的路上吃掉了酥皮饼。他应该五点钟的时候出现在 L 线车站旁的贝德福德街角，可他没在那里。她感到一丝不安，可随后想起在第六街的街角有一家二手唱片店，他肯定在那里。果然，他正在挑选最新到货的 CD。他身穿一件暗红色灯芯绒夹克衫，一只袖子上还有个扯破的口子，里面是件蓝色的 T 恤衫，上面印着一个戴耳机的男孩和一只小鸡在跳舞。他一看到她就咧嘴笑了。“埃里克觉得我们应该把乐队的名字改成魔力派。”他一边打了个招呼一边说道。

“现在的名字是什么？我都不记得了。”

“香槟灌肠。”他说着挑了一张“优拉糖果”乐队的唱片。

“改了吧，”克拉丽说，“另外，我明白了你这件 T 恤衫想要说的意思。”

“不，你不懂，”他走到店门口去付账，“你是个乖女孩。”

店门外吹来一阵清新的凉风，克拉丽拉了拉掉在一边的围巾好把脸颊围住。“我在 L 线车站没看到你就很担心。”

西蒙也把针织帽拉低了一点，皱了皱眉，好似阳光灼伤了他的眼睛。“对不起。我想起自己想买这张 CD，而且我想——”

“没什么，”她朝他一挥手，“是我的问题。这些天我太容易感到惊慌失措了。”

“也是。在经历了那些之后，没人会责怪你的，”西蒙听上去有些后悔，“我还是不能相信发生在无声之城的一切。我不敢相信你就在那里。”

“卢克也无法相信，他完全吓坏了。”

“我打赌他肯定会那样。”他们穿过麦卡伦公园，脚下的草地变成了将要过冬时的棕黄色，周围的光线也随之变成了金色，狗儿们也摆脱了绳索在树丛中奔跑。我生命中的一切都改变了，而这个世界却依然照旧，克拉丽想。“那事发生之后你联系过杰斯吗?”西蒙问。他努力让自己的声音不带任何感情色彩。

“没有。但是我问过伊莎贝尔和亚历克几次，他显然很好。”

“他有没有要求说想见你?就是因为这个，所以我们才去的吗?”

“他没必要要求。”克拉丽尽力克制住声音中所流露出的恼怒。他们转过弯，来到马格纳斯家所在的街道。街两边曾是低矮的仓库，现在被艺术家——以及有钱人——改建成了公寓和工作室。停放在低矮的人行道护栏旁的大部分车子都很名贵。

当他们走近马格纳斯家的时候，克拉丽看到一个原先坐在门廊下的瘦高人影站了起来。是亚历克，他穿着一袭黑色长衫。那是用一种结实又会微微闪光的材料所制成，暗影猎手都很喜欢使用这种衣料制作他们的战服。他的双手和颈部都画满了如尼文，而且从他周围环绕的淡淡光环可以很明显地看出他把自己伪装了起来，好让旁人看不到。

“我不知道你还带着个盲呆。”他蓝色的眼睛不安地瞥了一眼西蒙。

“这就是我喜欢你们这群人的地方，”西蒙说，“你们总让我感到自己如此受欢迎。”

“哦，好了，亚历克，”克拉丽说，“有什么大不了的?就好像西蒙从没来过这儿似的。”

亚历克夸张地叹了口气，耸了耸肩，继而走上楼梯。他用一把小小的银钥匙打开马格纳斯公寓的大门，门一敞开他就又飞快地把钥匙塞进夹克衫前胸的口袋里，好像不希望让同行的人看到。

白天的公寓看起来就像是一间歇业时空荡荡的夜总会：黑乎乎脏兮兮的，而且出乎意料地狭小。墙上也光秃秃的，四处填补着闪光的涂料，木地板弯曲变形了，还因为长时间的磨损而变得锃亮，而就在一周之前精灵们还曾在上面跳舞。

“大家好，大家好。”马格纳斯朝他们大步走过来。他穿着一件长可及地的绿色丝质敞怀礼服，里面是银色的网眼衬衫和黑色牛仔裤，一颗闪亮的红色宝石挂在他的左耳上。“亚历克，亲爱的。克拉丽。还有老鼠男孩，”他朝西蒙一鞠躬，后者看上去很不耐烦，“是什么让我有这番荣幸见到各位?”

“我们来看杰斯，”克拉丽说，“他还好吗?”

“我不知道，”马格纳斯说，“他通常都是那样一动不动地躺在地板上吗?”

“什么——”亚历克刚开口便打住了，因为他看到马格纳斯坏笑了起来，“这一点都不好笑。”

“你太容易上当了。不过，是的，你们的朋友很好，除了他一直在帮我收拾东西。他想把这儿打扫干净，可现在我什么都找不到了。他有强迫症。”

“杰斯的确喜欢把东西都摆放整齐。”克拉丽说着想到了在学院里他的房间像僧侣的一样。

“可我不喜欢，”马格纳斯用眼角余光观察着亚历克，而后者望着不远处，面露愠色，“杰斯在那儿，如果你们想见他的话。”他指着房间尽头的一扇门。

“那儿”其实是一间中等大小的房间——出奇地温馨舒适，虽然墙上有些污点。天鹅绒窗帘遮住了窗户，几把扶手椅上包着布，像是肥大多彩的冰山矗立在由毛糙的米黄色地毯所组成的海面上。一个亮粉色长沙发上堆着床单和毛毯，旁边是一个野营背包，里面塞满了衣服。没有一丝光线透过厚重的窗帘，屋里唯一的光亮来自电视荧幕的闪烁，尽管电视机没插电源，可荧幕还是闪着亮光。

“在看什么？”马格纳斯问道。

“不适宜穿着的服装。”一个熟悉的声音慢吞吞地说道。这声音来自躺在一把扶手椅上的人影，他坐了起来。一时间克拉丽想杰斯应该会站起来和他们打个招呼，可他只是冲着电视机摇了摇头。“高腰卡其布裤子？谁会穿这个？”他转身盯着马格纳斯。“几乎无穷无尽的超自然力量，”他说，“而你所做的就是用来看电视重播。真浪费啊。”

“还有，蒂沃录影机能做同样的事情。”西蒙说。

“我的方法更便宜。”马格纳斯双手一击，房间一下子亮了起来。杰斯跌坐在椅子上，举起一只手臂遮住脸。“你能不用魔法做到那个吗？”

“事实上，”西蒙说，“可以。如果你看过专题广告片就知道了。”

克拉丽感觉到房间中的气氛变糟了。“够了。”她说着看向杰斯，后者放下手臂，朝着灯光气愤地眨眨眼。“我们得谈谈，”她说，“我们所有人，来谈谈我们现在要做什么。”

“我打算看《天桥骄子》，”杰斯说，“下个节目就是。”

“不，你不能看，”马格纳斯说着打了一个响指，电视机关上了，画面消失时还冒出一小股烟雾，“你需要处理这些事情。”

“突然之间你对于解决我的问题很感兴趣吗？”

“我对于要回我的公寓很感兴趣。我已经厌倦了你一直不停地打扫房间，”马格纳斯又打了一个响指，颇具威胁地说，“起来。”

“否则下一个变成烟雾的就是你。”西蒙幸灾乐祸地说。

“没必要再对我的响指作什么解释，”马格纳斯说，“它本身的暗示已经很清楚了。”

“好吧。”杰斯从椅子上站起来。他没穿鞋，手腕处有一道银紫色的痕迹，受伤的地方还在愈合。他看上去很疲惫，但似乎不是因为病痛。“你想开个圆桌会议，那我们就开吧。”

“我喜欢圆桌，”马格纳斯轻快地说，“它们比方桌更适合我。”

马格纳斯在客厅里变出了一张巨大的圆桌和五把高背木椅。“太神奇了。”克拉丽说着坐进一把椅子。椅子极为舒适。“你是怎么能像这样凭空变出东西来的?”

“我不能，”马格纳斯说，“所有东西都来自什么地方，比如这些桌椅就来自第五大街上的一家古董仿制商店。而这些——”突然之间五只白色的蜡纸杯出现在桌子上，塑料盖子上的小孔中还缓缓冒出热气，“来自百老汇大街的汀恩德鲁卡[①]。”

“这看起来好像是偷窃啊，不是吗?”西蒙把一个杯子拉到自己面前，打开了盖子。“哦，摩卡奇诺，”他看着马格纳斯说，“你付账了吗?”

“当然，”马格纳斯一边说，杰斯和亚历克一边在窃笑，“我会让钞票神奇地出现在他们的收银台里。”

“真的吗?”

“不，”马格纳斯把自己的那杯咖啡打开，“但你可以假装我那么做了，如果这样能让你感觉好些的话。那么，我们最重要的事情是什么?”

克拉丽双手抱着自己的咖啡，也许它是偷来的，但同时也是热腾腾的，而且富含咖啡因。她下次可以顺道去下汀恩德鲁卡，在他们收小费的罐子里投进一美元。“作为开始，我们需要先搞清楚到底发生了什么，”她说着把咖啡上层的泡沫吹开，“杰斯，你说发生在无声之城里的一切都是瓦伦丁的错?”

杰斯盯着自己的咖啡说：“是的。”

亚历克把手放在杰斯的胳膊上说：“发生了什么?你看到他了吗?”

“我在监狱里，”杰斯声音低沉地说，“我听到无声使者的尖叫，之后瓦伦丁下楼来，和——和什么东西一道。我不知道那东西是什么，像一团黑烟，还有一对闪光的眼睛。是一种恶魔，但绝不像我曾经见过的任何一种。他走到牢门旁，然后告诉我……”

“告诉你什么?”亚历克的手滑上杰斯的肩膀。马格纳斯清了清喉咙，亚历克红着脸放下手，而西蒙冲着自己还没动过的那杯咖啡龇牙笑了一下。

---

① 汀恩德鲁卡，食品连锁商店及咖啡店，一九七七年第一家店在纽约开业，迄今在世界多个城市开有分店。

“梅拉塔奇之剑，”杰斯说，“他想要生命之剑，他杀死无声使者就是为了得到圣剑。”

马格纳斯皱起了眉头。“亚历克，昨晚无声使者向你们求救的时候，圣廷的人在哪儿？为什么学院里一个人都没有？”

亚历克被问到这个一脸惊讶。“昨晚在中央公园有一个暗影魅族被谋杀了。是一个精灵小孩，而且尸体被吸干了血。”

“我敢打赌大审判官会认为这个也是我干的，”杰斯说，“我所制造的恐怖事件还在继续。”

马格纳斯站起身来，走到窗边。他拉开窗帘，一些光线照射进来，恰巧能勾勒出他如鹰一般的轮廓。“血，”他似乎在自言自语，“两天前我做了一个梦，我看到一座鲜血浸染的城市，白骨成堆，血流成河。”

西蒙的眼睛转向杰斯。“站在窗边，说些什么关于流血的话，是他经常做的事情吗？”

“不是，”杰斯说，“有时他坐在沙发上说。”

亚历克严厉地看了他们俩一眼。“马格纳斯，有什么不对劲吗？”

“血，”马格纳斯又说了一遍，“这不会是巧合。”他似乎正看着下面的街道。远处，落日的余晖迅速扫过整座城市：天空中呈现出灰白和金红色交错的条带。“这周之内已经发生了好几起谋杀，”他说，“被杀害的都是暗影魅族。一个是巫师，在南街海港边的公寓中，他的脖子和手腕处都被割开，尸体也被吸干了血。一个是狼人，几天前在‘猎人之月’酒吧遇害，在这起谋杀中狼人的喉咙也被割开了。”

“这听起来像是吸血鬼干的。”西蒙说着，突然之间脸色惨白。

“我觉得不是，”杰斯说，“至少拉斐尔说这不是黑夜之子的所作所为，他对这一点非常确定。”

“哦，是的，因为他是值得信赖的。”西蒙小声嘀咕着。

“这次我觉得他说的是实情。”马格纳斯说着把窗帘又拉了起来。他的脸庞棱角分明，但却布满阴云。当他走回桌前时，克拉丽看到他拿来一本包着绿绸布的大书。她觉得几秒钟前他手里还没有这书。“两处谋杀的地点都曾有威力巨大的恶魔现身。我想，要对这三起谋杀负责的另有其人。不是拉斐尔和他的部族，而是瓦伦丁。”

克拉丽看向杰斯，后者的嘴巴抿成一条细缝，但他只是问了一句：“为什么你这么说？”

“大审判官认为谋杀精灵只是为了转移注意力，”她飞快地说道，“为了方便他去无声之城洗劫，而不用担心圣廷的人。”

“有更便捷的方式可以分散注意力，”杰斯说，“而且和精灵作对非常不明智。如果他没什么缘由，不会去杀害精灵族中的一员。”

“他有缘由，”马格纳斯说，“他想从精灵孩子那里得到什么东西，就和他杀掉巫师和狼人时想得到的东西一样。”

“那是什么？”亚历克问道。

“他们的血。”马格纳斯说着打开那本绿色的书，薄薄的羊皮纸上所写的字迹像火焰一般闪着金光。“啊，”他说，“在这儿。”他抬起头，用尖尖的指甲点着一页纸。亚历克俯过身去。“你读不懂，”马格纳斯警告他说，“这用的是一种恶魔的语言，炼狱之语。”

“可我能认出这张画，那是梅拉塔奇之剑。我以前在书里看到过。”亚历克指着一把银剑的插图说道，克拉丽也觉得它眼熟——就是在无声之城她留意到墙上不见了的那把剑。

“地狱转换术，”马格纳斯说，“就是瓦伦丁想要做的。”

“那是什么啊？”克拉丽皱起眉头。

“每一样具有魔法的物品都属于某个同盟，”马格纳斯解释说，“圣剑属于天使之盟——就像你们暗影猎手使用的六翼天使刃一样，但是它的威力要大上一千倍，因为它的能量来自天使本身，而不仅仅是以天使的名义。瓦伦丁想要做的是扭转它的同盟——让它拥有恶魔的能量而不是天使的。”

“把守护善良变为守护邪恶。”西蒙得意地说。

“他在引用《龙与地下城》里的话，”克拉丽说，“别理他。”

“作为天使之剑，梅拉塔奇对于瓦伦丁的作用非常有限，”马格纳斯说，“但是作为一把拥有恶魔能量的宝剑，而且和它曾拥有的天使法力同样巨大——那么，它能够为其提供的东西就太多了。其一就是统治恶魔的能力。他不仅仅有圣杯所能提供的有限庇佑，还有召唤恶魔的能力，并且迫使恶魔遵从他的命令。”

“一支恶魔军队？”亚历克说。

“这家伙很热衷于组建军队啊。”西蒙评论说。

“也许，甚至还有将它们引入伊德里斯的能力。”马格纳斯的话说完了。

“我不明白为什么他想去那里，”西蒙说，“那里是所有恶魔猎手的所在啊，不是吗？难道他们不会消灭那些恶魔吗？”

“恶魔来自其他空间，”杰斯说，“我们不知道到底有多少恶魔，它们的数量可能是无限多。守护法术能够让它们中的大部分退回去，可是如果所有的恶魔一起进入……”

无限多，克拉丽想。她记起了大恶魔阿班顿，然后试图想象再有成百上千个，或者成千上万个阿班顿。她感到身上一阵寒冷，好似毫无保护。

“我不明白，”亚历克说，“那个法术跟死去的暗影魅族有什么关系？”

“要想实施转换术必须让圣剑变得炙热，要热得发红，然后再冷却四次，每次都要用一个魅族孩子的鲜血。一次用莉莉丝之子的鲜血，一次用月亮之子的，一次用黑夜之子的，还有一次用精灵孩子的。”马格纳斯解释说。

“天啊，”克拉丽说，“这么说他还没有结束谋杀？还缺一个孩子？”

“还要两个。狼人小孩的那个没有成功，他在获取所需要的全部鲜血之前被打断了，”马格纳斯合上书，一下抖落书页间的许多灰尘，“不论瓦伦丁的最终目的是什么，他已经为转化圣剑准备好了一大半了。也许他已经能从中获取一些法力了，能召唤一部分恶魔——”

“可按你所想，如果他那么做的话，就会有恶魔骚动的报告，恶魔活动水平也会超常，”杰斯说，“但大审判官说情况正相反——一切都很平静。”

“很可能恰恰就是这样，”马格纳斯说，“如果瓦伦丁把所有的恶魔都召唤到了他身边，那么难怪其他地方会很平静。”

几个人相互看看，在有人想到能说些什么之前，房间里响起一个尖利的声音，克拉丽一惊，热咖啡洒在了她的手腕上，突然之间的疼痛让她倒抽了一口气。

“是我妈妈，”亚历克一边看手机一边说，“我马上回来。”他走到窗边，低着头，声音很轻，听不清楚。

“让我看看。”西蒙说着握住克拉丽的手，被热咖啡烫到的手腕处有一片红。

“还好，”她说，“没什么大不了的。”

西蒙抬起她的手，吻了一下受伤的地方。“现在就更好了。”

克拉丽惊呼了一声，他以前从没做过这类事情。可这个不就是男朋友会做的事情吗？她抽回手，朝桌子对面看过去。她看到杰斯正盯着他们，他金色的眸子里闪着怒火。“你是个暗影猎手，”他说，“你知道怎么处理伤口。”他把自己的石杖沿桌面滑了过来，“用这个。”

“不用。”克拉丽说着又把石杖沿桌面朝他推了回去。

杰斯的手用力拍在石杖上。“克拉丽——”

“她说不想用那个，”西蒙说，“哈——哈。”

“哈——哈？”杰斯看上去一脸难以置信的表情，“这就是你的回应？”

亚历克合上了手机，一脸迷茫地走向圆桌。“发生了什么？”

“我们似乎身陷一部名叫《浪费人生》的肥皂剧当中啊，”马格纳斯评论道，“真的很无聊。”

亚历克把挡在眼睛前面的一缕头发拨开。“我告诉了妈妈关于转换术的事情。”

“让我来猜猜，”杰斯说，“她不相信你。另外，她还把所有事都怪在我头上。”

亚历克皱着眉。“不完全是这样。她说会把情况告诉圣廷的人，可她现在没法找到大审判官。我有种感觉，大审判官已经把妈妈推到旁边，自己掌权了。她听起来很生气。”他的手机又响了，他伸出一根手指。“对不起，是伊莎贝尔，等我一下。”他又拿着手机走向窗边。

马格纳斯点了点头。“在我看来似乎无论瓦伦丁想要做的是什么，他要取得所必须的血液的进程都被打断了。他很可能会再找一个狼人孩子。”

“我应该提醒卢克。”克拉丽说着从椅子中站起来。

“等等。”亚历克回来了，拿着手机，脸上有种奇怪的神情。

“伊莎贝尔想要什么？”杰斯问道。

亚历克犹豫了一下说：“伊莎贝尔说希丽宫女王提出要见我们。”

“可不是嘛，”马格纳斯说，“麦当娜还想让我做她下一场世界巡演的后备伴舞呢。”

亚历克一脸迷惑。“谁是麦当娜？”

“谁是希丽宫女王？”克拉丽问。

“她是精灵女王，”马格纳斯说，“当然，只是我们这个地区的。”

杰斯双手托腮，说：“告诉伊莎贝尔，我们不去。”

“可她觉得这是个好主意。”亚历克抗议说。

“那就再一次告诉她，不去。”

亚历克皱起眉头。“你这是什么意思？”

“哦，伊莎贝尔的主意有些天下无双，而有些则完全是灾难。还记得她的那个主意吗，利用城市下面废弃的地铁线路通往各处？说来那些巨型老鼠——”

“让我们别谈这个，”西蒙说，“事实上，我希望最好不要谈到老鼠。”

“这个不一样，”亚历克说，“她想让我们去希丽宫。”

“你说得对，这个是不一样，”杰斯说，“这是她最糟糕的主意。”

“她认识希丽宫里的一个骑士，”亚历克说，“就是他告诉伊莎贝尔说希丽宫女王很想见见我们。伊莎贝尔听到了我和妈妈的通话——而她想如果我们能把关于瓦伦丁和灵魂之剑的假设告诉女王，希丽宫会站在我们这边，甚至有可能与我们联合起来对抗瓦伦丁。”

“去那里安全吗？”克拉丽问。

“当然不安全。”杰斯说，好似她问了一个他所听到过的最愚蠢的问题。

她瞪了他一眼。“对于希丽宫我一无所知。吸血鬼和狼人我多少知道些，关于他们的电影足够多。可精灵、仙女一类是小孩子的玩意儿，我八岁过万圣节的时候曾扮成了个仙女，妈妈给我做了一顶好像毛茛形状的帽子。”

“我记得那个，”西蒙靠在椅子背上，双手在胸前环抱，“我是变形金刚，事实上是霸天虎。”

“我们能回到正经事情上吗？”马格纳斯问道。

“好的，”亚历克说，“伊莎贝尔认为——而我也同意——不理睬精灵不是个好主意。如果他们想谈谈，能有什么坏处呢？另外，如果希丽宫能站在我们这边，圣廷就不得不听听我们想要说什么了。”

杰斯笑了，可并没有一丝幽默。“精灵不会帮助人类。”

“暗影猎手不是人类，”克拉丽说，“不能真正算是。”

“可对他们而言我们也好不到哪儿去。”杰斯说。

“他们不会比吸血鬼更糟糕吧，”西蒙小声说，“你连吸血鬼都能应付自如。”

杰斯看着西蒙，就好像发现西蒙是洗碗槽下面长出的什么东西。“能应付自如？我想你说这个词的意思是我们侥幸活下来吧。”

“那个……”

“精灵，”杰斯继续说了下去，好像西蒙根本没在讲话一样，“是魔鬼和天使的后裔，有着天使般的美貌和魔鬼般的邪恶。如果你进入他们的领地，吸血鬼可能会直接攻击你，而精灵会让你跳舞，一直到双腿残废，瘫痪在地，奄奄一息；他们会诱骗你深夜去游泳，然后把你拖下水，任你在水下嘶叫，直到双肺胀裂；他们会把精灵粉尘撒进你的眼睛，直到你自己把双眼挖出来——”

“杰斯！”克拉丽厉声打断了他的滔滔不绝，“别说了，我的天啊。够了。”

“瞧，智取狼人或者吸血鬼很容易，”杰斯说，“他们不比其他人更聪明。但是精灵能活几百年，他们像毒蛇一样狡猾。虽然他们不能说谎，可他们喜欢拐弯抹角地讲出真相。他们会找出这世上你最想要的东西，然后把它送给你——但在这份礼物的尾巴上有一根毒针，会让你后悔自己一开始想要那东西。”他叹了口气，“他们不是真的想要帮助人类，而更善于把伤害伪装成帮助。”

“你觉得我们不够聪明，辨别不出来？”西蒙问。

“我认为你不够聪明，不能避免一不留神变成老鼠。”

西蒙瞪着他。“你认为我们应该做什么根本不重要，”他说，“首先你不能和我们一起去，你哪儿都去不了。”

杰斯一下子站了起来，椅子被他重重地撞翻在地。“没有我，你们不能把克拉丽带去希丽宫，这是最终的决定。”

克拉丽张着嘴，盯着他。而他气得满脸通红，紧咬牙齿，青筋爆出，还避开不去看她。

“我能照顾克拉丽。”亚历克说，听上去似乎受到了一丝伤害——是因为杰斯对他的能力表示怀疑，还是因为别的什么，克拉丽也不确定。

“亚历克，”杰斯说，他的目光锁定在自己的好友身上，“不，你不能。”

亚历克咽了一下口水。“我们得去，”他说，语气中似乎带着一丝歉意，“杰斯——希丽宫提出的要求——不予理睬是很不明智的。另外，伊莎贝尔很可能已经跟他们说我们会去了。”

“我绝不会让你这么做的，亚历克，”杰斯威胁他说，“如果有必要的话，我会把你打倒在地。”

“这听起来真的很诱人，”马格纳斯说着把长长的绸缎衣袖向后一挥，“还有其他的办法。”

“什么办法？那是圣廷的命令，我不可能溜得掉。”

“但是我能，”马格纳斯龇牙一笑，“可不要怀疑我的开溜大法，暗影猎手，因为在这方面我的能力绝对卓越，令人难忘。在与大审判官签订的合同上我专门施了魔法。这样如果我乐意的话，就能放你出去一下，只要有另一个拿非力人愿意替代你的位置。”

“我们去哪儿能找到另一个——哦，”亚历克轻声说，“你的意思是我。”

杰斯的眉毛挑了起来。“哦，现在你不想要去希丽宫了吧。”

亚历克的脸一下红了。“我想你去比我去要紧些，你是瓦伦丁的儿子，我确定你才是女王真正想见的那个人。另外，你也很有魅力。”

杰斯瞪着他。

“也许不是此刻，”亚历克补充说，“可你通常都很有魅力，而且精灵对这种魅力都很敏锐。”

“还有，如果你待在这儿，我有《盖里甘的岛》第一季全集的DVD。”马格纳斯说。

“没人能拒绝这个邀请。”杰斯说，可他仍旧不愿抬眼看克拉丽。

“伊莎贝尔会在龟池旁边的公园里和你们碰头，”亚历克说，“她知道进入希丽宫的秘密入口，她会一直等在那儿。”

“还有最后一点，”马格纳斯说着用戴着戒指的手指戳了一下杰斯，“别让你自己死在希丽宫。如果你死了，我必须得解释很多事情。”

听到这话，杰斯咧嘴一笑。这是令人不安的一笑，那笑容更多的像是剑拔出鞘时的那道冷光，而不是兴之所至时的自然流露。“你知道，”他说，“我有种预感，这次可事关我的生死。”

浓密的青苔和植物卷须环绕着龟池，好像一圈绿色蕾丝的边界。水面很平静，只是有几处鸭子划水后留下的涟漪，或是银色鱼尾激起的小漩涡。

水边建有一个小小的木头凉亭，伊莎贝尔就坐在里面。她正望着湖面，看起来像是童话故事里的公主坐在塔顶，等着有人骑马前来营救。

可伊莎贝尔的风格完全不像传统意义上的公主。她会用鞭子、靴子和匕首对付任何一个试图把她关在塔楼里的人，她会把他们切成碎片，再用他们的尸体建成一座桥，漫不经心地走向自由，而且她的头发会一直保持良好的造型。这使得伊莎贝尔很难让人亲近，尽管克拉丽在不断地尝试。

“伊莎。”当他们走近池塘的时候，杰斯叫了一声。她跳了起来，转过身，笑容令人陶醉。

“杰斯！”她朝他飞奔过去，拥抱了他一下。这才是妹妹该做的事，克拉丽想，丝毫没有僵硬奇怪的感觉，而是满怀开心和关切。看着杰斯拥抱伊莎贝尔，她也在努力训练自己模仿那种开心和关切。

“你还好吧？”西蒙关心地问道，“你的两只眼睛都要打架了。”

“我很好。”克拉丽放弃了尝试。

“你确定？你看起来有点……面目狰狞。”

“那是因为我吃的东西让我不舒服。”

伊莎贝尔快步走了过来，杰斯在她身后一步之遥。她穿着黑色长裙和靴子，外面还有件更长一些的绿色天鹅绒礼服外套，和青苔一个颜色。“我真不敢相信你做到了！”她惊呼道，“你是怎么说服马格纳斯让杰斯离开的？”

“用亚历克作交换。”克拉丽说。

伊莎贝尔看上去有一丝警惕。“不是永远吧？”

“不是，”杰斯说，“就几个小时，除非我再也不回去。”杰斯略有所思地补充说，“在那种情况下，也许他必须得扣下亚历克了。你就把这次交换看作一个租借买卖好了。”

伊莎贝尔看起来半信半疑。“爸爸妈妈知道后一定会不高兴的。”

“如果他们知道你把自己的亲哥哥交给巫师，换出个嫌疑犯，而且那个巫师还长得像是同性恋版的刺猬索尼克，穿着打扮像是《飞天万能车》里专门抓小孩的那个人？”西蒙用质问的口吻说，“对，他们很可能会不高兴。”

杰斯想了想，看看他。“有什么特别的原因让你还待在这儿吗？我不确定我们应该带你去希丽宫，他们讨厌盲呆。”

西蒙眼睛向上一翻。“不会又是这一套吧。”

“是哪一套？”克拉丽说。

“每次我惹他厌烦的时候，他就退回到那个名叫‘盲呆禁止入内’的树屋里，”西蒙指着杰斯说，“让我提醒你一下，上一次你让我在旁边待着的时候，我救了你们所有人的命。”

“是啊，”杰斯说，“唯一一次——”

“精灵的宫殿很危险，”伊莎贝尔打断了他，“即便是你的箭术也帮不上忙，不是那种危险。”

“我能照顾自己。”西蒙说。一阵狂风袭来，吹得干树叶扫过他们脚下的石子路，也让西蒙一哆嗦，他把手伸进了夹克衫的羊绒口袋里。

“你不一定要去。”克拉丽说。

他用坚定而慎重的目光看着她。她想起在卢克家时，他称呼自己为女朋友，没有一丝的迟疑犹豫。无论其他人对于西蒙有何种微词，他总是知道自己想要的是什么。“不，”他说，“我一定要去。”

杰斯喃喃自语地说了一句：“那么我想大家已经准备好了。”他又说了一句：“别期待有什么特殊照顾，盲呆。”

“想想好的方面吧，”西蒙说，“如果他们需要一个人类作为祭品，你总可以把我奉献出去。我不确定你们其他几个人有没有这种资格。”

杰斯放松了一些，说：“有人自告奋勇想要第一个以身犯险，总是不错的。”

“走吧，”伊莎贝尔说，“门马上要开了。”

克拉丽四下看看，太阳完全落下去了，月亮已经升起来，在池塘中投下一抹乳白色的倒影。今天还不是满月，月亮边缘仍有些残缺，看上去像是没有完全睁开的眼睛。夜风吹动着树枝，发出像是空心骨头相互碰撞的声响。

“我们要去哪儿？”克拉丽问，“门在哪里？”

伊莎贝尔的笑容如同在低声诉说一个秘密。“随我来。”

她走下水，靴子在泥地里留下深深的脚印。克拉丽紧随其后，她庆幸自己穿的是牛仔裤，而不是裙子。伊莎贝尔把外套和裙子提过膝盖，露出靴子上面一截雪白的小腿，她的皮肤上覆盖着如黑色火焰般的印记。

跟在克拉丽身后的是西蒙，他在泥地上一滑，嘴里咒骂着。杰斯本能地俯身搀扶住他，所有人都转过身来。西蒙把手臂一甩。“我不需要你的帮助。”

“好了，”伊莎贝尔在湖边水浅的地方用脚轻轻拍了拍，“你们两个。事实上，是你们三个。如果在希丽宫里我们不团结一致，就都死定了。”

“可我没有——”克拉丽张口说。

“也许你没有，可是你让他们两个那副样子……”伊莎贝尔轻蔑地一挥手，暗示着那两个男孩子。

“我又不能告诉他们该怎么做！”

“为什么不能？”另一个女孩问道，“老实说，克拉丽，如果你不稍微运用一下女生天然具有的特权，我真不知道拿你怎么办好了。”她转身朝向池塘，继而又转了回来。“以免我会忘记，”她严厉地补充说，“看在天使份上，在地下的时候不要吃或者喝任何东西，你们所有人都牢牢记住，好吗？”

“地下？”西蒙满是担忧地问，“没人说过任何关于地下的事情。”

伊莎贝尔抬起双手，走下池塘，身边飞溅起水花，她绿色的天鹅绒外套也在四周漂浮起来，像是一片巨大的睡莲叶子。“跟上，在月亮移动前，我们只有一小会儿时间。”

月亮什么？克拉丽摇摇头，也走进了池塘。水不深，而且很清澈，借助明亮的星光，她能看到在自己脚边游来游去的小鱼黑影。她一边向池塘深处走去，一边咬紧牙关，水出奇的冷。

在她身后，杰斯优雅地跃入水中，几乎没有扰动水面。西蒙跟在他后面，一边诅咒，一边溅起巨大的水花。伊莎贝尔到达了池塘的中央，她停在那里，水没过了她的肋骨。她朝克拉丽伸出手，说：“停下。”

克拉丽站住了。就在她面前，月影在水面上闪耀，像是一只巨大的银盘。她隐隐觉得不应该是这种情况，月亮应该随着你的移动而移动，应该逐渐远去。可它就在那儿，好像定在原地一般，停留在水面上。

“杰斯，你先进去，”伊莎贝尔说着朝他招了招手，“来吧。”

他从克拉丽身边走过，带着一股潮湿的皮革和木炭气味。她看到他转身过来的时候笑了一下，继而向后退了一步，走进月影之中——消失不见了。

“好吧，”西蒙讪讪地说，“好吧，这太诡异了。”

克拉丽回头瞥了他一眼，他站在齐臀深的水里，可已经冷得浑身颤抖，双臂紧抱了。她冲他笑笑，也向后退了一步。当她走进闪亮的银色倒影里时，感觉到一阵更为刺骨的寒冷。她一时间站立不稳，好像自己在梯子的最高一层上失去了平衡——接着向后跌入一片黑暗，月影吞没了她。

她踉踉跄跄地着了地，感到有一只手扶住了她的手臂，帮她站稳。是杰斯。“这容易吧。”他说着放开了她。

她浑身上下都湿透了，一股股冰冷的湖水顺着衬衫的背面向下流，湿漉漉的头发贴在脸颊上，浸湿了的衣服也好像有一吨重。

他们置身于一个走廊中，是挖空了的泥土所形成的，光线来自于微微发光的青苔。走廊的一头垂下一团藤蔓，形成一个门帘。还有毛茸茸的长卷须从天花板上伸下来，像是没了生气的蟒蛇。克拉丽意识到那些是树根，他们在地底下。而且这里冷极了，足以让她在呼气时吐出一团雾气。

“冷吗？”杰斯也湿透了，他浅色的头发贴在脸颊和额头上，几乎辨不出颜色，身上的牛仔裤和夹克衫都在滴水，白色的衬衫也变得透明。她能透过衬衫看到那些永久印记的黑色线条，还有他肩膀上浅浅的伤疤。

她飞快地看向别处，睫毛上还沾着水，好像泪水般模糊了她的视线。“我很好。”

“你看起来不好。”他走近了些，她能感觉到他身上的热度温暖着自己冰冷的肌肤，尽管隔着两人湿漉漉的衣服。

一个黑影在旁边猛地落下来，就在她眼角的余光之中，扑通一声重重地摔在地上。是西蒙，他也浑身都湿透了。他爬起来，跪在地上，慌乱地四下看着。“我的眼镜——”

“我找到了。”足球赛时，克拉丽就习惯于帮西蒙找眼镜。他的眼镜总是恰巧落在自己脚边，又总是不可避免地会被踩到。“给你。”

他戴上眼镜，把镜片上的泥巴刮掉。“谢谢。”

克拉丽能感觉到杰斯正看着他们，他的目光好似加重了自己肩上的分量。她想，不知道西蒙是否也能感觉到。西蒙皱着眉站了起来，就在此时，伊莎贝尔不知从什么地方落了下来，优雅地双脚着地。湖水顺着她浓密的长发流下来，也让她那件天鹅绒外套更加湿重，可她似乎毫不在意。“哦，真有趣。”

“的确是啊，”杰斯说，“今年圣诞节我准备送你一本字典。”

“为什么？”伊莎贝尔说。

“那样你可以查查‘有趣’这个词，我不确定你知道它的含义。”

伊莎贝尔把一头湿漉漉的长发拉到前面，拧了拧水，像刚洗过那样。“你在给我泼冷水。”

“你身上的水已经够多了，如果你自己还没意识到的话。”杰斯四下打量着，又说道：“现在怎么办？我们应该走哪条路？”

“哪条路也不走，”伊莎贝尔说，“我们在这里等着，他们会派人来接我们。”

克拉丽对这个提议不以为然。“他们怎么知道我们在这儿？我们要不要按门铃或者其他什么东西？”

“希丽宫知道发生在自己领地上的一切事情。我们的出现不会没人注意。”

西蒙满腹狐疑地看着她。“可无论如何，你是怎么知道这么多关于精灵和希丽宫的事情？”

令所有人意外的是，伊莎贝尔脸红了。片刻之后，藤蔓门帘撩开了，从后面走出来一个精灵，身披一头长发。之前在马格纳斯的聚会上，克拉丽见过一些精灵，当时她就为他们的冷艳和奇异所震惊，他们即使是在跳舞喝酒的时候，身上也有一种强烈的诡异气息。这个精灵也不例外：一头蓝黑色的头发散落在冷峻的面容旁，一对眼眸如藤蔓和青苔般墨绿，一侧的脸颊上有块树叶形状的印记，不知道是胎记还是文身。他身着银棕色盔甲，像是冬天树皮的颜色，当他走动的时候，盔甲还会闪烁出多彩的光泽：炭黑、青绿、天蓝和灰色。

伊莎贝尔惊呼了一声，一跃进入他的臂弯。“米利翁！”

“啊，”西蒙带着一丝调侃轻声说，“这就是她怎么知道的。”

精灵——米利翁——一脸严肃地低头看了看她，然后摆脱她，温柔地让她站在一旁。“现在不是亲热的时候，”他说，“希丽宫女王要见一见你们之中的三个拿非力人。你们要进来吗？”

克拉丽出于保护，把一只手放在了西蒙肩上。“我朋友怎么办？”

米利翁看上去无动于衷。“凡人不允许进入希丽宫。”

“我希望有人事先就通知我这个，”西蒙说这话不是针对任何一个人，“我想，这就是说我应该在这里等着，直到这些藤蔓长到我身上来吗？”

米利翁想了想。“这也许会非常有趣。”

“西蒙不是一般的人类，他值得信任。”杰斯的话让大家一惊，尤其是西蒙。克拉丽能看出西蒙非常意外，因为他盯着杰斯却没有一句机智的回应。“他和我们一起经历过许多战斗。”

“你的意思是说一次战斗吧，”西蒙小声说，“如果你算上我是老鼠的时候，就是两次。”

“没有西蒙我们不会进入希丽宫，”克拉丽说，她的手仍然放在西蒙肩头，“是你们的女王要求见我们，记得吗？而不是我们要来这里。”

米利翁墨绿色的眼睛中暗暗闪过一丝笑意。“如你们所愿，”他说，“可不要说希丽宫不尊重客人们的意愿。”他用漂亮的靴子跟一个转身，领着他们沿走廊走了下去，途中也不停下来查看他们是否跟得上。伊莎贝尔急匆匆地跟在他身旁，任凭杰斯、克拉丽和西蒙静静地走在两人身后。

“你们被允许和精灵约会吗？”克拉丽终于问道，“你的家——莱特伍德他们家没意见吗，伊莎贝尔和那个谁——”

“米利翁。”西蒙插嘴说。

“——和米利翁出去约会？”

“我不确定他们会出去，”杰斯说，最后两个字充满了反讽的意味，“我猜他们大部分时间会待在屋里，或者说，在这种情况下，在地下。”

“听起来你很不赞成。”西蒙说着把一枝树根推开。他们已经从泥巴墙的走廊走进了另一条铺着光洁石头的走廊，只是偶尔有树根从头顶的石头中间悬下来。地板是打磨过的某种坚硬材质，不是大理石，而是一种有纹理的石头，上面还有好像宝石粉末组成的闪亮线条。

“准确地说我并非不赞成，”杰斯说，“据说精灵偶尔会跟凡人调调情，但通常的结果都是抛弃他们，一般都不会长久。”

他的话让克拉丽打了个寒战，与此同时，伊莎贝尔大笑了起来。克拉丽此时明白了为什么杰斯压低了声音，因为石头墙面把伊莎贝尔的声音来回反弹，放大了许多倍。她的笑声就这样沿着石墙传了开去。

“你真逗！”她靴子的后跟卡在了两块石头中间，走不动了，米利翁拉了她一把，面无表情地把她扶直。

“我不明白为什么你们能穿着这么高的鞋子走路。”

“我有句格言，”伊莎贝尔说着迷人地一笑，“绝不要十八厘米以下。”

米利翁冷冷地看着她。

“我是说鞋跟，”她说，“这是个双关，你听出来了吗？是个玩笑——”

“跟上，”精灵骑士说，“女王会失去耐心的。”他沿着通道走了下去，再没看伊莎贝尔一眼。

“我忘了，”当其他人赶上来时，伊莎贝尔小声说，“精灵完全没有幽默感。”

“哦，我可不会这么说，”杰斯说，“市中心有家精灵夜总会，叫做‘炸鸡翅’。可我的意思不是说，”他补充道，“我曾经去过。”

西蒙看着杰斯，张了张嘴似乎想问他什么问题，可转念又改变了主意，于是闭上了嘴。此时走廊变成了一间开阔的房间，地上铺着厚厚的泥土，墙边是高耸的石头柱子，上面缠绕着藤蔓和色彩艳丽的花朵。柱子间还扯着薄布，布都染成了淡蓝色，几乎跟天空是一个颜色。房间里光线明亮，尽管克拉丽看不到火把。这里给人的感觉像是夏日里阳光明媚的舞厅，而不是地下一处脏兮兮的石头房子。

克拉丽的第一印象便是感觉自己好似身处室外，继而又感觉房间中挤满了人。耳边响起诡异而又甜美的音乐声，其中个别音节听上去有些酸涩，这种听觉上的享受好似是喝了混有柠檬汁的蜂蜜。舞厅中还有精灵随着音乐起舞，他们的双脚似乎都不沾地面，他们的头发——蓝色、黑色、棕色、红色，还有金色和雪白的——如绸带般飞舞。

她明白了为什么他们被称作美貌的精灵族了，因为他们的确非常美丽，俊秀而白净的脸庞，淡紫色、金色或蓝色的翅膀——她怎么会相信杰斯所说的他们会伤害她？一开始充满了她双耳的音乐声此时只剩下了甜美，她感到有一种冲动，想要释放自己的头发和双脚，也加入舞群。这音乐声告诉她，一旦她加入进去，那么她也能那般轻盈，双脚也可以几乎不接触地面。她向前迈了一步——

继而一只手拉住她的胳膊，把她拽了回来。杰斯金色的眸子像猫那般明亮，正紧紧地盯着她。“如果你随他们起舞，”他低声说，“你会一直跳到死。”

克拉丽朝他眨了眨眼，感觉自己刚从一场梦中惊醒，昏昏沉沉，还没有完全清醒，说起话来也含含糊糊。“什、什么？”

杰斯不耐烦地叹了口气，接着把石杖拿在手里，她都没有注意到他拿出了石杖。他抓过她的手腕，在她手臂内侧的皮肤上迅速画了一个令人灼痛的印记。“现在你再看看。”

她又定睛一看——整个人都僵住了。那些在她看来俊秀的脸庞依然迷人，可是在那之下隐藏着奸猾，几乎是种凶残。那个在向她招手的女孩有对粉色和蓝色的翅膀，可克拉丽看到她的手指像是小树枝，长满了蜷缩着的嫩叶。她的眼睛没有虹膜和瞳孔，一片漆黑。在她一旁跳舞的男孩有一身绿色的皮肤，好似带着剧毒，头的两侧还长出弯弯的犄角。当他转过身来的时候，上衣敞开了，克拉丽看到在衣服里面他的胸膛露出一根根的肋骨，上面还缠着丝带，也许是为了迎合这种节日的气氛吧。可克拉丽却感觉一阵反胃。

“快走。”杰斯推了她一把，她跌跌撞撞地向前走去。当她重新恢复平衡之后，便紧张地四下张望寻找西蒙。他就在前面，她看到伊莎贝尔紧紧抓着他。这一次，她不会介意，因为如果西蒙是一个人的话，绝不能顺利通过房间。

绕过跳舞的人群，他们走到房间的另一端，穿过了蓝色绸缎的隔帘。走出房间，真让人觉得解脱了许多。他们走入另一条通道，这条路开凿于一种具有光泽的棕色材质中，就像是坚果外皮一般。伊莎贝尔放开了西蒙，后者立即停下了脚步。克拉丽赶了上去，她发现这是因为伊莎贝尔用丝巾蒙住了西蒙的眼睛。克拉丽走到他身边时，他正在摆弄丝巾的结。“让我来吧。”她说。于是西蒙保持不动，克拉丽解开丝巾后还给了伊莎贝尔，并朝她点了点头以示感谢。

西蒙把头发整理到脑后，丝巾接触过的地方还有些潮湿。“刚才有些音乐声，”他说，“有点乡村乐的味道，还有点摇滚的感觉。”

米利翁停下来等他们，他皱着眉头说：“你不介意吧？”

“我很介意，”克拉丽说，“那是什么，某种测试？还是个玩笑？”

他耸了耸肩说：“凡人很容易被我们精灵的诱惑所吸引，我对这个习以为常，可拿非力人却不大会。我以为你有防护。”

“她有。”杰斯说着紧紧盯着米利翁绿色的眼眸。

米利翁只是耸了耸肩，便又继续向前走去。西蒙跟上来走在克拉丽身边，他停了片刻之后说：“所以说我错过了什么？裸舞的姑娘？”

克拉丽想到那个精灵露在外面的肋骨，打了一个寒战。“不是那么赏心悦目的东西。”

“人类有很多方式能加入精灵的狂欢，”伊莎贝尔在一旁偷听到了谈话，插嘴说，“如果他们给了你什么信物——比如一片树叶或者一朵花——让你拿着，而你一整夜都没弄丢它，那早晨的时候就会平安无事。或者说，如果你有个精灵作为同伴……”她看了米利翁一眼，可他走到嵌在墙上的一面树叶幕布前，停住了脚步。

“这里是女王的会客室，”他说，“她从南方的王宫过来查看那个死去的孩子。如果战争在所难免，那么她想亲自宣战。”

克拉丽走上近前，看到那幕布是浓密的盘曲藤蔓，上面还有琥珀色的小花蕾。米利翁把幕布掀开，将他们引入另一侧的房间中。

杰斯第一个弯腰进去了，克拉丽紧随其后。她直起身，好奇地四下张望。

房间本身很朴素，土制的墙面上悬挂着轻薄的织物，不知名的植物在玻璃瓶中盛开。一位美人斜倚在矮沙发上，身边环绕着侍臣——他们是形态各异的精灵，有身型迷你的小妖精，也有留着长发的精灵，看起来像是可爱的人类女孩模样……如果你忽略掉他们没有瞳孔、全黑的眼睛的话。

“女王陛下，”米利翁深深鞠了一躬说，“我把拿非力人带来了。”

女王坐直了身体，她红色的长发在身畔飘动，像是微风中的秋叶，蓝色的眼睛像玻璃般清澈，但目光却锐利如刀。“三个是拿非力人，”她说，“另一个是凡人。”

米利翁似乎退缩在后面，而女王一眼都没有看他，她的目光全都集中在暗影猎手身上。克拉丽能感觉到这目光中的分量，像是触碰到了自己一样。尽管女王非常迷人，可她一点也不柔弱。她如一颗耀眼的星辰那样明亮坚毅，令人无法直视。

“是我们的不对，陛下。”杰斯向前走了一步，置身于女王和同伴们之间。他说话的语气变了——现在他说话的口气带着谨慎。“我们必须保护这个凡人，那是我们欠他的。所以我们带他一同前来。”

女王把头歪到一边，像是鸟儿对什么东西感到有趣时那样，现在她全部的注意力都在杰斯身上。“是救命之恩？”她小声说，“欠一个凡人的？”

“他救了我的命。”杰斯说。克拉丽感到西蒙因为意外而僵住了，她真希望他没有表现出来。精灵不能说谎，杰斯曾说过，而杰斯也没有说谎——西蒙的确救过他的命。只是这个不是他们带西蒙一起来的原因。克拉丽开始欣赏杰斯所说的那种转弯抹角地说出真相的方法了。“陛下，我们请求您的谅解。我们听说您非常善良，就如同您的美貌一般，这样的话——那么，”杰斯说，“您的善良一定是天下无双。”

女王得意地一笑，俯下身来，光洁的发丝落下来遮住了脸。“你和你父亲一样迷人，乔纳森·摩根斯特恩，”她说着指了指散落在地板上的坐垫，“过来，坐到我身边。吃些东西，喝点什么吧。休息一下，谈话的时候最好润润喉咙。”

杰斯一时间不知如何是好，他犹豫了一下。米利翁俯在他耳边，轻声说：“拒绝希丽宫女王的盛情可不是明智之举。”

伊莎贝尔的目光朝他一瞥，之后她耸了耸肩说：“我们就是坐坐也不会有什么问题。”

米利翁领着他们走到女王所坐的沙发旁边，地上有几个绸缎的坐垫。克拉丽小心翼翼地坐下，感觉好像会有尖利粗壮的树根从下面冒出戳到她，这似乎应该是会令女王觉得有趣的事情。可什么也没有发生。垫子坐上去很舒服，她坐稳了，其他人也坐在四周。

一个蓝色皮肤的妖精朝他们走过来，端着一个盘子，上面有四只银杯。他们每人取了一杯，里面有种金色的液体，上面还漂着玫瑰花瓣。

西蒙把杯子放在了一边。

“你不想喝点儿吗？”那个妖精问他。

“上次我喝了精灵饮料之后就不大舒服。”他小声说。

克拉丽几乎没听见他说什么。这杯饮料有一股浓烈的醉人香气，比玫瑰花的味道更浓郁香甜。她从杯中取出一片花瓣，用拇指和食指碾碎了。

杰斯推了一下她的胳膊，“什么也别喝。”他小声说。

“可——”

“就是不要喝。”

她放下杯子，就像西蒙一样。她的手指染上了红色的汁液。

“那个，”女王说，“米利翁告诉我说，你声称知道是谁昨晚在公园里杀死了我们的孩子。可我现在告诉你，这似乎不是什么秘密。一个精灵小孩，被吸干了血？你是要告诉我一个吸血鬼的名字吗？可所有的吸血鬼都有责任，因为违反了《大律法》，他们都要接受相应的惩罚。尽管我们似乎很挑剔，但我们并不是那样难以取悦的。”

“哦，好了，”伊莎贝尔说，“不是吸血鬼干的。”

杰斯看了她一眼。“伊莎贝尔的意思是说，我们确定凶手另有其人。我们认为他试图让吸血鬼背黑锅，好让自己隐蔽起来。”

“你们有什么证据吗？”

杰斯的语调很平静，可是挨着克拉丽的肩膀却因为紧张而绷着。“昨晚无声使者也遭到了屠杀，他们中没有人被吸干了血。”

“这一定和我们的孩子被杀有关，可怎么有关？拿非力人的死对你们而言是个悲剧，但对我而言什么都不是。”

克拉丽感到左手一阵刺痛，她低头一看，一个极小的妖精突然躲进了两个枕头之间，而她的手指上冒出一滴鲜红的血珠。她一龇牙，把手指放进了嘴里。小妖精看上去很可爱，但他们的叮咬却非常疼。

“灵魂之剑也被偷了，”杰斯说，“您知道梅拉塔奇之剑吧？”

“就是那把让暗影猎手讲出实话的剑，”女王的言语之间有一丝不怀好意的嘲笑，“我们精灵从不需要那种东西。”

“剑被瓦伦丁·摩根斯特恩夺走了，”杰斯说，“他为了得到圣剑杀了无声使者，我们认为也是他杀了精灵。他需要精灵孩子的血让圣剑发生转变，使其能够为他所用。”

“而且他不会停手，”伊莎贝尔补充说，“在那之后他需要更多的鲜血。”

女王原本就很高的眉毛挑得更高了。“更多精灵族的血？”

“不，”杰斯看了伊莎贝尔一眼，其间的含义克拉丽也讲不清楚，“更多暗影魅族的血，他还需要狼人和吸血鬼的——”

女王的眼中闪过一道光。“这似乎不是我们所关心的。”

“他已经杀了一个你们的人，”伊莎贝尔说，“难道您不想复仇？”

女王的目光如蝉翼般轻轻地拂过她。“不是现在，”她说，“我们是很有耐心的，因为我们在这世上有的是时间。瓦伦丁·摩根斯特恩是我们的老对手了——但我们还有比他更久远的敌人。我们满足于等待和观察。”

“他把恶魔召唤到身边，”杰斯说，“组建一支军队——”

“恶魔，”女王轻声说，她身后的侍臣们也议论纷纷，“恶魔属于你们的职责范畴，不是吗，暗影猎手？难道不就是因为这个才让你们拥有那种权威吗？因为你们才是铲除恶魔的人？”

“我来这儿不是代表圣廷宣布命令的。我们是应您所邀，因为我们觉得如果您知道了真相，就会帮助我们。”

“这就是你所想的吗？”女王往前坐了一些，长发也随之泛起了涟漪，“记住，暗影猎手，我们中已经有人对圣廷的统治心怀不满，也许我们早已厌倦了为你们的战争去卖命。”

“可这不仅仅是我们的战争，”杰斯说，“和恶魔相比，瓦伦丁更痛恨暗影魅族。如果我们无法抵御他，那么你们就是他的下一个目标。”

女王的眼睛盯着他。

“而当他这样做的时候，”杰斯说，“您要记得曾经有一个暗影猎手警告过您这一切。”

房间中一片寂静，甚至王宫里的所有人都安静了下来，看着他们的女王。最后，女王靠在身后的垫子上，端起银酒杯喝了一口。“警告我提防你自己的父亲，”她说，“我曾认为你们人类至少拥有对父母的爱，可对于瓦伦丁，也就是你的父亲，你好像毫无忠诚可言。”

杰斯什么也没说，似乎轮到他哑口无言了。

女王接着甜美地说：“或者说，也许你的这种敌意只是伪装。你们这种人会为了爱而撒谎。”

“可我们不爱父亲，”就在杰斯保持着令人生畏的沉默之时，克拉丽说道，“我们憎恨他。”

“是吗？”女王脸上几乎是种感到无聊的表情。

“您知道家庭的纽带是如何维系的，陛下，”杰斯说，他现在知道该说什么了，“就像藤蔓一般紧密。可有时候，也会像藤蔓一样缠得过紧以至于把人杀死。”

女王的睫毛扇动了几下。“你会为了圣廷而背叛自己的父亲？”

“即便如此，陛下。”

她笑了起来，那声音如同冰锥一般明亮而冷酷。“谁会想到，”她说，“瓦伦丁的小试验品会倒戈？”

克拉丽看着杰斯，可从他脸上的表情看得出，他也不明白女王这话的意思。

还是伊莎贝尔说了一声：“试验？”

女王甚至都没有看她一眼，明亮的蓝色眼眸仍紧盯着杰斯。“精灵是保守秘密的一族，”她说，“保守我们自己的，还有别人的秘密。自己去问你的父亲吧，下次遇见他时，问问他，在你的血管中流淌的是什么血液，乔纳森。”

“下次我见他时不准备问他任何事情，”杰斯说，“但如果这是您所期望的，陛下，我会问他。”

女王嘴角一扬，微笑着说：“我想你是个骗子，但真是个迷人的骗子啊，迷人到足以让我向你发誓：问问你父亲那个问题。而如果你要迎战瓦伦丁，我向你承诺我能给予帮助。”

杰斯也笑了。“您的大方如同您的美貌一般，陛下。”

克拉丽发出一个假装呕吐的声音，而女王看上去非常开心。

“那么我想今天我们的拜访结束了。”杰斯补充说。他从坐垫上站起身，之前他就放下了那只碰也没碰过的杯子。其他人也都随他起身，伊莎贝尔已经在藤蔓门旁边的角落里和米利翁说起了话，后者看上去有些不安。

“等一下，”女王站了起来，“你们中的一个人必须留下来。”

杰斯朝门口走到一半，停了下来，转身看着她。“您什么意思？”

她伸出一根手指指着克拉丽。“一旦有人吃过或者喝过我们的东西，那他就是我们的了。你知道的，暗影猎手。”

克拉丽一惊。“可我什么也没喝啊！”她转向杰斯，“她说谎。”

“精灵从不撒谎。”杰斯说，他的脸上交织着困惑与焦虑。他又转向女王，说：“恐怕您弄错了吧，陛下。”

“看看她的手指，别告诉我说她没有把手指舔干净。”

西蒙和伊莎贝尔此时也盯着她，克拉丽低头看看自己的手。“是血，”她说，“一个小妖精咬了我的手指——流血了——”她想起手指上血液甜甜的味道，还混有果汁。她惊慌失措起来，想朝着藤蔓门移动，可自己却动不了，好似被一双看不见的大手又拉回房间。她看向杰斯，十分受挫地说：“那是真的。”

杰斯的脸一下子红了。“我想我应该预料到这种把戏，”他对女王说，先前那种打情骂俏的语气不见了，“为什么您要这么做？您想从我们这里得到什么？”

女王的声音极为柔和，像蜘蛛的绒毛一般。“也许我只是好奇，”她说，“在我的职权范围内，能和几位年轻的暗影猎手如此接近，可不常见。和我们一样，你们也将自己的祖先追溯至天堂，这让我很感兴趣。”

“但与你们不同，”杰斯说，“我们跟地狱完全没有关系。”

“你们是凡人，你们有生老病死，”女王轻蔑地说，“如果这不是地狱，那么请告诉我，什么才是？”

“如果您仅仅是想研究暗影猎手，我不会对您有什么帮助。”克拉丽插嘴说。手上小妖精咬过的地方还很疼，她努力克制住不让自己尖叫或者流泪。“关于暗影猎手，我什么也不知道，我也没接受过什么训练，我不是个好人选。”或者说不是个找茬的人选，她默默地加了一句。

女王第一次正视着她，克拉丽非常想缩到后面。“事实上，克拉丽·摩根斯特恩，你就是正确的人选，”当她感受到克拉丽的狼狈，眼里闪烁出了光彩，“多亏了你父亲在你身上所做的改变，你不同于其他的暗影猎手。你的天赋与众不同。”

“我的天赋？”克拉丽十分困惑。

“你有一种语言无法描述的天赋，”女王对她说，“而你哥哥所具有的是天使自身的禀赋。你们的父亲造就了这些，当你哥哥还是个孩子，而你还没出生之前。”

“我父亲从没给过我任何东西，”克拉丽说，“他甚至没有给我起名字。”

杰斯看上去和克拉丽一样面无表情。“虽然精灵不会说谎，”他说，“可他们有可能被欺骗。我想您一定是落入了什么骗局或者玩笑之中，陛下。我或者我妹妹都没有什么特别之处。”

“你对自己的魅力这样谦逊，真是太老练了，”女王大笑着说，“可你必须知道你可不是普通的男孩子，乔纳森……”她从克拉丽看向杰斯，又看向伊莎贝尔——伊莎贝尔一下闭上了嘴巴，之前她一直大张着——最后又看着杰斯。“也可能是你自己不知道？”她轻声说。

“我知道自己不会把妹妹留在您的宫殿里，”杰斯说，“而且既然您没有什么要问她或者我的了，那也许您可以帮我们一个忙，放了她？”既然你已经消遣够了？他的眼神如此说道，尽管他的口吻非常礼貌，像水面一样平静。

女王的笑容夸张而可怕。“如果我告诉你一个吻就能让她获得自由呢？”

“你想让杰斯吻你？”克拉丽一脸困惑地说。

女王一下子笑了起来，她身旁的侍臣们也立即模仿着。这笑声非常诡异，不像常人所有的那样，其中混杂着嘶叫和尖锐而短促的声音，像是动物受伤之后的尖叫。

"尽管他非常迷人，"女王说，"可这个吻没法让女孩获得自由。"

四个人面面相觑，都感到非常吃惊。"我可以吻米利翁。"伊莎贝尔提议说。

"也不是。不是我宫内的任何人。"

米利翁从伊莎贝尔身边离开，后者看看自己的同伴，然后扬起手。"我可不会吻你们中的任何一个，"她坚决地说，"这可是很正式的一吻。"

"似乎没必要你来出面，"西蒙说，"如果一个吻就好……"

他走向克拉丽，后者吃惊地僵在原地。当他拉住她的手臂时，她必须尽力遏制住自己想把他推开的冲动。不是因为她以前没有吻过西蒙，而是此时的情形太奇怪了。可这个吻符合逻辑，不是吗？她禁不住回头飞快看了一眼杰斯，看到的是他的一脸不悦。

"不对，"女王说，这一声好似叮当作响的水晶一般，"这也不是我想要的。"

伊莎贝尔转了转眼睛。"哦，天使啊，瞧，如果没什么别的办法能够出去的话，我来吻西蒙。我以前就吻过，感觉还不太糟糕。"

"谢谢，"西蒙说，"真是种荣幸。"

"唉。"希丽宫的女王说，她的表情冷峻，还有一丝残忍的愉悦。克拉丽想也许她想要的不是那个吻，而仅仅是欣赏他们无所适从的窘迫。"恐怕这也不是。"

"那个，我可不会跟盲呆接吻，"杰斯说，"我宁愿待在这里，哪怕烂在这儿。"

"永远吗？"西蒙说，"永远可是很久很久啊。"

杰斯眉毛一挑。"我知道，"他说，"你想吻我，不是吗？"

西蒙愤怒地一扬手。"当然不是。可如果——"

"我想那句俗话说得好，"杰斯评论说，"战壕里没有异性恋者。"

"是无神论者，混蛋，"西蒙生气地说，"战壕里没有无神论者。"

"这真的很有趣，"女王冷冷地说，并向前俯下身，"能让这个女孩获得自由的，是她最渴望的一吻。"在她的脸上和语气中，那种残忍的愉悦更加明显了，她的话似乎像针一样刺入克拉丽的耳中。"就是这个，别无其他。"

西蒙看上去似乎受到了重重的一击。克拉丽想伸手拉住他，可却僵在原地。她太害怕了，动也不敢动。

"为什么您要这么做？"杰斯问。

"我倒觉得这是为你做了件好事。"

杰斯脸一红，什么也没说。他避开不去看克拉丽。

西蒙说："这太荒唐了，他们是兄妹。"

女王微微一耸肩。“渴望通常不会因为反感而减轻。也不会像帮个忙那样，随便施与最想得到的人。我的话富有魔力，能让你们知道真相。如果她不想得到他的吻，她便不会获得自由。”

西蒙气愤地说了句什么，但克拉丽没有听到：她的耳畔嗡嗡作响，就好像她的脑袋里装着一群愤怒的蜜蜂。西蒙猛地转过身，看上去非常生气地说：“你不必这么做，克拉丽，这是个骗局——”

“不是骗局，”杰斯说，“是个测试。”

“好吧，我不知道你怎么想的，西蒙，”伊莎贝尔的声音听上去有些刺耳，“可我很乐意看到克拉丽能摆脱这个地方。”

“好比让你吻亚历克，”西蒙说，“就因为希丽宫的女王让你这么做？”

“我当然会做，”伊莎贝尔有些气愤，“如果另一种结果是永远被困在希丽宫的话？反正谁在乎呢？就一个吻而已。”

“说得对。”是杰斯，克拉丽在眼角模糊的余光中看到他。他朝她走过来，把一只手放在了她肩上，让她转过来面对自己。“就是一个吻而已。”他说。尽管声调严厉，可他的手莫名地温柔，克拉丽任凭他将自己的身体转过来。她抬头望去，他眼神黯淡，也许是因为宫殿中太昏暗了，也许是因为其他什么原因。她能在他张大的瞳孔中看到自己的影子，在他眼中有自己小小的身影。他说：“你可以闭上眼睛，如果愿意的话，想想英格兰的风景。”

“我从没去过英国。”她说，可还是闭上了眼睛。她能感觉到潮湿衣物的那种沉重感，它们冰冷刺痒地紧贴她的肌肤，这个地洞中的空气甜得发腻，可是更让人感觉寒冷，只有杰斯按在她肩上的手是唯一温暖的东西。之后，他吻了她。

她感到他嘴唇的触碰，一开始很轻，她自己的双唇在这种压力之下自动地张开了，几乎是违背了自身的意愿。她感到自己融化了，变得顺从，手臂向上伸展，钩住了他的脖子，就如同向日葵朝向太阳一般。他的双臂也抱住了她，手伸进她的头发。他的吻不再轻柔，而变得猛烈，在一瞬间就从引燃的小火星变成了熊熊烈焰。克拉丽听到房间中似乎传来一声叹息，在他们周围还响起一阵议论，可对她而言这没什么，那些声音消失在了自己上涌的血液中和浑身上下那种令人晕眩的轻飘飘的感觉里。

杰斯的手离开了她的头发，滑向她的脊背，她感觉到他的手掌压在自己的肩胛骨上——之后他推开了她，轻轻地让自己离开，也让她的手从自己的脖子上松开，他向后退了一步。一时之间，克拉丽觉得自己要跌倒了，好像什么重要的东西从身上剥离，一只胳膊或者一条腿。她讶异地盯着杰斯——他感觉到了什么，他什么也没感受到吗？她想如果他毫无感觉，那自己一定没办法承受。

他也看着她。当她注视着他脸上的表情，她看到了那双在伦维克废墟里所见到的眼睛，当时这双眼睛看到移空门无法挽回地裂成上千碎片，让他和家园分离。刹那间，他遇到了她的目光，可继而就转开了，他喉咙周围的肌肉抖动了几下，双手也在两侧握成了拳头。“这个吻够好吗？”他放声说道，转身面向女王和她身后的侍臣们，“你们娱乐够了吗？”

女王一只手捂在嘴上，半遮住笑容。“我们是很享受，”她说，“可是，我想，还到不了你们两位的程度。”

“我只能这样猜测，”杰斯说，“人类的情感之所以让你们觉得好笑，是因为你们自身毫无情感可言。”

听到这话，她的嘴角露出一丝笑意。

“放松点，杰斯。”伊莎贝尔说，她又转向克拉丽。“现在你能走了吗？你自由了吗？”

克拉丽走向门口，毫不吃惊地发觉已经没有东西阻挡她的道路。她的手伸向藤蔓，转身看着西蒙，后者好似从没见过她一般盯着她。

“我们该走了，”她说，“趁现在还不晚。”

“已经晚了。”他说。

米利翁带着他们离开了希丽宫，把他们送回公园，所有人一句话都没说。克拉丽觉得他的背影看上去僵直，而且有些不乐意。他们趟水走出池塘之后，他便转身走了，连一句再见都没有跟伊莎贝尔说，便消失在了摇曳的月影之中。

伊莎贝尔一脸愠色地看着他离开。“他这么绝情。”

杰斯像是捂着嘴笑了一下，接着他把潮湿的夹克衫领子立了起来。他们都在发抖，这个寒冷的夜晚中似乎有股泥土和植物的味道，还有人类现代文明的气息——克拉丽几乎觉得自己能在空气中闻到钢筋水泥的味道。环绕在公园四周的城市建筑发出夺目的光亮：冰冷的蓝色、安静的绿色、热烈的红色，而池水安静地拍打着岸边的泥土。月亮的倒影移到了池塘的远端，它颤抖着，好像害怕他们一样。

“我们最好先回去，”伊莎贝尔把仍旧湿漉漉的外套在肩头裹得更紧了，“在我们被冻死之前。”

“回到布鲁克林要好长时间，”克拉丽说，“或许我们该打辆出租车。”

“或者我们也可以先回学院。”伊莎贝尔提议说。看到杰斯的表情，她又飞快地说："反正那儿没有人——他们所有人都在骸骨之城搜寻线索。就是顺路去一下，拿几件衣服，换身干的。另外，学院仍然是你的家啊，杰斯。"

"好吧，"杰斯说，这显然让伊莎贝尔非常吃惊，"无论如何我需要到我的房间去取个东西。"

克拉丽犹豫了一下。"我不知道，我也许该和西蒙一起打辆车。"也许他们俩有一会儿独处的时间，她能向他解释一下在希丽宫中所发生的一切，事情不是他所想的那样。

杰斯之前在检查自己的手表是不是进了水。此时他看着克拉丽，眉毛上挑。"这可能有些困难，"他说，"因为他已经走了。"

"他怎么了？"克拉丽转身四下看了看，西蒙已经不见了，池塘边只有他们三个。她跑了一小段路，来到山顶，大喊他的名字。在远处，她刚好能望见他，正沿着离开公园的水泥路果断地大步向前走去，这条路连接着外面的大街。她又朝他大喊了一声，可他没有回头。

第九章
死也不再作主了[①]

伊莎贝尔所说不假：整个学院里空无一人。可以说是几乎空无一人。当他们进来时，麦克斯睡在门厅里的红沙发上。他的眼镜微微歪在一边，显然他本不想睡着：地板上有一本打开的书，是他掉下去的，他脚上穿着运动鞋，挂在沙发边上，这姿势看上去不太舒服。

克拉丽立即对他产生了好感，这让她想起了西蒙九、十岁的时候，那副眼镜、迷迷糊糊的眼睛，还有耳朵。

"麦克斯就像只猫，在哪儿都能睡着。"杰斯蹲下身，把麦克斯的眼镜摘掉，放在旁边镶饰着图案的小矮桌上。他的脸上有一种克拉丽从未见过的表情——是一种强烈的保护欲，这种温情让她吃惊。

"哦，把他的东西放在一边——你会弄上泥巴的。"伊莎贝尔一边不高兴地说着，一边解开了湿漉漉的外套扣子。裙子都紧贴在了她修长的身躯上，腰间湿了的皮带颜色也变深了。她那根卷成圈的金光闪闪的鞭子刚好能被人看到，鞭子柄在腰带边缘露了出来。她皱着眉头。"我觉得越来越冷了，"她说，"我要去冲个热水澡。"

杰斯看着她消失在了走廊里，有种很不情愿的羡慕之情。"有时候她让我想到一首诗。'伊莎贝尔，伊莎贝尔，从不忧虑。伊莎贝尔从不歇斯底里，从不慌乱奔跑——'"

"你曾想过要歇斯底里地大叫吗？"克拉丽问他。

"有时候，"杰斯从肩头脱下湿漉漉的外套，挂在衣架上伊莎贝尔衣服的旁边，"她说冲个热水澡倒是很正确。我可一定要去冲一下。"

"我没什么能换的衣服，"克拉丽说，突然之间她很想独处一会儿，她的手指非常想在手机上按下西蒙的电话号码，想确认一下他没事，"我就在这里等你。"

---

① 此句出自《圣经·新约·罗马书》第六章第九节，英文原文为"And death shall have no dominion"，中文翻译参考《新标点和合本》。

“别傻了。我借你一件T恤。”他的牛仔裤也全湿了，低低地挂在腰间，一小段雪白的肌肤在裤子和上衣之间露了出来，上面布满了印记。

克拉丽看向了别处。“我不觉得——”

“来吧，”他的语气很坚定，“反正我想给你看样东西。”

克拉丽一边跟着杰斯走出大厅前往他的房间，一边偷偷地查看手机屏幕。西蒙没有打来，她的心里更觉得冰冷。两个星期前，她和西蒙几乎不会吵架，可现在他似乎一直对她不满。

杰斯的房间就像她记忆中的那样：一尘不染，空荡荡的，像是僧侣的房间。里面没有东西能向你透露关于他的任何信息：墙上没有海报，床头柜上没有书，甚至连床上的羽绒被也是纯白色的。

他走到衣橱前，从抽屉里拉出一件叠得整整齐齐的蓝色长袖T恤，扔给了克拉丽。“这件洗过缩水了，”他说，“也许你穿着还会大，但……”他一耸肩，“我要去冲澡了，如果你需要什么就大声喊我。”

她点点头，把衣服抱在胸前，好像是个盾牌。他看了看，似乎要说什么，但显然又改变了主意。他又一耸肩，进了浴室，在身后紧紧地关上门。

克拉丽瘫坐在床上，把衣服放在腿上，从口袋里掏出手机。她拨通西蒙的号码，响了四声之后，进入了语音信箱。“嗨，我是西蒙，电话不在我身边，或者我故意躲着你。请给我留言——”

“你在做什么？”

杰斯站在浴室门口，他身后响着哗哗的水声，浴室里已经有了蒸汽。他没穿上衣，光着脚，湿裤子低低地挂在腰际，露出臀骨上方深深的凹痕，好像是有人用手指在那里按出来的一样。

克拉丽啪的一下合上手机，扔到床上。“没什么，就是看看时间。”

“床边就有个钟，”杰斯指着说，“你在给那个盲呆打电话，不是吗？”

“他的名字是西蒙，”克拉丽把杰斯的T恤在手中团成了一个球，“你不需要随时随地这样针对他。他不止一次地帮了你。”

杰斯眼睑低垂，略有所思。浴室里迅速充满了蒸汽，使他的头发更加卷曲。他说：“现在因为他跑开了，所以你觉得内疚。如果是我，我不会自找麻烦给他打电话，我确定他是躲着不想见你。”

克拉丽丝毫没有掩饰语气中的愤怒。“因为你和他很亲近，所以你会知道这个吗？”

“我知道是因为看到了他离开时的表情，”杰斯说，“而你没有。你没有看他，而我看了。”

克拉丽把自己仍然潮湿的头发从眼前拨开，她的衣服还贴在身上，有些刺痒，她猜想自己闻起来应该是池底的味道。她没法让西蒙的脸从眼前消失，在希丽宫里他看着她——好像非常痛恨她。“都是你的错，”她突然说，胸中燃起一股怒火，“你不该那样吻我。”

之前他倚着门框，此时却站直了。“那我应该怎样吻你？还有其他你喜欢的方式吗？”

“不。”她的手在腿上颤抖着，手指冰冷惨白，因为水的浸泡而起了皱纹。她十指交叉，想停止抖动。“我只是不想吻我的人是你。”

“在我看来，似乎在这件事上，你我都没有选择。”

“这就是我不明白的地方，”克拉丽突然又大声说，“为什么她要你吻我？我是说女王。为什么强迫我们那么——那么做？她能从中获得什么乐趣呢？”

“你听到了女王的话。她认为是帮了我一个忙。”

“那不是真的。”

“是真的。我告诉过你多少次了？精灵从不撒谎。”

克拉丽想起在马格纳斯家杰斯曾说过的话。他们会找出这世上你最想要的东西，然后把它送给你——但在这份礼物的尾巴上有一根毒针，会让你后悔自己一开始想要那东西。“那就是她弄错了。”

“她没搞错，”杰斯的口吻中有一丝苦涩，“她注意到了我看你的眼神，还有你看我的。我们就好像她的玩具那样供她玩弄。”

“我没有看你。”克拉丽小声说。

“什么？”

“我说，我没有看你，”她松开了在腿上紧握的双手，上面出现了手指相互掐出的红印，“至少我努力不去看。”

他的眼睛眯了起来，仅在睫毛下露出一道金光。她想起了第一次见到他时的样子，她当时想到了狮子，闪耀着致命的金光。“为什么不？”

“你觉得是为什么？”她的声音几乎听不到，连喃喃自语也算不上。

“那么为什么？”他的声音有些颤抖，“为什么这一切跟西蒙有关，为什么要一直把我推开，为什么不让我靠近你——”

“因为这不可能，”她说，最后三个字她几乎是哭着说出口的，尽管她已经尽力去控制，“你和我一样知道这一点！”

“因为你是我妹妹。”杰斯说。

她默默地点了点头。

“也许，”杰斯说，“就因为这个，你决定让你的老朋友西蒙来有效地分散注意力?”

“不是那样，”她说，“我爱西蒙。”

“就像你爱卢克，”杰斯说，“或者爱你妈妈那样。”

“不是，”她冷酷的声音像冰锥般尖锐，“别说你知道我的感受。”

他嘴角的肌肉抽动了一下。“我不相信你。”

克拉丽站了起来，没有看他的眼睛，而是紧盯着他肩膀上那道浅浅的星形疤痕，它记忆着一个古老的伤疤。这种伤疤和杀戮的生活，霍奇曾说过，你没有份。“杰斯，”她说，“为什么你要这样对我?”

“因为你对我说谎，也对你自己说谎。”杰斯的眼里冒着火。尽管他的双手插在口袋里，可她能看到它们握成了拳头。

克拉丽心中的什么东西破碎了，动摇了，她脱口而出：“你想让我告诉你什么？实话吗？真相就是我爱西蒙，就像我该爱你那样，我希望他是我哥哥，而你不是，可我什么也做不了，而且你也不行！或者你有其他什么好主意，既然你这么绝顶聪明?”

杰斯深吸了一口气。她意识到他不曾预料到她会说出刚才的那番话，他绝不曾想到。他脸上的表情一目了然。

她努力让自己平静下来。“杰斯，很抱歉，我的意思不是——”

“不，你不必觉得抱歉，不必愧疚。”他朝她走过来，几乎要被绊倒——杰斯走路从不会跌跌撞撞，从不会被什么东西绊倒，而且从来没有过不优雅的时候。他抬起双手，托住她的脸颊，她感受到他指尖的温暖，就在肌肤的轻触之间。她知道该抽身离开，可却呆呆地站在原地，抬眼望着他。“你不会明白，”他说，声音颤抖着，“我从没对任何人有过这种感觉。我觉得我不能。我以为——我的成长过程告诉我——我父亲——”

“去爱就是去毁灭，”她喃喃地说，“我记得。”

“我以为我的心有一部分已经破损了，”他说，他脸上的表情好似在惊讶自己会说出这样的话，说出自己的心，“永远地碎了。可你——”

“杰斯，别说了，”她伸出手，握住了他，让彼此的手指交错在一起，“那不值得。”

“这不是真的，”他声音里有种绝望，“如果我们两人有同样的感觉——”

“我们有什么感觉并不重要。我们无能为力，”她听见自己的声音，好似听到一个陌生人在说话：遥远而沉痛，“我们走到哪里才能在一起呢？我们要怎么生活下去呢？”

“我们把这视为一个秘密吧。”

“大家会发现的，而且我不想对家人说谎，你想吗？”

他的回答很苦涩。“什么家人？莱特伍德一家可非常痛恨我。”

“不，他们不恨你。而且我也永远不能告诉卢克，还有我妈妈，如果她醒过来怎么办？我们要对她说什么？我们想得到的东西在所有我们关心的人看来都觉得恶心——”

“觉得恶心？”他的手从她的脸颊边滑落下来，就好似她一把推开了他。他听上去很震惊。“我们的感觉——我对你的感觉——让你觉得恶心？”

她看着他的脸，屏住了呼吸。“也许，”她小声说，“我不知道。”

“那你应该一开始的时候就说。”

“杰斯——”

可他已经从她身边走开，而且面无表情，像一扇紧闭的门。很难相信他曾用另外一种表情看她。“那么，对于我说过的那些话我很抱歉，”他的声音僵硬而正式，“我再不会吻你，你可以相信这一点。”

当他走开的时候，克拉丽的心不知为什么一阵七上八下。他取下衣橱顶上的毛巾，转身走向浴室。“可是——杰斯，你要做什么？”

“把澡洗完。如果你再耽搁我一会儿，热水就都流光了，那样我会很郁闷的。”他走进浴室，一脚把门踢上。

克拉丽瘫倒在床上，盯着天花板，天花板和杰斯转身之前的表情一样，一片空白。她转过身，意识到自己躺在他蓝色的 T 恤上：甚至闻得到他的味道，香皂味、灼烧后的烟味，还有暗红色的血迹的味道。就像小时候裹着她最喜爱的那条毛毯一样，她裹着这件衣服，闭上了眼睛。

在梦里，她俯瞰着闪闪发亮的水面。水面在她身下像一面无边无际的镜子，反射着夜空。而且就像镜面一样，结实坚硬，她都可以在上面行走。她向前走着，呼吸着夜晚的空气，其中混合着潮湿的叶片和城市的味道。城市在远方闪耀，像是一座童话城堡，被灯光所环绕——而她走过的地方，脚下出现蜘蛛网般的裂隙，还溅起像水花一样的银色玻璃碎片。

天空开始发亮，是被一团团火光点亮的，它们像燃烧着的火柴头，又如同灼烧的煤球，如雨般落下。她蜷缩起来，高举手臂。一团飞驰的火光刚好落在她面前。当火光砸在地面上的时候，它变成了一个男孩：是杰斯，浑身闪耀着金光，金色的眼睛和头发，背后还伸展出一对金色的翅膀，比任何一种鸟类的翅膀都要宽阔，缀满了羽毛。

他像猫那样微笑，指着她身后，克拉丽转身看到一个黑头发的男孩——是西蒙吗？他站在那里，身后也伸展出一对翅膀，羽毛如同黑夜般乌黑，而且每一根羽毛都在滴血。

克拉丽惊醒了，喘着粗气，双手抓住了杰斯的衣服。卧室里一片漆黑，唯一的光线来自于床边的一扇小窗。她坐了起来，头昏沉沉的，脖子后面很疼。她缓缓扫视着房间，突然看到一丝亮光，像是黑暗中的一对猫眼，她一下跳了起来。

杰斯坐在床边的一把扶手椅中，穿着牛仔裤和灰色毛衣，头发看上去几乎干了。他手里拿着什么东西，像金属一样闪光。是件武器？尽管克拉丽猜不到在学院中他还需要防备什么。

“你睡得好吗？”

她点了点头，口中觉得很渴。“为什么你没叫醒我？”

“我想你该好好休息一下。另外，你睡得很死，都流口水了，”他又补充了一句，“流在我的衣服上了。”

克拉丽用手抹了下嘴。“对不起。”

“能看到有人流口水的机会可不多，”杰斯评价说，“特别是如此肆无忌惮，嘴巴大张着，什么都看得到。”

“哦，闭嘴。”她在床单上乱摸了一通，找到了手机，又查看了一遍，尽管她知道结果。没有来电。“现在是凌晨三点，”她不痛快地说，“你觉得西蒙会没事吗？”

“事实上，我觉得他很奇怪，”杰斯说，“尽管这和现在几点没什么关系。”

她把手机塞回裤子口袋里。“我要换下衣服。”

杰斯白色的浴室不比伊莎贝尔的大，但却干净许多。学院里的房间都差不多，克拉丽想着在身后关上了门，可至少这里算是私人空间了。她脱掉潮湿的衬衫，挂在毛巾架上，用水洗了洗脸，又梳了梳她乱成一团的头发。

杰斯的衣服对她来说太大了，可接触皮肤的衣料感觉很柔软。她卷起袖子，走回卧室，发现杰斯还坐在之前的地方，闷闷不乐地盯着手里一块亮晶晶的东西。她靠在椅背上，问：“那是什么？”

他没有回答，而是把那东西转过来，好让她能看清楚。这是一块不规则的玻璃碎片，可并没有照出她的脸庞。上面是一幅蓝天绿草的图景，还有几枝光秃秃的黑色树枝。

“我不知道你留下了一片，”她说，“移空门的碎片。”

“这就是我想回来的原因，”他说，“来拿这个。”他的声音中混合着渴望与憎恨，“我一直在想，也许我能看到父亲的身影，能知道他想要干什么。”

“可他不在那儿，不是吗？我想他在这儿，在城里。”

杰斯摇了摇头。“马格纳斯一直在搜索，但他觉得不在。”

“马格纳斯在搜索？我都不知道。怎么——”

“马格纳斯作为大巫师可不是徒有其名。他的法力能覆盖到整座城市，还有周边地区。从一定程度上来讲，他能感觉到城里有什么。”

克拉丽用鼻子哼了一声。“他能感到原力①的扰动吗？”

杰斯在椅子中转过身来，皱着眉头看看她。“我不是在开玩笑。自从那个巫师在三角地②被杀之后，他就开始调查了。我和他待在一起之后，他便找我要一个曾属于我父亲的东西，这样能让追踪更容易些。我给了他摩根斯特恩家族的那枚戒指。他说如果在城里感受到瓦伦丁的所在，就会告诉我，可迄今为止他还没有。”

“也许他只是想要你的戒指，”克拉丽说，“他可是戴了很多首饰。”

“他可以拿着它。”杰斯握着镜子碎片的手攥得更紧了。克拉丽警觉地注意到玻璃边缘割破了他的皮肤，血涌了出来。“那对我没什么价值了。”

“嘿，”她说着俯下身，把玻璃从他手中拿走，“放轻松点。”她把移空门的碎片放入他挂在墙上的夹克衫口袋里，玻璃边缘沾满了暗红色的血迹，杰斯的掌心上也是一条条血线。“也许我们该把你送回马格纳斯家了，”她尽可能温柔地说，“亚历克已经在那里待了很久，而且——”

“可我猜他不会介意。”杰斯虽然这么说，可还是很配合地站起来，拿了自己靠在墙边的石杖。他一边在受伤流血的右手上画了一个治愈如尼文，一边说：“有件事我想问你。”

“什么事？”

“你把我从无声之城的监狱里救出来的时候，你是怎么办到的？你是怎么打开门的？”

---

① 原力，《星球大战》系列作品中的核心概念，是作品中一种虚构、超自然而又无处不在的神秘力量，是所有生物创造的一个能量场。

② 纽约曼哈顿坚尼街以南的三角地，英文 Tribeca 为 Triangle Below Canal Street 的几个首字母缩写，也有音译为翠贝卡。

“哦，我就是用了普通的打开如尼文，然后——”

一声尖锐的铃声打断了她。她的手捂在口袋上，可立即意识到她听到的声音比手机音量大很多，也要尖锐得多。她一脸迷惑地到处看着。

“是学院的门铃声，”杰斯说着取下夹克衫，“走。”

他们还没走到门厅，就看到伊莎贝尔也冲出了卧室的门，她穿着一条棉质的睡袍，粉红色的丝质眼罩被推到了额头上。她也是一脸的茫然。“现在是凌晨三点！”她冲他们大喊道，好像这都是杰斯或者克拉丽的错，“是谁三点钟的时候按我们的门铃？”

“可能是大审判官。”克拉丽说，突然感到一阵寒冷。

“她自己能进来，”杰斯说，“任何一个暗影猎手都可以，学院只对普通人和暗影魅族关闭。”

克拉丽心里一紧。“西蒙！”她说，“一定是他！”

“哦，老天啊，”伊莎贝尔打着哈欠说，“难道他非要在这种不合适的时间把我们都吵醒，然后证明他爱你或者其他什么吗？难道他不能打电话吗？盲呆男人真是讨厌。”他们到了空无一人的门厅，麦克斯一定是自己到床上去睡了。伊莎贝尔走过房间，打开对面墙上的一个开关，教堂中的某处远远传来了轰隆隆的撞击声。“那边，”伊莎贝尔说，“电梯来了。”

“我真不敢相信，他难道没有一点儿自尊或者脑子吗，他应该把自己灌醉，然后晕倒在路边，”杰斯说，“我必须得说，我对这个小家伙非常失望。”

克拉丽几乎没听到他的话，一股越来越强烈的恐惧感让她的血流速度减慢。她记起了自己的梦：天使，冰，还有西蒙滴血的翅膀。她打了个寒战。

伊莎贝尔同情地看着她。“这里的确很冷。”她说着伸手从一个衣钩上取下一件看起来像是蓝色天鹅绒外套的衣服。“给你，”她说，“穿上这个。”

克拉丽披上衣服，把自己紧紧裹起来。衣服太长了，可是很暖和，而且还有一个风帽，缝着缎子边。克拉丽把帽子推到后面，好看得到电梯开门。

电梯里面空荡荡的，镜子反射出她苍白而惊恐的脸。想也没想，她一步踏了进去。

伊莎贝尔迷惑地看着她。“你要做什么？”

“肯定是西蒙在下面，”克拉丽说，“我知道是他。”

“可是——”

突然杰斯站到了克拉丽旁边，让电梯门等着伊莎贝尔。“上来，伊莎。”他说。她夸张地叹了口气，也跟了进来。

他们三人静静地向下走，克拉丽试图捕捉杰斯的目光——伊莎贝尔把最后一缕长发盘了起来——可杰斯始终不去看她，而是看着电梯镜子里的自己，并且随呼吸轻声吹着口哨。当他紧张的时候，总是这样。克拉丽想起了在希丽宫当他抱着自己时那种微微的颤抖，想起了西蒙脸上的表情——然后便是他几乎小跑着离开自己，消失在公园边的阴影里。她心中害怕极了，连她自己也不知道为什么。

电梯的门在教堂正厅打开了，厅里烛光跳跃不定。她一把推开杰斯，匆忙走出电梯，可以说是沿着长椅之间的狭窄通道跑了出去。外套的边缘让她脚下磕磕绊绊，她不耐烦地一把提起衣服，冲到两扇宽阔的大门前。门上锁着有克拉丽胳膊粗细的铜闩。当她伸手够向最高一根时，门铃再一次响彻教堂。她听到伊莎贝尔在跟杰斯嘀咕着什么。她拉着门闩，用力地向后拽，随后感到杰斯的手握住了她的，帮着她一起把厚重的大门打开。

夜晚的空气一拥而入，吹得蜡烛在架子上忽明忽暗。空气中充满着城市的气息：咸腻呛人，混合着冷冰冰的水泥和垃圾的味道，在这之中还有其他一些熟悉的气味，像是黄铜，就是新铸的硬币所有的那股浓烈味道。

一开始克拉丽以为台阶上是空的，可她眨了眨眼之后看到拉斐尔站在那里，他一头黑色的卷发随着夜风飘动，白色的衬衫领口敞开着，露出喉咙旁凹陷处的伤疤。他的手里抱着一个人，这就是克拉丽所看到的一切。她困惑地盯着他：是一具尸体。那人了无生气，手脚下垂，像是柔软的绳子，头向后仰，露出了被撕烂的喉咙。她感到杰斯的手抱紧了她，像是一把大钳子。就在这时她定睛看去，发现了那件熟悉的灯芯绒夹克衫，可是袖子已经被扯掉了，还有里面那件蓝T恤，此时沾满了血迹。她惊叫起来。

这是个无声的惊叫。克拉丽感到自己膝盖一软，要不是杰斯扶着她，她一定会瘫坐在地上了。“不要看，”他在她耳边说，“老天啊，不要看。”可她不能不看西蒙那沾满血迹的棕色头发，他被撕裂的喉咙，还有他垂下的手腕上的伤痕。她感到眼前发黑，呼吸困难。

还是伊莎贝尔抓起门边一个没有蜡烛的大烛台，对准拉斐尔，好像那是把巨大的三头矛。

“你对西蒙做了什么？”那一刻，她的声音清晰而威严，就如同她妈妈的一样。

“他还没死。”拉斐尔用西班牙语说道，他的声调平缓，毫无感情。他把西蒙放在克拉丽脚边，动作出奇的温柔。她几乎忘了他有多么强壮——尽管他很瘦，可却拥有吸血鬼的超自然力量。

从门口射出的烛光让克拉丽看到西蒙前胸的衬衫已经全被鲜血染红。

“你是说——”克拉丽开口说。

“他没死，”杰斯说着把她抱得更紧了，“他还没死。”

她猛地用力挣脱他，双膝跪在水泥地上。她触摸着西蒙沾满血迹的身体，丝毫不觉得恶心，她把手伸到他的头下面，把他抱到自己腿上。她记起了自己小时候曾有过的一种恐惧，五岁时，她打碎了妈妈价值不菲的仿古台灯。此时她只感到那种恐惧。她脑海深处的一个声音说道，没有任何办法能够再让这些碎片复原。

“西蒙。”她一边轻声说，一边抚摸着他的脸庞。他的眼镜不见了。“西蒙，是我。”

“他已经听不见你说话了，”拉斐尔说，“他快要死了。”

她猛地抬起头。“可你说——”

“我说的是他还没死，”拉斐尔说，“可再过几分钟——也许十分钟——他的心跳会减慢，然后停止。他已经看不到，也听不见任何东西了。”

她的手臂不由自主地抱紧了他。“我们得送他去医院——或者叫马格纳斯来。”

“他们治不好他，”拉斐尔说，“你不懂。”

“不，”杰斯说，他的声音像丝绸那样轻柔，可又带着针尖一样的刺，“我们是不懂。但也许你该解释一下，因为如果你不说，我会把你当作是个游荡在外的吸血鬼，然后割断你的喉咙。就像上次我们遇见时我早该做的那样。”

拉斐尔朝他笑笑，可丝毫没有善意。“你曾发誓说不会伤害我，暗影猎手。难道你忘了？”

“我可没有。”伊莎贝尔说着激动地挥舞着烛台。

拉斐尔没有理会她，而是仍然看着杰斯。“我记得那晚你闯入迪蒙酒店寻找朋友，就是因为这个我才把他送过来，”他指着西蒙，“我在酒店里发现了他，而不是任凭其他人喝干他的血。你们瞧，是他自己闯进来的，未经允许，所以对我们来说很公平。可我还是让他活了下来，知道他是你们的人。我可不想惹来一场和拿非力人的战争。”

“他自己闯进去？”克拉丽难以置信地说，“西蒙绝不会做这么愚蠢和疯狂的事情。”

“可他的确这么做了，”拉斐尔说，露出一丝笑意，“因为他害怕变成我们中的一员，他想知道这个进程能否逆转。你可能记得当他还是一只老鼠的时候，你们来救他，而他咬了我。”

“他很有魄力，”杰斯说，“我非常欣赏。”

“也许吧，”拉斐尔说，“可无论如何，他咬我的时候，嘴里沾上了我的血。你知道我们是如何相互传递能量的。通过血液。”

通过血液。克拉丽记起了西蒙一看到电视上放映的吸血鬼电影就迅速转台，在麦卡伦公园里见到阳光就皱眉。“他以为自己会变成你们中的一员，”她说，“他跑到酒店想看看是否真的是那样。”

“是的，”拉斐尔说，“可令人遗憾的是，我的血液对他的影响也许会随着时间消失，如果他什么也没做的话。可现在——”他意味深长地指着西蒙瘫软的身体。

“现在怎么样？”伊莎贝尔强硬地说，“现在他会死吗？”

“会再次站起来，现在他将成为一个吸血鬼。”

伊莎贝尔的眼睛惊恐地瞪大了，而手里的烛台也往前一戳。“什么？”

杰斯在这把临时的武器戳到地上之前抓住了它。当他再转向拉斐尔的时候，他的眼神黯淡。“你说谎。”

“他沾染了吸血鬼的血，”拉斐尔说，“所以他会死去，然后会作为黑夜之子的一员重生。这也是我过来的原因。西蒙现在是我的人了。”他的声音中什么也听不出，既没有哀伤，也没有欣喜，可克拉丽禁不住想他暗地里会怎样幸灾乐祸，他恰好有了这份幸运，能有一个如此分量的博弈筹码。

“再没什么能做的了吗？没什么方法能逆转吗？”伊莎贝尔问道，声音中有些许慌乱。克拉丽幽幽地想，倒是杰斯和伊莎贝尔这两个不像自己那样爱西蒙的人，一直在进行交涉，真是怪事。可也许他们替她讲话正是因为自己什么也说不出来。

“你们可以把他的头割下来，把他的心在火里烧掉。可我怀疑你们会不会那么做。”

“不，”克拉丽抱紧了西蒙，“你敢伤害他试试！”

“我不需要那么做。”拉斐尔说。

“我不是对你说，”克拉丽头也不抬，“你想也别想，杰斯。想也不要想。”

此时周围一片安静，克拉丽能听到伊莎贝尔担忧的喘气声，当然拉斐尔绝不会有呼吸声。杰斯在开口前犹豫了一下。“克拉丽，西蒙会想要怎样？这是他自己想要的吗？”

她抬起了头。杰斯正低头看着她，他手里还拿着三头的金属烛台。突然之间她的脑海中浮现出一幅画面，杰斯把西蒙按倒在地，把烛台锐利的尖端插入他的胸膛，鲜血喷涌而出。“别靠近我们！”她突然一声尖叫，震耳欲聋。她看到远处在教堂外大街上行走的人都回头看着身后，似乎被这声音惊吓。

杰斯惊得脸色惨白，不寒而栗，圆睁的双目看上去像是金色的圆盘，非常恐怖怪异。他说："克拉丽，你不是想——"

西蒙突然喘了一口气，在克拉丽怀里动弹了一下。她又尖叫了一声，抓着他，把他朝自己抱得更紧了。他的眼睛睁大了，可却非常茫然惊恐。他向上伸出手，克拉丽不确定他是想抚摸自己的脸，还是因为不知道她是谁而想挠她一下。

"是我，"她说着轻轻地把他的手压下去，放在他的胸口，五指并拢，"西蒙，是我，是克拉丽。"她的手握住他的。她向下一看，西蒙的双手沾满了衬衫上的血迹，还有她的泪水，她自己都没有注意到泪水已然从脸上滑落。"西蒙，我爱你。"她说。

他的手握紧了她的，他长出了一口气——粗重的一声——继而再也没了呼吸。

我爱你。我爱你。我爱你。对西蒙所说的最后一句话似乎在克拉丽耳边回响，而西蒙在她怀里没了生气。伊莎贝尔突然来到她身边，在她耳边说着什么，可克拉丽充耳不闻。她的耳畔只是响起湍急的水声，像是涌来的潮水。她看着伊莎贝尔试图轻轻地把她的手和西蒙的掰开，可是完全不行。克拉丽很吃惊，自己没觉得握得那么紧。

伊莎贝尔放弃了，她站起身，气冲冲地转向拉斐尔，大喊着。就在她厉声指责到一半的时候，克拉丽的听力一下子恢复了，像是收音机终于在收听范围内找到了一个广播台。"——而现在我们该做什么呢？"伊莎贝尔大喊着。

"把他埋了。"拉斐尔说。

那个大烛台又在杰斯手中挥动了起来。"这一点都不好笑。"

"这本来就不是玩笑，"吸血鬼泰然自若地说，"我们就是这么造出来的。我们的血被喝光，浑身都是伤，然后被埋起来。当他从坟墓里为自己挖出一条道路的时候，一个吸血鬼就诞生了。"

伊莎贝尔轻轻地发出一种厌恶的声音。"我想我一定做不到。"

"有些人是做不到，"拉斐尔说，"如果旁边没人帮他们把自己挖出来，他们就会一直那样待着，像老鼠一样被困在地下。"

克拉丽的喉咙中挣扎地发出一个声音，一声抽泣，可嘶哑得像是哀鸣。她说："我不会把他埋到地下。"

"那他就会一直这样，"拉斐尔残忍地说，"断了气，没有完全死去，但也醒不了。"

他们都低头盯着她。伊莎贝尔和杰斯好似都屏住了呼吸，等着她的答复。拉斐尔却丝毫也不好奇，而且几乎是一脸的无聊。

“你进不来学院是因为你不能，对吗？”克拉丽说，“因为这里是神圣的所在，而你是邪恶的。”

“不完全是——”杰斯开口说，可拉斐尔却做了个手势打断了他。

“我应该告诉你，”这个吸血鬼男孩说，“时间不多了，我们得把他埋进地下，等待的时间越长，他就越不可能自己破土而出。”

克拉丽低头看看西蒙，他看起来真的像是睡着了，如果不是露在外面的皮肤上布满长长的伤口的话。“我们可以埋葬了他，”她说，“可我想去个犹太公墓，而且他醒来的时候，我想在旁边。”

拉斐尔的眼中闪过一道光。“那场面可不会让人好受。”

“这一切都是，”她下巴一沉，“我们快出发吧，天亮前我们只剩几个小时了。”

第十章

一个隐秘的好地方

公墓在皇后区的郊外。在那里公寓楼都变成了一排排整齐的维多利亚式住宅，外墙都刷成了姜饼的颜色：粉红色、白色和蓝色。街道很宽阔，但大多荒无人烟。通往公墓的大道上除了孤零零的一盏街灯之外，再无其他。他们只消片刻的工夫便用石杖打开了上锁的大门，然后又花了一点时间给拉斐尔找到一处足够隐蔽的地方来挖掘坟墓。那是在一座小山的顶部，有一排浓密的树木作为遮挡，以免下面大路上有人看见他们。因为克拉丽、杰斯和伊莎贝尔都用魔法伪装了起来，但却没有办法把拉斐尔或者西蒙的尸体藏起来。

在道路看不到的那侧山坡上立满了石碑，很多石碑顶部都有一颗尖尖的大卫之星。月光下，石碑洁白光滑，如同牛奶一般。远处有个湖，水面上泛起涟漪，波光粼粼。是个好地方，克拉丽想。这个地方适合前来扫墓，在墓前放上鲜花，小坐片刻，回忆逝者的一生，思考他们对你的意义。可在晚上来却不好，在夜幕的掩映下，前来埋葬你的朋友，挖一个浅浅的土坑，既没有棺椁，也没有丧礼。

"他受苦了吗？"她问拉斐尔。

他停下来看看她，倚着铁锹柄，像是《哈姆莱特》中的掘墓人。"什么？"

"西蒙。他受苦了吗？吸血鬼弄痛他了吗？"

"没有。这种流血死亡倒不是种可怕的死法，"拉斐尔说，他悦耳的声音很轻柔，"被咬了之后人就会麻痹。很舒服的，像是要睡着了一样。"

她感到一阵眩晕，一时间她以为自己要晕倒了。

"克拉丽，"杰斯的声音把她从幻觉中惊醒，"走吧，你不必一直看着。"

他朝她伸出手。在他身后，她看到伊莎贝尔手里拿着鞭子站在那里。他们用毯子裹着西蒙的尸体，现在就放在她脚下，似乎她是在保卫着那个东西。不是那个东西，克拉丽警醒自己，是他，是西蒙。

"他醒来的时候，我想在旁边。"

"我知道，我们一会儿再回来。"她还是没有动，杰斯抓起她的胳膊，她没有反抗。他把她从空地边拉开，走到山坡上。有一块巨石，就在第一排坟墓上方。

他坐在这块巨石上，拉上了衣服拉链。外面出奇的冷，克拉丽第一次在这个时节看到自己呼出的气。

她也在杰斯旁边坐了下来，望着下面的湖泊。她能听到拉斐尔一锹一锹地砸向地面，然后再把土铲到旁边，唰——唰——唰——很有节奏感。拉斐尔不是人类，活干得很快。对他而言挖出个坟墓用不了多长时间。而且西蒙也不是那样人高马大，不需要多深的坟墓。

她的腹中一阵刺痛，她弯下腰，用手捂着肚子。“我觉得很不舒服。”

“我明白。就是这个原因我才带你到这儿来的。你看上去像是要在拉斐尔脚边吐了。”

她轻声呻吟了一下。

“或者那样可以让他脸上的那股得意劲消失，”杰斯略有所思地说，“还要考虑到这一点。”

“闭嘴，”疼痛缓解了，她又抬起头，星海中有一轮明亮的银色月亮，边缘还稍有残缺，“都是我的错。”

“不是你的错。”

“你说得对，是我们的错。”

杰斯转向她，肩头的线条因为恼怒而紧绷了起来。“你怎么会这样想？”

她没有说话，静静地看了他片刻。他需要去理个发，他的头发像长长的藤蔓那样卷曲着，伸出一圈圈的卷须，淡淡的金色如月光一般。他脸上和喉咙上的疤痕像是用含有金属的墨水刻写出来的。他很英俊，她痛苦地想，非常英俊，可他身上没有一丝一毫，哪怕是一个表情，或者是颧骨的高度、下颚的形状、嘴唇的曲线，跟她或者她母亲相似，能说明他们是一家人。他甚至看起来也不是非常像瓦伦丁。

“怎么了？”他说，“为什么你这样看着我？”

她想扑入他的怀里抽泣，可同时又想握紧拳头重重地打他。她什么也没做，而是说：“如果不是因为在精灵宫殿里发生的事情，西蒙肯定还活着。”

他伸手用力拔起地上的一大把草，草根上还带着泥土，他把草扔在一边。“我们是被迫那么做的。不是出于娱乐，或者故意要伤害他。另外，”他挂着一丝微笑说，“你是我妹妹。”

“别那样说——”

“说什么，‘妹妹’？”他摇了摇头，“当我还是个孩子的时候，我就意识到，如果你一遍又一遍重复一个词，如果足够快的话，那个词就会毫无意义。我睁眼躺着，一遍又一遍对自己说‘糖’‘镜子’‘悄悄话’‘黑暗’。‘妹妹’，”他轻声说，“你是我妹妹。”

“你说多少遍都没关系，那仍旧是事实。”

“那么，你不让我说也没关系，那也仍旧会是事实。”

“杰斯！”一个声音呼唤着，是亚历克。他跑得有些喘不上气，一只手里提着个黑色塑料袋，身后跟着马格纳斯。马格纳斯又高又瘦，穿着件长皮衣，像蝙蝠的翅膀一般随风拍打着，一副虎视眈眈的模样。亚历克走到杰斯面前停了下来，举起袋子。“我带来了血，”他说，“按你所说的那样。”

杰斯打开袋口，往里看了一眼便皱起鼻子。“我想问问你从哪里搞到这个的？”

“从布鲁克林绿点区的一家肉店，”马格纳斯说着也来到他们身边，“他们要把肉里的血弄干净。这是动物的血。”

“血就是血。”杰斯说着站了起来。他低头看着克拉丽，犹豫了一下。“拉斐尔说那场景不会让人好受，他可没有说谎。你可以留在这儿，我会让伊莎贝尔下来，和你一起在下面等着。”

她的头往后一扬，向上看着他，月光把树影投在了他的脸上。“你见过吸血鬼从土里出来吗？”

“没有，可我——”

“那么其实你不知道，是吗？”她也站了起来，伊莎贝尔那件蓝色外套唰的一声落在脚边，“我想在那儿，我一定得在那儿。”

树影下，她只能看到他的半张脸，可觉得他看上去几乎——被打动了。“我就知道不该跟你讲不能做什么事情，”他说，“走吧。”

当他们回到空地的时候，拉斐尔正把一大片长方形的土地压实。杰斯和克拉丽走在马格纳斯和亚历克的前面，后面的两个人似乎在争论着什么。西蒙的尸体不见了。伊莎贝尔坐在地上，鞭子卷在脚踝上，像是金色的圆环，她微微发着抖。“天啊，真冷。”克拉丽说着把伊莎贝尔厚厚的外套拉得更紧了。至少天鹅绒很温暖，可衣服边缘沾上了西蒙的鲜血，她尽力不去注意这一点。“好像一夜之间就变成了冬天。”

“庆幸这时还没到冬天吧，”拉斐尔说着把铁锨靠在附近的树干上，“冬天的时候，土地会冻得如同钢铁一般。有时候根本挖不动，这些幼鸟在出生前必须等上几个月，在地下忍饥挨饿。”

“你们就是这样称呼他们的吗？幼鸟？”克拉丽说。这个词似乎不太合适，不知怎地好像过于亲切了，让她想到刚出生的小鸭子。

“对，”拉斐尔说，“是指那些还没出生或者刚刚出生的新人。”他此时看到了马格纳斯，顷刻间一脸惊讶，可之后很快就谨慎地让这个表情在脸上消失了。“大巫师，”他说，“我没想到在这儿遇到你。”

“我很好奇，”马格纳斯说，他的猫眼闪着光，“我从没见过黑夜之子破土而出。”

拉斐尔瞟了一眼杰斯，后者靠在一棵树干上。“你们有个极为卓越的同伴啊，暗影猎手。”

“你又是在指你自己吗？”杰斯问，他用靴子尖把翻起的泥土踩平，“这似乎是种自夸吧。”

“也许他是指我。”亚历克说。每个人都惊讶地看着他，亚历克几乎从不开玩笑。他紧张地一笑。“对不起，”他说，“我有些焦虑。”

“不必这样。”马格纳斯说着朝亚历克的肩头伸过手去。可亚历克迅速地移开了，马格纳斯的手只好落在自己身旁。

“那么我们现在做什么？”克拉丽问。她抱紧双臂来给自己取暖，寒冷似乎渗入了身上的每一个毛孔。对于夏末而言，此时明显冷得过分了。

拉斐尔注意到了她的姿势，微微笑了一下。“吸血鬼的诞生地总是非常寒冷，”他说，“幼鸟会从周围所有活着的东西身上汲取力量，汲取破土而出的能量。”

克拉丽愤恨地盯着他。“你似乎不觉得冷。”

“我可不是活着的。”他往后退了一小步，离开坟墓的边缘——克拉丽强迫自己把这个想象成坟墓，因为确切来说，这就是个坟墓——并且向其他人示意也这样做。“留点空间出来。”他说，“如果你们都踩在他上面，西蒙就出不来了。”

他们急忙后退。克拉丽发觉伊莎贝尔突然抓住了自己的手肘，她转过身去，看到伊莎贝尔连嘴唇都是白的。“出了什么问题吗？”

“从头到尾都有问题，”伊莎贝尔说，“克拉丽，也许我们应该放手让他走——”

“你是说让他死掉，”克拉丽把胳膊从伊莎贝尔的手中挣脱开，“这当然是你所想的，你所想的就是任何一个和你不一样的人最好都死掉。”

伊莎贝尔的表情十分痛苦。“这不是——”

空地中响起了一个声音，克拉丽从没听到过类似的声音——是从地下传来的有节奏的敲击声，好像突然之间地球的心跳声出现了。

发生了什么？克拉丽想，继而脚下的土地慢慢隆起。她一下摔倒了，双膝着地。坟地翻滚起来，如同不平静的海面上出现了波浪。突然之间，地面裂开了，泥土四溅，一个小土堆升了起来，形状好似蚁冢。小山的中央伸出一只手，五指张开，掘着泥土。

“西蒙！”克拉丽想冲上去，可拉斐尔把她拉了回来。

“放开我！”她想挣脱开，可拉斐尔的手像把铁钳，“难道你看不出他需要我们的帮助吗？”

“他应该靠自己，”拉斐尔说，手上丝毫没有放松，“这是比较好的方式。”

“那是你的方式！不是我的！”她挣脱了他的手，朝坟墓跑去，可地面隆得更高了，让她一下栽倒在地。一个蜷曲着的身影出现在迅速隆起的坟墓中，手指像是肮脏的爪子，深深陷入泥土，裸露的手臂上有一条条混着泥土和血迹的黑色污迹。继而这个身影从试图吞噬它的泥土中挣脱了出来，爬行了几步之后瘫倒在地。

“西蒙。”克拉丽小声说，因为这当然是西蒙，是西蒙，而不是它。她艰难地爬起来，朝他跑去，运动鞋深深陷入刚翻动过的泥土里。

“克拉丽！”杰斯大喊道，“你要做什么？”

她一个踉跄，脚踝一软，腿便陷入了泥里。她在西蒙旁边跌倒了，双膝着地，而西蒙直挺挺地躺着，好似真的死了一般。他的头发里挂着土块，打着结，肮脏不堪，眼镜不见了，T 恤衫也扯破了，能看见里面皮肤上的血迹。“西蒙，”她说着伸手抚摸着他的肩头，“西蒙，你还——”

他的身体在她指尖的触碰下紧张了起来，每一块肌肉都紧张了起来，皮肤也好似钢铁般坚硬。

“——还好吧？”她把话说完了。

他把头转了过来，她看见了他的眼睛，一双空白而毫无生气的眼睛。他尖叫了一声，翻身起来冲向她，好似进攻的毒蛇一般敏捷。他恰好击中了她，将她一下推翻在地。“西蒙！”她大叫了一声，可他似乎没有听到。他面目狰狞，赫然耸立在她的面前，完全让人认不出来。他咧着嘴，露出尖利的犬齿，是獠牙，在月光下如同雪白的骨针一般闪着光。突然之间她感到一阵恐惧，想用力把他踢开，可他抓着她的双肩，把她牢牢按在地上。他的手上都是血，指甲也断了，可他拥有难以想象的力量，甚至比她所具有的暗影猎手的力道还要大很多。当他俯身下来的时候，她肩上的骨头一阵剧痛——

接着他被一把拉开，像颗小石子一般被甩了出去，似乎完全没有任何分量。克拉丽一下子站了起来，大口喘着气，并且看到了拉斐尔阴冷的目光。“我告诉过你要离他远点。”他说着转身在西蒙身边跪下，后者摔在不远处的地面上，蜷缩着身体，不住地抽搐。

克拉丽倒抽了一口气，听上去像是在啜泣。“他不认得我了。”

“他认得你，可他不在乎，”拉斐尔回头看向杰斯，“他饿极了，需要鲜血。”

杰斯脸色惨白，之前他呆呆地站在坟墓边缘，此时向前走了几步，默默地把那只塑料袋递了过来，像是奉上一份祭品。拉斐尔一把夺过袋子，撕开口，几小包红色液体掉了出来。他拿起一包，一边嘀咕着，一边用尖利的指甲撕开了，血液飞溅到他沾满尘土的白色衬衫上。

西蒙好似嗅到了鲜血的气味，抬起身，发出一声令人动容的哭号。他仍旧手脚抽搐，断了指甲的双手深陷在泥土里，同时还翻起了白眼。拉斐尔把装着血液的小袋递过去，一些红色的液体滴在西蒙脸上，在他洁白的肌肤上形成一道道红色的条纹。“来吧，”他几乎是轻声哼唱，“喝吧，小鸟儿，快喝吧。”

西蒙从十岁起便只吃素食，也只喝有机奶，看到针头就会晕倒——可此时却从拉斐尔瘦小的手中夺过装着血液的袋子，用自己的牙齿撕咬着，几口便把一包血都吞了下去。他把血袋扔到一边，又哭号了一声。拉斐尔已经准备好第二包，递到了他的手中。“别喝得太快，”他提醒说，“那样你会让自己不舒服的。”西蒙当然没有理睬他，不借助任何帮助便自己撕开了第二包，贪婪地吮吸着里面的液体。血液沿着他的嘴角和喉咙一路淌下，同时他的手上也溅满了红色的血点。他闭着眼睛。

拉斐尔转身看着克拉丽，而她能感觉到杰斯也正看着自己，还有其他人，所有人的表情都很一致，充满恐惧和憎恶。“下一次再喂他的时候，”拉斐尔平静地说，“就不会这么不堪了。”

不堪。克拉丽转过身，跌跌撞撞地走出空地。她听到杰斯在叫自己，可没有理睬，反而跑了起来，一直跑进树林里。她已经跑下了半山腰，可一阵剧痛袭来。她跪在地上呕吐，好似肚子里的所有东西一股脑全要出来。等吐完了，她爬开一小段距离，瘫在了地上。她知道自己很可能是躺在了某个人的墓地上，可她毫不在意。她把自己灼热的脸颊贴在冰冷的地面上，第一次想到也许死去终究没有那么不幸。

第十一章

烟与铁

贝斯以色列医院的重症监护室总让克拉丽想到自己曾见过的南极洲照片：冰冷而遥远，所有的一切不是灰色，就是白色，要不就是淡蓝色的。母亲病房的墙壁是白色的，缠在她头上的管子和窗边一排始终哔哔作响的仪器是灰色的，而盖到她胸口处的毯子是淡蓝色的，包括她的脸色也一样惨白。房间里唯一的色彩便是她的一头红发，在雪白的枕头映衬之下，好似插在南极点上的一面耀眼的旗帜，可同时也显得不大协调。

克拉丽想，不知道卢克是怎么负担得起这间私人病房的，钱从哪里来，而他又是怎么弄到这些钱的。她想等他从三楼那家又丑又小的便利店买回自动贩卖机里的咖啡之后，自己可以问问他。从楼下机器里买来的咖啡看上去像是柏油，喝上去也像，可卢克似乎离不开那东西。

克拉丽拉动了一下床边的凳子，金属的凳腿摩擦地板发出尖锐的声音。她慢慢坐下来，抚平盖在腿上的裙摆。不管什么时候她来医院看望母亲，都觉得十分紧张，嘴唇发干，好像自己随时要陷入什么麻烦之中。也许是因为以前只有在母亲即将暴怒的时候，才会看到她如此面无表情。

“妈妈。”她说着伸出手，握住母亲的左手，她的手腕上还有个针孔，瓦伦丁就是从那里插进了一根管子。母亲手上的皮肤——总是很粗糙，还会开裂，时常涂满颜料和松木油——摸上去像是枯树皮。克拉丽握紧乔斯琳的手，如鲠在喉。“妈妈，我……”她清了清嗓子，“卢克说你能听到我的声音。我不知道这是不是真的。不管怎样，我过来是因为需要和你谈谈，你什么都不回答也没关系。瞧，事情是，就是……”她又咽了一下口水，看向窗外，从那里能望到一条窄窄的蓝色天空，正对医院的砖墙上方，“是西蒙，他出了点事情，而且那事都是我的错。”

她没看母亲的脸，就把整个故事一下子都讲了出来：她是怎么遇到杰斯和其他暗影猎手，怎么寻找圣杯，霍奇的背叛和伦维克废墟的战斗，以及意识到瓦伦丁是她的父亲，同时也是杰斯的。还有最近所发生的事：夜间造访骸骨之城，圣剑丢失，大审判官对杰斯的憎恶，以及银色头发的女人。她接着又把希丽宫的事情也告诉了母亲，女王如何提出要求，以及他们付出的代价，还有之后发生在西蒙身上的一切。她讲着这些的时候，滚烫的泪水顺着脸颊流下，可讲出这些是种解脱，是把自己的重负分担给其他人，即便是一个——很可能是一个——根本听不到她讲话的人。

“所以，基本上，”她说，“我完全搞砸了所有的事情。我记得你说过，一个人长大的标志，就是当他开始回顾往事，并且希望自己能够改变某些事情的时候。我想这就说明我现在已经长大了。只是——是我——”我以为这个时候你会在。泪水让她哽咽起来，就在这时她身后有人清了清喉咙。

克拉丽转过身，看到卢克站在门廊，手里拿着个一次性塑料杯。在医院明亮的灯光下，她能看得出他很疲惫。他的头发有了几分灰白，身上那件蓝色法兰绒衬衫也皱巴巴的。

“你站在那儿多久了？”

“时候不长，”他说，“我给你买了杯咖啡。”他递过杯子，可她手一挥，拒绝了。

“我不喜欢那玩意儿，有股洗脚水的臭味。”

听到这话，他笑了。“你怎么知道洗脚水是什么味道？”

“我就是知道，”她俯下身，吻了一下乔斯琳冰冷的脸颊，然后站了起来，“再见，妈妈。”

卢克的那辆蓝色皮卡停在医院下面的水泥停车场里。直到离开停车场，驶上罗斯福大道，他们才开始讲话。

“我听到了你在医院里说的话。”

“我认为你这算是偷听。”可她的语气中丝毫没有气愤，她对母亲所说的话没有什么是卢克不能知道的。

“发生在西蒙身上的一切不是你的错。”

她听见了这句话，可是这话又似乎直接反弹了回去，似乎她周围有一堵隐形的墙。就像是霍奇在投靠瓦伦丁而背叛了她的时候，在周围布下的那堵墙一样。可是这一次，透过这堵墙，她什么也听不到，什么也感觉不到，如同被冰封了一般麻木。

“你听到我的话了吗，克拉丽？”

“你能这样说真好，可那当然是我的错。西蒙所遭遇的一切都是我的错。”

“就因为他回到酒店是生了你的气？他到酒店去不是因为他对你生气了，克拉丽。我曾经听说过类似的情形。他们被称作‘暗人’，就是已经部分感染了的人。

他会觉得有一股无法控制的冲动把自己拉回酒店。”

“因为他体内有拉斐尔的血液。可如果不是因为我，这根本不可能发生。如果不是我把他带去参加那个聚会——”

“你以为那里会很安全。你不会让自己置身险地，当然也不会让他有危险。你不能这样折磨自己，”卢克说着转弯上了布鲁克林大桥，银灰色的水面在桥下缓缓淌过，“这样做没什么意义。”

她蜷缩在车座上，手指缩进了绿色针织运动衫的袖子里，袖口有些磨损了，领口的线头也触碰着她的脸颊。

“你看，”卢克继续说，“在我认识他的这些年里，西蒙一直想在那里有一席之地，他非常努力，想确保自己能到达那个地方，留在那个地方。”

“那是什么地方？”

“就是你所在的任何地方，”卢克说，“还记得你十岁那年在农场从树上掉下来摔断了胳膊吗？还记得他是怎么让人同意随你一起坐上救护车去医院的吗？他又踢又叫，直到医生同意。”

“你当时一直在笑，”克拉丽回忆说，“然后我妈妈在你肩膀上打了一下。”

“想不笑都难。十岁的小孩有那般决心真是罕见。他简直像是一头斗牛犬。”

“如果斗牛犬戴眼镜，并且对豚草过敏的话。”

“那份忠诚不可限量啊。”卢克更为认真地说道。

“我知道。别让我感觉更糟糕。”

“克拉丽，我要告诉你的是，他所做的一切是他自己的决定。你在因为你是你自己而自责。这不是任何人的错，也不是你能改变的东西。你告诉了他真相，而他自己拿定了主意，决定好了自己要去做什么。每个人都在做出选择，没有人有权剥夺我们的决定。即便是出于爱也不行。”

“可就是这样，”克拉丽说，“当你爱着一个人的时候，你别无选择。”她想起当伊莎贝尔打电话告诉她杰斯失踪了的时候，自己的心脏是怎样一下收紧了。她一刻也没有考虑，没有犹豫，便冲出了家门。“是爱剥夺了你的选择。”

“这可比相反的情况要好很多。”卢克把车转向弗莱巴许大道。克拉丽没有回应，只是呆呆地盯着车窗外。刚下大桥的这片区域算不上布鲁克林最可爱的地方，路两边排列着丑陋的办公楼和汽车美容店。通常她很讨厌这里，可此时周遭的环境却符合她的心境。“那么，你和他联系过了吗？”卢克又开口说道，很明显，他决定换个话题。

“西蒙吗？是的，你知道我们联系过了。”

“事实上，我是想问杰斯。”

“哦。”杰斯给她的手机打过几次电话，也留过言。可她都没接，也没回电。不和他讲话是为了西蒙的事而赎罪。这是她所能想到惩罚自己最严厉的措施了。“不，我没有。”

卢克的声调小心翼翼地保持着中立。“你也许想和他联系一下。就是看看他的情况是不是都还好。也许他现在的日子不好过，考虑到——”

克拉丽换了个坐姿。“我想你和马格纳斯确认过了。我听到你和他谈起瓦伦丁，还有转换圣剑的整件事情。我确定如果杰斯不好的话，他会告诉你的。”

“马格纳斯可以向我保证杰斯的身体健康。可另一方面，他的心理健康就——”

“算了吧。我不会给杰斯打电话的，”克拉丽听出了自己声音中的冷漠，这几乎让她自己感到震惊，“现在我必须在西蒙身边，他的心理状况也不怎么好。”

卢克叹了口气。“如果他没法面对自己的现状，也许他应该——”

“他当然无法面对！”她责备地看了卢克一眼，尽管后者的注意力都在开车上，没有看到，“你应该比别人更能理解那会是怎样——”

“有一天醒来发现自己成了个怪物？”卢克听上去一点都不苦恼，只是有些疲惫，“你说得对，我的确理解。如果他想和我谈谈的话，我很高兴告诉他这一切。他会熬过去的，即使他认为自己不行。”

克拉丽一皱眉。太阳在他们身后慢慢落了下去，整个反光镜都像块金子一样闪着光。这光刺得她眼睛发痛。“那不一样，”她说，“至少你从小就知道真的有狼人，而他在告诉别人他是个吸血鬼之前，首先需要说服大家存在吸血鬼。”

卢克看上去想要说什么，可又改变了主意。“我想你说得没错，”他们现在到了威廉斯堡，沿着车辆稀少的肯特大街开去，道路两边矗立着仓库，“可我还是为他准备了些东西。在你前面的杂物箱里。就是以备……”

克拉丽打开杂物箱，皱起了眉头。她拿出一本光鲜的折叠手册，就是那种会放在医院等待室透明的塑料宣传栏里的小册子。“《怎么告诉父母你是同性恋》，”她大声读了出来，“卢克。别开玩笑了。西蒙不是同性恋，而是个吸血鬼。”

“我分得清楚，可这本册子讲的是怎么把一个难以让人接受的事实告诉你的父母，而且他们可能不愿意面对这个事实。也许他能用上里面的一两段话，或者看看概述性的建议——”

“卢克！”她的叫声太突然了，伴随着刹车尖利的声响，卢克把车停了下来。他们恰好停在卢克家门前，左手边东河的河水隐隐泛着波光，空中飘着一条条的烟雾和黑影。而另一个更暗的黑影蹲在卢克家的门廊前。

卢克眯缝起眼睛。他告诉过她，变成狼的时候，他的视力极佳，可作为人的时候，他还是近视。“那不是……”

“西蒙，是他，”即便只是个远远的轮廓，她也认得出，“我最好过去和他谈谈。”

“当然。我，啊，还要出去一下。我还得去取点东西。”

“什么东西？”

他向她挥挥手，示意让她下车。“吃的。我半小时就回来。但别待在外面，进屋去，锁上门。”

“你知道我会的。”

她看着皮卡加速驶走了，然后转身朝向卢克家，她的心怦怦跳着。尽管她和西蒙通过几次电话，可自从那个可怕的清晨，趁着昏暗的天光，他们把昏昏沉沉、浑身是血的西蒙带到卢克家，帮他清理干净，又把他送回自己家之后，便再没见过他。她原本以为他会去学院，可那当然不可能，西蒙再也见不到任何教堂里面的情景了。

她曾看着他走向自己的家门，弓着背，好似顶着很大的风往前走。当门廊的灯自动亮起的时候，他一下子躲开了。她知道这是因为他以为那是阳光，之后她便哭了，静静坐在卡车后座流下无声的泪，泪水滴在自己前臂那枚奇怪的黑色印记上。

“克拉丽。”杰斯曾轻轻唤她，并朝她伸出了手，可她躲开了，就像西蒙躲开亮光一样。她不会碰他，再也不会。这就是她的救赎，是自己对西蒙的偿还。

此刻，她走向卢克家的门廊。她的口中发干，喉咙也因为想要哽咽而发不出声。她告诉自己不要哭，眼泪只能让他更难受。

他坐在门廊一角的阴影里，看着她。而她也能看到他的双眼在黑暗中闪着光。她不知道他的双眼以前是否也这样明亮，她记不起来。“西蒙？”

他站了起来，单是这个优雅干脆的动作，就让她的脊背一阵发凉。西蒙所不曾有的一种气质就是优雅。此时他身上有种什么东西，一种不一样的东西——

“对不起，如果我吓到你了。”他小心地说，而且很正式，似乎他们是陌生人。

“没关系。只是——你过来多久了？”

“不长时间。太阳下山后我才能出来，记得吗？昨天我不小心把手伸到窗外，也就三厘米不到吧，几乎就要把我的手指都烧焦了。幸运的是我恢复得很快。”

她摸到钥匙，打开门，淡淡的灯光照在门廊上。“卢克说我们该待在屋里。”

“因为那些可怕的东西，”西蒙说着从她身边进去了，“他们晚上会出来。”

客厅里撒满了温暖的黄色灯光。克拉丽在身后关上门，把门闩锁上。伊莎贝尔的蓝色外套还挂在门旁边的钩子上。她原本想拿去干洗店，问问看能不能把血迹洗掉，可一直没机会去。她盯着衣服看了一阵，让自己做好了准备，才转身朝西蒙看去。

他站在客厅中间，双手不自然地插在夹克衫的口袋里。他穿着牛仔裤和一件旧T恤，上面印着“我爱纽约”的标志性图案，这件衣服曾是他父亲的。所有关于他的一切对克拉丽而言都那样熟悉，可他仍旧像是个陌生人。“你的眼镜，”克拉丽说，她才意识到在门廊上究竟是什么让她觉得奇怪，“你不戴眼镜了。”

“你见过戴眼镜的吸血鬼吗？”

“这个，没有，可是——”

“我不需要戴了。正常的视力似乎是个必然结果。”他在沙发上坐下，克拉丽也坐了下来，就在他旁边，可靠得并不是很近。坐下之后她才看到他的肌肤是何等雪白，皮肤之下蓝色的静脉纹路是何等清晰。他那双不戴眼镜的眼睛看上去大而深邃，睫毛像是黑色的刷子。“当然我待在家里的时候还是会戴眼镜，否则我妈妈一定会疯掉。我没得选择，必须要告诉她我准备戴隐形眼镜了。”

“你没得选择，必须要告诉她，”克拉丽说，比她想象中的口吻还要坚决，“你不能永远隐瞒你的——你的情况。”

“我可以试试，”他用手理了理自己深色的头发，嘴角一撇，“克拉丽，接下来我要怎么做呢？我妈妈一直给我送吃的，我只好都扔到窗外——我两天都没出门了，假装自己感冒了，可我不知道自己还能装多久。最后她会带我去看医生，那会怎么样呢？我没有心跳，医生会告诉她我死了。”

“或者把你的案例记为医学奇迹。”克拉丽说。

“这不好笑。”

“我知道，我只是想——”

“我一直想要鲜血，”西蒙说，“我在梦里都是，醒着的时候也是。不久我就能写首与之相关的变态诗歌来宣泄情绪了。”

“不是有马格纳斯给你的那几瓶血吗？你都喝完了，是吗？”

“还有，在我自己的小冰箱里，可只剩三瓶了，”他的声音因为紧张而变细了，“我都喝完了怎么办？”

“不会的。我们可以给你弄来更多。”克拉丽说，这句话听上去比她自己所感觉到的还要有信心。她猜想自己可以一直请求马格纳斯熟识的那位本地供应商送来羊羔血，可整件事情还是让她觉得反胃。“瞧，西蒙，卢克觉得你应该告诉你的母亲。你不能永远瞒着她。”

“我倒真可以试试看。”

“想想卢克，”她绝望地说，“你仍可以过上正常的生活啊。”

“那我们呢？你想要一个吸血鬼做男朋友吗？”他苦笑着，“因为我可以想象未来我们会有许多浪漫的野餐。你，喝着新鲜的果汁，而我，喝着新鲜的血液。”

“就想象成是身体上的某种残疾，”克拉丽极力地说服道，“你只是需要学习怎样在生活中克服它。很多人都成功做到了。”

“我不确定自己还是不是人，可能已经不是了。”

“对我来说你是，”她说，“尽管有人会把做人看作是无上的荣耀。”

“至少杰斯不能再叫我盲呆了。你手里拿的是什么？”他注意到了她左手里握成卷的小册子。

“哦，这个吗？”她说着举起来，“《怎么告诉父母你是同性恋》。”

他睁大了眼睛。“你想告诉我什么吗？”

“这不是给我看的，是给你的。”她把小册子递给他。

“我不需要告诉妈妈我是同性恋，”西蒙说，“她已经这么认为了，因为我对体育一点也没有兴趣，也从没认真交过女朋友。尽管据她所知是那样。”

“可你必须告诉她你是吸血鬼，”克拉丽一语中的，“卢克想也许你可以，那个，用上一段小册子里所建议的开场白，就是用‘不会死的人’来替换——”

“我明白了，明白了，”西蒙打开手册，“来，我拿你试验一下。”他清了清喉咙，“妈妈，我要告诉你一件事情。我是不会死的人。现在，我知道你可能对这种不会死的人有一些先入为主的观念。我知道你可能会对我是不会死的人感到不安，可我就是来告诉你，这种不会死的人和你我都一样。”西蒙停顿了一下，“那个，好吧，可能我更像是不会死，而你不是。”

“西蒙。”

“好了，好了，”他继续下去，“你要明白的第一点就是，我一直都是原来的我。成为一个不会死的人并不是我身上最重要的一点，只是我的一部分。第二点你应该要知道的是，这不是我能选择的，我生来如此。”西蒙越过小册子瞥了她一眼，“对不起，我重生了一次才变成这样。”

克拉丽叹了口气。“你根本没尽力。”

“至少我可以告诉她你把我葬在了犹太公墓，”西蒙说着把手册扔在一边，“也许我该从小人物开始，先告诉我姐姐。”

“我可以和你一起去，如果你乐意的话。也许我能帮你跟她们解释。”

他惊讶地看着她，而她也看出了他把带有一丝苦涩的幽默感作为盔甲披在外面，而掩藏于下的是恐惧。此时盔甲上出现了一些裂纹。“你会做什么？”

“我——”克拉丽刚要张口，就被一阵突如其来的巨响给打断了，是轮胎与地面间刺耳的摩擦声和玻璃破碎的声音。她一下跳了起来，跑到窗前，西蒙也在她身边。她一把拉开窗帘，向外望去。

卢克的皮卡停在草坪上，马达还隆隆作响，人行道上有几道烧焦的橡胶所留下的黑色长痕。汽车的前灯一个还亮着，而另一个已经完全碎了。车子前面的保险杠上有些深色的污渍——还有一团白白的东西，动也不动地躺在前轮下面。克拉丽胸中生起一股怒气。卢克把什么人撞倒了吗？可不对——她不耐烦地让伪装从自己眼前消失，就好像把脏玻璃擦干净那样。卢克车轮下的东西不是人类，那东西很白很光滑，几乎是一种幼虫，就像被钉在木板上的蠕虫那样扭动着。

卡车驾驶室的门打开了，卢克跳了下来。他毫不理睬压在车轮下的东西，而是越过草坪朝门廊冲过来。克拉丽顺着他的方向看去，有什么躺在那边的阴影里。是一个人——身材不高，浅色的头发梳成了辫子——

“是那个狼人女孩，迈亚，”西蒙听上去很吃惊，“发生了什么？”

“我不知道。”克拉丽抓起放在书架顶上的石杖。他们匆忙跑下台阶，冲到阴影处，卢克蹲在那儿，手托着迈亚的肩膀，把她扶起来，让她靠着门廊的台阶。克拉丽走到近处，看见她前面的衬衫都被撕破了，肩上有道伤口，缓缓流着鲜血。

西蒙突然呆住了，克拉丽差点撞上他。她惊叫了一声，生气地看了他一眼之后才意识到，鲜血，他害怕血，害怕看见血。

“她没事。”卢克说，此时迈亚转了一下头，发出一声痛苦的呻吟。卢克轻轻拍了拍她的脸颊，她睁开了眼睛。“迈亚。迈亚，你能听到我讲话吗？”

她眨了眨眼，点点头，看上去有些神志不清。“卢克？”她轻声说，“发生了什么？”她眉头一皱，“我的肩——”

“来，我最好把你弄进屋。”卢克说着抱起她。克拉丽想起自己以前觉得对于一个在书店工作的人来说，卢克显得格外强壮。她曾把这一切归功于卢克需要到处挪动那些很重的箱子，现在她更清楚其中的缘由了。“克拉丽，西蒙，快进来。”

他们回到屋里，卢克把迈亚放在破旧的灰布沙发上。他让西蒙去取一条毯子来，让克拉丽去厨房拿一条湿毛巾。克拉丽回来的时候，看到迈亚倚着一个靠垫，脸色发红，焦躁不安。她飞快而紧张地对卢克说：“我走过草坪，就在那时——我闻到一股气味。腐败变质的味道，像是垃圾。我转过身，然后那东西袭击了我——”

“什么袭击了你?”克拉丽说着把毛巾递给卢克。

迈亚皱着眉。“我没看见，那东西把我撞倒了，之后——我想把它踢开，可它太敏捷了——”

“我看见了，”卢克平静地说，“我开车到了家门前，看见你走过草坪——然后我看见那东西跟着你，紧贴在你身后，就在阴影里。我朝车窗外喊你，可你没听到。之后那东西就把你打翻在地了。”

“是什么跟着她?”克拉丽问。

“那是德瓦克恶魔，”卢克说，声音冷冰冰的，“它们看不见东西，靠气味追踪。我把车开到了草坪上，把它轧死了。”

克拉丽看着窗外的卡车，那个在车轮下挣扎的东西不见了，这毫不奇怪——恶魔死了之后总是会回到它们原来的空间去。“为什么它要攻击迈亚?”她突然想到了什么，声音低沉了下去，“你认为是瓦伦丁吗? 为了那个法术在寻找狼人的血? 上次他就没成功——”

“我不这么认为，”卢克这么说让她很吃惊，“德瓦克恶魔不会吸血，也绝不会造成你在骸骨之城所见的那种惨状。大多数情况下它们只是间谍，通风报信。我想迈亚只是碰巧撞到它。”他俯下身去查看迈亚，她闭着眼轻声呻吟。“你能把袖子撩起来，好让我看看你的肩膀吗?”

狼人女孩咬着嘴唇，点了点头，然后伸手卷起衣袖。就在她肩膀下面有一道很长的切口，胳膊上的血已经凝结住了。克拉丽不由倒抽了一口冷气，她看到在这道锯齿状的红色切痕附近，还有东西古怪地排列在两边，像是黑色的细针。

迈亚盯着自己的手臂，惊恐得很。“那是什么东西?”

“德瓦克恶魔嘴里没有牙齿，只有毒刺，”卢克说，“有些刺断在你的皮肤里了。”

迈亚的牙齿开始打颤。“有毒? 我要死了吗?”

“如果我们行动够快就不会，”卢克向她保证说，“尽管会疼，但我要把它们都拔出来。你觉得自己能应付得了吗?”

迈亚的脸扭曲成了痛苦的表情，她尽力点了点头。“那就……把它们拔出来吧。”

“把什么拔出来?”西蒙拿着一条卷成团的毯子走进房间。当看到迈亚的手臂时，毯子一下掉在了地上，他不由自主地后退了一步。“那些是什么?”

“看到血就慌了手脚吗，盲呆?”迈亚说着不自然地微微一笑，接着倒抽了一口气，“哦，好疼——”

“我知道。”卢克说，他轻轻地用毛巾包住她的手臂，然后从腰中拔出一把薄刃的小刀。迈亚看了一眼那把刀，就把眼睛紧紧闭上了。

“做你必须要做的事情吧，”她小声说，“只是——我不想其他人在场。”

“我理解。”卢克转向西蒙和克拉丽。“到厨房去，你们两个都去。”他说，“给学院打个电话，告诉他们发生了什么，然后让他们派个人过来。他们不可能派无声使者过来了，那么最好是个接受过医疗训练的人，或者是个巫师。”西蒙和克拉丽盯着他，他们看到刀和迈亚慢慢变紫的手臂，都僵住了。“快去！”他更大声地说了一句，这次他们离开了。

第十二章

梦的敌意

西蒙看着克拉丽倚在冰箱上，咬着嘴唇，这是她不安时常做的动作。他经常忘记她是如何瘦小，如何纤弱，可在这样的时刻——他想张开双臂抱住她——但想到如果抱得太用力，会弄痛她，尤其现在他不知道自己有多大的力道，于是便克制住了自己。

他知道杰斯不会这样觉得。当杰斯把克拉丽拥在怀里，那么用力地吻她，西蒙想也许他们中的一个人会破碎，又或许他们两个人都会。他就那样看着，虽然胃里有一阵恶心，可却没办法把视线移开。杰斯搂着她，好像想把她揉进自己的身体里，好像他能够把两个人变成一个。

当然克拉丽很强壮，比西蒙所认为的还要强壮。她是名暗影猎手，而且拥有伴随这个名称的一切能力。可这都不重要，他们之间曾拥有的东西仍十分脆弱，像是飘摇的烛火，像是易碎的蛋壳——而且他知道如果那些东西破碎了，那么他内心的一部分也会粉碎，而且永远无法修复。

“西蒙，”她的声音把他唤回现实，“西蒙，你在听我讲话吗？”

“什么？是的，我在听，当然在听。”他靠着水槽，尽力让自己看上去全神贯注。龙头在滴水，这让他一时间又跑了神——每一滴落下的银色水珠似乎都闪耀着光芒，在即将下落前都是完美的泪滴状。吸血鬼的视力真是令人惊异，他想。他的注意力一直被一些最平常的事情吸引——水面上的闪光，人行道上裂开的花纹，马路上彩色的油污——好似他以前从没看到过这些。

“西蒙！”克拉丽又恼怒地叫了一声。他意识到她向自己递过来一个粉红色的金属物体，是她的新手机。“我刚才说想让你给杰斯打电话。”

这让他一下子回过了神。“我给他打？他痛恨我。”

“不，他不恨你，”她说，尽管他能从克拉丽的眼神中看出，她对这点也半信半疑，“反正我不想和他说话。拜托了？”

“好吧，”他从她手中接过电话，翻到杰斯的号码，“你想让我说什么？”

“就告诉他发生了什么。他知道该怎么办。”

杰斯在第三下铃声响起时就接起了电话，听上去上气不接下气。“克拉丽，”他说，这让西蒙一惊，不过他意识到杰斯的手机上当然显示的是克拉丽的名字，“克拉丽，你还好吗？”

西蒙犹豫了一下，杰斯的声调中有一种他从未听到过的语气，是种焦急的关怀，没有丝毫的讽刺或者自我保护。当他们独处的时候，他就是这么跟克拉丽说话的吗？西蒙瞟了她一眼，她正睁大了眼睛看着自己，不自觉地咬着右手食指的指甲。

“克拉丽，”杰斯又说道，“我以为你在躲着我——”

西蒙的心中闪过一丝恼怒。你是她哥哥，他想冲着电话大喊，仅此而已，你并不拥有她。你没有权利听上去如此——如此——

心碎。就是这个词，尽管他从没想到杰斯还会有一颗易碎的心。

“你说得对，”他终于冷冷地开了口，“她仍躲着你。我是西蒙。”

继而是长时间的沉默，以至于西蒙猜想是不是杰斯把电话掉在了地上。

“喂？”

“我在，”杰斯的声音如同秋叶一般干脆平静，那些柔软全不见了，“如果你是打电话来和我聊天的，盲呆，那你一定比我想象中的还要孤单。”

“相信我，如果我还有选择的话，我不会给你打电话的。因为克拉丽我才这么做的。”

“她还好吗？”杰斯的声音仍然干脆而平静，只是此时多了一丝锋芒，像秋叶外冻上了一层坚硬的冰，“如果她发生了什么事情——”

“她没事。”西蒙努力克制住声音中的恼怒。他尽可能简略地把傍晚所发生的事情和由此所导致的迈亚的伤情向杰斯叙述了一遍。杰斯一直等他讲完之后，才飞快地说出一串简单的指令。西蒙茫然地听着，不住地点头，可随后他意识到杰斯看不到他在点头。他这才开始回话，可却发觉那一头一片安静，另一个男孩已经挂了电话。西蒙无话可说地合上电话，递给克拉丽。“他要来这儿。”

克拉丽低着头靠在水槽边上。“现在吗？”

“现在。马格纳斯和亚历克会跟他一起来。”

“马格纳斯？”她恍惚地说，接着又说道，“哦，当然。杰斯是在马格纳斯家。我以为他在学院里，可他当然不会在那儿。我——”

客厅中传来的一声尖叫打断了她。她睁大了眼睛，西蒙也感觉自己脖子后面的寒毛直挺挺地竖了起来。“没事的，”他尽可能宽慰地说道，“卢克不会伤害迈亚的。”

“他正在伤害她，但却别无选择，”克拉丽说着摇了摇头，“这几天以来一直是这样。从来就没有别的选择。”迈亚又大叫了一声，克拉丽抓着水槽边，好像那个痛苦的人是她自己。“我讨厌这个！”她突然大喊道，“我讨厌这一切！总是很害怕，总是被追踪，总在想下一个受伤的会是谁。我真希望事情能回到原来的样子！”

她转向他，嘴唇微开，双眸又大又黑。“西蒙，我的意思不是——”

“我知道你不是那个意思，”他退后了些，感到喉咙中似乎有什么东西，“我去看看他们怎么样了。”一时间他以为克拉丽会跟上自己，可她什么也没说，只是任凭厨房门在他们之间关上了。

客厅里的灯全打开了，迈亚脸色灰白地躺在沙发上，身上盖着西蒙拿来的毯子。她握着一团布，按在自己的右臂上，那布已经有一部分被血水浸湿了。她闭着眼睛。

“卢克去哪儿了？”西蒙说着一皱眉，他思忖着是不是自己的语气过于生硬，像是命令。她看上去糟透了，眼窝深陷，因为疼痛而紧闭着嘴巴。她缓缓睁开眼，盯着他。

“西蒙，”她喘了口气，“卢克出去把车从草坪上移开，他担心邻居会看到。”

西蒙朝窗外望去，他能看到卢克把车转到马路上时扫过房子的大灯。“你怎么样？”他问道，“他把那些东西都从你胳膊上拔掉了吗？”

她无力地点点头。“我就是太累了，”她蠕动干裂的嘴唇，小声说，“而且——很渴。”

“我给你倒点水来。”在餐桌旁边的餐具柜上有一个水壶和几只玻璃杯。西蒙倒了满满一杯温水，递给迈亚。她接过杯子的时候，西蒙的手微微一晃，洒出了一些水。她抬起头，正要说什么——可能是，谢谢你——可当他们手指接触的刹那，她猛地抽回了手，水杯一下飞了出去，撞在茶几边上，碎了，水洒在光洁的木地板上。

“迈亚？你没事吧？”

她抽身离开他，肩膀抵着沙发背，嘴唇张开，露出牙齿，眼睛也变成闪亮的黄色，她的喉咙中发出低沉的吼叫，像是被堵在角落里准备作困兽之斗的大狗会发出的声音。

“迈亚？”西蒙又惊恐地叫了一声。

“吸血鬼。”她咆哮着说。

他觉得自己的头向后一仰，好像被她扇了一巴掌。“迈亚——”

“我以为你是人类，可你是个怪物，是只吸血的寄生虫。”

“我是人类——我是说曾经是。我几天前改变了，”他的头脑轻飘飘的，感到一阵眩晕，很不舒服，“就像你曾经——”

“别拿你跟我做对比！”她挣扎着坐起来，那双恐怖的黄眼睛仍死死盯着他，并用一种厌恶的眼神上下打量着他，“我还是人，还活着——而你是靠喝人血为生的死物。”

“动物血——”

“仅仅是因为你不能伤害人类，否则暗影猎手会把你活活烧死——”

“迈亚。”他叫出她的名字，有一半是生气，一半是恳求。他朝迈亚走近了一步，可她手臂一挥，亮出鹰爪一般的指甲，而且突然之间变得很长。指甲划过他的脸颊，让他踉跄着后退了几步。他用手摸了一下脸，鲜血顺着脸颊流了下来，流进他嘴里。他尝到了血液咸咸的味道，肚子里咕噜一声。

迈亚此时蹲在沙发扶手上，双膝并拢，像爪子一样的指甲在灰色绒布上留下深深的划痕。她的喉咙中发出低沉的吼叫，长长的耳朵背在脑袋两侧。她亮出牙齿，此时它们也变成了锋利的锯齿状——不像他自己那种针尖般纤细的牙齿，而是粗壮雪白的犬齿。她扔掉了缠在胳膊上浸满鲜血的布，他能看到从毒刺所扎出的小孔中血液慢慢溢出——

下嘴唇里面的一阵剧痛让他知道自己的獠牙已经出鞘，有一部分的自己想去袭击她，把她按倒，用牙齿戳破她的肌肤，大口吞食那温热的血液。可剩下的那部分却好似在大声尖叫。他退后了一步，又退了一步。他伸出手，好像能把她阻挡在外。

她肌肉一紧准备跃起，就在此时厨房的门开了，克拉丽冲进房间。她跳上茶几，像猫一般轻盈。她手里拿着什么东西，当她抬起手臂的时候那东西闪出一道明亮的白色银光。西蒙看到那是一把匕首，弯曲的弧度像是鸟儿的翅膀般优雅。匕首穿过迈亚的头发，几乎贴着她的脸颊掠过，插进灰色的绒布，只露出刀柄。迈亚想挣脱，可只能喘着粗气。刀刃穿过她的衣袖，把她牢牢钉在了沙发上。

克拉丽用力把匕首拔掉，它是卢克的。她踢开厨房门的瞬间，看到客厅里所发生的一切，便径直奔向卢克放在办公室里的私人武器收藏处。迈亚也许生着病，很虚弱，可她看上去疯狂得能杀死人，克拉丽从不怀疑她的能力。

“你到底有什么毛病？”克拉丽听到自己的声音好似从很远的地方传来，其中那股冷冰冰的语气也让她吃惊，“狼人也好，吸血鬼也罢——你们两个都是暗影魅族。”

“狼人从不伤人，也不互相伤害。而吸血鬼是谋杀犯，几天前还在‘猎人之月’酒吧杀死了一个男孩——”

“那不是吸血鬼干的，”克拉丽看出迈亚听到自己的语气如此肯定，脸色一下变白了，“而且一直以来只要暗影世界发生什么不好的事情，你们就互相责备。如果你们能停止这样，也许拿非力人才会开始认真地看待你们，而且能切实做些事情。”她又看向西蒙，他脸颊上的抓伤已经开始愈合，变成了一道闪着银光的红线。“你还好吧？”

“是的。”他的声音很小，刚刚能让人听见。她看得出他眼神中受伤的表情，一时间她遏制住自己想要用脏话大骂迈亚一通的冲动。“我很好。”

克拉丽转身看着狼人女孩。“你应该庆幸他不像你这样偏执，否则我会报告给圣廷，让整个族群为你的所作所为付出代价。”

迈亚一下子被激怒了。“你不明白，吸血鬼之所以是现在这个样子是因为他们受到了恶魔能量的感染——”

“你们这群狼也是！”克拉丽说，“也许我知道的不多，可这点我是清楚的。”

“可这就是问题的所在。恶魔能量改变了我们，让我们不同——你可以说这是种病态，或者用其他你能想到的词汇。但创造吸血鬼的恶魔和创造狼人的恶魔来自两个互相征战的种族。它们憎恨对方，所以在我们的血液中就有相互憎恨的基因。我们无法克制。狼人和吸血鬼永远不可能成为朋友。”她看着西蒙，她的眼中闪烁着愤怒，还有别的什么。“不久你就会开始讨厌我，”她说，“你也会憎恨卢克。你没办法压抑这种厌恶。”

“憎恨卢克？”西蒙的脸色惨白，可在克拉丽打消他的疑虑之前，房门砰的一声开了。她看过去，以为是卢克，但却落空了。是杰斯。他一身黑衣，腰间系着皮带，两把六翼天使挂在上面。亚历克和马格纳斯就在他身后，马格纳斯穿着一件螺旋花纹的长披风，看上去好像是用碎玻璃装饰的一样。

杰斯金色的眼睛像激光一样精确，立即盯着克拉丽。她本以为在发生了这么多事之后，他可能会有点不好意思，担忧或者是羞耻，可她错了。他看上去只有气愤。“你，”他说，语气中明显带着恼怒，“以为自己在做什么？”

克拉丽看看自己，她还站在茶几上，手里拿着刀，她努力克制住想把刀藏到背后的冲动。“我们出了点小意外，我正在处理。”

“是啊，”杰斯的音调中满含着嘲讽，“你知道怎么使用那把刀吗，克拉丽？怎么使用才不会在你自己或者无辜的旁观者身上戳出个洞呢？”

“我没伤到任何人。”克拉丽咬着牙说。

“她戳到了沙发。”迈亚无力地说道，并且闭上了眼睛。她的双颊仍旧因为发热和怒火而红彤彤的，可脸上的其他地方却毫无血色，令人担忧。

西蒙忧虑地看着她。“我想她的情况更糟糕了。”

马格纳斯清了清喉咙，可他看到西蒙没有挪动位置，便说道：“别挡着我的路，盲呆。”语调中充满了厌烦。他把袍子向后甩了一下，穿过房间，来到迈亚躺着的沙发前。“我想你就是我的病人？”他一边问，一边透过刷着亮粉的睫毛盯着她。

迈亚抬头看着他，眼神涣散。

“我是马格纳斯·贝恩，”他用舒缓的语调继续说，并且伸出戴满戒指的双手，蓝色的火光在双手之间跳跃，像是水中的发光生物在游动，“我是过来为你治疗的巫师，没人告诉你我会过来吗？”

“我知道你是谁，可……”迈亚看上去有些茫然，“你看上去太……太……刺眼了。”

亚历克非常想笑出来，可还是用一声咳嗽掩盖住了。马格纳斯用瘦削的双手在狼人女孩四周编织起一圈闪光的蓝色帷帘。

杰斯没有笑。“卢克，”他问道，“去哪儿了？”

“他在外面，”西蒙说，“他去把卡车从草坪上移走。”

杰斯和亚历克飞快地交换了一个眼神。

“可有趣的是，”杰斯虽然这样说，可丝毫没有逗乐的语气，“走上台阶的时候，我没看到他。”

一丝恐惧在克拉丽心中涌起，像是一片嫩叶在那里展开。“你看到他的卡车了吗？”

“我看见了，”亚历克说，“就在路边，车灯关着。”

听到这话，即便是正在照顾迈亚的马格纳斯也抬起头。透过他在编织的魔法网，他的身影看上去有些模糊，辨认不清，似乎他正隔着水面看着他们。“我可不喜欢这种情况，”他的声音听上去遥远而空灵，“特别是发生过一次德瓦克恶魔袭击事件之后，它们通常成群结队地游荡。”

杰斯的手已经伸向一把六翼天使刃了。“我出去看看他。亚历克，你留在这儿，保护房间里的安全。”

克拉丽跳下茶几。“我和你一起去。”

“不，你不能去。”他朝门口走去，并没有回头查看她是否跟着。

她突然加速，冲到他和房门之间。“站住。”

一时间她以为他还会径直往前走，即便是必须穿过她的阻拦。可他停住了，就在离她几厘米的地方。他们离得如此之近，克拉丽都能感觉到他说话时的气息吹动着自己的头发。“我会把你打倒，如果我必须那样做的话，克拉丽莎。”

“别那样叫我。”

“克拉丽。”他低声说。他的语气是如此亲切，这让她背后一个激灵。他金色的眼神十分坚毅，闪耀着金属般的光泽。片刻之间她有这样的念头，不知他是否会真的朝她冲过来，如果他发动袭击，把她打翻在地，甚至抓住了她的手腕，那该怎么办？和他打斗如同与其他人亲热一般，一想到他会那样触碰自己，克拉丽一下气血上涌，双颊绯红。

她尽力掩饰住自己声音中的哽咽。“他是我叔叔，可不是你的——”

他的脸上闪过一丝微笑，却毫无善意。“你的任何一个叔叔同时也都是我的，亲爱的妹妹，”他说，“而且他和我们两个中的任何一个人都没有血缘关系。”

“杰斯——”

“另外，我可没时间帮你画印记，”他说着用慵懒的眼神扫视着她，“而且你有的就只是这把刀。如果我们要对付恶魔的话，它可没多大用处。”

她把匕首插进了门旁边的墙里，杰斯一脸吃惊地看着她。“那又怎么样？你有两把六翼天使，给我一把。”

“哦，看在——那什么的份上，”西蒙说话了，他的双手插在口袋里，雪白的脸上那双明亮的眼睛像是黑色的煤球，“我去。”

克拉丽说：“西蒙，不要——”

“至少我不会站在这里调情浪费时间，特别是在我们还不知道卢克出了什么事的时候。”他打了个手势，示意克拉丽让开。

杰斯抿起嘴。“我们全部都去，”让克拉丽吃惊的是，他从腰间拔出一把六翼天使，递给了她，“拿着。”

“它叫什么名字？”她问道，并从门口挪开了。

“纳克。”

克拉丽把夹克衫放在了厨房，当她走出门站在一片漆黑的门廊上时，就感到东河上刮来的冷风刺透了她薄薄的衬衫。“卢克？”她叫了一声，“卢克！”

卡车停在路边，一扇车门还开着，车顶灯也亮着，撒下微弱的光。杰斯一皱眉。“钥匙还插着，车没熄火。”

西蒙在他们身后关上房门。“你怎么知道？”

“我能听得到，”杰斯看着西蒙，略有所思，“而且你也能，如果你尽力的话，吸血的家伙。”他大步走下台阶，风中传来一阵轻笑。

“我想比起‘吸血的家伙’，我更喜欢‘盲呆’。”西蒙嘀咕着。

“在杰斯那儿，你真没法选择你的昵称。”克拉丽在牛仔裤口袋里摸索着，直到她的手触碰到一块冷冰冰但很光滑的石头。她举起巫光石，它在指间散发的光芒好似一颗小太阳。“走吧。”

杰斯说得对，卡车的确还点着火。他们走近的时候，克拉丽就闻到了汽车尾气的味道，她心里一沉。卢克绝不会让车门这样开着，钥匙还插在点火器上，除非发生了什么事情。

杰斯围着汽车转了一圈，皱着眉。“把巫光拿近些。”他跪在地上，手指轻轻拂过绿草，接着又从衣服里面的口袋中掏出一个克拉丽认识的物件：一件光洁的金属物，上面刻满了精细的如尼文。是感应仪。杰斯拿着它在草地上一挥，它便发出一串咔嗒咔嗒的巨大声响，像是盖革计数器[①]测到了超常的数据。“肯定有恶魔活动，我测到了明显的痕迹。”

“有可能是袭击了迈亚的恶魔所留下的吗？”西蒙问。

“活动水平非常高，今晚这里不止一个恶魔，”杰斯站起身，一副公事公办的样子，“也许你们两个该进屋去，把亚历克叫出来。他以前应付过这样的场面。”

“杰斯——”克拉丽又生气起来，可她看到了什么东西，便没说下去。那东西只是一闪而过，穿过马路，跑下东河铺满石头的水泥河岸。似乎有些不对劲——光照到某个角度，那东西跑得太快了，而且又细又长，不会是个人……

克拉丽抬起一只手臂，指着说：“看！在水边！”

杰斯随她手指的方向看去，倒吸了一口气，便跑了过去，他们也紧随其后。三人跑过肯特大街的柏油路面，来到码头边种着低矮灌木的花坛里。克拉丽手中的巫光随着她的步伐摇曳，忽明忽暗的光照亮了河岸的一小部分：那边有一小片杂草，脚下一块破碎的混凝土差点让她跌倒，这边还有一堆垃圾和碎玻璃——可随后他们看清了轻轻拍打河岸的水面，以及一个瘫倒的人影。

是卢克——克拉丽一眼就认出来了，尽管有两个黑乎乎的东西蹲在他身上，把他的脸挡住了。他仰面躺着，离水面非常近，她一时间惊恐地想，那两团东西是不是要把他拉下水，想淹死他。随后它们移开了，圆圆的但却没有嘴唇的口中发出嘶嘶的声音。她看到卢克的头枕在碎石铺就的河岸上，面无表情，脸色

---

① 盖革计数器，一种专门探测电离辐射（α 粒子、β 粒子、γ 射）强度的记数仪器。

灰暗。

“罗姆魔。”杰斯低声说。

西蒙睁大了眼睛。“和袭击迈亚的家伙一样?”

“不，这些恶魔更可怕，”杰斯打了个手势，让西蒙和克拉丽站到他身后，“你们俩，后退。”他举起六翼天使。“以色拉菲尔!”他大叫了一声，手中的天使之刃点亮了，突然发出夺目的光彩。杰斯向前一跃，朝最近的一个恶魔挥动武器。在六翼天使的光芒之下，可以清晰地看到恶魔丑陋的模样：毫无生气的白色外皮，长满鳞片，嘴巴的部分是个黑洞，向外突出的眼睛像是癞蛤蟆，四肢的尽头不是手而是触须。此时，它正挥舞着那些触须，用难以置信的速度朝杰斯抽过来。

可杰斯的速度更快，以色拉菲尔咔的一声切断了恶魔的腕部，它的触须也随之飞上了天。那个声音真让人不舒服。触须尖落到了克拉丽的脚边，还弹动着。灰白色的触须上有血红的吸盘，里面长着一簇针尖般锐利的小牙。

西蒙忍不住呕了一下，克拉丽也同样想吐。她踢了一脚还在抽搐的那团触须，让它滚到了脏兮兮的草地另一端。她抬起头，看到杰斯已经把受伤的恶魔打倒在地，此刻正翻过石头在河边厮打。杰斯扭动身躯，躲闪着那怪物其余的触须——更别提从割断的腕部喷射出的黑色血液了。他手中的六翼天使照在水面上，形成一道道优雅的亮光。克拉丽犹豫着——她应该去救卢克还是去帮杰斯?正在这时，她听到西蒙大喊了一句：“克拉丽，当心!”她转身看到另一个恶魔径直朝她猛扑过来。

根本没时间从腰间抽出六翼天使，没时间回忆它的名字并大叫出来。她抬起手臂，恶魔击中了她。她摔倒在地，哭喊了一声，肩膀重重撞在不平整的地面上，很疼。光溜溜的触须滑过她的皮肤，一根紧紧地绕在她的手臂上，另一根向前甩过来，缠住她的喉咙。

她疯狂地在自己颈部乱抓，想把这根绳索一样柔软但坚韧的触须从喉管处拉开，她的肺部已经开始感到疼痛了。她又是踢腿又是挣扎——

突然那股压力消失了，那东西从她身上走开了。她深吸了一口气，翻身跪在地上。恶魔半蹲着，黑紫色的眼睛紧盯着她。想为再一次扑过来做准备吗?她拔出六翼天使，大叫“纳克”，她的手中射出一道亮光。以前她手里从没握过天使之刃，刀柄在她手中不住地颤抖。“纳克!”她大喊着，摇摇晃晃地站起来，举起刀，指向罗姆魔。

可让她感到吃惊的是，恶魔挥舞着触须后退了几步，几乎像是它——可这不可能——害怕她。她看到西蒙朝自己跑过来，手里拿着一个长长的东西，像是根铁棍。在西蒙身后，杰斯跪在地上，她看不到和他打斗的那个恶魔，也许已经被杀死了。可这边另一个恶魔张开大口，发出一声痛苦的尖叫，像是猫头鹰的鬼嚎一般。随后它突然转身，挥动着触须冲向河岸，跃入水中，溅起一片黑色的河水。它逃走了，消失在水面下，甚至没有一丝气泡能察觉出它的踪迹。

就在它消失不见之时，杰斯跑回到她身边。他弯腰喘着粗气，身上溅满黑色的恶魔血迹。“发——发生了什么？”他一边大口喘气，一边问。

“我不知道，”克拉丽实话实说，“它袭击了我——我想打退它，可它实在太快了——之后，它就离开了。好像它看到了什么可怕的东西。”

“你还好吗？”西蒙说着突然在她面前停下来，没有大口喘气——他再也不用呼吸了，她提醒自己——可是非常焦虑，手里握着一根很粗的管子。

“你从哪儿弄来这家伙的？”杰斯问。

“我从电话亭旁边扯下来的，”西蒙回忆起这一幕，似乎非常惊讶，“我猜当一个人肾上腺激素上升的时候，什么事都能办到。”

“或者在拥有了受诅咒的邪恶力量之后。”杰斯说。

“哦，闭嘴，你们两个都是。”克拉丽厉声说，结果西蒙很英勇地看了她一眼，而杰斯则奸笑了一下。她把两人推开，走向河边。“你们把卢克给忘了吗？”

卢克仍没醒来，可还有呼吸。他像之前迈亚那般惨白，肩膀上的衣袖也被扯掉了。克拉丽尽可能小心地把卢克残留在皮肤上、浸透鲜血的碎布撕开，看到他肩膀上被触须抓过的地方有一簇红色的圆形伤口。她倒抽了一口气。“我们得把他弄进屋里。”

马格纳斯在门廊上等着他们，西蒙和杰斯在两侧架着卢克走上台阶。马格纳斯治好迈亚后让她睡在了卢克的房间，于是他们把卢克放在了迈亚之前躺过的沙发上，好让马格纳斯方便治疗。

“他会好起来吗？”克拉丽一边问，一边在沙发旁边走来走去。马格纳斯在双手之间唤出了跳跃的蓝色火焰。

“他会没事的。罗姆毒比德瓦克的叮咬要复杂一些，但绝不是我应付不来的东西，”马格纳斯示意她离开，“如果你闪开，让我能施法术的话，就一定能治好。”

她很不情愿地在扶手椅上坐下来。杰斯和亚历克站在窗边，头靠得很近，杰斯用手比划着。她猜杰斯是在向亚历克叙述刚才的事。西蒙看上去很不自在，靠着厨房门旁边的墙壁，似乎陷入了沉思。克拉丽不想看到卢克灰白的脸庞和深陷的眼窝，于是让自己的目光落在西蒙身上，思量着他为何看上去既熟悉又陌生。

没有了眼镜，他的眼睛看上去似乎有原来两倍那么大，而且更黑了，不再是棕色的。他的肌肤雪白而光滑，像是白色的大理石，太阳穴和棱角分明的颧骨处显露出深色的静脉。甚至他头发的颜色也变深了，和他雪白的肤色形成了鲜明对比。她想起在拉斐尔酒店里看到的那群吸血鬼，思考着为什么没有一个吸血鬼是丑陋的或者毫无魅力的。那个时候她以为也许有什么规定，不能把那些不好看的人变成吸血鬼，可此时她想是不是因为变化过程本身就能让肌肤光滑，让眼睛和头发更加有色彩与光泽。也许这个物种的进化优势就在于此，好看的外表能帮助吸血鬼引诱猎物。

她此时意识到西蒙也看着她，他睁大了自己黑色的眼睛。她从幻想中清醒过来，转身看到马格纳斯站了起来，蓝色的火焰也消失了。卢克还紧闭着双目，可他脸色中那种丑陋的灰色不见了，呼吸也变得深沉而规律。

“他好了！”克拉丽惊呼道，亚历克、杰斯和西蒙也都匆忙过来看了一眼。西蒙的手滑进克拉丽的手中，而克拉丽也握紧他的手，为了这份安心而感到快乐。

“所以说他会活下去？”西蒙说。马格纳斯坐在最近的一把椅子的扶手上，他看上去很疲惫，憔悴而无神。“你确定吗？”

“是的，我确定，”马格纳斯说，“我可是布鲁克林的大巫师，我知道自己在做什么。”他看向杰斯，后者低声对亚历克说了句什么，声音太轻了，其他人都无法听见。“这倒提醒了我，”马格纳斯继续说，声调有些僵硬——克拉丽以前从没听到过他的声调会这样僵硬不自然，“我不确定你们是不是知道自己在做什么，每一次你们中有人出了点什么事，像是脚趾甲往里长需要修剪之类的，都会叫我来。作为大巫师，我的时间可是无价的。有很多低级的巫师会乐意为你们效劳，而且价钱上也会打不少折扣。”

克拉丽朝他吃惊地眨了眨眼睛。“你想向我们收费吗？可卢克是个朋友啊！”

马格纳斯从衣服口袋中掏出一根细长的蓝色香烟。“可不是我的朋友，”他说，“在你的记忆封闭咒语需要更新的时候，你妈妈会带他一起来，我就这样见过他几次而已。”他的手在香烟头上一挥，烟就点着了，冒出七彩的火焰，“难道你认为我是出于好心来帮助你们的吗？或者说我是唯一一个你们碰巧认识的巫师？”

杰斯听着这段简短的演说，一股气愤的火焰在他的眼中燃烧，也让他琥珀色的眼睛变成了金色。“不，”他此时说道，“可你是我们所认识的唯一一个碰巧在跟我们的朋友约会的巫师。”

这时所有人都盯着他——亚历克一脸惊恐，马格纳斯又气又惊，而克拉丽和西蒙只觉得意外。还是亚历克先开了口，他声音颤抖着说：“为什么你要说这话？”

杰斯看上去很困惑。“什么话?”

“那个我在约会——是我们——那不是真的。”亚历克说话的语调忽高忽低，尽管他在努力控制。

杰斯紧紧盯着他。“我可没说他在跟你约会，”他说，“可有趣的是，你明白我的意思，不是吗?”

“我们没约会。”亚历克又说了一遍。

“哦?”马格纳斯说，“所以你对每个人都那么友好，是吗?”

“马格纳斯。”亚历克一脸恳求地盯着巫师。可马格纳斯似乎是受够了，他抱着双臂，身子后靠，一语不发，眯缝着眼睛看着眼前的一切。

亚历克转向杰斯。“你不要——”他又说道，“我的意思是，你不会是在想——”

杰斯困惑地摇了摇头。“最让我搞不懂的是，你绕了这么一大圈，不想让我知道你和马格纳斯的关系，可我并不介意你对我说出这一切。”

如果他的话是宽慰人的，那很明显没有作用。亚历克脸色惨白，什么也没说。杰斯转向马格纳斯。“帮我劝劝他吧，”他说，“我真的不介意。”

“哦，”马格纳斯轻声说，“我想他相信你这话。”

“那么我不……”杰斯脸上的困惑相当明显。此时克拉丽看到了马格纳斯的表情，知道他非常想回答杰斯的疑问。匆忙间她很同情亚历克，于是把手从西蒙的手中抽出来，说:“杰斯，够了。别提了。”

“别提什么?”卢克问。克拉丽飞快地转过身，看到他在沙发上坐了起来，因为疼痛微微皱了下眉，可看上去还是挺健康的。

“卢克!”她冲到沙发旁边，想去拥抱他，可看见他扶着肩膀的样子，还是决定算了，“你还记得发生了什么吗?”

“不太记得了，”卢克的手在脸前一摆，“我记得的最后一件事是从卡车里出来，有什么东西袭击了我的肩膀，从侧面拉着我。我记得一阵剧痛——反正之后我一定是晕过去了。接下来我所知道的就是听见五个人在大喊大叫，可这是关于什么的呢?”

“没什么。”克拉丽、西蒙、亚历克、马格纳斯和杰斯异口同声地说，他们的这种一致让人吃惊，而且也许再也没有下一次。

尽管卢克很明显已经筋疲力尽，可他的眉毛仍旧向上一挑。不过他说出口的只是一句“我知道了”。

因为迈亚还睡在卢克的房间，所以他便宣布说自己在沙发上睡也挺好的。克拉丽想让他睡在她房间的床上，可他拒绝了，所以她也没再坚持。她走进狭窄的走廊，想去橱柜里取些床单和毯子。她正从柜子上层往下拉一条盖被，突然感到有个人在她背后。克拉丽一转身，原先拿着的一条毛毯落在地上，在她脚边堆成了松软的一团。

是杰斯。"吓到你了，很抱歉。"

"没事。"她弯腰拾起毯子。

"事实上，我不觉得抱歉，"他说，"那是几天来我看到你所流露出的唯一一种情绪。"

"我这几天都没见你。"

"这是谁的错？我给你打过电话，是你不接。而且我也不能来看你。我还在蹲监狱，以防你忘记，提醒一下。"

"准确来说不是蹲监狱，"她站直身体，尽可能让自己的语气平淡一些，"有马格纳斯陪着你，还有《盖里甘的岛》。"

杰斯暗示说《盖里甘的岛》的那群演员可以做出人体解剖一类不可思议的事情。

克拉丽叹了口气。"你不该和马格纳斯一起离开吗？"

他嘴角一撇，克拉丽看出他眼神中的一丝挫败和伤痛。"迫不及待地想摆脱我？"

"不是。"她紧紧抱着毯子，低头看着他的手，不敢对视他的眼睛。他细长的手指上布满疤痕，但非常漂亮，右手食指上曾经戴着摩根斯特恩家族戒指的地方比周围的皮肤都要白一些，那道痕迹仍清晰可见。她非常渴望触碰他，这让她想扔开毯子大叫。"我的意思是，不，不是那样。我不恨你，杰斯。"

"我也不恨你。"

她抬起头看着他，松了一口气。"很高兴听到你这样说——"

"我希望自己能恨你。"他说。他的声音很轻，嘴角扬起冷淡的微笑，眼神幽怨。"我想去恨你，尽力去恨你。如果我能恨你的话，会轻松很多。有时我想我的确讨厌你，然而当我看到你的时候，我——"

她的手紧紧抓着毛毯，渐渐没了知觉。"你怎么了？"

"你以为会怎么样？"杰斯摇着头，"为什么我要把我的感觉都告诉你，而你从不跟我说任何东西？就好像是在拿我自己的脑袋撞墙，而如果真的是用脑袋撞墙，我至少还能让自己停下来。"

克拉丽的嘴唇剧烈地抖动着，她发觉自己几乎没办法开口讲话了。“你以为我过得轻松吗？”她问道，“你以为——”

“克拉丽？”是西蒙来到走廊，现在他走起路来十分优雅，而且无声无息。这吓了她一跳，再一次把毯子掉在了地上。她转过脸，可是不够快，没能隐藏住自己的表情，她的眼神也泄露了一切。“我懂了，”他停了好一会儿，说，“对不起，打扰了。”他又退回客厅，留下克拉丽眼中闪着泪光，看着他的背影。

“该死的。”她转向杰斯。“你是怎么了？”她说，语气比自己所想的还要不客气，“为什么你一定要毁掉这一切？”她把毯子匆匆扔向他，冲出房间去追赶西蒙。

他已经在门外了。克拉丽在门廊赶上他，让大门砰的一声在身后关上了。“西蒙！你要去哪儿？”

他几乎是不情愿地转过身。“回家。已经很晚了——我可不想等太阳升起来的时候被困在这儿。”

因为离日出还有好几个小时，克拉丽觉得这个借口实在太勉强。“你知道大家都欢迎你留下的，白天的时候可以在这儿睡觉，如果你想避开你妈妈的话。你可以在我房间睡——”

“我想这不是个好主意。”

“为什么不是？我不明白你为什么要走。”

他朝她笑笑，这是个苦笑，除此之外还有些别的含义。“你知道我能想象到的最糟糕的事情是什么吗？”

她冲他眨了眨眼。“不知道。”

“不信任我所爱的人。”

她用手抓住了他的衣袖。他没有走开，可对她的触碰也没有任何反应。“你的意思难道是——”

“对，”他知道她想问的是什么，于是说，“我是指你。”

“但你可以相信我。”

“我曾经以为我可以，”他说，“可我现在有种感觉，你宁愿为了一个你们永远不可能在一起的人而痛苦，也不去尝试一个能好好相处的人。”

伪装没有什么意义。“就给我些时间吧，”她说，“我只是需要一些时间去忘记——忘记这一切。”

“你不打算告诉我是我弄错了，是吗？”他说，在昏暗的门廊灯光下，他的眼睛看上去格外的大，并且漆黑，“这一次不打算。”

“这一次不打算。对不起。”

“不必，”他转身离开她，丢下她伸出来的手，走下门廊的台阶，“至少这是真相。”

无论是什么都值得了。她把手插进口袋，望着他从自己身边走开，直到被黑暗完全吞没。

结果马格纳斯和杰斯最终没有走，马格纳斯想再留下来几个小时，好确保迈亚和卢克能如期恢复。克拉丽和马格纳斯尴尬地说了一会儿话，后者明显也觉得很无聊。杰斯坐在卢克的琴凳上，认真地研究着几页曲谱，完全不理会她，于是克拉丽决定早点上床睡觉。

可她却睡不着。隔着墙壁，她能听到杰斯轻柔的钢琴声，她并不是因为这个睡不着。她回想着西蒙离开这儿回到一个不再感觉像家的房子里去，回想着杰斯说出那句“我想去恨你”时声音中的绝望，回想着马格纳斯没有把真相告诉杰斯：亚历克不愿杰斯知道他们的关系是因为还爱着他。她想如果马格纳斯把这些话大声说出来，把实情公布的话，一定会觉得很满足，可事实是他并没有说出来——而是让亚历克继续撒谎伪装——因为那才是亚历克想要的，而马格纳斯非常在意亚历克，会满足他的。也许最终希丽宫女王所说不假：为了爱而撒谎。

第十三章

叛乱天使的主人

拉威尔的《夜之幽灵》钢琴曲分为三个部分，杰斯弹奏完第一部分，便从钢琴边起身，走进厨房，拿起卢克的电话，拨了一个号码。继而他又回到钢琴边，继续弹奏。

他刚弹到第三部分的一半，就看到卢克家门前的草坪上闪过一道光，片刻之后便熄灭了，窗前又陷入一片漆黑。可杰斯已经站起身，拿上了夹克衫。

他轻轻关上卢克家的前门，一步两个台阶，飞快地走下门廊。人行道边的草地上停着一辆摩托车，引擎还在隆隆作响，它看上去十分诡异，像是有生命一般：管道像是病态的血管卷曲盘旋在底盘四周，车头一盏大灯，此时微微闪着光，像是一只闪亮的眼睛。从某个方面看来，车子和靠在上面的那个男孩一样鲜活，两者都好奇地看着杰斯。男孩穿着一件褐色的皮夹克，卷曲的黑发垂到领口，同时盖住了他狭长的眼睛。他龇牙笑着，露出了白色的尖牙。杰斯想，这个男孩和摩托车当然都不可能真的是活物，他们两者都是靠着恶魔力量存活，依赖于黑夜。

“拉斐尔。”杰斯算是跟他打了个招呼。

“你瞧，”拉斐尔说，“我把它带来了，如你所求。”

“我看到了。”

“可是，我得加一句，我非常好奇为什么你会想要一台恶魔摩托车。这好像不太符合《盟约》，这是一点；还有一点是有传闻说你已经有一台了。”

“我的确有一台，”杰斯承认说，他围着车子转了一圈，从各个角度检查了一遍，“可那台在学院的屋顶上，现在我拿不到。”

拉斐尔轻轻笑了一声。“似乎学院对我们两个都不欢迎啊。”

“你们吸血鬼仍然是头号通缉犯吗？”

拉斐尔一弯腰，老练地往地上啐了一口。“他们指控我们谋杀，”他生气地说，“狼人、精灵的死，甚至是那个巫师，尽管我告诉过他们，我们从不喝巫师的血，那味道有点苦，而且喝了之后就会发生些奇怪的变化。”

“你把这些告诉玛丽斯了吗？”

“玛丽斯，”拉斐尔的目光闪了一下，“即使我想跟她说也不行。现在所有的决定都是大审判官做的，所有的问讯和请求也都要通过她。情况很糟，朋友，很糟糕。”

“你把情况告诉了我，”杰斯说，“还有我们不是朋友。我同意不把西蒙的事情报告给圣廷是因为我需要你的帮助，并不是因为我对你有好感。”

拉斐尔龇牙一笑，他的牙齿在黑暗中闪出一道白光。“你是喜欢我的。”他把头歪向一边。“真奇怪，”他说，“我曾以为既然你已经在圣廷里失宠，不再是他们所偏爱的孩子了，那么你应该会有所不同。我以为你的那种傲慢应该会被打压下去一些，可你还是老样子。”

“我相信本性难移，”杰斯说，“你是要把车借我，还是不借？天亮之前我只剩下几个小时了。”

“我想这话的意思是你不打算送我回家了？”拉斐尔从摩托车旁优雅地移开，这时杰斯看到挂在他脖子上的金项链闪过一道亮光。

“不打算，”杰斯跃身上车，“但是如果你担心太阳会升起来的话，可以睡在房子下面的地窖里。”

“嗯。”拉斐尔似乎略有所思。他比杰斯矮了几公分，尽管他看上去样子很年轻，可眼神非常老道。“所以说在关于西蒙的事情上我们现在扯平了，暗影猎手？”

杰斯让车子加速，转向河水的方向。“我们永远不会扯平，吸血鬼，但这至少可以是个开始。”

天气转冷之后杰斯就再没有骑过摩托了，河面上吹来冰冷的风，穿透他单薄的外衣和牛仔裤，好似冰冷的针尖刺在身上。杰斯打了个寒颤，庆幸自己至少戴了双皮手套。

尽管太阳刚下山，整个世界似乎已经被滤去了色彩。河水如同钢铁般的颜色，天空也是灰色的，远处的地平线像是画出的一道黑色线条。威廉斯堡和曼哈顿大桥之间的区域闪烁着灯火。空气中有一种冰天雪地的气息，尽管距离冬天的到来还有好几个月。

上一次他在河面上飞行，还是和克拉丽一起，她的手臂环抱着他，她的一双小手紧紧抓着他的夹克衫。那时他一点儿也不觉得冷。他用力把摩托一歪，感到车子向一侧倾斜过去。他想他在水中看到了自己倾斜的身影。当把车扶正的时候，他看到了要找的东西：一艘船，四周是黑色的金属，周身没有标记，也几乎没有灯光，船头如同锐利的刀锋劈开前方的水面。这让他想起鲨鱼，矫健、敏捷，同时也是致命的。

他慢慢刹车，小心地降落下来，无声无息，像是落入水中的一片树叶。他感觉不是自己在下落，更像是那艘船借助了潮水的力量抬升起来迎接他。摩托车轮接触到了甲板，他缓缓滑行直到完全停止。不需要他来关闭引擎，因为他一抬腿从车上下来，车子的隆隆声就减弱为轻柔的低吟，继而便安静了下来。他回头看了一眼车子，它看上去有点像是生气似的盯着他，好似一条小狗被主人训斥说留守在原地而感到不高兴。

他朝车子一咧嘴笑了笑。“我会回来找你的，”他说，“我得先检查一下这艘船。”

需要查看的地方很多，他此时站在宽阔的甲板上，左手边是河水。船上的一切都刷成了黑色：甲板、四周的金属栏杆，甚至连狭长的客舱中的窗户也是黑色的。船比他想象中的要大：大约有一个足球场那么长，也许还要更大一些。这和他以前见过的任何一艘船都不一样，比游艇大，又比军舰小，而且他从没见过有人会把所有东西都刷成黑色。杰斯揣度父亲是从哪里弄到这艘船的。

他离开摩托车，绕着甲板慢慢转了一圈。天上的云散了，露出闪烁的星星，格外明亮。他能看到在两侧熠熠生辉的城市，好像自己站在一条由灯光组成的狭窄而空荡荡的通道中。他的靴子踏在甲板上发出沉闷的回响。杰斯很少会去如此荒凉的地方。

他在船头停留了片刻，俯身看着河水，就是这条河把曼哈顿和长岛分隔开，如同一道疤痕。河水翻滚起灰色的波浪，浪头溅出银色的水花。风强劲而持续，这种风是在河面上才特有的。他伸出手臂，任凭风吹起外衣，像是一对翅膀，同时风也吹起他的头发，发梢拂过他的脸庞，刺痛了眼睛，让人想流泪。

在伊德里斯的府邸旁有一个湖，父亲曾在那里教他如何驾船，教他如何辨别风向和水流，如何利用潮起潮落，顺风逆风。所有人都应该学会如何航行，他说过。只有少数几次他会这么说，所有人而不是所有暗影猎手。这让杰斯一瞬间回想起自己还可以有其他的身份，自己仍然是人类中的一员。

从船头转身回来，杰斯的眼睛有些刺痛，可还是看到了一扇门嵌在客舱的墙中，两边是漆黑的窗户。他飞快地走过甲板，试了试门把手，锁上了。他拿出石杖，迅速在铁皮上画了一个开锁咒，门打开了，合叶吱吱呀呀地抗议着，还落下些许红色的铁屑。杰斯弯腰走进低矮的入口，发现自己来到了昏暗的楼梯间。里面的空气闻上去都是铁锈的味道，似乎很久没人使用过了。他又向前走了一步，门在他身后重重地关上了，房间中响起金属的回响，他顿时陷入一片黑暗之中。

他嘴里一边咒骂着，一边在口袋里翻找巫光石。他突然觉得手套变得很笨重，手指也因为寒冷而发麻。他感到里面要比甲板上冷得多，空气像是要结冰了一样。他颤抖着把手从口袋里拿出来，这种颤抖不仅仅是因为温度低。他脖子后面的每一根寒毛都感觉刺痒，每一根神经都想要尖叫。有什么东西不对劲。

他举起巫光石，石头一下亮了起来，反倒让他的眼里涌上泪水。他模模糊糊地看到一个瘦弱的女孩站在他面前，双手紧紧抱在胸口，头发在周围黑色金属的映衬下显出一抹鲜红。

他的手抖得更厉害了，巫光也跳跃起来，像是黑暗中升起了一群萤火虫。“克拉丽？”

她盯着他，脸色惨白，嘴唇发抖。他想问的话都堵在喉咙里——她在这儿做什么？她是怎么上的船？一阵恐惧扼住了他，比他以前经历过的一切都要恐怖得多。克拉丽有些不对劲。他往前走了一步，就在此时她的手从胸口移开，朝他伸了过来，上面沾满鲜血，而且她的白色长裙上也是满是血迹，好似一条红围裙。

她向前倒下来，他用一只手托住了她。她的体重全压在他身上，这让他差点把巫光石掉落。他能感觉到她的心跳，她柔软的秀发轻抚着他的脸颊，这感觉很熟悉。可她身上的气味却不太一样。与克拉丽有关的味道应该是肥皂中的花香和清洁的衣服香气，可此时却没有。他只嗅到一股血液和金属的气味。她的头后仰，翻出了眼白，先前狂跳的心脏减慢了——停止了——

“不！”他摇晃着她，巨大的力量使她的头撞到了他的手臂，“克拉丽！醒一醒！”他又摇了摇她，这一次她的睫毛扇动了几下，他感到一阵解脱，浑身像是出了一层冷汗。之后她的眼睛睁开了，可不再是绿色的，而是浑浊的白色，还发出刺眼的光芒，好似漆黑道路上打出的车灯。他的头脑也同样一片空白，只有嗡嗡的巨响。我曾见过这双眼睛，他想，随后黑暗像潮水般吞噬了他，一切归于平静。

黑暗中有几丝光亮，杰斯闭着眼睛，努力让自己的呼吸平静下来。他的口中有股铜臭味，像是流了血。而且他能感觉自己躺在冰冷的金属地面，一股凉意透过衣服渗入肌肤。他开始在脑中从一百倒数，直到自己的呼吸变得缓慢。之后他又睁开了眼睛。

仍然是一片黑暗，可已经变成了熟悉的夜空，繁星闪烁。他平躺在甲板上，正好置身于布鲁克林大桥的阴影中。大桥赫然耸现在船前，像是一座钢筋水泥铸就的灰色大山。他呻吟了一声，用手肘撑起身子——随后僵住了，因为他意识到还有另一个阴影朝他俯身过来，是个人影。“你的头撞得不轻，”一直出现在他噩梦中的那个声音说道，“你感觉怎么样？”

杰斯坐了起来，可立即就后悔了，他的胃里一阵翻滚。如果他过去十个小时之内吃过东西的话，他一定会吐出来。此时他口中只是翻上来一些胃里的酸水。“我感觉糟透了。”

瓦伦丁一笑，他坐在一堆空空的扁箱子上，穿着一件整洁的灰色西装，打着领带，好似坐在伊德里斯的维兰德府邸里那张高雅的红木书桌后面一样。“我还有一个你意料之中的问题要问。你是怎么找到我的？”

“我审问了你手下的一只罗姆魔，”杰斯说，“还是你教给我它们的心脏在哪里。我威胁了它，然后它就告诉我了——好吧，它们是不大聪明，可还是告诉了我它从河上的一艘船里来，我抬头看到了水上船的影子。而且它还跟我说是你召唤了它，尽管我早就知道了这一点。”

“明白了，”瓦伦丁似乎是要把笑容藏起来，“下一次你顺路过来的时候，至少应该告诉我，因为可以省去你与守卫不愉快的冲突。”

“守卫？”杰斯靠在冰冷的金属栏杆上，深深吸了一口清冷的空气，“恶魔吗？你用圣剑召唤它们。”

“我不否认，”瓦伦丁说，“卢西恩的兽群摧毁了我的弃魔大军，我既没有时间，也不想再重新组建了。既然我已经有了圣剑，我就不再需要它们了。我有其他的。”

杰斯想到克拉丽浑身是血，死在自己的臂弯中，他用手摸了摸额头，那里和金属栏杆一样冰冷。“在楼梯间里的那个东西，”他说，“那不是克拉丽，对吧？”

“克拉丽？”瓦伦丁听上去有些吃惊，“你看到的是她吗？”

“为什么我看到的不该是她？”杰斯尽力让自己的声音显得平静，若无其事。他不是对秘密感到不舒服——无论是他自己的还是旁人的——只是他告诉自己，对克拉丽的感情只有不去细想，他才能忍受。

可他所面对的是瓦伦丁。这个人对所有事情都会仔细观察，认真研究，并且分析出如何才能让事情变得对他自身有利。这让杰斯想到了希丽宫的女王：冷酷，险恶，精于算计。

“你在楼梯间里所遇到的，”瓦伦丁说，“是阿格拉蒙——恐惧之魔。阿格拉蒙可以变成你最为畏惧的东西。当它吞噬完你的恐惧之后，就会杀死你，如果那时你仍活着的话。大部分人在那之前就已经吓死了。值得祝贺的是，你坚持的时间够长。”

“阿格拉蒙？”杰斯非常吃惊，“那是一种大恶魔，你怎么控制住它的？”

“我付钱给一个傲慢的年轻巫师，让他为我召唤。他以为只要恶魔待在五角阵当中，就能控制它。他最害怕的事情就是召唤出来的恶魔会打破五角阵的阻隔攻击他，而这恰恰就是阿格拉蒙出现后发生的事情。”

“所以他就这么死了。”杰斯说。

“谁怎么死的？”

“那个巫师，”杰斯说，“他的名字是埃利阿斯，他只有十六岁。可你都知道，是吗？地狱转换术——”

瓦伦丁一笑。“你一直没闲着，不是吗？所以说你知道我为什么打发那些恶魔去卢西恩家，对吧？”

“你想抓迈亚，”杰斯说，“因为她是个狼人孩子。你需要她的鲜血。”

“我让德瓦克恶魔去盯着卢西恩家，然后一举一动都向我汇报，”瓦伦丁说，“卢西恩杀死了一个，可还有一个回来告诉我那儿有年轻的狼人——”

“于是你派罗姆魔去抓她，”杰斯突然觉得十分疲累，“因为卢克很喜爱她，你想如果可能的话也一起攻击他。”他顿了一下，继而非常克制地说：“这招真卑劣，即便对你而言。”

一时间，瓦伦丁的眼中闪过一丝愤怒，接着他向后一甩头，放声大笑。“我真欣赏你的固执。这点太像我了，”他说着站起来，朝杰斯伸出一只手，希望他握住，“走，和我在甲板上转转，有样东西我想给你看看。”

杰斯想拒绝他伸过来的手，可考虑到自己的头痛，他不确定自己能不能站稳。另外，不要这么快就激怒他的父亲也许更好。无论瓦伦丁会如何表扬杰斯的叛逆，他对于那些不服从的举动从来没有多少耐心。

瓦伦丁的手很冷，还很干燥，可紧紧握住的力道让人安心。当杰斯站稳之后，瓦伦丁便松开了手，并且从口袋里拿出石杖。“让我把这些伤口都治好吧。”他说着朝儿子伸出手。

杰斯躲开了——可他之前犹豫了几秒钟，瓦伦丁一定注意到了。“我不需要你的帮助。”

瓦伦丁收起石杖。“随你的便。”他向前走去，杰斯过了片刻也小跑了几步赶上他。杰斯十分了解自己的父亲，他从不会转身确认杰斯是否跟了上来，而是期望他已经跟在后面，可以听他说话。

他的判断没错。当杰斯赶到父亲身边的时候，他已经开始说话了。瓦伦丁的手随意地背在身后，脚步优雅而放松，对于一个肩膀宽阔的高大男人来说很少见。他一边走，一边向前俯身，几乎像是在迎着大风前行。

“……如果我记得没错，”瓦伦丁正说着，“事实上你应该非常熟悉弥尔顿的《失乐园》?”

“你只让我读过十遍，还是十五遍，”杰斯说，“宁在地狱称王，不在天堂为奴，等等，诸如此类的话。”

“Non serviam，”瓦伦丁说了一句拉丁文，“‘我绝不屈从’。路西法在率领叛乱的天使对抗那个已经腐朽的强权时，把这句话刻在了大旗之上。”

“你什么意思？是说你要站在魔鬼的一边吗？”

“有人说弥尔顿本人就站在魔鬼的一边。他笔下的撒旦毫无疑问是个比上帝还要有趣的人物。”他们几乎要走到船头了，他停了下来，俯身探出栏杆。

杰斯也在那里停下来。他们此时已经驶过东河上的大桥，朝着斯塔腾岛和曼哈顿之间的开阔水域前进。市中心金融区灯火闪耀，像是水面上闪烁的巫光。天空也熠熠生辉，撒满星光，而东河如绸缎般的黑色水面之下隐藏着秘密，河中不时会出现一朵朵银色的水花，可能是鱼儿翻起的尾巴——或者是美人鱼的。我的城市，杰斯试着在想，可这几个字还是让他想起了阿利坎特和那里的水晶塔，而不是曼哈顿的摩天大楼。

过了一会儿瓦伦丁说道：“为什么你要来这儿，乔纳森？我猜想你在骸骨之城见过我之后，对我的憎恨绝不会减轻。我几乎放弃你了。”

他的音调很平稳，就像他一贯的那样，可此时里面有些别的东西——不是脆弱，可至少是一种发自内心的好奇，好像意识到杰斯能出其不意地给他惊喜。

杰斯看着水面。“希丽宫的女王想让我问你个问题，”他说，“她让我问你，我身体里流的是什么血。”

瓦伦丁脸上掠过一丝惊讶，好像有一只手拂去了所有表情。“你见过女王？”

杰斯什么也没说。

“精灵就是那样。他们说的所有东西都不止一个意思。告诉她，如果她再问起的话，你血管中流淌的是天使的血液。”

“可所有暗影猎手的血管中都是，”杰斯失望地说，他所期待的是一个更好的回答，“你不会对希丽宫的女王说谎，是吗？”

瓦伦丁对此只是一笔带过。“不会。而你来这儿也不会仅仅是问我这个可笑的问题吧。说真的，你为什么来，乔纳森？”

“我必须找个人谈谈，”他不像父亲那样擅长控制自己的语调，他能听得出其中的痛苦，像是皮肤之下有一道流血的伤口，“莱特伍德一家——对他们而言我就是个麻烦。卢克此刻也一定非常讨厌我。大审判官想要我死。我还做了伤害亚历克的事情，而我竟然不确定那是什么。”

“那你妹妹呢？”瓦伦丁说，“克拉丽莎对你如何呢？”

为什么你一定要毁掉这一切？“她对我也不怎么满意。”他犹豫了一下。“我还记得你在骸骨之城说的话，你说一直没有机会告诉我真相。我不信任你，”他补充说，“我希望你知道这点。可我想应该给你个机会告诉我为什么。”

“你需要问我的应该不止一个为什么，乔纳森，”他父亲说话的音调中有种东西让杰斯感到吃惊——一种过分的谦逊，似乎更能激发瓦伦丁的高傲，就像钢铁遇到火烧会更炙热一般，“有太多的为什么了。”

“为什么你要杀无声使者？为什么要夺走生命之剑？你在计划什么？为什么得到了圣杯还不满足？”在问出更多问题之前，杰斯让自己停了下来。为什么第二次离开我？为什么又回来找我？

“你知道我想要的是什么。圣廷已经完全腐化了，无可救药，必须将之毁灭，然后重新建立。伊德里斯必须摆脱堕落族群的影响，地球也必须能抵御恶魔的威胁。”

“对，关于那个恶魔的威胁，”杰斯四下望了望，好似有些期待看到阿格拉蒙的黑影朝他扑过来，“我以为你憎恨恶魔，可现在你却利用它们，像是一群仆人。吞噬魔、德瓦克恶魔、阿格拉蒙——它们都是你的雇员。守卫、管家——私人大厨，据我所知就有这些吧。”

瓦伦丁的手指敲打着栏杆。“我和恶魔不是朋友，”他说，“我是拿非力人，尽管我认为《盟约》如何无用，《大律法》如何虚伪。一个人热爱故土不必认同这些规则，不是吗？真正的热爱是要提出异议，说出这种爱远比赢得什么社会地位更重要吧。我因为自己的选择而遭受诽谤，被迫藏匿起来，离开了伊德里斯。可我是——而且将永远是——拿非力人。我改变不了自己血管中流淌的血液，即便我愿意的话——而且我也不愿意。”

我愿意。杰斯想到了克拉丽。他又瞟了一眼漆黑的河水，知道这愿望并不真实。放弃猎杀恶魔，放弃那些惊人的移动速度和不容置疑的能力：这不可能。他是名战士，除此之外一无是处。

“你愿意吗？”瓦伦丁问道。杰斯迅速把视线移开了，思忖着父亲是不是能读懂他的神情。他们两人独居了不少年头，曾经父亲的脸庞比他自己的还要让他熟悉。如果有一个人会让他觉得永远也无法隐藏自己的感受，那么这个人就是瓦伦丁，或者至少说是第一个。因为他觉得有时克拉丽也能看穿自己，好像自己是玻璃做的一样。

“不，”他说，“我不愿意。”

“你永远都要做暗影猎手?”

“我要做,”杰斯说,“到头来还是你造就了现在的我。”

“很好,”瓦伦丁说,“这是我想听到的话。”他又靠回栏杆,抬头看着夜空。他银白色的头发中有了一丝灰色,杰斯以前从来没注意过。“这是一场战争,”瓦伦丁说,“唯一的问题是,你会为哪一方而战?”

“我想我们所有人都站在同一方,是我们一起对抗恶魔世界。”

“如果可以的话。难道你不明白,如果我觉得圣廷真心是为了这个世界好,如果我认为他们竭尽所能做好了一切——以天使之名,为什么我要和他们作对?我有什么理由要那样做?”

权力,杰斯想,可他什么也没说。他已经不确定要说什么,更不确定要相信什么了。

“如果圣廷再这样下去,”瓦伦丁说,“恶魔就会看出他们的弱点,然后发动攻击。圣廷会因为无休止地取悦堕落族群而分心,完全没有能力击退恶魔。恶魔会袭击并毁掉一切,什么都不会留下。”

堕落族群。这句话听上去有些耳熟,可又让人不舒服。它让杰斯想起自己的童年,从某种程度上来讲,那个时候并不是完全没有乐趣。当他想起父亲和伊德里斯的时候,总是同一段模糊的记忆,炙热的骄阳照射在他们乡下别墅前的绿色草坪上,一个肩膀宽阔的高大黑影俯身把他从草地上抱起来,走进屋里。那时他一定还非常小,可他从不曾忘记草地闻上去的气息——翠绿,明亮,刚刚割过——或者是父亲的头发在阳光下闪烁出白色的光环,还有被抱起的感觉。一种安全感。

“卢克,”杰斯有些艰难地说道,“卢克不是堕落的——”

“卢西恩是不同,他曾经是一名暗影猎手,”瓦伦丁的语调平静而且不容置疑,“我不是在说某一个暗影魅族,乔纳森。这事关世界上所有生物的生死。天使选择拿非力人是有原因的。我们是这个世上最接近神的一群人——而我们必须利用这种能力来拯救世界,使其免于毁灭,无论我们要付出什么代价。”

杰斯的手肘也靠着栏杆,上面很冷:冰冷的风穿透了他的衣服,他的指尖都麻木了。可在脑海里,他看到了维兰德府邸前绿色的山坡、蓝色的湖水和蜜色的石头。

“在古老的故事中,”他说,“当撒旦诱惑亚当和夏娃犯罪时,便对他们说‘你们该和神一样’。正是因为这个他们才被逐出了伊甸园。”

瓦伦丁停顿了一下,继而大笑起来。他说:“瞧,这就是我为什么需要你,乔纳森。你让我远离骄傲的罪恶。”

“罪恶的种类可是有很多,”杰斯站直了身体,转过来面向他父亲,“你还没有回答我关于恶魔的问题，父亲。你怎么解释召唤出它们，还与它们联手？你打算派它们与圣廷对抗吗？”

“当然。”瓦伦丁说，丝毫没有犹豫，甚至都没有停下来考虑一下把自己的计划告诉别人是否明智，而且这个人还很可能会把消息传递给他的敌人。杰斯意识到父亲坚信自己会胜利。“圣廷不会屈服于理智，只会屈从于暴力。我试图建立一支弃魔大军；我也可以用圣杯建立起新一代的暗影猎手军队，可那要花费很多年。我没有那么长的时间。我们，我们人类，没有那么多的时光。有了圣剑，我可以召集一支听我指挥的恶魔军队，它们会像工具那样为我所用，可以执行我的任何命令，它们别无选择。而当我利用完它们之后，就会命令它们自我毁灭，并且它们会照做。”他的声音中毫无感情。

杰斯紧紧抓着栏杆，因为用力过猛手指都开始痛了。“你不能杀害所有反对你的暗影猎手，那是谋杀。”

“我不用那样。当圣廷看到集合起来的反对力量时就会屈服。他们可不会自寻死路。而且他们之中还有支持我的人，”瓦伦丁的口气中没有自傲，只是一种平静的肯定，“当时机到来的时候，他们就会站出来。”

“我想你低估圣廷了，”杰斯努力让自己的声音稳定下来，“我想你不明白他们有多恨你。”

“和生存比起来，憎恨算不上什么，”瓦伦丁的手伸向腰带，圣剑的剑柄在那里微弱地闪着光，“但你也可以不相信我的话。我跟你说了有东西想给你看看，就是这个。”

他把圣剑从鞘中拔出，递给杰斯。杰斯在骸骨之城曾见过梅拉塔奇之剑，当时挂在会说话的星星所在的大厅墙壁上。他也看到过剑柄从瓦伦丁的护肩中露出来，可他从没这样近距离地仔细看过。这是天使之剑。剑身是厚重的暗银色，微微有一层光泽，光线似乎都避开了它，或者都被吸收了进去，好似它是水做的一样。只有剑柄处闪耀出火一般的红光。

杰斯干渴的口中只吐出一句话：“非常棒。”

“我想让你拿着它。”瓦伦丁把剑递到儿子面前，剑柄朝前，就像曾经常教他的那样。圣剑似乎在星光下闪耀出黑色的光芒。

杰斯犹豫了。“我不……”

“拿着。”瓦伦丁把剑塞在他手里。

杰斯的手指紧紧握住剑的那一刻，圣剑从剑柄到剑身，再到剑锋，都发射出一道亮光。他飞快地看向父亲，可瓦伦丁却面无表情。

一阵剧痛沿着杰斯的手臂向上蔓延，刺透了他的胸膛。并不是因为圣剑太过沉重，而是它似乎想要把杰斯往下拉，把他拉下船，沉入墨绿的河水，钻进脆弱的地壳。杰斯感到氧气似乎要从自己的肺里被全部挤压出去一样，他猛地抬起头，四下张望——

他看到夜空也发生了改变。一张金色细线织就的大网闪闪发光，覆盖了整个天空，星星在闪烁，好像钉入黑暗的钉子。世界尽头的弧线从杰斯眼前划过，那一刻他被这种美丽深深打动了。继而夜空如同玻璃一般裂开了，从裂隙中倾斜而下一群黑影，它们的身体扭曲蜷缩，看不清模样。它们发出无声的嘶叫，让他的脑袋一阵剧痛。一群六脚马从他身边飞驰而去，刮起一股刺骨的寒风，马蹄在甲板上留下血色的痕迹，骑在马上的东西奇形怪状。头顶上还盘旋着没有眼睛却生着一对皮质翅膀的东西，它们尖叫着，滴下绿色的有毒黏液。

杰斯俯身在栏杆上，控制不住地干呕，圣剑仍紧紧缠住他的双手。身下的水面翻滚着，里面全是恶魔，像是一锅沸腾的毒药。他看到一种浑身带刺的生物在水下挣扎，它们长着碟子大小的血红眼睛，此时正被一群光滑的黑色触须拉下水底。一条美人鱼落入了十脚水蜘蛛的魔爪而无望地号叫着，毒牙嵌入了扭动的鱼尾中。蜘蛛的那双眼睛闪着红光，好似滴下的血珠。

圣剑从杰斯手中滑落了，当啷一声掉在甲板上。那些声音和画面一下子全没了，夜又归于静谧。他紧紧抱着栏杆，难以置信地盯着下面的河水。里面什么也没有，水面只在风的吹动下泛起波纹。

“那些是什么？”杰斯小声说，他的喉咙干涩，好像刚被砂纸打磨过一样。他惊异地望着父亲，后者弯腰拾起杰斯掉在甲板上的圣剑。“那些是你召唤来的恶魔吗？”

“不是，”瓦伦丁把梅拉塔奇之剑插入鞘中，“那些是圣剑召唤到世界边缘的恶魔。我把船开到这里是因为此处的隔膜最薄。你所看到的就是我的军队，在隔膜的另一侧待命——等待着我把它们召唤到身边。”他的眼神十分严肃，“你还认为圣廷不会屈服？”

杰斯闭上眼，说：“不是所有人都会——莱特伍德一家不会——”

“你会说服他们的。如果你和我并肩作战，我发誓不会伤害他们。”

杰斯眼中的一抹黑暗开始发红，他想到了瓦伦丁过去的家被烧成了灰烬，想到了他从未谋面的外祖父母只留下黑色的尸骨。此刻他还看到其他人的脸庞，亚历克的、伊莎贝尔的、麦克斯的和克拉丽的。

“我已经给他们带去了很多伤害，”他轻声说，“他们当中的任何人都不能再发生任何事情。任何事情都不行。”

“当然，我明白，”让杰斯惊讶的是，他意识到瓦伦丁的确能明白，而不知为什么，这些是他觉得其他人不可能明白的东西，“你认为这是你的错，所有那些落在你朋友和家人身上的伤害都是你的错。”

“就是我的错。”

“你说得对，的确是。”听到这话，杰斯一脸惊讶地抬起头。他惊讶于父亲的认同，这种惊讶中同时蕴含着相互矛盾的两种情感，恐惧和解脱。

“是吗？”

“当然这种伤害不是有意的。可你跟我一样，我们会毒害并毁灭我们所爱的一切。这其中是有原因的。”

“什么原因？”

瓦伦丁抬头看看天空。“我们的存在都注定是为了一个更高远的目标，你和我。其余的都是这世上的纷扰，只是纷扰而已。如果我们被那些东西打扰，偏离了既定的航道，那我们就一定会受到惩罚。”

“而对我们的惩罚就会落到每一个我们所关心的人身上吗？这似乎对他们而言有点苛刻啊。”

“命运从来就不公平。你卷入了一股比你自身要强大得多的洪流之中，乔纳森。逆流挣扎，你就会淹死，而且不仅仅是你自己，还有那些想去救你的人。顺流而下，你才能生存下去。”

“克拉丽——”

“如果你加入我的队伍，你妹妹不会受到伤害。就是走到世界尽头，我也会保护她。我会把她带去伊德里斯，在那里她不会发生任何问题。我向你保证。”

“亚历克、伊莎贝尔、麦克斯——”

“莱特伍德家的孩子也会获得我的保护。”

杰斯轻声说：“卢克——”

瓦伦丁犹豫了一下，然后说：“你所有的朋友都会受到保护。为什么你不能相信我呢，乔纳森？这是你能拯救他们的唯一出路。我发誓。”

杰斯什么话也说不出，他再次闭上眼睛，内心当中秋天的寒冷与夏日灼热的记忆相互激荡着。

“你已经做出决定了吗？”瓦伦丁说。杰斯不敢看他，但是能听出他问这个问题是在期待最终的答案，甚至语气中还有一丝渴求。

杰斯张开眼睛，星星在眼前闪出一片白光，一时间他什么也看不见了。他说：“是的，父亲。我做出了自己的决定。”

卷·三

愤怒之日

愤怒之日[①]，燃烧之日，
先知和女巫所言之日，
整个世界都化为灰烬。

——亚伯拉罕·科尔斯[②]

① 英文为 Day of Wrath，拉丁文为 Dies Irae，即最后的审判日。

② 亚伯拉罕·科尔斯（1813—1891），美国医生、诗人、翻译家。引文为其所译的《愤怒之日》，该诗原为拉丁文，创作于十三世纪，后常被罗马天主教在安魂弥撒中使用。

第十四章

无所畏惧

克拉丽醒来的时候，阳光透过窗户射进来，她左边的脸颊上有些疼痛。她翻了个身，看到自己是趴在素描本上睡着了，册子的一角陷入了自己的脸颊，画笔也掉落在羽绒被上，留下一团黑色的污迹。她叹息了一声，坐起来，悔恨地揉着脸颊，走进浴室去冲澡。

浴室里的种种痕迹透露出前一天晚上的全部活动。沾满血迹的衣服扔在垃圾桶里，水槽里也有干了的血迹。克拉丽打了个寒颤，拿着葡萄味的沐浴露，走进淋浴间，决心把残留的忧虑全部洗干净。

洗完之后，她裹了一条卢克的浴巾，湿头发也用毛巾缠了起来。她推开浴室门，发现马格纳斯在门的另一边，一只手里握着条毛巾，另一只手摆弄着亮闪闪的头发。他肯定是顶着这个发型睡着了，她想，因为那些亮闪闪的尖刺有一面凹下去了。“为什么女生洗个澡要这么长时间？”他问道，“普通女孩也好，女暗影猎手也好，或者是女巫师，你们都一个样。我等在这里不会变得更年轻。”

克拉丽往边上跨了一步让他进去。“可是你究竟有多少岁了？”她好奇地问道。

马格纳斯朝她一眨眼。“当死海还只是个可怜巴巴的小湖时，我就已经活在这世上了。”

克拉丽转了转眼睛。

马格纳斯一挥手。“现在你这个小家伙快移开。我要进去，我的头发真是惨不忍睹。”

“别把我的沐浴露都用完了，那很贵的。”克拉丽一边告诉他，一边走向厨房。她找到了一些滤纸，放进咖啡机里，机器咕咕作响的声音和飘散出来的咖啡气味让她的不安慢慢消失了。只要这世上还有咖啡，事情能有多糟糕呢？

她走回卧室换衣服，十分钟后，便穿着牛仔裤和蓝绿条纹的毛衣出现在客厅里。她想把卢克摇醒，卢克呻吟了一声坐起来，他的头发乱蓬蓬的，脸上也有睡觉压出来的纹路。

“你感觉怎么样？”克拉丽一边问，一边递给他一只有个缺口的杯子，里面装着热腾腾的咖啡。

“现在好多了，”卢克低头看了看衬衫上撕裂的口子，边上还沾着血迹，“迈亚在哪儿？”

“她在你房里睡着，还记得吗？你说过她能睡在那儿。”克拉丽在沙发扶手上坐下。

卢克揉了揉那双生了黑眼圈的眼睛。“昨天晚上的事情我可记不太清，”他承认说，“我出去走到卡车边，之后就不大记得了。”

“外面藏着更多恶魔。它们袭击了你。杰斯和我把它们处理掉了。”

“更多德瓦克恶魔？”

“不是，”克拉丽不情愿地说，“杰斯把它们叫做罗姆魔。”

“罗姆魔？”卢克一下子坐直了，“这很严重。德瓦克恶魔的确是危险的家伙，可罗姆——”

“没事了，”克拉丽告诉他，“我们已经把它们干掉了。”

“你们干掉了它们？或者说是杰斯？克拉丽，我不想你——”

“事情不是那样，”她摇着头说，“而是……”

“马格纳斯当时不在吗？为什么他没和你们一起去？”卢克打断了她的话，很明显他非常不安。

“我正在给迈亚治疗，这就是原因。”马格纳斯说着走进客厅，身上有一股浓重的葡萄果香。他的头发用毛巾包了起来，身上穿着一套蓝色缎面的宽松衣服，一侧还绣着银色条纹。“感谢之情都跑哪儿去了？”

“我非常感谢你，”卢克看上去好像既生气又想忍住不笑，“只是如果克拉丽发生任何事情的话——”

“如果我和他们一起出去的话，迈亚会死的，”马格纳斯说着一屁股坐在一把椅子上，“克拉丽和杰斯自己能应付恶魔，不是吗？”他转向克拉丽。

她十分羞愧。“你瞧，那只是——”

“那只是什么？”是迈亚，她仍穿着前一天晚上的衣服，只在她自己的T恤外面套了一件卢克宽大的法兰绒衬衣。她僵硬地穿过房间，在一把椅子上小心翼翼地坐下。“我闻到的是咖啡的味道吗？”她满心希望地问，还皱了皱鼻子。

老实说，克拉丽想，一个狼人会如此婀娜妩媚真是不公平，她应该高大健壮，浑身是毛，也许连耳朵里也会生出毛。而这个，克拉丽又静静地想道，就是为什么我一个女性朋友都没有，只能整天与西蒙混在一起。我得控制住自己。她站起身。“你想让我给你端一杯来吗？”

“当然，”迈亚点点头，“加奶加糖!”克拉丽离开房间的时候，她这样大喊道。当克拉丽从厨房里端着热腾腾的杯子回来时，狼人女孩却皱着眉头。“我真的不记得昨晚发生了什么，”她说，“好像有什么事情是关于西蒙的，有什么事情让我心烦……”

“那个，你想杀了他，”克拉丽说着坐回到沙发扶手上，“也许是这件事。”

迈亚脸色苍白，盯着自己的咖啡。“我忘了，他现在是个吸血鬼了，”她抬头看着克拉丽，“我不是有意要伤害他。我只是……”

“什么？”克拉丽扬起眉毛，“只是什么？”

迈亚的脸慢慢红了，她把咖啡放在旁边的桌子上。

“也许你想再躺一会儿，”马格纳斯建议说，“我发觉当你难以接受一个可怕的事实的时候，这招很管用。”

迈亚的眼中突然充满了泪水。克拉丽惊恐地看向马格纳斯——后者看上去也很吃惊，她注意到了这点——然后又看向卢克。“做点什么。”她屏住呼吸小声对他说。马格纳斯作为巫师能够用一道蓝色的火光治愈那些致命的创伤，但毫无疑问，要应付一个痛哭流涕的小女孩，卢克才是最佳选择。

卢克踢开毯子，准备站起来，可在他双脚就要着地的时候，门砰的一声开了，杰斯走了进来，后面跟着亚历克，拿着一个白色的盒子。马格纳斯匆忙把头上的毛巾扯了下来，扔到椅子后面。没了发胶和亮片，他乌黑的头发直直地垂到耳根。

同往常一样，克拉丽的眼睛立即看向杰斯。她控制不住，但至少其他人似乎都没注意。杰斯看上去很有精神，兴奋而紧张，可同时也十分疲累，他的眼睛周围都黑了。他的眼神毫无表情地掠过她，落在迈亚身上，后者仍旧在无声地抽泣，似乎没听到他们进来。“我看每个人的心情都不错，”他评论说，“士气高涨啊？”

迈亚揉了揉眼睛。“真糟糕，”她小声嘀咕着，“我讨厌在暗影猎手面前哭鼻子。”

“那就到另一间屋里去哭吧，”杰斯说，他的声音中毫无温暖可言，“我们谈事情的时候，肯定不需要你在这里哭哭啼啼，不是吗？”

“杰斯。”卢克用警告的口气说，可迈亚已经站起身，穿过厨房门大步走出了房间。

克拉丽转向杰斯。“谈事情？我们没有在谈什么。”

“可我们接下来要谈，”杰斯说着坐在琴凳上，伸直了双腿，“马格纳斯想要骂我，不是吗，马格纳斯？”

“对，”马格纳斯说着把一直注视着亚历克的视线移开，怒目看着杰斯，“你到底去哪儿了？我想我跟你说得很明白，你得待在这房子里。”

“我以为他别无选择，”克拉丽说，“我以为他必须待在你所在的地方。你知道的，因为魔法的缘故。”

“通常来说，是的，”马格纳斯生气地说，“可昨晚做完所有的事情之后，我的魔法——耗尽了。”

“耗尽了？”

“对，”马格纳斯从没这么生气过，“即便是布鲁克林的大巫师也不可能有源源不断的法力。我只是个凡人。那个，”他修正了一下，“至少有一半是人。”

“可你一定知道自己的法力耗尽了，”卢克说，他并不是出于恶意，“不是吗？”

“是的。所以我让这个小畜生发誓说留在屋里，”马格纳斯瞪着杰斯，“现在我知道你那些虚张声势的暗影猎手誓言值多少钱了。”

“你需要知道怎样让我正确地发誓，”杰斯泰然自若地说，“只有以天使之名的誓言才有意义。”

“是真的。”亚历克说。这是他们进屋以来他所说的第一句话。

“这当然是真的，”杰斯拿起迈亚碰也没碰的那杯咖啡，品了一小口之后做了个鬼脸，“加糖了。”

“可你整晚都去哪儿了？”马格纳斯问，口气中有股酸溜溜的味道，“和亚历克在一起吗？”

“我睡不着，就出去散步了，”杰斯说，“回来的时候，正好碰到这个可怜的家伙在门廊那儿闲逛。”他指着亚历克。

马格纳斯目光一闪。“你整晚都在那儿吗？”他问亚历克。

“不，”亚历克说，“我回了趟家，然后又回来了。我穿的是件不同的衣服，不是吗？瞧。”

所有人都看着他。亚历克穿着一件深色的毛衣和牛仔裤，这身衣服正是他前天穿的。克拉丽决定相信他的话。“盒子里是什么？”她问道。

“哦，啊，”亚历克看着盒子，好似已经完全忘了它，“事实上是甜甜圈。”他打开盒子，放到了茶几上，“有人想要一个吗？”

结果每个人都想要一个甜甜圈。杰斯想要两个。吃下了克拉丽递过来的波士顿派之后，卢克似乎重新有了些精神，他背靠沙发坐着。“有一件事我不明白。”他说。

“就只有一件？你可比我们所有人都要超前啊。”杰斯说。

“我没回来的时候，你们两个出去找我。”卢克一边说，一边看着克拉丽和杰斯。

“我们三个，”克拉丽说，“西蒙也一起去了。”

卢克看上去有些痛苦。“好吧。你们三个。那里有两个恶魔，可克拉丽说你们一个也没杀死。那么发生了什么？”

“我本来能把我的那个干掉，可它跑了，”杰斯说，“否则——”

“可它为什么要那么做？”亚历克问，“它们两个，你们三个——也许是感到寡不敌众？”

“不是有意要冒犯你们，可你们当中唯一一个看上去比较难对付的是杰斯，”马格纳斯说，“此外，一个是没接受过任何训练的暗影猎手，一个是怕得要死的吸血鬼……”

“我想可能是我，”克拉丽说，“我想也许是我吓跑了它们。”

马格纳斯眨了眨眼睛。“我不是刚说过——”

“我的意思不是说因为我十分可怕所以吓跑了它们，”克拉丽说，“我想是因为这个。”她扬起手，转过来，让他们看到她手臂内侧的印记。

房间中突然一片安静。杰斯盯着她看了好一会儿才移开了视线，亚历克不停地眨着眼，而卢克则看上去大吃一惊。“我之前从没见过这个印记，”他最后说，“你们呢？”

“没有，”马格纳斯说，“可我不喜欢它。”

“我不确定这是什么，或者说它的意义是什么，”克拉丽说着放下手臂。“可它并不是出自《灰色格雷》。”

“所有的如尼文都出自《灰色格雷》。”杰斯的声音很坚定。

“这个不是，”克拉丽说，“我在梦里见过它。”

“在梦里？”杰斯看上去很生气，好像被她羞辱了一样，“你玩的是什么把戏，克拉丽？”

“我没玩什么把戏。你不记得我们在希丽宫的时候——”

杰斯看上去似乎是被她重重打了一记。在他能说出什么之前，克拉丽就飞快地接着说：“——希丽女王说我们是试验品？她说瓦伦丁做了——对我们做了什么，让我们变得不同，变得特别？她说我的天赋无法用语言描述，而你的是天使本身的禀赋？”

“那是精灵在胡说。”

“精灵从不说谎，杰斯。无法用语言描述——她说的是如尼文。每一个如尼文都有不同的意义，然而只能画出来，不能大声说出，”她继续说下去，不理睬他的一脸狐疑，“还记得我是怎么把你从无声之城的监狱里弄出来的吗？我告诉你我就是用了一个普通的打开如尼文——”

“你所做的就只是那个吗？”亚历克看上去很吃惊，“我是紧随你之后过去的，那门看上去像是被人撞开了。”

“而且我的如尼文不只打开了门，”克拉丽说，“也打开了牢房里的所有东西，杰斯的镣铐也开了。”她喘了一口气，“我猜女王的意思是说我画出的如尼文比普通的有更大的法力。或者说，甚至能创造出新的如尼文。”

杰斯摇着头说：“没有人能创造出新的如尼文——”

“也许她能，杰斯，”亚历克听上去是经过深思熟虑的，“这是真的，我们中没有人见过她胳膊上的那个印记。”

“亚历克说得对，”卢克说，“克拉丽，你为什么不去把素描本取来呢？”

她看着他，有些吃惊。他灰蓝色的眼睛看上去很疲惫，有些凹陷，可目光非常坚定，如同她六岁时看到的一样，那时他承诺说，如果她爬展望公园游乐场的攀缘架掉下来的话，他会一直站在下面接住她。而他一直都在那里。

“好的，”她说，“我马上回来。”

想要到客房去的话，克拉丽一定要穿过厨房，她在那里碰到了迈亚，后者坐在长桌边的一把凳子上，看上去一脸痛苦。“克拉丽，”她说着跳下凳子，“我能跟你说句话吗？”

“我正要去我的房间取点东西——”

“瞧，发生在西蒙身上的事情我很抱歉。我有些精神错乱。”

“哦，是吗？那么所有狼人都注定要去憎恨吸血鬼是怎么回事呢？”

迈亚恼怒地长出了一口气。“我们是这样，可是——我只是猜测我不必这么着急去推动这个进程。”

“别向我解释，向西蒙去说明白吧。”

迈亚的脸又红了，脸颊变成了暗红色。“我很怀疑他还会想和我说话。”

“他会的，他很宽宏大量的。”

迈亚更仔细地看着她。“我不是想打听你的隐私，可你们是在约会吗？”

克拉丽感到此时是她自己开始脸红了，不过多亏了脸上的雀斑，至少能掩饰一下。“为什么你想知道这个？”

迈亚一耸肩。“第一次我碰到他的时候，他把你称作最好的朋友，可第二次他叫你女朋友。我在想那是不是一种时好时坏的状况。”

“差不多吧。我们首先是朋友，这说来话长了。”

“我明白了，”迈亚脸上的红晕消失了，那副强硬女生所特有的得意笑容又回来了，“好吧，你很幸运，就这样。即便他现在是个吸血鬼。你对于这一类稀奇古怪的事情应该已经相当习惯了吧，比如说发现自己是一个暗影猎手，所以我敢打赌那件事也不会让你惊慌失措。”

“我很惊慌，”克拉丽说，音调比她所想的还要尖锐，“我可不是杰斯。”

那种得意的笑容更夸张了。“没人会像他一样。而且我觉得他知道这点。”

“你这话是什么意思？”

“哦，你知道的，杰斯让我想起以前的男朋友。有些男孩看着你，就好像他们想跟你亲热一样。杰斯看着你，就好像你们已经亲热过了，而且感觉棒极了，然而现在你们只是朋友——尽管你想得到更多，这让女孩们想发疯。你知道我说的是什么意思。”

是的，克拉丽想。“不知道。”她说。

“我猜你是作为他妹妹不想知道而已。你将来一定会相信我的话。”

“我得走了。”克拉丽几乎要走出厨房门了，突然想到什么，转过身来说：“那他怎么样了？”

迈亚眨了眨眼。“谁怎么样了？”

“你以前的男朋友，杰斯让你想起来的那个人。”

“哦，”迈亚说，“他就是那个把我变成狼人的家伙。”

“好了，我拿回来了。”克拉丽说着回到客厅，一只手里拿着素描本，另一只手里拿着一盒三福霹雳马彩色铅笔。她从有些陈旧的餐桌旁拉出一把椅子——卢克总是在厨房或者办公室里吃饭，餐桌上堆满了废纸和过期的账单——她坐了下来，把素描本放在面前，感觉自己好像是在接受艺术学校的考试。画出这个苹果。“你们想让我做什么？”

“你觉得呢？”杰斯仍然坐在琴凳上，肩膀前倾，看上去像是整夜没睡。亚历克靠在他旁边的钢琴上，也许是因为这里距离马格纳斯足够远。

“杰斯，够了。”卢克坐直身体，可看起来费了不少力气。“你说你能画出新的如尼文，克拉丽？”

“我猜是那样。”

“那么，我想让你试试看。”

“现在？”

卢克微微笑了笑。“除非你脑袋里还有其他事情？”

克拉丽把素描本翻到空白的一页，盯着它看起来。从没有一页纸在她看来如此空白。她能感觉到房间中的那种僵滞，所有人都看着她：马格纳斯非常好奇，这份好奇经过漫长岁月的调和已经变得柔和而温暖；亚历克所想的只有他自身的问题，无暇顾及她的；卢克满怀希望；而杰斯只是面无表情，冷冰冰地令人生畏。她记起他曾说过希望能憎恨她，说不定有一天他会成功。

她扔下铅笔。“只有这样的要求，我可画不出来。没个想法可不行。”

“什么想法？”卢克说。

“我的意思是说，我甚至都不知道有哪些如尼文是已经存在的。我需要知道一个意思，或者一个词，在我画出这个意思的如尼文之前。”

“要我们记住所有的如尼文是非常困难的——”亚历克开口说道，可让克拉丽吃惊的是，杰斯打断了他。

“不如，”他静静地说，“无所畏惧？”

“无所畏惧？”

“关于勇气的如尼文有很多，”杰斯说，“可从没有一个是消除恐惧的。如果按你所说，你能创造出新的如尼文……”他朝周围看了一眼，看到亚历克和卢克吃惊的表情，“瞧，我碰巧记得没有这个，就是这样。而且这个似乎也不会造成什么伤害。”

克拉丽看向卢克，后者一耸肩说：“好吧。”

克拉丽从笔盒中拿出一支深灰色的铅笔，笔尖指着白纸。她想到了一些图形、线条和花纹，想到《灰色格雷》中的那些古老的记号，其中蕴含了一种完美无缺的语言，完美到无法用言语来诉说。她的脑海中响起一个轻柔的声音：你是谁，竟认为自己掌握天国的语言？

那支铅笔移动了，她几乎确定不是她的手在移动，而是笔自己划过纸面，画出一条线。她感到自己的心脏一跳，又想起母亲恬静地坐在画布前，用墨水和油彩创造出她眼中的世界。她想，我是谁？我是乔斯琳·弗雷的女儿。铅笔又移动了一下，这一次她屏住了呼吸，发现自己口中念念有词：“无所畏惧。无所畏惧。”铅笔转了一圈又回来了，此刻是她在指挥铅笔而不是被它所牵制。当她画完时，她放下笔，惊讶地看着成果，而且看了好一会儿。

完成的无所畏惧如尼文是盘旋在一起的复杂线条：一个像雄鹰那般大胆，并且可以展翅高飞的如尼文。她撕下那页纸，把它举起来，好让其他人都能看到。“好了。”她说，而她所得到的是卢克震惊的表情——这么看来他原本没有相信她——还有杰斯睁大的眼睛，这可是非常少见。

“好酷啊。”亚历克说。

杰斯站起来，走过房间，从她手里拿过那张纸。“可这管用吗？”

克拉丽想，不知他是真心问这个问题，还是故意给她难堪。“你什么意思？”

“我是说我们怎么知道这个有效果？现在它只是一幅画——你不可能用一张纸就把恐惧消除吧。在我们能确定这真的是一个如尼文之前，必须找我们其中的一个人试试看。”

“我不确定这是不是一个好主意。”卢克说。

“这当然是个绝妙的主意，”杰斯把纸扔回桌上，开始脱他的夹克衫，“我有根石杖能用。谁要来帮我画？”

“真后悔选这个词。”马格纳斯小声说。

卢克站了起来。“不，”他说，“杰斯，你的行为看上去已经像是从来没听到过‘恐惧’这个词了。如果这个如尼文的确在你身上起了作用，我可想象不出我们怎么能发现不同之处。”

亚历克忍住了笑声。杰斯不友好地紧绷绷一笑。“我听说过‘恐惧’这个词，”他说，“我只是选择相信它在我身上不适用而已。”

“就是这个问题。”卢克说。

“好吧。那么为什么我不能在你身上试试呢？”克拉丽说，但卢克摇了摇头。

“不能给暗影魅族画印记，克拉丽，不会有任何效果。造就狼人的那种恶魔因素会让印记失效。”

“那么……”

“在我身上试验吧，”亚历克出人意料地说，“我可以有些无所畏惧的胆量。”他脱掉外套，扔在琴凳上，走过房间，站在了杰斯面前，“这里，画在我胳膊上吧。”

杰斯看着克拉丽。“除非你觉得应该亲自来画？”

她摇摇头。“不，可能对于印记的实际运用而言，你比我在行。”

杰斯一耸肩。“卷起袖子，亚历克。”

亚历克听话地卷起衣袖，他的手臂上已经有了一个永久性的印记，优雅卷曲的线条赋予他出色的平衡感。当杰斯仔细地在亚历克胳膊上那枚已经存在的印记下方勾勒出无所畏惧如尼文的轮廓时，其他人都俯身过来，甚至是马格纳斯。炙热的石杖划过他的皮肤，亚历克皱了下眉。杰斯完成之后，把石杖插回口袋里，站着欣赏了片刻自己的手绘。“好吧，至少看上去不错，”他宣布说，“至于是不是有用……”

亚历克用指尖碰了碰新画的印记，随后抬起头发现屋里的所有人都盯着他。

“怎么样？”克拉丽说。

“什么怎么样？”亚历克把袖子放下，盖住了印记。

“你感觉怎么样？有什么不一样？”

亚历克看上去是在思考。“没什么不一样。”

杰斯把手一扬。“这么说不管用啊。”

“不一定，”卢克说，“也许只是因为没发生什么事来触发它。可能这里没什么让亚历克感到害怕的东西。”

马格纳斯看了一眼亚历克，扬起眉毛。“唉。”他失望地说。

杰斯龇牙一笑。“说吧，你一定有个害怕的东西，或者两个。什么能吓到你？”

亚历克想了一会儿。“蜘蛛。”他说。

克拉丽转向卢克。“你有蜘蛛吗？”

卢克恼怒地说：“为什么我要有蜘蛛呢？我看起来像是会养蜘蛛的人吗？”

“不是要故意冒犯你，”杰斯说，“可你是有点儿像。”

“那个，”亚历克的语调中有些酸涩，“也许这是个愚蠢的试验。”

“黑暗呢？”克拉丽提议说，“我可以把你锁在地下室。”

“我是个暗影猎手，”亚历克用一种夸张的语气耐心地说道，“很明显，我不怕黑。”

“那个，也许你会呢？”

“可我不怕。”

门铃声让克拉丽可以不必继续回应，她挑起眉毛看向卢克。“是西蒙？”

“不可能。现在是白天。”

“哦，对，”她又忘了，“你想让我去开门吗？”

“不，”他站起来，因为疼痛轻声嘟哝了一声，“我没事。可能是有人不明白为什么书店关门了。”

他穿过房间，打开了门。因为吃惊，他的肩膀一下僵住了。克拉丽听到那个熟悉而尖锐的女声在生气地说着什么，片刻之后伊莎贝尔和玛丽斯·莱特伍德推开卢克，大步走进房间。后面跟着一身灰衣、令人生畏的大审判官。在她们身后还有一个高大魁梧的男人，深色的头发，橄榄色的皮肤，还有一脸浓密的黑胡子。尽管已经过去了许多年，克拉丽还是根据霍奇给她的那张照片认出了他：罗伯特·莱特伍德，亚历克和伊莎贝尔的父亲。

马格纳斯的头猛地抬起来，杰斯的脸变得煞白，可除此以外什么情绪也没显露出来。而亚历克——他看看妹妹，又看看母亲和父亲，之后看着马格纳斯。他清澈的淡蓝色眼眸中闪过一个艰难的决定。他向前跨出一步，站在父母和屋里其他人之间。

玛丽斯看到自己的长子出现在卢克的客厅里，愣了一会儿才反应过来。“亚历克，你怎么会在这儿？我想我说得很清楚——”

“妈妈，”他打断了母亲的话，而且声音坚定，毫不畏惧，虽然说不上是不留情面，“爸爸，有件事我必须得告诉你们。”他冲他们微笑着，“我有约会的对象了。”

罗伯特·莱特伍德有些恼怒地看着儿子。“亚历克，”他说，“现在不是说这个的时候。”

“对，时候不合适。可这很重要。你瞧，我不是在随便和什么人约会。”这些话从亚历克口中倾泻而出，而他父母困惑地看着他。伊莎贝尔和马格纳斯几乎是用同样惊讶的表情盯着他。“我在和一个暗影魅族约会。事实上，他是个巫——”

马格纳斯的手指一动，快如闪电，朝向亚历克的方向。亚历克周围的空气发出微弱的亮光——他眼睛向上一翻——便倒在了地上，像是一棵树倒了下去。

“亚历克！”玛丽斯用手捂住了嘴。伊莎贝尔站得离哥哥最近，她马上蹲在了他身边。可亚历克已经恢复了意识，眼睑跳动了几下睁开了。“怎——怎么——为什么我躺在地板上？”

“这是个好问题，”伊莎贝尔虎视眈眈地看着哥哥，“那是什么？”

“什么是什么？”亚历克坐起来，捂着脑袋。一丝警觉掠过他的脸庞。“等一下——我说了什么吗？我是说在我晕倒之前。”

杰斯用鼻子哼了一下。“你知道克拉丽画的那个东西有没有效果吗？”他问道，“效果非常好。”

亚历克恐惧极了。“我说了什么？”

“你说你在和什么人约会，”他父亲告诉了他，“尽管你也不清楚为什么这件事很重要。”

“不是，”亚历克说，“我是说，我没在和什么人约会。而且这事不重要。或者说，即使我在和什么人约会也不是什么大事，而且我也没有。”

马格纳斯看着他，好像他是个傻瓜一样。“亚历克有些精神错乱，”他说，“恶魔毒素的副作用。非常不幸，可他马上就会好起来的。”

“恶魔毒素？”玛丽斯的声音变成了尖叫，“没人向学院报告说有恶魔袭击。这里发生了什么，卢西恩？这是你家，不是吗？你很清楚如果发生了恶魔袭击，你应该报告——”

“卢克也受到了袭击，”克拉丽说，“他昏迷了。”

“真是省事。你们所有人不是昏迷就是精神错乱。”大审判官说。她尖刀一般的声音划过房间，每个人都安静了下来。“暗影魅族，你清楚地知道乔纳森·摩根斯特恩不该在你家里。他应该被关在那个巫师那儿。”

“我有名字，你知道的。”马格纳斯说。“那个，”他补充了一句，似乎重新考虑了一下打断大审判官的做法，“不重要，真的。事实上，把我的话都忘了吧。”

“我知道你的名字，马格纳斯·贝恩，”大审判官说，“你已经失职了一次，不会再有下一次的机会了。”

“失职？”马格纳斯皱着眉，“就因为把这孩子带到这儿来？我签的协议里可没说不能把他带在身边，我有权自行裁决。”

“这不是你失职的地方，”大审判官说，“昨晚放他去见他父亲，这个才是你的失误。”

因为震惊，屋里一片沉寂。亚历克从地上迅速地爬起来，追寻着杰斯的目光——可杰斯不会去看他。他的脸上像是戴着个面具。

“这太荒谬了。”卢克说。克拉丽很少看到他这么生气。“杰斯甚至都不知道瓦伦丁在哪儿。别追着他不放了。”

“追踪正是我所做的，暗影魅族，”大审判官说，“这是我的职责。”她面朝杰斯。“现在，说实话，孩子，”她说，“这会让一切都简单点。”

杰斯抬起下巴。“我不需要告诉你任何事情。”

“如果你是无辜的，为什么不为自己开脱？告诉我们大家昨晚你真正的去处。跟我们说说瓦伦丁的那艘小游艇。”

克拉丽盯着他。我出去散步了，他刚才说的是这个。可这句话并不意味着什么，可能他真的是出去散了个步。但她的心里和胃里都感到不适。你知道我能想到的最糟糕的事情是什么吗？西蒙曾经说过，不信任我所爱的人。

见杰斯没有说话，罗伯特·莱特伍德用他深沉的男低音说道：“伊莫金，你说瓦伦丁在——曾经在——”

“在东河的一艘船上，”大审判官说，“没错。”

“这就是为什么我找不到他，”马格纳斯几乎是在自言自语，“那些河水——是水干扰了我的咒语。”

“瓦伦丁在河里做什么？”卢克困惑地问。

“问乔纳森啊，”大审判官说，“他向城里吸血鬼的主事借了一辆摩托车开到船上。对吗，乔纳森？”

杰斯什么也没说，他的表情让人难以捉摸。可大审判官看上去非常饥渴，好像她能从房间里弥漫的焦虑中得到滋养。

“摸摸你的口袋，”她说，“拿出那个自从你上次离开学院就一直带在身边的东西。”

如她所说，杰斯慢慢拿出那东西。当他的手从口袋里抽出来的时候，克拉丽认出了他拿着的那个闪光的蓝灰色物体。是移空门的镜子碎片。

“把它给我。”大审判官从他手里夺过碎片。他眉头一皱，玻璃边缘割破了他的掌心，鲜血涌了出来。玛丽斯轻叹了一声，可没有移动身体。“我就知道你会回学院去取这个东西，”大审判官说，明显带着洋洋得意的神情，“我知道你那种多愁善感的调调不会让你忍心留下这个。”

“那是什么？”罗伯特·莱特伍德听上去很困惑。

“一块移空门的碎片，以镜子的形态存在，”大审判官说，“当移空门被毁掉的时候，最后一个目的地的画面会保留下来。”她用蜘蛛一般细长的手指翻弄着镜子碎片，“这一片留下的是维兰德家的乡下别墅。”

杰斯的目光紧盯着镜子的翻动。在那块碎片中克拉丽看到上面似乎是一小块蓝色的天空。她思忖着伊德里斯是不是从不下雨。

突然，大审判官用力地把镜子摔向地面，这与她平静的语调极不相称。镜子顷刻化为了碎末。克拉丽听到杰斯倒抽了一口冷气，可他动都没动。

大审判官戴上一双灰色的手套，蹲在粉末跟前，用手指仔细翻找着，直到发现了她要的东西——一张薄薄的小纸片。她站起来，举起纸片，让房间里的所有人看到上面用黑色墨水写下的密密麻麻的如尼文。“我在这张纸上标记上了追踪如尼文，塞进了镜面和背板之间。然后我把镜子放回这孩子的房间。没察觉到这个可不要感觉难过，”她对杰斯说，“比你更有经验、更聪明的脑袋都曾被圣廷愚弄过。”

“你在监视我，”杰斯说，此刻他的声音中有了气愤的味道，“圣廷所做的就是这个吗？侵犯手下暗影猎手的隐私，就为了——”

“当心你对我说的话。你不是唯一一个违反《大律法》的人，”大审判官冷峻的目光扫过整个房间，“把你从无声之城放出来，帮你摆脱巫师的控制，你的朋友们干了同样的事情。”

“杰斯不是我们的朋友，”伊莎贝尔说，“他是我们的兄弟。”

“我会留意你所说的话，伊莎贝尔·莱特伍德，”大审判官说，“你可能会被视为同谋。”

“同谋？”让所有人吃惊的是，说这话的人是罗伯特·莱特伍德，“这孩子只是不想让你拆散我们的家庭。看在上帝分上，伊莫金，他们都还只是小孩子——”

“孩子？”大审判官把她冰冷的目光转向罗伯特，“就像集团密谋要摧毁圣廷时你们都还只是小孩子一样？就像我的儿子还只是个小孩子，当他——”她喘了口气，把话停下来，好像费了好大力气才控制住自己。

“所以说，这终究都是因为斯蒂文，”卢克说，他的声调中有一种怜悯，“伊莫金——”

大审判官的脸扭曲了。“这不关斯蒂文的事！而是因为《大律法》！”

玛丽斯细长的手指握在一起，相互纠缠着。“那么杰斯，”她说，“他会怎么样？”

“明天他将和我一起回到伊德里斯，”大审判官说，“而你已经被剥夺了知晓更多情况的权利。”

“你怎么能带他回到那个地方去呢？”克拉丽问道，“他什么时候回来？”

“克拉丽，别这样。”杰斯说，这话是种恳求。可她继续抗争着。

“杰斯不是这里的麻烦！瓦伦丁才是！”

“别说了，克拉丽！”杰斯吼道，“为了你自己好，别说了！”

克拉丽不由自主地向后退了一步——他从没冲她这样吼过，即使是拖着他去妈妈的病房时。她看到了当他意识到她在往后退时脸上的表情，她真希望自己能收回那个动作。

在她再次开口说话前，卢克的手落在她的肩头。他的语调严肃，就像那晚他把自己的故事讲给她听时那样。“如果这孩子去见了他父亲，”他说，“即便在知道瓦伦丁是个什么样的父亲之后，那也是因为我们让他失望了，而不是他让我们失望了。”

“省省你的诡辩吧，卢西恩，”大审判官说，“你像凡人那样软弱。”

“她说得对，”亚历克坐在沙发边上，他双臂环抱，把下巴一沉，“杰斯对我们说了谎。对这点没什么借口可言。”

杰斯惊诧地张口结舌。至少，他曾对亚历克的忠诚深信不疑，连克拉丽也不曾责备他。伊莎贝尔也惊恐地瞪着哥哥。“亚历克，你怎么能说出这样的话？”

“《大律法》就是《大律法》，伊莎，”亚历克说，看也不看妹妹，“没什么办法能避开它。”

听到这个，伊莎贝尔轻轻发出一声气愤的惊呼，打开房门跑走了，门在她身后大敞着。玛丽斯迈出一步似乎想去追她，但罗伯特把妻子拉了回来，并低声说了句什么。

马格纳斯也站起身。“我确信这也是我要离开的信号了。”他说。克拉丽注意到他故意避开不看亚历克。“我想说很高兴遇见你们，可事实上，不是这样。这太尴尬了，而且老实说，很快我就会再见到你们当中的某个人。”

马格纳斯大步走过客厅，迈出房门的时候，亚历克都一直紧盯着地面。这一次门在马格纳斯身后砰的一声关上了。

“倒下了两个，”杰斯说，又是用他那种令人不悦的打趣腔调，“下一个是谁？”

“你的话够多了，”大审判官说，“把你的手给我。”

杰斯伸出双手，大审判官从某个隐藏的口袋中取出石杖，围着他的手腕画了个印记。当她把手拿开的时候，杰斯两只手腕交叉，一只叠在另一只上面，有个圆环把他的双手紧紧绑在一起，看上去像是套了一圈灼热的火焰。

克拉丽大喊道：“你在做什么？你会弄伤他——”

“我没事，妹妹。”杰斯足够平静地说。可她注意到他似乎都不能直视自己。“火焰不会烧到我，除非我想把手挣脱开。”

“而对于你。”大审判官朝向克拉丽，加了一句。这让克拉丽非常惊诧，因为直到此时大审判官才注意到她也是个大活人。“你被乔斯琳抚养长大，避开了你父亲的污染，真是幸运。不过，我也会盯着你的。”

卢克握在克拉丽肩头的手收紧了。“这是个威胁吗？”

“圣廷从不威胁人，卢西恩·格雷马克。圣廷只做出承诺，然后牢牢遵守。”大审判官的口吻听上去几乎是欢快愉悦的，她是这房间当中唯一一个可以用那种词汇来形容的人，其他所有人看上去都吓昏了头，除了杰斯之外。他愤怒地龇着牙，克拉丽怀疑他自己甚至都没意识到，他看上去像是一只被困住的狮子。

“走吧，乔纳森，”大审判官说，“走在我前面。如果你想逃跑，只要一动，我就用刀刺穿你的脊背。”

杰斯挣扎着用捆住的双手拧开门把手。克拉丽咬紧牙关，好让自己不咆哮出声。之后门打开了，杰斯消失了，大审判官也是。莱特伍德一家人也依次出去了，亚历克走的时候仍旧盯着地面。房门在他们身后关上了，客厅里只剩下克拉丽和卢克，他们都因为这难以置信的一幕而沉默了。

第十五章
蛇　牙

“卢克，”莱特伍德夫妇身后的门刚关上，克拉丽就开口道，“我们怎么办——”

卢克双手按着头的两侧，似乎想让它不要裂开。“咖啡，”他嚷道，“我要咖啡。”

“我给你咖啡了。”

他放下手，叹了口气。“我还要。”

克拉丽跟着他进了厨房。他倒了杯咖啡，然后坐在厨房的桌边，心不在焉地挠挠头发。“很糟糕，”他说，“非常糟糕。”

“你认为，”克拉丽这时想不起来喝咖啡，她的神经已经细如电线，“要是他们把他带到伊德里斯，会怎么样？”

“当着圣廷审判他。他们很可能会认为他有罪，然后惩罚他。他还年轻，所以他们可能只是去除他的印记，不会对他施加诅咒。”

“什么意思？”

卢克没有迎接她的目光。“意思是他们会去掉他的印记，使他不再是暗影猎手，并开除出圣廷。他将成为凡人。”

“可那会要了他的命。真的会。他宁愿死。”

“你认为我不清楚吗？”卢克喝完了咖啡，闷闷不乐地盯着手里的咖啡杯，“但对圣廷来说，无所谓。他们抓不到瓦伦丁，所以让他的儿子作替罪羊。”

“那我呢？我是他的女儿。”

“可你不是他们的一员。杰斯却是。正因为这样，我建议你不露声色。我希望我们能够去农场——”

“不能让杰斯跟他们在一起！”克拉丽惊骇不已，“我哪儿也不去。”

“你当然不会去，”卢克对她的抗议挥了挥手，“这只是我的愿望。当然了，现在的问题是伊莫金既然知道瓦伦丁在哪儿，她会怎么做。可能我们已身处一场战争之中。”

“我不在乎她是不是想杀了瓦伦丁，瓦伦丁欢迎她。我只想要杰斯回来。”

“可能不那么容易，”卢克说，“考虑到在这件事中，他确实做了被指控的事情。”

克拉丽生气了。“什么，你认为他杀死了无声使者？你认为——”

“不。我不认为他杀了无声使者。他去见了他的父亲。”

克拉丽想起了什么，问道：“你说我们辜负了他，而不是相反，是什么意思？你是说你不怪他？”

“我既怪，也不怪，”卢克看起来很疲惫，“这是件愚蠢的事。不能信任瓦伦丁。但是莱特伍德夫妇离弃他时，他能怎么办？他还只是个孩子，仍然需要父母。如果他们不要他，他会找愿意要他的人。”

“我以为也许，”克拉丽说，“也许他要找你。”

卢克显得说不出来的悲伤。“我也这样以为，克拉丽。我也这样以为。”

迈亚隐约能听见从厨房传来的说话声。他们在客厅已经吵完了。该走了。她把匆匆写就的字条折好，放在卢克的床上，然后穿过房间走到窗边。之前她费了二十分钟把窗户打开了，清凉的空气沁进来——这是初秋的一天，天空碧蓝悠远，空气中有些微微的烟味。

她匆匆爬上窗台向下看。本来在没有变成狼人前，这么高的跳跃会让她害怕，而现在，跳前她只是想到受伤的肩膀才稍微迟疑了一下。她蜷缩着跳到卢克家后院已经开裂的水泥地面上，直起身，回头瞥了一眼房子，没人推开门或喊叫着让她回来。

她抑制着一阵莫名的失望。她一边爬上将卢克的后院和街巷隔开的铁丝网眼栅栏，一边想着，在卢克家时，他们似乎并不怎样在意她，所以又怎么会注意到她的离去？很明显，她总是事后才会被人想起，他们中唯一一个让她感觉自己有些分量的只有西蒙。

想起西蒙，她眨了眨眼睛，跳到栅栏的另一边，沿着小巷一路小跑到了肯特大街。她告诉克拉丽自己不记得前一晚的事情了，可这不是真的。她记得从西蒙面前退缩回去时西蒙脸上的表情——这表情似乎已印在她的眼帘里。最奇怪的是当时对她而言他看起来仍然像人类，比她认识的所有人都更像人类。

她穿过街道，避免从卢克家门前经过。这条街几乎空无一人，布鲁克林的居民在星期天早上睡懒觉。她向贝德福德大街地铁站走去，仍想着西蒙。想到他时，她胃中就有一处虚空的地方疼痛。他是数年来第一个她想要信任的人，可他却让这种信任变得不可能了。

当然了，如果对他的信任是不可能的，那你现在又为何要去见他呢？在她意识的深处，传来了总跟她说话的丹尼尔的声音。闭嘴，她坚定地告诉那个声音。即使我们不能做朋友，我至少还欠他一个道歉。

有人笑了，笑声在她左边工厂的高墙上回荡。迈亚的心脏由于突然的恐惧收缩起来，她转过身，可是身后的街上什么也没有。沿着河岸，有一个老太太在遛狗，迈亚怀疑以她的距离，是听不见的。

她加快了脚步，提醒自己，她能比大多数人类都走得快，更别提比他们跑得快了。即使在她目前的处境下，胳膊痛得像有人用大锤砸了她的肩膀，似乎也用不着害怕劫匪或强奸犯。她刚到这座城市时，有天晚上她穿过中央公园，两个十几岁的男孩拿着刀想捅她，只是由于蝙蝠的出现才使她没有把他们两个杀死。

那为什么她却感到这么惊慌呢？

她朝身后瞥了一眼。老太太已经不见了，肯特街空无一人。破旧的废弃多米诺糖厂耸立在她的面前。突然，一阵急切想要离开这条街道的想法使她躲进了旁边的小巷。

她发现自己在两栋大楼间狭小的空间里，到处都是垃圾、扔掉的瓶子，还有跑来跑去的老鼠。上方的屋顶连在一起，挡住了阳光，让她感觉像是躲进了一条地道。墙是砖墙，上面嵌着又小又脏的窗子，许多已经被人打碎了。透过破碎的窗子，她能看到废弃的工厂地板，一排排的金属汽锅、火炉，还有大罐子。空气中有一股焦糖的味道。她靠在其中一堵墙上，想平复一下跳个不停的心脏。她几乎已经平静下来，这时一个熟悉得令人难以置信的声音在阴影里说："迈亚？"

她转过身。他站在巷口，头发闪闪发光，像一轮光环围绕着他俊俏的脸庞。乌黑的眼睛闪着长长的睫毛，好奇地注视着她。他穿着牛仔裤，虽然空气清冷，上身只有一件短袖 T 恤。他看起来仍然是十五岁的样子。

"丹尼尔。"她小声叫道。

他走向她，脚步却没有声音。"好久不见，小妹。"

她想跑，可腿却像灌了铅。她紧紧靠着墙，仿佛能消失进墙里似的。"可是——你死了。"

"而你在我的葬礼上都没哭，是吧，迈亚？为你的大哥都没有眼泪吗？"

"你是个坏蛋，"她小声说，"你想要杀我——"

"还不够坏。"这时他手里有某个又长又锋利的东西，在幽暗中像一束银色的火焰闪着亮光。迈亚不知道是什么，她恐惧得连视觉都模糊了。他靠近时，她的双腿撑不住了，摔倒在地上。

丹尼尔在她身边跪了下来，这时她能看清他手里拿着什么了：从碎窗户上掉下来的一块边缘锋利的玻璃。恐惧骤起，席卷她的全身，不是害怕她哥哥手里的武器，而是害怕他空洞的眼神。她透过他的眼睛只看到黑暗。“你记得吗？”他说，“我跟你说过在你向爸妈打小报告之前我要先割掉你的舌头？”

她吓得无法动弹，只能盯着他看。她已经能感到玻璃扎进她的皮肤，满嘴是让人窒息的鲜血的味道。于是她希望自己死掉，已经死掉，什么都比这种恐怖和害怕好——

“够了，阿格拉蒙。”一个男子的声音划过她头脑中的迷雾。这不是丹尼尔的声音——柔和，文雅，毫无疑问是人类的声音。这声音使她想起某个人——可是谁呢？

“遵命，瓦伦丁主人。”丹尼尔轻轻吐出口气，失望地轻叹了一声——接着他的脸渐渐褪去。一会儿工夫他就消失了，随之消失的还有她浑身瘫痪的感觉和威胁要取她性命的那种渗入骨髓的恐惧。她拼命地吸气。

“很好。她在呼吸，”那个男子的声音又说道，现在显得有些急躁，“真的，阿格拉蒙。再多几秒钟，她就会死了。”

迈亚抬头看了看。那个男子——瓦伦丁——站在她的面前，身材高大，一身黑衣，甚至连手上的手套和脚上的厚底皮靴也是黑色的。这时他用一只靴子尖迫使她抬起下巴。他开口说话时，声音像例行公事一样冷淡。“你多大了？”

他面庞瘦削，棱角分明，没有血色，正打量着她。他的眼睛幽黑，头发却很白，以至于看起来像是一幅底片。他喉咙的左侧，刚好在衣领上方，有一个螺旋状的印记。

“你是瓦伦丁？”她小声说道，“可是我还以为你——”

靴子踩在了她一只手上，一阵疼痛沿着胳膊传开。她尖叫起来。

“我问你问题呢，”他说，“你多大了？”

“我多大了？”她手上的疼痛混合着周围垃圾的刺鼻恶臭使她恶心欲呕，“去你妈的。”

一道光似乎从他指间跃出。他向下抽去，迅速抽过她的脸部，她都来不及躲开。她的脸颊多了一条灼痛的线，她伸手摸摸脸，感觉血正淌过手指。

“现在，”瓦伦丁用同样一丝不苟而文雅的嗓音说，“你多大了？”

“十五。我十五岁。”

她不是看到，而是感觉他笑了。“非常好。”

一回到学院，大审判官就把杰斯从莱特伍德夫妇身边赶到楼上的训练室中。在沿着墙壁的一面面长镜中看到自己，杰斯惊讶得身体都僵了。他好几天都没有好好看看自己了，而昨夜又是如此糟糕。他的眼睛周围是黑眼袋，衬衣上全是干涸的血迹和东河边的污泥。他的脸看起来很空洞，拉得很长。

“欣赏自己呢？”大审判官的声音打断了杰斯的思绪，“圣廷处理完你的事后，你看起来可就不会这么英俊了。”

“你真的对我的容貌很在意，”杰斯有些轻松地从镜子前转开，“难到你被我吸引了吗？”

“别叛逆。”大审判官从挂在腰间的灰色袋子里拿出四件长长的金属物体。是天使之刃。“你都能当我儿子了。”

“斯蒂文，”杰斯想起卢克在家里时说的话，“他叫这个名字，对吗？”

大审判官转身看着他，她紧抓着天使之刃的手由于愤怒颤抖着。“永远别说他的名字。”

有一会儿杰斯怀疑她是不是真的会杀了自己，他沉默着等她恢复平静。她用其中一把天使之刃指着他，眼睛却没有看他。“请站在房间正中。”

杰斯照做了。虽然他尽力不去看镜子，但他还是用眼角瞥见自己和大审判官的样子。各面镜子又折射出无数个大审判官，站在那里威胁着无数个杰斯。

他低头看看自己被绑起来的双手。手腕和肩膀的疼痛已经转变为更剧烈的刀刺似的剧痛，杰斯却并没有龇牙咧嘴。这时，大审判官看着其中一把名叫约斐的天使之刃，然后把它猛地掷进脚边擦得光亮的木地板上。他等待着，可什么也没有发生。

“爆炸？”最后他说，“那儿应该发生点什么吧？”

“闭嘴，”大审判官的口气不容置疑，“站着别动。”

杰斯站在那儿，好奇地看着她又走到另一边，叫了第二把天使之刃哈拉赫尔，然后把它也扎到地板上。

扎第三把天使之刃——桑达芬——时，他知道她要干什么了。第一把扎在他南边的地板上，第二把在东边，第三把在北边。她在确定一小块地方的几个点。他努力思考这是什么意思，却什么也想不起来。这显然是圣廷仪式，他根本没学过。到她拿出最后一把天使之刃塔哈里亚时，他的手心出汗了，双手摩擦的地方都痛极了。

大审判官站直了身体，显得对自己很满意。“那儿。”

“那儿什么?”杰斯问，她却举起一只手。

“还没完全好，乔纳森。还有一件事。”她走到最南边的那把天使之刃前跪了下来，快速拿出石杖，在天使之刃下方的地面上刻了一个深色的如尼文。她站起时，房间里响起美妙的钟声。光线从四把天使之刃中倾泻而出，如此耀眼以至于杰斯半闭着眼睛扭开脸。过了一会儿，他转过脸时，看见自己站在一个笼子里，笼子的四周仿佛是灯丝织成的，不是静止的，而是活动着的，像一道道灯光下的雨帘。

这时，笼子外面的大审判官的身影模糊了。杰斯向她大声喊叫，他的声音那么空渺，似乎他是透过水面在向她呼喊。“这是什么?你都干了什么?”

她笑了。

杰斯愤怒地向前迈了一步，然后又一步，他的一个肩膀碰到了一面光墙。仿佛是触到了电网，传过他身体的电波像一记重拳，将他击得脚下不稳。他无法用双手平衡，笨拙地摔到了地上。

大审判官又笑了。“如果你要走过这堵墙，你会受到更多电击。圣廷把这种特别的惩罚称为‘马拉奇牢室’。只要天使之刃原地不动，这些墙就不能被打破。”杰斯跪着挪向离他最近的那把天使之刃时，她又说道:“别动这些天使之刃，否则你会死去。”

“可是你能动它们。”他说道，无法抑制声音中的憎恨。

“我能，但我不会。”

“可食物和水怎么办?”

“都会及时送来，乔纳森。”

他站了起来。透过模糊的光墙，他看到她转过身，似乎要离开。

“可我的手——”他低头看他被绑起来的手腕。燃烧着的金属手铐像酸液一样腐蚀着他的皮肤，血从燃烧的手铐周围涌了出来。

“你去见瓦伦丁之前应该想到这个。”

“看来我不用害怕长老会的报复。他们不可能比你还坏。”

“噢，你不用去长老会。”大审判官说。她的语气中有种杰斯不喜欢的镇定。

“你什么意思?我不去长老会?我想你说过明天要带我去伊德里斯?”

“不。我打算把你还给你父亲。”

她的话差点让他震惊得再次摔倒。“我父亲?”

“你父亲。我计划用你来交换致命秘器。”

杰斯瞪着她。“你肯定在开玩笑。”

“一点儿也不。这比审判更简单。当然，你会被逐出圣廷，”作为一种补充，她又说道，“但你应该已经想到了。”

杰斯摇头。“你看错人了。我希望你认识到这点。”

她脸上闪过一阵恼怒。“我还以为我们已经扯掉了你天真的伪装，乔纳森。”

“我不是说我。我是说我父亲。”

自从他遇见她，她还是第一次显得困惑。“我不懂你的意思。”

“我父亲不会用致命秘器来交换我。”这话听上去很苦楚，但杰斯只是实事求是，“他会任你当着他的面杀死我，而不会交给你圣剑或圣杯。”

大审判官摇了摇头。“你不懂，”她说，声音中有种令人疑惑的怨怼，“孩子永远不懂。任何其他的爱都不如父母对孩子的爱。没有一个父亲——即使是瓦伦丁——会牺牲自己的儿子换取一堆金属，无论它们的威力有多大。”

“你不了解我父亲。他会当面嘲笑你，然后给你钱让你把我的尸体运回伊德里斯。”

“别胡扯了——”

“不错，”杰斯说，“想想吧，他很可能会让你自己付运费。”

“我知道你仍然是你父亲的儿子。你不想让他失去致命秘器——这对你也是力量的损失。你不想作为一个罪犯的儿子耻辱地度过你的一生，所以会想方设法动摇我的决定。可你骗不了我。”

“听着。”杰斯的心脏咚咚跳着，但他尽量保持平静。她必须相信他。“我知道你恨我。我知道你认为我是一个像我父亲一样的骗子。但是我现在跟你讲的是真话。我父亲坚信他做的事情。你觉得他邪恶，可他觉得自己是对的。他认为他在做上帝的工作。他不会为了我放弃的。我去那儿时你跟踪我了，你一定听见他说的话了——”

“我看见你跟他说话，”大审判官说，“我什么也没听见。”

杰斯小声骂着。“好吧，我愿意发任何你想要的誓来证明我没有撒谎。他要用圣剑和圣杯召唤恶魔，然后控制它们。你在我身上浪费的时间越多，他越有更多的时间组建他的军队。等你意识到他不会进行这个交易时，你就没有机会反抗他了——”

大审判官厌恶地转过身。“我听够了你的谎言。”

她背对着他向门口走去。这时杰斯难以置信地屏住了呼吸。

“拜托！”他大叫。

她在门口停下来，转身看着他。杰斯只能看见她脸部棱角突出的阴影，尖尖的下巴和太阳穴处黯哑的凹陷。她灰色的衣服融入阴影中，看起来仿佛没有身体的骷髅头在飘荡。“不要以为，”她说，“把你还给你父亲是我想做的事情。瓦伦丁·摩根斯特恩不配。”

“那他配得到什么？”

“把他死去的孩子抱在怀里。看着他死去的儿子，知道他无能为力，任何魔法、咒语和地狱的交易都没有办法让他活过来——”她停顿了一下，“他应该知道。”她小声说着，手在木头门上乱抓着推开门。门在她身后咔嗒一声关上了，留下杰斯困惑地盯着她离去的方向，手腕还在灼痛。

克拉丽挂上电话，皱了皱眉。“没人接。”

“你想给谁打电话？”卢克在喝第五杯咖啡，克拉丽开始担心他了，是否真有咖啡因中毒这类事情？他似乎并没有什么不良反应，可她还是在回到桌子的过程中悄悄拔下了咖啡壶的电源，以防万一。“西蒙？”

“不是。白天叫醒他我感觉很怪，虽然他说只要不用看见白天的光线就没事。”

“那……”

“我给伊莎贝尔打电话。我想知道杰斯怎么样了。”

“她没接？”

“没有。”克拉丽的肚子咕咕叫了。她打开冰箱，拿了一盒桃子酸奶，机械地喝着，什么味道都没吃出来。喝了半盒后她想起了什么。“迈亚，”她说，“我们应该去看看她是不是没事。”她放下酸奶，“我去。”

“不，我是她的首领。她信任我。如果她有忧虑，我能让她平静下来，”卢克说，“我很快就回来。”

“别这么说，”克拉丽恳求道，“我讨厌人们这么说。”

他不自然地向她笑笑，钻进了门厅。几分钟后他回来了，显得很震惊。“她不见了。”

“不见了？怎么不见的？”

“我是说她悄悄从这所房子溜走了。她离开了这里。”他把一张折叠起来的纸扔在桌子上。克拉丽拿起来，皱着眉头读着那些潦草的句子：

我对一切都很抱歉。走了，去弥补。感谢你所做的一切。

迈亚

“走了去弥补？这是什么意思？”

卢克叹气道：“我希望你能知道。”

“你担心吗？”

“罗姆魔是追索者，”卢克说，“它们找到要找的人，带给发出召唤的人。恶魔可能仍在找她。”

“哦，”克拉丽小声说，“嗯，我猜可能她的意思是去找西蒙了。”

卢克显得很惊讶。“她知道他住在哪儿吗？”

“我不知道，”克拉丽坦承道，“他们似乎在某种程度上很亲密。她可能知道吧。”她伸手到口袋里摸手机，“我来给他打电话。”

“我以为给他打电话会让你感觉很诡异。”

“不如正在发生的其他事那么诡异。”她滚动着通讯录找西蒙的号码。响了三声后他接了电话，声音听起来虚弱无力。

“喂？”

“是我。”她说话时从卢克面前转过身去，不过这更多的是出于习惯，而不是想要避开卢克。

“你知道我现在是在夜间活动的。”他叹息说。她能听见他在床上翻身。“也就是说我白天一直在睡觉。”

“你在家吗？”

“是呀，要不然我会在哪儿？”他的声音尖了起来，睡意渐渐退去了，“怎么了，克拉丽，出什么事了？”

“迈亚跑掉了。她留了一张便条，可能要去你家。”

西蒙的声音听起来很困惑。“哦，她没来。或者如果她真来了，只是还没到。”

“除了你还有其他人在吗？”

“没有，我妈妈上班了，丽贝卡有课。怎么了，你真的以为迈亚会在这儿出现吗？”

“如果她来了，就给我打个电话——”

西蒙打断了她。“克拉丽，”他的语气很急迫，“等一下。我觉得有人试图闯进我家。”

时间在流逝，杰斯看着四周耀眼的银雨，无动于衷。他的手指开始变得麻木，他怀疑这是坏信号，但却无法在意。他疑惑莱特伍德夫妇是否知道他在楼上的这间屋里，或者有人进入训练室发现他被锁在这里时会不会惊骇不已。但是不，大审判官不会那么草率的。她会告诉他们，直到用她认为合适的方式处理好他这个囚犯为止，这房间禁止别人进入。他猜想自己应该会愤怒，甚至害怕，可他同样也无法去在意这些情绪。一切看起来都不再是真实的：圣廷、《盟约》、《大律法》，甚至他的父亲。

一只足球轻声滚过来，使他警醒，有其他人在这个房间。他一直躺着，眼睛盯着天花板，这时他坐了起来，目光扫过房间。在闪着光的雨帘外，他能看见一个身影。肯定是大审判官又回来嘲讽他了，他让自己做好防备——然后，他猛然看到那深色的头发和熟悉的脸庞。

也许，不管怎样还有一些他在意的东西。“亚历克？”

“是我。”亚历克在闪光墙的另一侧跪了下来。这情景就像透过清澈的水看一个人，而这水流还荡着涟漪。杰斯现在能看清亚历克了，不过偶尔他的五官似乎还会摇晃，而且随着耀眼光雨的闪烁和波动，还会溶解掉。

这足以让你恶心欲呕，杰斯想。

“以天使的名义，这东西是什么？”亚历克伸手去触摸这道墙。

“别，”杰斯伸出手，在还没有触碰到墙时又赶快缩了回来，“会电到你的，如果你试图穿过，也许还会让你送命。”

亚历克低声吹了声口哨，缩回了手。“大审判官不是开玩笑的。”

“她当然不是。我是一个危险的罪犯。你没听说吗？”杰斯听到自己腔调中的尖酸，看到亚历克退缩回去，他刻薄地感到短暂的快乐。

“她并没有真的称你为罪犯……”

“没有，我只是一个淘气的男孩。我干各种坏事。我踢小猫，对修女做出粗鲁的手势。”

“别开玩笑了。这是严肃的事情，”亚历克的眼睛很沉静，“你究竟在想些什么，去见瓦伦丁？我的意思是，真的，你头脑中在想些什么？”

杰斯想出好几种机智的回答，可他发现自己哪个也不想说。他太累了。“我在想他是我父亲。”

亚历克看起来似乎在默数到十以保持自己的耐心。“杰斯——”

“如果是你的父亲会怎么样？你会怎么办？”

“我的父亲？我父亲永远不会做瓦伦丁——”

杰斯猛地抬起头。“你父亲确实做了那些事情！他曾经和我父亲一样是集团中人！你母亲也是！我们的父母都一样。唯一的区别是你的父母被抓住受了惩罚，而我的没有！”

亚历克的脸绷紧了，但他只说了句："唯一的区别？"

杰斯低头看着他的双手。那副燃烧的手铐是不应该戴这么长时间的，下面的皮肤上布满了斑斑血点。

"我只是想说，"亚历克说，"我不明白你怎么会想要见他，不是由于他别的所作所为，而是在他做了那些之后。"

杰斯沉默不语。

"那么些年，"亚历克说，"他让你以为他死了。也许你已经不记得你十岁时候的样子了，可我记得。任何爱你的人都不会——不会做出那样的事。"

细细的血流沿着杰斯的手向下流淌，仿佛红色的线在纠缠。"瓦伦丁告诉我，"他静静地说，"如果我支持他对抗圣廷，如果我那样做，他将确保我在乎的人都不会受到伤害。你不会，伊莎贝尔和麦克斯也不会。克拉丽不会。你的父母不会。他说——"

"没有人会受到伤害？"亚历克嘲讽地回应道，"你是说他不会亲自伤害他们。很好。"

"我看到了他的能力，亚历克。他能够召唤的那种恶魔力量。假如他让他的恶魔军队对抗圣廷，将会爆发一场战争。人们在战争中会受到伤害。他们会在战争中死去，"他犹豫了，"如果你有机会拯救你爱的每个人——"

"可这是哪种机会？瓦伦丁的话算什么？"

"如果他以天使的名义发誓他将会做什么，他会做的。我了解他。"

"如果你支持他对抗圣廷。"

杰斯点点头。

"你拒绝的时候他肯定气疯了。"亚历克说道。

杰斯抬起头，盯着亚历克，不再看他流血的手腕。"什么？"

"我说——"

"我知道你说了什么。为什么你认为我拒绝了？"

"嗯，你肯定拒绝了。难道没有吗？"

杰斯非常缓慢地点了点头。

"我了解你，"亚历克超有信心地说，然后站了起来，"你告诉了大审判官关于瓦伦丁和他的计划，是吧？她无所谓吗？"

"我不认为她无所谓，她不相信我。她有一个自以为能对付瓦伦丁的计划。唯一的问题是，她的计划很糟糕。"

亚历克点点头。"这个以后再说吧。现在最重要的事情，是要弄清楚怎样让你从这里出来。”

“什么？”杰斯由于难以置信而感到轻微的眩晕，“我以为你就是偷偷地来趟监狱看我，不是为了让我离开，也不是为了来收两百美元。‘《大律法》就是《大律法》，伊莎贝尔。’你挂在嘴边的那些是什么？”

亚历克非常震惊。“你不会以为我真是那个意思吧？我只是想让大审判官信任我，这样她就不会像看着伊莎和麦克斯那样一直都看着我了。她知道他们站在你这边。”

“那你呢？你站在我这边吗？”杰斯听得出自己问题中的尖刻，问题的答案对他非常重要。

“我和你一边，”亚历克说，“一直都是。为什么你连这个都还要问？我可能尊重《大律法》，可是大审判官对你所做的一切和《大律法》无关。我并不确切知道事情的源由，但是她对你的仇恨是个人的，与圣廷没有任何关系。”

“我激发了她，”杰斯说，“我忍不住，我体内有恶毒的官僚主义。”

亚历克摇摇头。“也不是那样。是一种古老的仇恨，我能感觉到。”

杰斯正要回答，教堂的钟声响了。由于离屋顶很近，钟声听上去那么响亮地回荡着。他向上看了一眼——仍然以为会看见雨果缓慢而若有所思地在木头椽子间盘旋。这只渡鸦总是喜欢待在椽子和石头拱顶之间，把爪子扎进软木头里。现在杰斯才意识到这些椽子给了它极好的视角偷窥。

杰斯头脑深处形成了一个想法，幽暗而模糊。他说：“卢克说过大审判官有一个儿子叫斯蒂文。他说她想要为他报仇。我问她有关他的事，她的反应很激烈。我想这也许和她为什么这么恨我有关系。”

钟声停止了。亚历克说：“也许吧。我可以问问我父母，但我怀疑他们会不会告诉我。”

“别，别问他们。问卢克。”

“你是说走那么远的路回布鲁克林？听着，从这里溜出去绝对是不可能的——”

“用伊莎贝尔的手机，发短信给克拉丽，让她问卢克。”

“好吧，”亚历克停了一下，“你想跟她说些别的什么吗？跟克拉丽，我是说，不是伊莎贝尔。”

“不，”杰斯说，“我没什么要跟她说的。”

“西蒙！”克拉丽抱着手机，转向卢克，“他说有人要闯进他家。”

“告诉他离开那儿。”

“我不能离开这儿，”西蒙马上说，“除非我想全身起火。”

“日光。”她告诉卢克，不过她发现他已经意识到这个问题了，正在口袋里找什么东西。汽车钥匙。他举起了钥匙。

“告诉西蒙我们很快就到。让他把自己锁在房间里，直到我们到那儿。”

“听到了吗？把你自己锁在房间里。”

“我听到了。”西蒙的声音显得很紧张，克拉丽能听见一种轻柔的摩擦声，然后是重重一记声响。

“西蒙！”

“我没事。我只是把东西摞起来抵在门后。”

“什么东西？”她现在已经来到门廊了，穿着薄棉衫的身体瑟瑟发抖。卢克在她身后锁房门。

“一只书桌，”西蒙带着某种满足说，“还有我的床。”

“你的床？”克拉丽爬上卡车，坐在卢克旁边，用一只手费力地系着安全带。卢克驶出车道，沿着肯特大街疾驰而去。他伸出手帮她扣好搭扣。“你怎么把床举起来的？”

“你忘了，吸血鬼的超级力量。”

“问他听到了什么。”卢克说，他们正沿着街道疾驰。如果布鲁克林的滨水路保养得宜的话，就不会有什么问题了。每次遇到一个路坑，克拉丽就倒抽口气。

“你听到什么了？”她接上气，问道。

“我刚才听到前面的门被撞倒了。我想肯定有人把它踢开了。然后约萨里安飞奔进我的房间，藏在床底下。所以我知道肯定有人进了房子。”

“现在呢？”

“现在我什么也没听到。”

“这是好事，对吧？”克拉丽转向卢克，“他说他现在什么也没听到。也许他们走了。”

“也许。”卢克对此很怀疑。他们现在在高速公路上向西蒙家的街区飞速驶去。“不管怎样，让他别挂电话。”

“你现在在干吗，西蒙？”

“没干什么。我把房间里的所有东西都抵在了门后。现在我正想法让约萨里安从暖气片后面出来。”

“就让它待在那儿吧。”

“这一切都很难向我妈妈解释。”西蒙说，然后手机断了。咔嗒一声后，没有了声音。“电话已断开”的声音一遍遍响起。

“不。不！”克拉丽摁着重拨键，手指在发抖。

西蒙立即接了电话。“对不起。约萨里安挠了我一下，我掉了电话。”

她感到喉咙里一阵放松。“没关系，只要你没事，而且——”

一阵波浪般的哗啦声传过来，淹没了西蒙的声音。她把手机从耳边猛地拿开，手机屏幕上仍然显示着“电话已连接”。

“西蒙！”她向着手机喊叫，“西蒙，你听得到我的声音吗？”

哗啦声停止了。有什么东西打碎的声音，然后是一个奇怪的声音在号哭——约萨里安？接着是什么东西重重倒地的声音。

“西蒙？”她小声叫道。

嘀的一声响，然后一个长长的、愉悦的声音在她耳边响起。“克拉丽莎，”他说，“我知道你会在电话的另一端。”

她紧闭双眼，心仿佛要从身体里荡了出去，仿佛坐过山车时经历的第一个下降。“瓦伦丁。”

“你指‘父亲’，”他说道，听起来真的很恼怒，“我谴责这种用名字称呼父母的现代习惯。”

“我真正想称呼你的是一堆比你的名字更难听的字眼，”她气冲冲地说，“西蒙在哪儿？”

“你是说那个吸血鬼男孩？对一个家世良好的暗影猎手女孩而言他不是一个好伙伴，你不这样认为吗？从现在开始对你选择朋友的事务我想要享有发言权。”

“你对西蒙做了什么？”

“什么都没做，”瓦伦丁愉快地说，“目前。”

然后他挂了电话。

亚历克又回到训练室，杰斯在地板上躺着，努力想象着跳舞女孩的线条，来忘掉手腕的疼痛。可是没用。

“你在干什么？”亚历克问道，他离囚牢的闪光墙尽可能近地跪下来。杰斯想要提醒自己，亚历克问这种问题时，他确实是想要知道答案，而且按以往的经验，这种问题会讨自己喜欢。可此刻他却没法这样想。

“我想我还是躺在地上，痛得打一会儿滚，”他咕哝道，“这样让我放松。”

“是吗？哦——你在讽刺。这很可能是个好信号，”亚历克说，“如果你能坐起来，我打算让一些东西滑过这道墙。”

杰斯快速坐了起来，快得头都晕了。“亚历克，不要——”

但是亚历克已经将什么东西向他推去，像是把一只球滚给一个孩子。一个红色的圆球穿过闪光墙，滚向了杰斯，轻轻弹在他的膝盖上。

“苹果，”他有些费力地捡起来，“多合适啊。”

“我想你可能饿了。”

“我是饿了，”杰斯咬了一口苹果，汁液沿着他的手淌下，在禁锢他手腕的蓝色火焰中发出嘶嘶的声音，“你给克拉丽发短信了吗？”

“没有。伊莎贝尔不让我进她的房间。她朝门口扔东西，还尖叫。她说如果我进去，她就从窗户跳出去。她也会那么做的。”

“很可能。”

“我有感觉，”亚历克说着，微笑了，“她还没有原谅我，以为我背叛了你。”

“好孩子。”杰斯赞赏地说道。

“我没有背叛你，傻瓜。”

“重要的是想法。”

“好吧，因为我还给你带了个东西。我不知道它有没有用，不过值得一试。”他将一个小小的金属物滑过闪光墙。这是一个银色的圆盘，大约有一枚二十五美分的硬币那么大。杰斯放下苹果，好奇地拿起圆盘。“这是什么？”

“我从图书室的书桌上拿来的。我看见过我父母用它去除限制。我想它是一个解锁如尼文，值得试一试——”

杰斯笨拙地将圆盘夹在两个手指之间，去碰触他的手腕，这时亚历克停止了说话。圆盘一碰到蓝色火焰的线条，手铐闪烁了一下，消失了。

“谢谢。”杰斯摩擦着他的手腕。他两个手腕上的一圈皮肤都磨得红肿，还在流血。他又能感觉到自己的指尖了。“这虽然不是藏在生日蛋糕里的锉刀，不过可以让我的双手不至于断掉。”

亚历克看着他。闪光墙晃动的光线使他的脸看起来拉长了，显得很焦虑——也许他确实焦虑。“你知道吗？之前我和伊莎贝尔说话时突然想起件事。我告诉她不能从窗户跳出去——不要去试，要不然她会没命的。”

杰斯点点头。“听起来像大哥的建议。”

“不过我想，如果是你的话——我是说，我见你干过一些事，实际上就是飞行。我见过你从三层楼上跳下，然后像只猫一样着地，从地面跳上屋顶——”

“听到我的才能被你复述确实让我高兴，可是我不明白你到底要说什么，亚历克。”

“我的意思是这个囚牢有四面墙，而不是五面。”

杰斯注视着他。“所以霍奇说我们可以在日常生活中使用几何学，他并没有撒谎。你是对的，亚历克。这个笼子有四面墙。现在如果大审判官去掉两面，我可能——”

“杰斯，”亚历克失去了耐心，说道，“我是说，这个笼子没有顶。你和天花板之间没有东西。”

杰斯仰起脖子，椽子看起来在他头上高得让人目眩。“你疯了。”

“或许吧，”亚历克说，“或许我只是知道你能做到。”他耸耸肩，“至少你可以试试。”

杰斯看着亚历克——看着他开朗诚实的脸庞和坚定的蓝色眼睛。他很疯狂，杰斯想。在激烈的战斗中，他确实做过一些让人意想不到的事情，但是他们大家都做过。暗影猎手的血液，长年累月的训练……可是他不可能往上跳九米高。

你怎么知道你不能，他头脑中一个温柔的声音说，如果你从来都没试过？

是克拉丽的声音。他想起她和她的如尼文，想起无声之城，想起手铐从他的手腕跳出，仿佛是在巨大的压力下裂开的。他和克拉丽拥有同样的血脉。如果克拉丽可以做一些不可能的事情……

他站了起来，几乎是不情愿的，然后环顾四周，慢慢打量着这个房间。透过环绕着他的银火光墙，他能看见沿着地板的一排镜子和挂在墙上的众多武器，它们的刃尖闪着暗钝的光芒。他弯腰从地上捡起吃了一半的苹果，思绪万千地看着——然后向后抡起胳膊，用尽最大的力气把苹果扔出去。苹果飞向空中，击中了一面闪光的银墙，爆裂出一圈融化了的蓝色火焰形成的光环。

杰斯听到亚历克倒吸了口气。那么大审判官没有夸张。如果他用力撞击这个囚牢的墙面，他就会死掉。

亚历克站在那儿，突然动摇了。“杰斯，我不知道——”

“闭嘴，亚历克。不要看我，帮不上忙的。”

任凭亚历克回答了什么，杰斯都没有听见。他在原地慢慢地转圈，眼睛紧盯着椽子。赋予他极好的远距离视力的如尼文开始起效，那些椽子更清楚了：他能看见它们缺损的边缘，那些涡轮状的木纹和结节，还有时间久远的黑色污迹。然而它们却很结实。这些椽子已经支撑了教堂屋顶几百年了，肯定能撑得住一个十几岁的少年。他像他的父亲教他的那样，活动活动手指，小心翼翼地深呼吸。在他的脑海中，他看到自己跳跃、翱翔，轻松抓住了一根椽子，然后翻到椽子上面去。他告诉自己，他很轻，轻如羽箭，将轻松穿过空气，迅疾无阻。这很容易，他告诉自己。容易。

“我是瓦伦丁之箭，”杰斯小声说，“无论他是否知道。”

然后他跳了。

第十六章

心形石

克拉丽敲击着按键给西蒙回拨电话，但是手机却直接进入了语音信箱。滚烫的眼泪滚下她的双颊，她将手机扔向仪表盘。“见鬼，见鬼——”

“我们就快到了。”卢克说。他们已经下了高速，而她甚至都没注意到。他们在西蒙家门口停车，这是一个独栋，房子的正面刷成了明快的红色。卢克还没有拉好手刹，克拉丽就下了车，跑向前面的走道。她冲上台阶，发疯般用力敲门的同时，听见卢克在喊她的名字。

“西蒙！”她大喊，“西蒙！”

“克拉丽，够了，”卢克在门廊上抓住她，“邻居们——”

“去他妈的邻居。”她在腰带上摸索着钥匙圈，找到对的钥匙，塞进锁里。她推开门，小心地迈进过道，卢克就在她身后。他们透过左边第一扇门看了看厨房。从一丝不苟、整整洁洁的厨台到冰箱上的小贴画，一切正常。那儿是水槽，就在几天前，她还在那里吻了西蒙。阳光穿过窗户射进来，使房间里充满了淡黄色的光线，能把西蒙烧成灰的光线。

西蒙的房间在过道尽头的最后一间。门轻微开着，然而克拉丽除了通过门缝透出来的黑暗，什么也看不见。

她从口袋里掏出石杖，紧紧地抓着。她知道这并不真的是个武器，但是把它抓在手里让她觉得平静。房间内很暗，黑色的窗帘垂在窗前，唯一的光线来自于床头柜上的数码闹钟。卢克伸手越过她正要去开灯，这时什么东西——像个恶魔那样，发着嘶嘶声，吐着唾沫，吼叫着——从黑暗中扑向他。

克拉丽尖叫起来，这时卢克抓住她的肩膀，用力把她推到旁边。她踉跄了一下，差点摔倒。她站稳后，转身看见神色震惊的卢克抓着一只吼叫着挣扎的白猫，它浑身的毛直竖着，看起来就像有爪子的一团棉花球。

“约萨里安！”克拉丽惊叫道。

卢克放下了猫。约萨里安立即穿过他的双腿，消失在过道里。

“蠢猫。”克拉丽说。

“不怪它。猫不喜欢我。”卢克伸手摸开关，打开灯。克拉丽倒吸一口气。房间里秩序井然，什么都纹丝不乱，连地毯都不歪扭，甚至床罩都在床上叠得整整齐齐。

“是有魔力的伪装吗？”

“可能不是。很可能只是用了法术。”卢克走到房间中央，若有所思地看着周围。正当他要走过去拉开其中一幅窗帘时，克拉丽看见什么东西在他脚边的地毯上发光。

“卢克，等一下。”她走到他站的地方，跪下来拿那东西。是西蒙的手机，损坏得完全变了形，天线也折断了。她打开手机，心脏直跳。虽然显示屏上有一道长长的裂痕，文字信息仍然可见：现在我拥有所有人了。

克拉丽茫然地坐到床上。恍惚间卢克从她手里拿走了手机。她听到他读到信息时抽了一口冷气。

“这是什么意思？‘现在我拥有所有人了’？”克拉丽问。

卢克把西蒙的手机放在桌子上，用一只手捂住了脸。“恐怕是他现在有了西蒙，而且，也可能有了迈亚。意思是他有了进行转换仪式所需要的一切。”

克拉丽看着他。“你是说这不只是为了接近我——和你？”

“我肯定瓦伦丁把这看成令人愉快的副收获，但这不是他的主要目标。他的主要目标是逆转灵魂之剑的特性，为此他需要——”

“暗影魅族孩子的血液。但是迈亚和西蒙都不是孩子了，他们都是十几岁的青少年。”

“创造这种魔咒的时候，就是将灵魂之剑转化为黑暗的魔咒，‘青少年’这个词甚至都还没造出来呢。在暗影猎手的社会里，十八岁才成年。在此之前，你就是孩子。对于瓦伦丁而言，迈亚和西蒙就是孩子。他已经有了一个精灵孩子和一个巫师孩子的血液。他所需要的就是一个狼人和吸血鬼。”

克拉丽似乎都无法呼吸了。“那我们为什么不做些什么？为什么我们不用某种方式保护他们？”

“先前瓦伦丁做的事情都不难。巫师很容易找到，只要以一个豢养恶魔的名义雇用他。在公园里如果你知道去哪儿找，找到精灵相当容易。而如果你想找到一个狼人，‘猎人之月’酒吧正是你要去的地方。但为什么这次他要把自己置于如此特殊危险的境地，费这么多周折只是为了攻击我们——”

“杰斯。”克拉丽说。

“你指什么，杰斯？他怎么了？”

“他是想再见到杰斯。昨天晚上杰斯在船上肯定做了什么事情，把瓦伦丁气得发疯。以至于让他放弃原先的计划，去制定一个新计划。”

卢克看上去很困惑。“什么让你认为瓦伦丁改变计划和你哥哥有关?”

“因为，”克拉丽严肃而肯定地说，“只有杰斯才能把人气成那样。”

“伊莎贝尔!”亚历克用力敲着他妹妹的门，“伊莎贝尔，开门。我知道你在里面。”

门拉开了一条缝。亚历克试着透过门缝往里看，可是门的另一边并没有人出现。“她不想和你说话。”一个熟悉的声音说。

亚历克低头看见一双灰色的眼睛从弯曲的眼镜后面瞪着他。“麦克斯，”他说，“拜托，小弟，让我进去。”

“我也不想和你说话。”麦克斯想把门推上，但是亚历克的动作像伊莎贝尔的鞭子那样快，将一只脚卡在了门缝里。

“别让我把你打倒了，麦克斯。”

“你不会的。”麦克斯用尽力气往回推。

“我是不会，不过我会去叫爸妈来，而且我感觉伊莎贝尔不想这样。你想吗，伊莎?”他提高声音问道，足以让他妹妹在房间里听到。

“噢，看在上帝的份上，”伊莎贝尔听起来非常气愤，“好吧，麦克斯，让他进来。”

麦克斯走开了，亚历克推门而入，门在他身后虚掩起来。伊莎贝尔跪在床边的窗台上，她的金鞭缠绕在左臂上。她穿着打猎服，结实的黑色裤子，紧身衬衫，上面是几乎看不见的如尼文图案。她的长靴在膝盖处扣着，黑色的长发在开着的窗前飞扬。她瞪着他，让他一时只想起霍奇的黑色渡鸦——雨果。

“你究竟在干什么?不要命了吗?”他问道，同时大步流星穿过房间走向她。

她的鞭子像蛇一样游过来缠住了他的脚踝。亚历克一动不动，清楚只要伊莎贝尔挥一下手腕，就能把他掀翻在地，在硬木地板上绑得结结实实。“不要再走过来，亚历山大·莱特伍德，”她用最愤怒的声音说，“现在我对你不是太有好感。”

“伊莎贝尔——”

“你怎么能那样背叛杰斯，在他经历了这一切之后?你们互相照看的誓言也——”

“不，”他提醒她，“如果那意味着违反《大律法》。”

“《大律法》!”伊莎贝尔厌恶地厉声说道，“有比圣廷更高的法律，亚历克。家庭法律。杰斯是你的家人。”

“家庭法律？我以前从来没听说过这个。”亚历克被惹恼了，说道。他知道他应该自卫，可是当自己的弟弟妹妹做得不对的时候，他总想纠正的终生习惯让他分了心。“可能是你刚刚杜撰的吧？”

伊莎贝尔挥动手腕。亚历克感到脚下一翻，他转动身体，用双手和腕部缓冲摔倒的力量。落地后，他滚了一下躺在那里，伊莎贝尔俯身看他，麦克斯在她旁边。“我们应该怎么处理他，麦克斯威尔？”伊莎贝尔问，“把他绑起来留在这里，让爸妈来找？”

亚历克受够了。他从手腕的刀鞘里抽出把刀，扭动着，朝捆着他脚踝的鞭子砍去。带电的鞭子啪的一声断开了，他一下跳起来。伊莎贝尔收回手，鞭子在她周围嘶嘶响着。

一声低声抽噎打破了紧张的局面。“好吧，好吧，你们已经折磨够他了。我在这儿。”

伊莎贝尔睁大了眼睛。“杰斯！”

“是我，”杰斯钻进伊莎贝尔的房间，关上了门，“你们两个没必要打架——”麦克斯喊着杰斯的名字向他冲来，杰斯向他眨眨眼睛。“小心那儿，”他说着，轻柔地挣脱这孩子，“我现在身体状态不太好。”

“我看出来了。”伊莎贝尔说着，焦虑地打量他。他的手腕血淋淋的，金色的头发汗津津地贴在脖子和额头上，头上和手上都沾着灰尘和脓液。“大审判官伤害你了吗？”

“没怎么伤害，”杰斯的目光越过房间和亚历克的目光相遇，“她只是把我锁在了武器陈列室。亚历克帮助我逃了出来。”

伊莎贝尔手里的鞭子仿佛花朵枯萎了一般。“亚历克，是真的吗？”

“是，”亚历克做作地拂去衣服上的灰尘，忍不住补充说，“之前也是。”

“那你应该说出来。”

“而你应该对我有些信任——”

“够了。没有时间斗嘴了，”杰斯说，“伊莎贝尔，你这里有什么样的武器？还有绷带，有绷带吗？”

“绷带？”伊莎贝尔放下鞭子，从抽屉里拿出她的石杖，“我可以用移除如尼文治好你——”

杰斯举起他的手腕。“移除如尼文对我身上的淤肿有用，可是对这些没用。这是如尼文烧伤。”在伊莎贝尔光线明亮的房间里，这些烧伤看起来更严重了——环状的乌黑伤痕，有些地方还开裂了，渗出鲜血。杰斯放低手腕，伊莎贝尔脸都白了。“我还需要一些武器，在我——”

“先绑绷带，武器等会儿再说。”她把石杖放在梳妆台上面，带着一篮子的药膏、纱布和胶带，赶着杰斯进了卫生间。亚历克看着他们走进半开着的门，杰斯斜靠着洗脸池，他的无血缘关系的妹妹揩净他的手腕，然后用白色的纱布把它们裹起来。“好了，现在脱掉你的衬衫。”

“我知道你要这样。”杰斯脱掉外衣，把T恤衫卷过头顶，眨了眨眼。他的皮肤是浅金色的，覆盖在结实的肌肉上面。墨黑色的印记缠绕在他纤细的胳膊上。凡夫俗子可能会觉得那些雪片似的白色伤痕，那些旧如尼文的痕迹，使他不够完美，但是亚历克不会。他们都有那些伤痕，伤痕是荣誉徽章，而不是瑕疵。

杰斯看见亚历克隔着半开着的门看他，说：“亚历克，你能把手机拿过来吗？”

“在梳妆台上。”伊莎贝尔头都没抬。她和杰斯正在小声谈话，亚历克听不到，怀疑这是因为他们不想吓到麦克斯。

亚历克看了下。“不在梳妆台上。”

伊莎贝尔正在杰斯的背部画移除如尼文。她生气地骂道：“噢，见鬼。我把手机留在厨房了。糟糕，我可不想去找，万一大审判官在那儿。”

“我去拿，”麦克斯主动说，“她不在意我，我太小了。”

“我猜是的，”伊莎贝尔显得不太情愿，“你需要手机干什么，亚历克？”

“我们只是需要，”亚历克不耐烦地说，“伊莎——”

“如果你要给马格纳斯发短信说‘我觉得你很酷’，我会杀了你。”

“谁是马格纳斯？”麦克斯问。

“他是个巫师。”亚历克说。

“一个性感的、性感的巫师。”伊莎贝尔不顾亚历克愤怒无比的表情，告诉麦克斯。

“可巫师是坏蛋。”麦克斯抗议道，显得很不解。

“的确是。”伊莎贝尔说。

“我不明白，”麦克斯说，“不过我去把手机拿来。我就回来。”

他溜出房门。杰斯穿上T恤衫和外衣回到卧室，开始在伊莎贝尔房间地板上扔得到处都是的一堆堆东西中寻找武器。伊莎贝尔跟着他，摇摇头。“现在的计划是什么？我们都离开吗？大审判官发现你不在那儿后会大惊失色的。”

“不会像瓦伦丁拒绝她时那么震惊，”杰斯简短地说了一下大审判官的大概计划，“唯一的问题是，他永远都不会选择那样做的。”

“唯——唯一的问题？”伊莎贝尔愤怒得几乎都口吃了，这是她六岁以后再也没有过的，“她不能那么做！她不能把你交换给一个变态就不管了！你是圣廷的一员！你是我们的兄弟！”

“大审判官不这样想。”

“我不管她怎么想。她是一个阴险的坏女人，她的行动必须被制止。”

“一旦她发现她的计划有严重问题，可能会被说服，”杰斯说，“但是我不会留在这儿了解事情的进展。我要从这儿出去。”

“这不容易，”亚历克说，“大审判官把这个地方锁得比五角阵还严密。你知道楼下有卫兵吗？她叫来了半数圣廷的人。”

“她肯定挺高看我的。”杰斯说着，把一堆杂志扔在一边。

“也许她没错，”伊莎贝尔若有所思地看着他，“你真的跳了九米高，从马拉奇牢室跳了出来？他跳出来了吗，亚历克？”

“他跳出来了，”亚历克肯定道，“我从来没见过这种事。”

“我从来没见过这样的事。”杰斯从地板上拿起一把二十五厘米长的短剑。伊莎贝尔的一只粉色文胸钉在它邪恶锋利的剑尖上。伊莎贝尔一把抓下来，满脸怒容。

“这不是问题所在。你怎么做到的？你知道吗？”

“我用跳的。”杰斯从床底下拖出两个带有剃刀边缘的飞轮，上面覆盖着灰色的猫毛。他吹了口气，毛散落一地。“轮盘。酷。尤其是我遇到什么有严重皮毛过敏反应的恶魔。”

伊莎贝尔用文胸拍打他。“你没回答我的问题！”

“因为我不知道，伊莎！”杰斯爬了起来，“或许希丽宫女王是对的。也许我有一些连自己都不清楚的力量，因为我从来都没试过。克拉丽肯定也有。”

伊莎贝尔皱起了眉头。“她有吗？”

亚历克的眼睛突然睁大了。“杰斯——你的那辆吸血鬼摩托还在屋顶吗？”

“可能吧。可现在是白天，所以没多少用处。”

“而且，”伊莎贝尔指出，“我们不能都坐在上面。”

杰斯把轮盘插进他的腰带，还有那把二十五厘米长的短剑。好几把天使之刃装在他上衣的口袋里。“那没关系，”他说，“你们不用跟着我。”

伊莎贝尔慌忙说：“你什么意思，我们不——”她停了下来，因为麦克斯气喘吁吁地回来了，握着她破旧的粉红色手机。“麦克斯，你是个英雄，”她从他手里一把抓回手机，向杰斯投去愤怒的一瞥，“我很快回来。另外，你要给谁打电话？克拉丽？”

“我要给她打电话——”亚历克开口说。

“不，”伊莎贝尔把他的手打到一边，“她更喜欢我。”她已经在拨号了，把手机举到耳边时她吐了吐舌头。“克拉丽？是伊莎贝尔。我——什么？”她脸上的血色消失了，她脸色发灰，直着眼睛，“那怎么可能？可是为什么——”

“什么怎么可能？”杰斯两步迈到她身边，“伊莎贝尔，发生了什么？克拉丽——”

伊莎贝尔从耳边拿开手机，手指关节都发白了。“是瓦伦丁。他带走了西蒙和迈亚。他要用他们进行仪式。”

杰斯平缓地伸出手，从伊莎贝尔的手里拿走手机，放到耳边。“开车来学院，”他说，“别进来，等我。我会在外面和你们碰头。”他合上手机，递给亚历克。“打电话给马格纳斯，”他说，“告诉他在布鲁克林的滨水路和我们碰头。他可以挑地点，但应该是某个偏僻的地方。我们需要他的帮助上瓦伦丁的船。”

“我们？”伊莎贝尔明显快活了。

“马格纳斯、卢克和我自己，”杰斯澄清道，“你们两个待在这里，替我应付大审判官。当瓦伦丁在和她的交易中不兑现自己的诺言时，你们要说服她派遣圣廷所有的后备人员和瓦伦丁战斗。”

“我不明白，”亚历克说，“首先你打算怎么从这里出去？”

杰斯咧嘴笑了。“看着。”他说着，跳到伊莎贝尔的窗台上。伊莎贝尔大叫起来，可是杰斯已经钻出去了。他在外边的窗台上平衡了一下——然后就不见了。

亚历克冲到窗边，恐惧地向下探望，可是什么也看不见：远处只有学院棕色的空园子，还有一条小径延伸到前门。第九十六大街上没有惊叫的行人，也没有汽车停下来看坠落的尸体。杰斯似乎从稀薄的空气中消失了。

水声吵醒了他。是一种不断重复的沉重的声音——水泼溅在某种固体上，一遍又一遍，似乎他是躺在一个池塘的底部，池塘的水快速地流走，又快速地蓄满。他嘴里有股金属的味道，周围也都有一股金属的味道。他能感到左手难以消除的持续疼痛，他呻吟了一下，睁开了眼睛。

西蒙躺在坚硬的、坑坑洼洼的金属地面上，地面漆成难看的灰绿色，墙壁是同样的绿色金属。唯一一个圆窗在一面墙的高处，能透进来少许阳光，不过已经足够了。他躺在那里，一只手被一小块阳光照到，手指立刻通红，起了水疱。他又呻吟了一下，滚到另一边，坐了起来。

然后他意识到这房间里并不只有他一个。虽然阴影浓重，他依然能看清楚。

在他的对面，双手被绑起，用链子拴在一根很大的蒸汽管道上的，是迈亚。她的衣服都被扯破了，一道巨大的伤痕划过左边的脸颊。他能看见她的麻花辫从一边的头皮上被扯了下来，头发沾满了血。他一坐起来，她看见他，立刻哭了。“我以为，”她呜咽时打着嗝，“你已经死了。”

“我是死了。”西蒙说。他盯着他的手看，在这过程中，水疱消退了，疼痛减轻，皮肤又恢复了正常的苍白。

“我知道，但是我的意思是——真正死去。”她用捆绑起来的手擦拭了一下脸。西蒙想要走到她身边，可什么东西阻挡着他。他脚踝上的金属脚铐连着一根沉入到地下的粗锁链。瓦伦丁没给他们任何机会。

“别哭，”他说道，可立即就后悔了，这情景似乎没法让人不流泪，“我没事。”

“那是现在，”迈亚说着，用袖子擦擦流泪的脸，“那个人——那个白色头发的人——他的名字是瓦伦丁？”

“你看到他了？”西蒙说，“我什么都没看到。我家的前门被砸开，然后一个巨大的身影像列货车一样进来了。”

“他就是那个瓦伦丁，对吧？那个每个人都在谈论的人，那个发动大叛乱的人。”

“他是杰斯和克拉丽的父亲，”西蒙说，“所以我知道他。”

“我原来就觉得他的声音听起来很熟悉。他的声音就像杰斯，”顷刻间她看起来有些伤心，“难怪杰斯是这样一个混蛋。”

西蒙只能表示同意。

“所以你没有……”迈亚的声音渐渐听不见了，她又试了一次，“听着，我知道这很怪异，但是瓦伦丁过来抓你时，你看见某个你认识的人了吗？某个死去的人，像鬼魂一样？”

西蒙摇摇头，困惑不解。“没有，为什么这么问？”

迈亚犹豫了。“我看见了我哥哥，我哥哥的鬼魂。我想瓦伦丁让我出现了幻觉。”

“呃，他对我没有使那种办法。我当时正和克拉丽通电话。我记得那个身影过来时我掉了手机——”他耸耸肩，“就是这样。”

“和克拉丽？”迈亚几乎充满了希望，“那么也许他们会想出我们在哪儿，也许他们会来找我们。”

“也许吧，”西蒙说，“对了，我们在哪儿？”

“在一艘船上。他带我上来时我还有意识，一个巨大的黑色金属庞然大物。这里没有灯，这里——到处都是东西。其中一个跳向我，我就开始尖叫。然后他抓住我的头，朝墙撞击，之后我就昏迷了一段时间。”

“东西？你指的是什么？”

“恶魔，”她说，然后一阵战栗，“在这里有各种各样的恶魔，大的，小的，会飞的。他让它们干什么，它们就干什么。”

“可是瓦伦丁是一名暗影猎手。而且我听说，他憎恨恶魔。”

“呃，它们好像不知道这个，”迈亚说，“我不明白的是，他想干什么。我知道他恨暗影魅族，可为什么要费这么大力气，只是要杀死其中的两个。”她开始发抖，上下颚咯吱作响，就像你在卖新奇玩意儿的店中买到的牙齿打战的玩具那样，“他肯定想从暗影猎手那里得到什么东西。或者卢克。”

我知道他想要什么，西蒙想，可是没必要告诉迈亚，她已经够难过的了。他耸着肩膀，把外衣抖掉。“给你。”他说道，然后把衣服扔过房间给她。

她扭着手铐，笨拙地把衣服披在肩头。她向他憔悴但感激地笑笑。“谢谢。可是你不冷吗？”

西蒙摇头。他手上的灼伤现在已经完全不见了。“我感觉不到冷。不再会感觉到了。”

她张开嘴，然后又合上了。她的脑海中正进行一场斗争。“对不起，对于昨天我针对你的方式。”她停了一下，几乎屏住了呼吸。“吸血鬼把我吓坏了，”她终于小声说，“刚来这座城市时，我有一些经常一起出去的伙伴——巴特，还有其他两个男孩，斯蒂夫和格雷格。有一次我们在公园无意中撞见一些吸血鬼在一座桥下吸血袋——我们打了一架，我只记得其中一个吸血鬼抓住格雷格，把他撕成了两半——”她提高了声音，用一只手紧紧地捂着嘴巴，浑身发抖。“两半，”她小声说道，“他的内脏都掉出来了。然后他们就开始吃了。”

西蒙感到一阵恶心的钝感传遍全身。这个故事让他恶心得想要呕吐，对此他几乎都要高兴了，因为幸亏没有感觉到别的，比如饥饿。“我不会那么做的，”他说，“我喜欢狼人。我喜欢卢克——”

“我知道你喜欢，”她开口说话了，“只是我遇到你时，你看起来这么像人类。你让我想起我的样子，以前的样子。”

“迈亚，”西蒙说，“你仍然是人类。”

“不，我不是。”

“在重要的方面，你是。就像我。”

她努力想微笑。他能看出她不相信自己，却不责备她，他对他自己的话也不确定。

天空变成了铁灰色，压着重重叠叠的云。在灰色的光线里，学院如一座山厚重的侧翼般显现了。天使状石板覆盖的屋顶像没擦的银器，闪着黯哑的光。克拉丽觉得她看到一个身影，穿着带风帽的衣服走在前门的阴影中，可她不能肯定。他们在隔了一个街区的地方停了车，从那儿透过卢克模糊不清的车窗向外看，很难看清任何东西。

“多长时间了？”她问道，不知道是第四次还是第五次问了。

“你上次问我这个问题是在五分钟前。”卢克说。他背靠着座椅，仰着头，显得极其疲惫。他下巴和面颊上的胡茬是银灰色的，双眼下有大大的黑眼圈。所有那些在医院的夜晚，恶魔的袭击，现在是这个，克拉丽想着，突然感到担心。她现在明白了，为什么他和她妈妈躲开这样的生活那么久。她希望自己也能躲开。“你想进去吗？”

“不。杰斯说了让我们在外面等。”她又通过窗户向外仔细观看。现在她肯定门道那儿有条身影。其中一个转身时，她看到一丝银发——

“看。”卢克坐得笔直，匆忙摇下了车窗。

克拉丽看了，似乎什么都没发生。“你是指那些门道上的人？”

“不。之前卫兵就在那儿了。看屋顶。”他指着上面说。

克拉丽将脸贴近卡车的车窗。教堂的石板屋顶上是各种式样的哥特塔楼和尖顶、雕刻的天使和拱形的斜面窗。她正要烦躁地说除了伏着的滴水兽什么也没有，猛然看到一个身影一闪。一个纤细的黑影飞快地在塔楼间移动，从一个飞檐跃向另一个飞檐，然后直着身子，沿着格外陡峭的屋顶缓缓降落——这个人有着浅淡的头发，在铁灰色的光线中闪着黄铜似的光。

杰斯。

克拉丽还没意识到自己在干什么，就下了车，沿着街道向教堂跑去。卢克在后面喊她。这座巨大的建筑似乎就在头顶摇摆，有几十米高，十足是个岩石峭壁。杰斯这时在屋顶的边缘向下看，克拉丽想，不可能，他不会的，他不会这么做的，不是杰斯。然后他从屋顶跃下，跳入空中，平静得仿佛从门廊上跳下一样。他像块石头一样落下时，克拉丽大声尖叫起来。

然而他就在她面前轻轻落地了。他从轻微的蹲姿站起来，朝她咧嘴笑着，克拉丽张大了嘴巴看着。“如果我开个从天而降的玩笑，”他说，“你会觉得这像其他陈词滥调一样无聊吗？”

“怎么——怎么你——你怎么做到的?”她小声说着，感觉就要呕吐了。她能看见卢克从车里出来了，双手交叉背在脑后，目光投向她身后。她转身看见那两个卫兵正从前门向他们跑来。一个是马利克，另一个是那个银发的女人。

“糟糕。”杰斯抓住她的胳膊，将她猛拉到身后。他们冲向卡车，跑到卢克的身边。卢克快速启动引擎，副驾驶那边的车门还没关上车就启动了。杰斯越过克拉丽，使劲把门拉上。卡车猛转方向，绕过那两个暗影猎手——克拉丽看到，马利克手里拿着的似乎是飞刀。他瞄准了一个轮胎。她听到杰斯咒骂着，在外衣里摸武器——马利克抡起了胳膊，刀刃闪烁——而那个银发女人却扑到他的后背，抓住他的胳膊。他努力想摆脱她——克拉丽在座位上扭动着，喘着气——然后卡车猛冲着绕过街角，消失在约克大街的车流中，学院在他们身后消失在远处。

迈亚靠着蒸汽管道一阵阵地打着盹，西蒙的上衣披在她的肩头。西蒙看着从舷窗透进来的光线移动，徒劳地试着计算出时间。平时他用手机看时间，可手机不见了——他掏了衣服的口袋，没有找到，肯定是瓦伦丁冲进他的房间时掉了。

然而他有更大的忧虑。他口干舌燥，喉咙疼痛。他很渴，在某种方式上，是饥渴混合在一起的感觉，这形成一种极大的折磨。而且，只会变得越来越严重。

鲜血是他所需要的。他想起家里他床边冰箱里的血液，于是静脉灼痛，仿佛滚热的银线渗入他的皮肤里。

“西蒙?”是迈亚昏昏沉沉地抬起了头。她靠着粗糙不平的管子的脸部印上了白色的小坑。随着血色重新回到她的脸上，白色转变成了粉色。

血。他用干渴的舌头舔舔嘴唇。“嗯?”

“我睡了多长时间?”

“三个小时。也许四个。现在很可能是下午了。”

“哦。谢谢你一直看着。”

他并没有。他说话的时候隐约感到有些惭愧。“我当然要看着。没问题。”

“西蒙……”

“嗯?”

“你在这儿我感到很抱歉，你明白我的意思，但是我很高兴你和我在一起。”

他感到自己的脸咧出一个微笑。他干燥的下唇裂开了，嘴里尝到了血的味道。她的眼睛是浅琥珀灰色，随着她的动作会变色。“你能够到我吗?”她伸出手问。

西蒙伸手够她。当他把手伸得尽可能远时，拴着他脚踝的链子哗啦作响。他们的指尖碰在一起，迈亚笑了——

“多动人啊。”西蒙猛得把手收了回去，打量着。阴影里传来的话音冷静、文雅，隐约有些陌生，他无法精准地辨认。迈亚放下手，转过身，当她抬头看见门道那边的人时，脸上的血色逐渐消失了。这人进来得如此悄无声息，以至于他们两个都没听见。“月亮之子和黑夜之子，终于融洽相处。”

“瓦伦丁。”迈亚小声说。

西蒙什么也没说，他忍不住盯着他看，那么这就是克拉丽和杰斯的父亲。他一头银白色的头发，炽热似火的黑眼睛，看上去他们两个和他都不像，尽管从他棱角分明的骨架和眼睛的形状能找到一些克拉丽的影子，他动起来时那种懒洋洋的傲慢则和杰斯有些相像。他很高大，肩膀宽厚，身材魁梧，他的两个孩子都不具备这些特征。虽然他身负的武器似乎足以装备一个排，但丝毫不妨碍他悄悄走进来。他的胸前交叉着带有银色搭扣的黑色皮带，身后背着一把剑柄宽大的银剑，腰部还环绕着另一根粗壮的皮带，上面插着一套刀剑，还有像巨型针一样闪亮的尖细利刃。

“站起来，”他对西蒙说，“背靠着墙。”

西蒙斜着抬起下巴。他能看见迈亚正看着自己，脸色刷白，惊恐万分，顿时使他产生了一种强烈的保护欲。如果他只能做最后一件事，那么他便要阻止瓦伦丁伤害她。“那么你就是克拉丽的父亲，”他说，“无意冒犯，不过我有些明白为什么她恨你了。”

瓦伦丁无动于衷，面无表情。他说话时嘴唇几乎不动。“为什么？”

“因为，”西蒙说，“你显然精神错乱。”

这时瓦伦丁微笑了。这是一种脸上其他部位都不动、只有嘴唇动的笑，就连嘴唇也只是轻微扭动了一下。然后他举起了拳头。拳头紧握着，有一会儿西蒙以为瓦伦丁要打他，本能地缩了回去。但是瓦伦丁并没有挥拳。相反，他张开手指，宽大的手掌中露出一把看起来闪亮的东西。他转向迈亚，弯着头，作出一种怪诞的模仿飞吻的样子，将粉末吹向她。粉末仿佛一群闪闪发光的蜜蜂，落在她的身上。

迈亚尖叫起来。她喘着粗气，浑身剧烈扭动，翻来覆去地滚动，似乎能把那些粉末晃掉一样。她声音更大了，呜呜咽咽地喊叫着。

“你对她做了什么？”西蒙跳了起来大叫道。他跑向瓦伦丁，可腿上的链子把他猛拉了回来。“你做了什么？”

瓦伦丁微笑得更欢了。“银粉末，”他说，“它会灼伤狼人。”

迈亚已经不再扭动了，而是在地上像婴儿一样蜷缩着静静地流泪，鲜血从红色伤口涌出，沿着她的手和胳膊淌下来。西蒙的胃又缩紧了，他向后靠着墙，为自己，为所有的一切感到恶心。“你这个混蛋，”瓦伦丁把最后一点粉末从手指上拂去时，西蒙说道，“她只是个女孩子，她不会妨害你，她都被锁起来了，以——”

他哽噎了，嗓子灼痛。

瓦伦丁笑了。“以上帝的名义？”他说，“这是你要说的吗？”

西蒙没说话。瓦伦丁把手伸到背后，从剑鞘里抽出那把沉重的银剑。剑刃闪着寒光，仿佛水从一面纯银打造的墙上倾泻而下，又仿佛阳光自身的折射。西蒙的眼睛被刺痛了，他扭开了脸。

“天使之刃灼烧你，正像上帝的名字噎住你，”瓦伦丁说，冷冷的声音尖锐得像晶体，“他们说死在它剑尖下的人将会走向天国之门。在这种情况下，我是在帮你。”他放低剑以使剑尖抵着西蒙的喉咙。瓦伦丁的眼睛是那种黑色的水的颜色，里面什么都没有：没有愤怒，没有同情，甚至没有仇恨，像清空的坟墓那样虚无。“有什么临终遗言吗？”

西蒙知道他将要说什么。听，哦，名叫以色列的犹太人，主我们的上帝，主是一个。他试图说出这些话，可是喉咙一阵灼热的疼痛。“克拉丽。”他转而小声叫道。

一种恼怒的表情掠过瓦伦丁的脸，似乎从一个吸血鬼的嘴里说出自己女儿的名字让他很不悦。他的手腕猛地一动，拉平了剑，只稳稳一挥，割过了西蒙的喉咙。

第十七章

伊甸园之东

“你怎么做到的?”克拉丽问。这时，卢克伏在方向盘上，卡车向市中心疾驰而去。

“你是说我怎么上到屋顶吗?”杰斯背靠着座椅，眼睛半闭着。他的手腕缠着白色的绷带，发际线上还有干了的血渍。“首先我爬出伊莎贝尔的窗户，沿着墙向上爬。有很多装饰性的滴水兽，可以作为很好的抓手。另外，我想强调的是，我的摩托车已经不在我放的地方了。我打赌大审判官骑着它去霍博肯[①]欢乐游了。”

“我的意思是，”克拉丽说，“你是怎么从教堂屋顶跳下来，没有摔死的?”

“我不知道，”他抬起手揉揉眼睛，手臂碰到了她的手臂，“你怎么创造出那个如尼文的?”

“我也不知道，”她小声说，“精灵女王是对的，不是吗? 瓦伦丁，他——他对我们做了些事情。”她瞥了一眼卢克，卢克正假装专心向左转弯，“难道没有吗?”

“现在不是讨论那个的时候，”卢克说，“杰斯，你心中有明确的目的地吗? 还是你只想离开学院?”

“瓦伦丁已经把迈亚和西蒙带到了船上，以实施仪式。他会尽可能快的，”杰斯拽了拽手腕上其中一根绷带，“我必须赶到那儿阻止他。”

“不要。”卢克严厉地说。

“好吧，我们必须赶到那儿阻止他。”

“杰斯，我不会让你回到那艘船上的，太危险了。”

“你看到了我刚才做的事，”杰斯说，声音里多了几分怀疑，“你还担心我吗?”

“我担心你。”

“没有时间考虑这个了。我父亲杀了你的朋友后，他将召唤一支你无法想象的恶魔军队。那之后，他将不可阻挡——”

“那圣廷——”

---

① 霍博肯，美国新泽西州的城市，临哈德逊河，属于纽约都会区的一部分。

“大审判官什么都不会做，”杰斯说，“她阻止了莱特伍德一家和圣廷的联系。她不会要求增援，甚至当我告诉她瓦伦丁的计划之后，她也只想着她的疯狂计划。”

“什么计划？”克拉丽说。

杰斯的声音变得气愤起来。“她想用我交换致命秘器。我告诉她瓦伦丁不会同意的，可她不相信我，”他突然爆发出尖利的笑声，“伊莎贝尔和亚历克打算告诉她西蒙和迈亚出了什么事，然而我却不是太乐观。关于瓦伦丁的事她不相信我，只是为了挽救几个暗影魅族，她不会打乱她宝贵的计划。”

“不管怎样，我们不能只干等着他们的消息，”克拉丽说，“我们现在必须去船上。如果你能带我们去那儿——”

“我讨厌跟你说这个，但是我们需要一条船，”卢克说，“我怀疑即使是杰斯也不会在水面上行走。”

这时克拉丽的手机响了一下，是伊莎贝尔发来的短信。克拉丽皱起了眉。“是个地址。在滨水路。”

杰斯趴在她的肩头看了看。“那是我们要去和马格纳斯碰面的地方。”他把地址读给卢克听，卢克烦躁地掉头，向南开去。“马格纳斯将把我们送过水面，”杰斯解释道，“船周围环绕着保护带。我以前能上去是因为我父亲想让我上去。这次他不会的。我们需要马格纳斯来解除保护带。”

“我不喜欢这样，”卢克的手指轻轻敲击着方向盘，“我认为应该让我去，你们两个和马格纳斯待在一起。”

杰斯的目光闪了一下。“不，去的人应该是我。”

“为什么？”克拉丽问。

“因为瓦伦丁用了一个恐惧魔，”杰斯解释道，“这就是他之所以能够杀死无声使者的原因。是恐惧魔杀死了那个巫师，在‘猎人之月’酒吧外面的巷子里杀死了那个狼人，而且很可能也是它在公园里杀了小精灵。这就是为什么无声使者脸上留有那种表情，那种恐惧的表情，他们其实是被吓死的。”

“可是血——”

“由他来放血。在巷子里他被一个狼人打断了，所以没有足够的时间获取所需要的血液，所以他仍然需要迈亚，”杰斯用一只手划过头发，“没有人能够抗得住恐惧魔，它进入你的大脑，毁掉你的意识。”

“阿格拉蒙。”卢克说。他一直沉默地透过挡风玻璃看着前面，面庞显得灰白而清瘦。

“是的，瓦伦丁就是这么叫它的。”

“它不是普通的恐惧之魔，它是真正的恐惧之魔。恐惧大恶魔。瓦伦丁是怎么让阿格拉蒙听他的调遣的？甚至连一个巫师想要约束大恶魔都有困难，而且还是在五角阵之外——”卢克吸了一口气，“这就是那个小巫师死的原因，不是吗？召唤阿格拉蒙？”

杰斯点头表示同意，然后又赶快解释了瓦伦丁对埃利阿斯施的诡计。“圣杯，”他最后说道，“使得他控制了阿格拉蒙。显然圣杯赋予人某些控制恶魔的力量，尽管不像圣剑所能给予的那样。”

“现在我更不想让你去了，”卢克说，“这是一个大恶魔，杰斯。它需要用整个城市的暗影猎手来对付。”

“我知道它是大恶魔。可是它的武器是恐惧。假如克拉丽能在我身上刻上无所畏惧如尼文，我就能战胜它。或者至少试一试。”

“不！”克拉丽抗议道，“我可不想你的安全只靠我愚蠢的如尼文，如果如尼文不起作用怎么办？”

“它之前起作用了。”杰斯说。这时他们驶出桥面，又驶进布鲁克林，沿着狭窄的凡布朗特大街前行，两边是工厂的高墙，墙上的窗户用木板封了起来，门也锁着，一点也看不出里面是什么。远处，水岸在楼宇之间闪着微光。

“这次如果我搞砸了怎么办？”

杰斯的头转向她，他们的目光对视了一会儿。他的眼神就像远处阳光散发出的金色。“你不会的。”他说。

“你确定是这个地址吗？”卢克慢慢把卡车停下来，问道，“马格纳斯不在这儿。”

克拉丽环顾四周。他们的车停在一个似乎被一场大火毁掉的大工厂前面，空心砖和灰泥砌成的残墙还屹立着，但是里面的钢筋都伸了出来，弯曲着，表面还布满了烧过的痕迹。克拉丽能看见远处下曼哈顿的金融区和总督岛远伸到海里的黑色区域。“他会来的，”她说，“如果他告诉亚历克他要来，他就会来的。”

他们从卡车上下来。虽然这家工厂所在的街道上都是类似的建筑，但是却很安静，即使是在星期日。周围没有别人，没有嘈杂的商业活动，没有卡车倒车的声音、人们的吵闹声这些通常和仓库区连在一起的声音。相反，这里只有寂静，清冷的微风拂过水面，还传来海鸟的叫声。克拉丽戴上风帽，拉上外套的拉链，打了个寒战。

卢克把卡车的门关上，然后拉上他法兰绒外套的拉链。他默默递给克拉丽一双他的厚羊毛手套。她套上手套，扭动着手指，手套对她而言大得就像是戴着一对大爪子。她看看周围。“等一下——杰斯在哪儿？”

卢克指过去。杰斯正跪在水边，在灰蓝色的天空和棕黄色河水的映衬下，成为一个黑色的身影，他亮泽的头发成了唯一的光点。

“他是需要隐私吗？”她问。

“在这种情况下，隐私是一种我们都负担不起的奢侈。过来。”卢克大步走过车道，克拉丽跟着他。工厂渐渐消失于眼前，宽阔的碎石滩岸出现了，浅浅的波浪打在缠满了水草的岩石上。一个黑色的坑周围，圆木围成一个大概的方形，里面曾经燃过火。到处都扔着生锈的易拉罐和瓶子。杰斯脱掉了外衣，站在水边。克拉丽看着他把一个小小的白色东西扔向水中，它溅起一片水花，消失不见了。

“你在干什么？”她说。

杰斯转身面对他们，风吹动他的头发，拂过他的脸庞。“发送消息。”

越过他的肩膀，克拉丽看到了闪着微光的藤蔓——像一束活着的海草——从灰色的河水中浮现出来，缠着一丝白色。它过了一会儿就消失了，留下克拉丽眨着眼睛。

“给谁的消息？”

杰斯皱起了眉。“没有谁。”他从水边转身离开，阔步走过碎石河岸，走到他铺开外套的地方。外套上面放着三把天使之刃。他转身时，克拉丽看见锋利的金属轮盘别在他的皮带上。

杰斯的手指抚摸着那些天使之刃——扁平的，灰白色的，等待着被命名。“我没有机会进入武器室，所以这些就是我们拥有的武器。在马格纳斯到这儿之前，我们尽量做好准备。”他举起第一把天使之刃，“阿布里埃尔。”随着他为它命名，这把天使之刃闪着光，改变了颜色。他把它递给了卢克。

“我有。”卢克说着，掀开他的外衣，露出别在皮带上的双刃剑。

杰斯把阿布里埃尔递给克拉丽，她默默地接了过去。它在她的手中很暖和，仿佛有一种秘密的生命在里面跳动着。

“卡莫尔。”杰斯对第二把天使之刃说道，使得它颤抖着发着光。“特朗提斯。”他对第三把说。

“你曾经用过拉结尔的名义吗？”杰斯把这些六翼天使别进皮带里，披上外套，站起来时，克拉丽问。

“千万不要，”卢克说，“那没用的。”他的目光打量着克拉丽身后的路面，寻找马格纳斯。她可以察觉到他很焦虑，可还没来得及说些什么时，她的手机响了。她打开手机，一言不发地递给了杰斯。他读了短信，扬起了眉毛。

“似乎大审判官让瓦伦丁在日落前决定，他是更想要我还是致命秘器，”他说，“她和玛丽斯争吵了几个小时，所以没有发现我已经走了。”

他把手机还给克拉丽，彼此的手指轻轻碰了一下。虽然克拉丽手上戴着厚厚的羊毛手套，她还是猛地抽回了手。她看到他的脸上掠过一层阴影，可并没有说什么。相反，他转向卢克，突然发问：“大审判官的儿子死了吗？是因为这个她才这样吗？”

卢克叹了口气，将双手插进外衣的口袋里。“你是怎么猜出来的？”

“当有人提到她儿子的名字时她的反应，这是她唯一显露出人类感情的时候。”

卢克吐出一口气。他把眼镜往上推了推，斜眼看着吹过河水的强风。“大审判官之所以变成这样，有许多原因。斯蒂文只是其中一个。”

“这很诡异，”杰斯说，“她看起来甚至不像一个喜欢孩子的人。”

“不喜欢别人的，”卢克说，“她自己的就不同了。斯蒂文是她的完美孩子。事实上，他是每个人……每个认识他的人眼里的完美孩子。他是那种样样精通、永远都很和善、从来不让人厌烦、英俊而又不让人嫉恨的人。好吧，也许我们有一点点嫉恨他。”

“他和你在一所学校吗？”克拉丽说，“还有我妈妈——和瓦伦丁？你是这样认识他的吗？”

“希伦戴尔夫妇当时负责伦敦学院，斯蒂文在那儿上的学。毕业后他回到了阿利坎特，有段时间我的确经常见到他，”卢克的目光变得深邃起来，和河水一样呈现出蓝灰色，“在他结婚之后。”

“那么他也是集团里的？”克拉丽问。

“那时不是，”卢克说，“他在我——嗯，在我出事以后加入集团的。瓦伦丁需要一个新的二号首领，他想要斯蒂文担任。对圣廷极其忠诚的伊莫金对此歇斯底里——她恳求斯蒂文再考虑考虑——但是他拒绝了。他不愿和她说话，也不和他父亲说话。他完全被瓦伦丁控制了，去哪儿都像个影子一样跟着。”卢克停了一下，“问题是，瓦伦丁认为斯蒂文的妻子对他不合适，对一个将要出任集团二号首领的人不合适。她有——让人不齿的亲戚。”卢克声音中的痛苦让克拉丽很吃惊。他对这些人那么在乎吗？“瓦伦丁强迫斯蒂文和阿玛提斯离婚，然后再娶——他的第二任妻子是一个非常年轻的女孩，只有十八岁，叫瑟琳娜。她也完全处于瓦伦丁的影响之下，做一切他让她做的事情，无论多么怪异。然后斯蒂文在集团的一次对吸血鬼老巢的袭击中被杀，瑟琳娜知道后自杀了。那时她已有了八个月的身孕。斯蒂文的父亲也死了，心脏病发作。所以伊莫金的全家，都没有了。他们甚至都不能把她儿媳和孙子的尸骨葬在骸骨之城，因为瑟琳娜是自杀的。她被葬在阿利坎特城外的一个十字路口。伊莫金活下来了，但是——她变得像冰一样冷。原先的大审判官在大叛乱中被杀之后，伊莫金得到了这个工作。她从伦敦返回伊德里斯——但是据我所知，再也没有说起过斯蒂文。不过这确实解释了为什么她如此恨瓦伦丁。"

"因为我父亲碰过的一切都有毒？"杰斯愤恨地说。

"因为你父亲虽然有那么多罪过，仍然有你这样一个儿子，而她没有。也因为她把斯蒂文的死归咎于他。"

"她是对的，"杰斯说，"是他的错。"

"不完全是，"卢克说，"他给了斯蒂文选择权，斯蒂文选择了。不管瓦伦丁别的错误是什么，他从来不逼迫或威胁任何人加入集团。他只想要自愿的追随者。斯蒂文的选择权在他自己。"

"自由意志。"克拉丽说。

"这里没有什么自由，"杰斯说，"瓦伦丁——"

"给了你选择权，不是吗？"卢克说，"你去见他时，他想要你留下来，不是吗？留下来和他一起做事？"

"是的，"杰斯的目光越过河水眺望着总督岛，"他是这样的。"克拉丽看见河水倒映在他的眼里，他的眼睛冰冷坚硬，仿佛灰色的河水淹没了眼睛里所有的金色。

"而你拒绝了。"卢克说。

杰斯瞪着眼睛。"我希望人们停止这样的猜测。这让我感觉人们能预测我的未来。"

卢克转过身，似乎要隐藏一丝微笑，然后停了下来。"有人来了。"

确实有人来了，一个身材很高的人，黑色的头发在风中飞扬。"马格纳斯，"克拉丽说，"可是他看起来……不一样。"

他慢慢走近后，她看见他通常竖起来、像迪厅灯球般发光的头发，现在仿佛一匹黑色的丝绸，整洁地垂在耳后。彩虹色的七彩皮裤也不见了，取而代之的是一套整齐的老式黑色西服，外面是黑色的长礼服，上面缀着闪闪发光的银纽扣。他猫一样的眼睛发着琥珀色和绿色的光。"你们看到我显得很惊奇。"他说。

杰斯看了一眼手表。"我们怀疑你会不会来。"

“我说了我要来，所以我来了。我只是需要时间准备。这可不是什么帽子戏法，暗影猎手。这将会是些严肃的魔法。”他转向卢克。“胳膊怎么样了？”

“好了，谢谢。”卢克总是很有礼貌。

“停在工厂旁边的是你的卡车，对吧？”马格纳斯指着说，“对一个书商而言这可真男人。”

“哦，”卢克说，“要把那些沉重的书箱拖来拖去，在书堆上爬上爬下，用硬卡纸编目……”

马格纳斯笑了。“你能为我把卡车打开吗？我是说，我能自己来，”他扭动着手指，“不过那看起来不优雅。”

“当然。”卢克耸耸肩，他们回头向工厂走去。克拉丽正要跟着他们，然而杰斯抓住了她的胳膊。“等等。我想和你说句话。”

克拉丽看着马格纳斯和卢克向卡车走去。他们构成奇怪的一对，穿着长礼服的高个子巫师与那个穿着牛仔裤和法兰绒衬衫、个头更矮一些、更粗壮一些的男人。但是他们都是暗影魅族，都困在平凡世俗和超自然之间的同一个世界里。

“克拉丽，”杰斯说，“你在听吗？你在哪儿？”

她回头看他。太阳在他身后渐渐沉入水中，他的脸庞处于一片阴影之中，头发却变成一圈金色的光晕。“对不起。”

“没关系。”他用手背触摸着她的脸，轻轻地，“你有时完全陷入沉思，”他说，“我希望我能追得上你的思绪。”

你追得上，她想说，你一直活在我的脑海中。然而她说：“你想跟我说什么？”

他放下手。“我想让你帮我刻无所畏惧如尼文，在卢克回来之前。”

“为什么在他回来前？”

“因为他会说这是个坏主意，可这是打败阿格拉蒙的唯一机会。卢克没有——遭遇过它，他不知道它是什么样，可我知道。”

她搜索着他的脸。“它是什么样的？”

他的目光难以解读。“在这个世界上你见过的最可怕的东西。”

“我甚至都不知道是什么。”

“相信我。你不想看到，”他向下瞥了一眼，“你的石杖在吗？”

“在，在我这儿。”她把右手的羊毛手套褪下来，去摸石杖。她把石杖拿出来时，手在微微颤抖。“你想在哪儿画印记？”

“离心脏越近，就越有效。”他脱下了外套，丢在地上。然后把T恤衫卷起来，露出背部。“画在肩胛骨上就好。”

克拉丽一只手放在他的肩上以保持稳定。他肩上的皮肤比手上和脸上的颜色更浅，没有疤痕的地方很光滑。她沿着他的肩胛骨移动着石杖的尖端，感觉他龇牙咧嘴，肌肉紧张。“不要这么用力——”

“对不起。”她放松下来，让如尼文从她的头脑中流泻出来，沿着胳膊而下，流入石杖。石杖留下的黑线看起来像烧焦的灰烬构成的线条。“好了，完成了。”

他转身将T恤衫放下。“谢谢。”这时远在天边的沉落的夕阳，将天空染成一片玫瑰红色，河水的边缘也变成金黄的，周围的城市垃圾也显得不那么丑陋了。“你怎么样？”

“什么怎么样？”

他走近一步。“把袖子卷起来。我来给你画印记。”

“哦，好的。”她按他要求的那么做，卷起袖子，向他伸出裸露的胳膊。

石杖刺痛皮肤的感觉就像针尖轻轻的触碰，刮擦而没有刺穿。她入迷地看着黑色线条的出现。梦中刻画的印记仍然可见，只在边缘微微消退了一些。

“‘耶和华对他说，凡杀该隐的，必遭报七倍。耶和华就给该隐一个记号，免得人遇见他就杀他。’”

克拉丽转过身，放下了袖子。马格纳斯站在那里看着他们，风拂过河面，他黑色的礼服似乎在周围飘荡着。一丝微笑涌上他的嘴角。

“你能引述《圣经》？”杰斯问道，弯腰去拿他的外套。

“我出生在宗教气氛浓厚的年代，我的孩子，”马格纳斯说，“我总是想该隐的记号可能就是有记录的第一个印记。它确实保护了他。”

“但他却很难说是一个天使，”克拉丽说，“难道他没杀他弟弟吗？”

“我们难道没有筹划要杀我们的父亲吗？”杰斯说。

“这不一样。”克拉丽说，但是却没有机会详细解释有何不同，因为这时卢克的卡车停在了河岸上，将碎石从轮胎下甩了出来。卢克倾斜着身体，把头伸出车窗外。

“好了，”他对马格纳斯说，“我们走，上车。”

“我们要开车到船上吗？”克拉丽不解地问，“我以为……”

“什么船？”马格纳斯不停地问着，爬进驾驶室坐在卢克旁边。他往身后勾了下大拇指。“你们两个，到后面去。”

杰斯爬到卡车后面，弯身帮助克拉丽爬上来。她靠着备用轮胎坐好后，看见卡车车厢的金属地板上画了一个圆圈，里面是一个黑色的五角形。五角形的角装饰着繁复的花体符号。这不太像是她所熟悉的如尼文——看着它们的感觉，就像去理解一个语言很接近英语，却又不是说英语的人。

卢克从车窗伸出头来看他们。“你知道我不喜欢这样，”他说，风使他的声音变得含混，“克拉丽，你和马格纳斯待在车里，杰斯和我上船。明白吗？”

克拉丽点点头，蜷缩在卡车车厢的一个角落。杰斯坐在她身旁，双脚撑地。“这将会很有趣。”

“什么——”克拉丽刚说话，卡车发动了，车胎轰鸣着在碎石上碾过，吞没了她的声音。车子颠簸着向前开去，开到河边的浅水中，又向前朝河里开去，克拉丽趴在驾驶室的后窗上——卢克打算把他们全淹死吗？她扭转身体，看到驾驶室里充满了让人眼花缭乱的蓝色光柱，旋转着，扭动着。卡车似乎在什么庞大的东西上面颠簸着，又好像在圆木上行进。然后他们就平稳地前进了，几乎是在滑行。

克拉丽跪直了身体，向卡车侧边看去，几乎确信自己会看到什么。

他们正在移动——不，是行驶在深色的河水上面，卡车轮胎的底部从河面擦过，荡起细微的涟漪，偶尔还喷溅出马格纳斯弄出来的蓝色火花。除了马达的轻微响声和海鸟的叫声，一切都非常安静。克拉丽的目光越过车厢看着正在咧嘴微笑的杰斯。“这次真的会让瓦伦丁印象深刻。”

“我不知道，”克拉丽说，“其他的厉害团队有蝙蝠飞镖和飞檐走壁的能力，我们则有水上卡车。”

“如果你不喜欢这个，暗影猎手，”马格纳斯的声音微弱地从车厢传来，“试试看你能不能在水面上行走。”

“我想我们应该进去。”伊莎贝尔的耳朵贴着图书室的门说。她招招手让亚历克靠近些。“你能听见什么吗？”

亚历克在他妹妹身边斜着身体，小心地不掉下拿着的手机。马格纳斯说如果有消息或有什么事会打电话。到目前为止，还没有电话。“不行。”

“确实是。她们已经不再大喊大叫了，”伊莎贝尔的黑眼睛闪着亮光，“她们现在在等瓦伦丁。”

亚历克从门前走开，大步走过半个大厅，到最近的窗边。外面的天空由淡灰色渐渐变成红色。“日落时分了。”

伊莎贝尔伸手去摸门把。“我们走。”

“伊莎贝尔，等一下——”

“我不想让她再有机会跟我们撒谎，”伊莎贝尔说，“或者就已经发生的事欺骗我们。另外，我想见他，杰斯的父亲。你不想吗？”

亚历克退回到图书室门口。“想，可这主意不好，因为——”

伊莎贝尔转动图书室的门把，门开了。她有些顽皮地回头瞥了一眼亚历克，闪了进去，亚历克小声咒骂着跟在她后面。

他母亲和大审判官站在书桌的两端，像拳击场上面面相对的拳手。玛丽斯脸颊通红，头发散乱。伊莎贝尔向亚历克投去一瞥，似乎在说，也许我们不应该进来，妈妈看上去很生气。

另一方面，如果说玛丽斯看上去很生气，那么大审判官简直就是精神错乱。图书室的门一打开，她转过身，嘴巴扭曲成难看的形状。“你们两个在这儿干什么？”她大叫道。

“伊莫金。”玛丽斯说。

“玛丽斯！”大审判官提高了声音，“我受够了你和你行为不端的孩子——”

“伊莫金。”玛丽斯又说道。她的声音中有某种东西——急迫——让大审判官也转身张望着。

就在黄铜地球仪周围，空气像水一样闪着光。从中汇聚出一个身形，仿佛黑色的颜料画在白色的帆布上，逐渐形成一个男人的体形，他有着木板一样的宽阔肩膀。这个身形晃动得厉害，亚历克只能看见这人很高，留着一头很短的盐白色浓密的头发。

“瓦伦丁。”亚历克觉得大审判官显得措手不及，虽然她一直在等他现身。

这时地球仪周围的空气波动得更厉害了，那个人从中迈步出来，仿佛是从水面中走出来一样。伊莎贝尔倒吸了一口气。杰斯的父亲是一个让人敬畏的人，他有一米八的个头，宽厚的胸膛，结实粗壮的臂膀鼓起紧绷的肌肉。他的脸几乎是三角形的，有一个坚硬的尖下巴。他也许曾经很英俊，亚历克想，可是他和杰斯一点不像，没有他儿子淡金黄色的外貌。在他的左肩上方露出一把剑的剑柄——圣剑。既然他的肉体没有真的现身，似乎他并不需要带着武器，所以他背着圣剑肯定是为了激怒大审判官。她没有比这时更恼怒的了。

“伊莫金。”瓦伦丁说道。他的黑眼睛带着一种满足的愉悦盯着大审判官。那十足就是杰斯，那种表情，亚历克想。“还有玛丽斯，我的玛丽斯——真是好久不见。”

玛丽斯用力咽了一下口水，有些困难地说：“我不是你的玛丽斯，瓦伦丁。”

“这肯定是你的孩子。”瓦伦丁继续说着，就好像没听见她讲话。他盯着伊莎贝尔和亚历克。一种微弱的战栗顿时传遍亚历克全身，似乎有什么东西扯了他的神经一样。杰斯父亲的话平淡无奇，甚至还很礼貌，但是在他空洞而狩猎般的目光中，有某种东西让亚历克想要挡在他妹妹的身前。“他们长得和你很像。”

“不要把我的孩子们牵涉进来，瓦伦丁。”玛丽斯说，显然她在极力保持声音的稳定。

“哦，这似乎不公平，”瓦伦丁说，“考虑到你没有不让我的孩子牵涉其中。”他转向大审判官。“我得到你的信息了。 这肯定不是你最好的选择吧？”

她之前一直没动，这时她慢慢眨了眨眼，像只蜥蜴那样。“我希望你很清楚我提出的条件了。”

“用我的儿子交换致命秘器。是这样，对吧？不然你就杀了他。”

“杀了他？”伊莎贝尔重复道，“妈妈！”

“伊莎贝尔，”玛丽斯紧张地说，“闭嘴。”

大审判官眯缝着眼睛向伊莎贝尔和亚历克投去恶毒的一瞥。“你说的不错，摩根斯特恩。”

“那么我的答案是不。”

“不？”大审判官的表情就像她往以为硬实的地面上迈了一步，结果地面却崩塌了，“你吓唬不了我，瓦伦丁。我必定会那么做。”

“哦，我不怀疑，伊莫金。你一直都是一个认准目标，不择手段的女人。我之所以发现你有这些品质是因为我自己也是这样的。”

“我和你根本不一样。我遵守《大律法》——”

“即使《大律法》让你杀一个十几岁的少年以便惩罚他的父亲？这不关法律的事，伊莫金，是你恨我，为你儿子的死责怪我，而这是你报复我的方式。这没有关系。我不会交出致命秘器，甚至为了乔纳森也不会。”

大审判官只能瞪着他。“可他是你儿子，”她说，“你的孩子。”

“孩子自己会作出选择，”瓦伦丁说，“这你永远不懂。我向乔纳森保证，如果他和我在一起的话就会安全，他却将这个承诺一脚踢开，回到了你身边，而你却这样报复他。你无足轻重，伊莫金，”他最后说，“我有先见之明。”

大审判官似乎没有注意到他对她的侮辱。“圣廷会让他死，假如你不给我致命秘器的话，”她说，那模样就像一个噩梦缠身的人，“我阻止不了他们。”

“我很清楚这一点，”瓦伦丁说，“但是我爱莫能助。我给了他机会，他没要。”

“混蛋！”伊莎贝尔突然大声喊道，似乎要向前跑去。亚历克抓着她的胳膊，向后拽着她，把她拉住。“他太自以为是了。”她低声生气地说，然后提高了嗓音，向瓦伦丁大喊：“你是一个——”

“伊莎贝尔！”亚历克用手捂住妹妹的嘴，瓦伦丁则愉快地瞥了他们两个一眼。

“你……向他保证……”大审判官让亚历克想起了电路短路的机器人，“而他拒绝了你？”她摇头，“可是他是你的间谍——你的武器——”

“你是这么想的？”他说，显然真的很惊讶，“我对刺探圣廷的秘密可没有兴趣。我只对瓦解它感兴趣，为了实现这个目标，我的军械库里有比一个男孩强大得多的武器。”

“可是——”

“信不信由你，”瓦伦丁耸了下肩，说道，“你什么都不是，伊莫金·希伦戴尔。一个权力即将瓦解的政体，它的统治很快要终结了。你没有什么我想要的可以提供给我。”

“瓦伦丁！”大审判官向前扑去，似乎她能够拦住他，抓住他，但是她的手掠过他，就像掠过水一样。带着极其鄙视的表情，他向后退去，消失了。

天空被逐渐消退的火舌舔舐着，河水变成了铁褐色。克拉丽把外套裹得更紧了，她在发抖。

“你冷吗？”杰斯一直站在车厢后面，低头看着车留下的航迹：两条泡沫白线划破了水面。现在他过来在她身边坐下，背靠着车厢的后窗。车窗弥漫着蓝色的烟雾。

“你不冷吗？”

“不冷。”他摇摇头，脱下外套，递给她。她穿上他的外套，陶醉在柔软的皮革的触感中。外套太大了，她穿不合身。“你会像卢克说的那样待在车里，对吧？”

“我有选择吗？”

“真的没有，没有。”

她脱下手套，把手伸给杰斯。他拿起她的手，紧紧握着。她低头看着他们交缠在一起的手指，她的手指那么小，指尖呈方形，而他的手指又长又细。“你帮我找到西蒙，”她说，“我知道你会的。”

“克拉丽，”她看见周围的水倒映在他的眼睛里，“他也许——我是说，也许——”

“不，”她的语气没有质疑的余地，“他会没事的。他必须没事。”

杰斯吐了口气。他的虹膜荡漾着深蓝色的水——像眼泪，克拉丽想，可这不是眼泪，只是倒影。“我有件事想问你，”他说，“我以前害怕问。可是现在我什么都不怕了。”他伸手捧着她的脸颊，温暖的手心贴着她冰冷的皮肤。她发现自己也不害怕了，似乎他能通过触摸把无所畏惧如尼文的力量传递给她。她抬起下巴，双唇期待地分开——他的唇轻轻扫过她的，如此轻盈，仿佛一片羽毛拂过，记忆中的吻——然后他退回去，睁大了眼睛。她在他的眼中看到黑黑的高耸的阴影，遮蔽了不可思议的金色：船的影子。

杰斯惊叹了一声放开她，然后爬了起来。克拉丽笨拙地站了起来，杰斯沉重的外套让她失去了平衡。蓝色的火花在车厢的窗外飞舞，在火光中，克拉丽能看见船舷是黑色的波纹金属，船的一边搭着一架狭窄的梯子，上面是一圈铁栏杆。看起来好像有一只形状奇特的巨型鸟栖息在栏杆上。冰冷的波涛仿佛吹过冰山的风，摇晃着这艘船。杰斯向她大声叫喊着，呼出阵阵白色的寒气，而他的声音也淹没在大船发动机的咆哮声中。

她对他皱起眉头。“什么？你说什么？”

他伸手去抓她，一只手伸到了她的外套里面，手指碰到了她裸露的肌肤。她惊讶地叫了起来。他一把从她的皮带上抽出先前给她的六翼天使，塞进她手中。“我说，”他放开她，“把阿布里埃尔拿出来，因为它们来了。”

“谁来了？”

“恶魔。”他向上指去。起初克拉丽什么也没看见。然后她注意到之前见到的巨大奇特的鸟，一只接一只地落下来，就像石头在船边落下——然后保持水平，朝漂浮在波浪上的卡车直冲过来。等它们离得更近时，她看见它们根本就不是鸟，而是像翼手龙般的丑陋东西，有着皮革一样的宽阔翅膀和瘦骨嶙峋的三角状头。它们的嘴巴里都是一排排锯齿状的鲨鱼牙，爪子像笔直的剃刀一样闪着幽光。

杰斯爬到车厢顶，特朗提斯在他手里闪耀着光芒。第一个飞行的恶魔过来时，他扔出了这把天使之刃。天使之刃击中了恶魔，削掉了它的脑壳，就像削掉一只蛋的顶部那样。这东西发出呼啸般的尖叫，翅膀抽搐着侧翻了下去。当它掉到海里时，海水都沸腾了。

第二个恶魔撞击着卡车的引擎盖，爪子在金属盖上留下了长长的抓痕。它向挡风玻璃扑去，玻璃裂成了蛛网形。克拉丽大声叫卢克，可是另一个恶魔向她俯冲过来，像支箭一样从灰色的天空猛冲而下。她猛地将杰斯外套的袖子向上拉起，伸出胳膊，露出保护如尼文。这恶魔像另一个那样厉声尖叫起来，翅膀向后拍着——但是它已经离得太近了，她可以够得着。她把阿布里埃尔猛插进它的胸膛，此时她看见它没有眼睛，只是在头骨的两边各有一个凹陷。它爆裂开来，留下一缕黑烟。

“干得好。”杰斯说。他已经从车厢上跳下来，阻挡另一个尖叫着飞过来的恶魔。这时他拿着一把短剑，剑鞘上抹着黑血。

“这些都是什么东西？”克拉丽喘着气，将阿布里埃尔挥成一个弧形，砍过一个飞行恶魔的胸膛。它用爪子去抓她，用翅膀去拍打她。离得这么近，她能看见它的翅膀末端是刀刃一样锋利的骨尖。这个恶魔抓住杰斯外套的袖子，把它撕破了。

“我的外套。”杰斯愤怒地说。这东西正欲起飞，杰斯将短剑向下捅去，插穿了它的后背。它哀号着消失了。“我爱那件外套。”

克拉丽看着他，然后尖锐声充塞着她的耳朵，她迅速转过身。两个飞行恶魔用爪子掀开了卡车车顶。空气中充满了金属摩擦的尖锐声响。卢克正伏在卡车引擎盖上，用他的双刃剑砍着恶魔。一个恶魔从卡车边掉了下来，还没有落到水里就消失不见了。另一个抓着车厢顶猛升到空中，胜利地尖叫着，拍打着翅膀向船上飞去。

这时天空变得晴朗起来。克拉丽冲过去，低头仔细看驾驶室里面。马格纳斯伏在座位上，脸色发灰。光线太暗，她看不清他是否受伤了。“马格纳斯！”她喊道，“你受伤了吗？”

“没有，”他挣扎着坐直，然后又倒下来靠着椅背，“我只是——累坏了。这艘船的防护魔咒很强。解除魔咒，让魔咒不起作用——很难。”他的声音越来越小，“但是如果我不解除魔咒，除了瓦伦丁，任何涉足船上的人，都会死。”

“也许你应该和我们一起去。”卢克说。

“如果我在船上，就不能对防护带起作用。我必须在这儿，这是解除魔咒的方法，”马格纳斯咧嘴笑了，可是显得很痛苦，“另外，我在战斗中发挥不了作用。我的才能在别处。”

克拉丽的身体仍然悬挂在那里要进入驾驶室，开口道：“可是如果我们需要——”

“克拉丽！”卢克大声叫道，可是太晚了。一个飞行怪物无声地贴近卡车侧面，它向上扑去，拍打着翅膀，爪子深深抓进克拉丽外套后背，它发出一声胜利的尖叫，飞向了空中，克拉丽摇摇晃晃地无助地挂在它的爪子上。

“克拉丽！”卢克又大叫着冲到卡车引擎盖旁，无望地抬头望着飞行恶魔越来越小的翅膀和松松垮垮悬在它爪下的俘虏。

“它不会杀她的，”杰斯和他一起站在引擎盖上说，“它是为瓦伦丁来抓她的。”

他的语气中有某种东西，使得一阵寒意涌进卢克的血液。他转身盯着身旁的男孩。“可是——”

他没有说完。杰斯已经一下跳下了卡车。他在脏污的河水中溅起水花，向船的方向游去。他用力的蹬腿让河水荡出层层泡沫。

卢克转向马格纳斯。透过碎裂的挡风玻璃，马格纳斯苍白的脸在黑暗的映衬下依稀可见，卢克举起一只手，看到了马格纳斯点头回应着他。

他把双刃剑插进身旁的剑鞘里，跟着杰斯跳进了水里。

亚历克放开捂住伊莎贝尔嘴巴的手，本以为自己手一松，她会再尖叫起来。可她没有。她站在他身边，看着大审判官站在那里，身体轻微摆动着，脸色灰白。

“伊莫金。”玛丽斯说道。她的声音中没有任何感情，甚至没有气愤。

大审判官似乎没有听见她说话。她面无表情，软绵绵地跌坐进霍奇的旧椅子中。“我的上帝，”她低头盯着书桌说，“我做了什么？”

玛丽斯看了一眼伊莎贝尔。“叫你们的父亲来。”

亚历克从来没有见过伊莎贝尔吓成这样。她点点头，溜出了房间。

玛丽斯走到大审判官旁边，低头看着她。“你做了什么，伊莫金？”她说，“你把胜利交给了瓦伦丁。这就是你所做的。”

“不。”大审判官低声说。

“你把杰斯锁起来时，清楚地知道瓦伦丁正计划着什么。你不让圣廷牵涉进来，因为圣廷会干扰你的计划。你想让瓦伦丁遭受痛苦，就像他让你遭受的一样；向他表明你有能力杀死他儿子，就像他杀死你的儿子一样。你想让他谦卑。”

“是的……”

“但是瓦伦丁不会变得谦卑，”玛丽斯说，“我以前就知道。你别想控制他。他只会假装考虑你的条件，以确定我们没有时间从伊德里斯调集增援人员，现在已经太晚了。”

大审判官狂暴地仰起头。她的发髻散开了，一缕缕细长的发丝披在脸周围。这是亚历克见到她最有人性的时候，可却无法令人感到愉悦。他妈妈的话使他感到一阵寒意：太晚了。“不，玛丽斯，”她说，“我们仍然能——”

“仍然什么？”玛丽斯的声音沙哑，“召集暗影猎手？我们没时间了。如果我们要面对瓦伦丁——上帝知道我们没有选择——”

“我们必须现在就做。”一个深沉的声音打断了她的话语。那个在亚历克身后怒睁双眼的，就是罗伯特·莱特伍德。

亚历克看着他的父亲，他有好几年没看见他穿打猎装了。他的时间都花在管理学院，维持圣廷运转和处理暗影魅族之类的事情上了。看到父亲穿着沉重的深色铠甲，宽宽的长剑斜在背后，亚历克想起了小时候，那时他的父亲是他想象中最高大、最强壮、最让人敬畏的人。现在他仍然让人敬畏。自从他在卢克家让自己陷于尴尬一幕之后，他一直没见过父亲。他想要吸引父亲的目光，可他正看着玛丽斯。“暗影猎手们已作好准备，”罗伯特说，“船在码头等着。”

大审判官的双手在脸边摆动着。“没用的，”她说，“我们人不够——我们不可能——”

罗伯特没有理她，相反，他看着玛丽斯。“我们应该赶快出发。”他说道，语气中有他称呼大审判官时所缺少的那种尊敬。

“但是圣廷，”大审判官开口说，“应该被告知。”

玛丽斯用力将桌子上的电话推向大审判官。“你通知他们，告诉他们你的所作所为。毕竟这是你的工作。”

大审判官一言不发，只是盯着电话看，一只手捂着嘴。

亚历克还没来得及开始为她难过，门又开了。伊莎贝尔进来了，穿着她的暗影猎手装，一只手拿着金色的长鞭，另一只手拿着木刃的那吉娜塔。她朝她的哥哥皱起了眉头。“去准备，”她说，“我们马上要乘船去瓦伦丁的船上。”

亚历克忍不住嘴角上扬。伊莎贝尔总是这么果敢。“那是给我的吗？”他指着那吉娜塔问。

伊莎贝尔急忙拿到一边。“拿你自己的！”

有些东西永远不会改变。亚历克向门走去，可是一只手按住了他的肩膀，他惊讶地抬起头来。

是他父亲。他低头看着亚历克，虽然没有微笑，可在他疲惫的已出现皱纹的脸上却有种骄傲的神情。“如果你需要六翼天使，亚历山大，我的吉萨姆就在门口。”

亚历克咽了下口水，点点头，还没来得及谢父亲，伊莎贝尔在他后面说道：“给你，妈妈。”亚历克转身看到他的妹妹正把那吉娜塔递给妈妈。她接过去，熟练地旋转着。

“谢谢，伊莎贝尔。”玛丽斯说。然后以和她女儿一样的敏捷动作，放低了六翼天使，直指着大审判官的心脏。

伊莫金·希伦戴尔抬头看着玛丽斯，她的目光仿佛一尊毁坏了的雕像那样空洞、错愕。“你要杀了我吗，玛丽斯？”

玛丽斯的话从牙缝中低声吐出。“还没有结束，”她说，“我们需要这座城市里的每一个暗影猎手，现在就要，包括你。站起来，伊莫金，做好战斗准备。从现在开始，这里的命令都由我发出。”她冷笑道，“你要做的第一件事就是把我儿子从受到诅咒的马拉奇牢室中放出来。”

她显得极有威严，亚历克骄傲地想，一个真正的暗影猎手斗士，她的每一条皱纹都燃烧着正义的愤怒。

他讨厌破坏这个时刻——可是他们很快就会发现杰斯已经不见了，最好现在就缓冲一下这种震惊。

他清了清喉咙。“事实上，”他说，“有件事你们可能应该知道……”

第十八章

黑暗显现

克拉丽从来都憎恨过山车，憎恨过山车俯冲时自己的胃仿佛快掉到脚底下的感觉。她被飞行恶魔从卡车上抓起时，像被老鹰攫住的老鼠一样拖过空中，这种感觉要比坐过山车更糟糕十倍。她的脚离开卡车车厢，身体不可思议地快速升空。她大声尖叫起来，扭动着——直到低头看到自己离水面已经有多高，然后意识到如果这个恶魔松开她将会发生什么。

她安静了。下面的皮卡看起来像一个玩具，在波浪上难以置信地漂浮着。城市在她周围摆动着，仿佛一面面光线模糊的闪光墙。如果她不是如此恐惧，也许这风景很美丽。这恶魔倾斜着转弯俯冲，突然她不再上升而是下降了。她想着在几十米的空中坠落，直到坠入冰冷、漆黑的河水中的情景，她闭上了眼睛——可是在什么都看不到的茫茫黑暗中坠落更可怕。她又睁开了眼睛，然后看到下面那艘船的黑色甲板像要把他们击出天外的手那样升了起来。他们向甲板落下时她又一次尖叫起来，他们在甲板表面穿过一个黑洞洞的方形，现在他们在船里了。

这个飞行怪物放慢速度，他们穿过了金属甲板围绕着的船中心。克拉丽看了几眼黑乎乎的机械装置，似乎都不是工作状态，而且到处都是废弃的齿轮和工具。如果以前有电灯的话，现在也都不亮了，但到处都弥漫着一种微弱的光。无论以前这艘船的动力是什么，现在瓦伦丁肯定用了什么别的东西。

有什么东西立刻把空气中的暖气吸走了，冰冷扑面而来，这时恶魔到达船底，闪进一条长长的光线很暗的过道。恶魔对她并不小心翼翼，在转弯时，她的膝盖撞上一根管道，一阵疼痛顺着她的腿蔓延开来。她喊叫起来，却听到恶魔在她上方嘘声发笑。然后它松开她，让她下落。克拉丽在空中扭动着，尽力让自己的手和膝盖先落地。她差不多做到了。她滚落时身体侧面着地，人都吓呆了。

她倒在坚硬的金属地面，周围很黑，只有些微的光。这里很可能曾经是储存室，因为墙壁很光滑，也没有门。在她上面很高的地方，有一个方形的开口，唯一的光线就是从这里进来的。她感觉整个身体都变成了一个大肿块。

“克拉丽？”一个很小的声音叫道。她转动着身体，侧卧着眨了眨眼睛。一个影子跪在她的身边。她的眼睛适应了黑暗之后，看到一个小小的、弯曲着的身体，编着辫子，有着深褐色的眼睛。是迈亚。“克拉丽，是你吗？”

克拉丽坐起来，不理会背部剧烈的疼痛。“迈亚，迈亚，噢，我的上帝。”她瞪着另一个女孩，然后发疯般地扫视着房间。这里除了她们两个之外别无他人。“迈亚，他在哪儿？西蒙在哪儿？”

迈亚咬着嘴唇。克拉丽看到，她的手腕全是血，脸上挂着干了的泪痕。“克拉丽，我很难过，”她用轻柔而嘶哑的声音说道，“西蒙死了。”

杰斯浑身湿透，几乎都冻僵了。他瘫倒在轮船的甲板上，水顺着他的头发和衣服流下来。他抬头看着被云朵遮蔽的夜空，大口喘着气。爬上用螺栓固定在金属船舷上摇摇晃晃的铁梯，并不是一件容易的事，尤其是在双手很滑，湿透了的衣服又向下沉坠的情况下。

他思量着，如果不是无所畏惧如尼文，他很可能会害怕某个飞行恶魔把他从梯子上抓走，就像一只鸟从藤蔓上叼走一只虫子那样。幸运的是，它们抓住克拉丽后就都回到了船上。杰斯想象不出他的父亲为什么要这么做，不过很久以前他就已经放弃揣测他父亲做任何事情的原因了。

在他上方一个脑袋出现了，在天空下像个剪影。是卢克，他已经到梯子顶了。他费力地爬上栏杆，然后从另一面下来。他低头看看杰斯。“你还好吧？”

“还好。”杰斯站了起来，浑身发抖。船上很冷，比在下面的水里更冷——他的外套也不见了，给克拉丽了。

杰斯环顾四周。“什么地方有个通往船里的门。上次我找到的。我们只需要绕着甲板走一圈，再找到它。”

卢克打头走了。

“让我先走。”杰斯说，走到了他前面。卢克极其不解地看了他一眼，似乎要说些什么，最终只是走在杰斯边上。他们朝弯曲的船头走去，前一天晚上杰斯还和瓦伦丁在那里站着。他能听见远远的下方，水流拍打船头的声音。

“你父亲，”卢克说，“你见到他时，他跟你说了什么？他向你承诺了什么？”

“哦，你知道的。跟平常一样，终生供应尼克斯队比赛门票，”杰斯轻轻说道，可是记忆却比寒冷更刺骨，“他说如果我愿意离开圣廷，和他一起返回伊德里斯，他将保证我或者我在乎的任何人都不会受到伤害。”

“你认为——”卢克犹豫了一下，“你认为他会伤害克拉丽来报复你吗？”

他们绕过船头，杰斯望了一眼远处的自由女神像，它变成了一根发光的柱子。

“不。我认为他带走她是为了让我们到船上来，为了给自己一个交易的筹码。仅此而已。”

“我不太肯定他需要交易筹码。”卢克低声说着，从剑鞘里拔出他的双刃剑。杰斯转身追随卢克的目光，可他的目光定住了。

在船西侧的甲板上有一个黑洞，一个刻在金属表面的方形洞口。从洞的深处涌出来黑压压的怪物。上面的天空和下面的海水变成了喧嚣的噩梦，杰斯一边惊骇地看着周围，一边回想着上次他手里拿着圣剑，站在这里。不同的是，现在这些怪物发出嘈杂的声音，站在他的面前：曾经攻击过他们的白骨罗姆魔；绿色身体、阔嘴、长着犄角的欧尼魔；鬼鬼祟祟的黑色库里魔；还有蜘蛛魔，八只手臂尖端长螯，眼洞里伸出滴着毒液的獠牙——

杰斯数都数不清。他摸到卡莫尔，从皮带上抽出来，它发出白色的亮光，照亮了甲板。恶魔看到它，发出了嘘声，可是却没有一个退后的。杰斯肩胛骨上的无所畏惧如尼文开始燃烧起来。他思忖着这个如尼文燃烧完之前自己能杀死多少恶魔。

“住手！住手！”卢克揪着杰斯衬衫后面，把他猛拽回去，“太多了，杰斯。如果我们能回到梯子上——”

“我们不能，”杰斯使劲挣脱卢克，指着说，“它们已经把我们两边的路切断了。”

这是真的。

一个莫洛克魔组成的方阵挡住了他们的退路。它们空空的眼里喷着火焰。卢克咒骂着，骂得流利又恶毒。“那么，从侧面跳过去。我来拖住他们。”

“你跳，”杰斯说，“我这儿没事。”

卢克扬起头。他的耳朵变尖了，他朝杰斯咆哮时，嘴唇翻到上面，露出突然变得锋利的狼牙。“你——”一个莫洛克魔伸着爪子朝他扑来，他闭上了嘴。恶魔经过杰斯身边时，杰斯正好把武器捅进它的脊椎里，于是它号叫着，摇摇晃晃地撞在卢克身上。卢克用变成狼爪的手抓住它，扔出了栏杆。“你用了无所畏惧如尼文，是吗？”卢克说着，转回身，用发出琥珀色光的眼睛看着杰斯。

远处传来水泼溅的声音。

“你说得不错。”杰斯承认道。

“天啊，”卢克说，“你自己画上的吗？”

“不是，克拉丽帮我画的。”杰斯的六翼天使发着白色的火光，挥过空中，两个德瓦克恶魔应声倒下。有更多的恶魔出现，举着带有针尖的手，扑向他们。“她擅长那个，你知道。”

“小孩子。”卢克说，似乎这是他所知道的最脏的脏话，然后向逼近的群魔冲去。

“死了？”克拉丽盯着迈亚，似乎她说的是保加利亚语，“他不可能死的。”

迈亚一言不发，只用哀伤的黑眼睛看着她。

“我会知道的，”克拉丽紧握着手，攥成一个拳头抵着胸口，“我这儿会知道的。”

“我自己也那样以为，”迈亚说，“曾经以为。可是你不知道。你永远都不知道。”

克拉丽爬着站了起来。杰斯的外套还披在她的肩上，但全破了，几十个剃刀似的爪印把后面都划开了。她不耐烦地脱下，扔在地上。我弄坏了杰斯的外套，他会生气的，她想，我应该给他买件新的。我应该——

她急促地长吸了一口气。她能听见自己心脏的跳动，可是这听起来也很遥远。“他——出了什么事？”

迈亚仍然跪在地上。“瓦伦丁抓住了我们两个，”她说，“他把我们用锁链关在一个房间里。然后他拿着一把武器进来了——一把剑，真的很长很明亮，好像在发光似的。他向我扔银粉末，所以我没法反抗他，接着他——他把剑插进了西蒙的喉咙。”她的声音降低成了耳语，“他切开他的手腕，让血流进碗里。他的一些恶魔手下进来，把碗拿走了。然后他就留下西蒙躺在那里，就像他把一个玩具的内芯都扯出来了，那个玩具就没用了。我哭叫起来——但我知道他死了。后来一个恶魔把我拎起来，带到了这里。”

克拉丽用手背抵着嘴唇，使劲压啊压，直到尝到咸咸的血液。血的味道似乎拨开了她头脑中的迷雾。“我们得从这儿出去。”

“恕我冒犯，可是很明显，”迈亚站起来，眨了眨眼睛，“根本出不去。就算是一个暗影猎手也出不去。也许如果你是……”

“如果我是什么？”克拉丽问道，在她们的囚牢四周踱步，“杰斯？好吧，我不是。”她踢墙，墙传出空洞的回声。她把手伸进口袋，拿出她的石杖。“可我有我的才能。”

她将石杖尖对着墙，开始画起来。这些线条似乎从她手下流出，黑黑的，烧焦了一般，像她的愤怒一样滚烫。她用石杖一遍遍地击着墙壁，黑色的线条如同火焰一样从石杖尖倾泻出来。她收回手，用力呼吸着，这时她看见迈亚震惊的目光。

“姑娘，”她说，“你干什么？”

克拉丽也不确定，看起来仿佛她把一桶酸性液体泼到了墙上。如尼文周围的金属像炎热天气里的冰淇淋那样下垂、滴落。她后退几步，小心地看着，一个有一只大狗那样大小的洞出现在墙上。克拉丽能看见后面的钢铁支架和更多的船体内部。虽然洞口已经不再向外扩展，可边缘仍然嘶嘶作响。迈亚向前迈了一步，推开克拉丽的胳膊。

“等等，”克拉丽突然紧张起来，“融化了的金属——可能，比如，是有毒的淤渣或什么东西。”

迈亚哼道：“我来自新泽西。我就生在淤渣中。”她走到洞口往外张望。“那边有一个金属的狭窄通道，”她宣布，“这儿——我要过去。”她转过身，把脚伸过洞口，然后是腿，慢慢地朝外面去。她扭动着身体，表情痛苦地钻过去，然后不动了。“噢，我的肩膀卡住了。推我一下？”她伸出手。

克拉丽拉住她的手，推她。迈亚的脸色变白了，后来变红——然后仿佛香槟酒的软木塞噗的一声被拔出来，她过去了。她摸索着后退，尖叫了一声，传来碰撞的声音，克拉丽焦急地把头伸过洞口。“你还好吗？”

迈亚躺在下方一条狭窄的金属通道上。她慢慢地转动身体坐起来，眨巴着眼睛。“我的脚踝——不过我会没事的，”她看着克拉丽的脸又说道，“我们好得也很快，你知道。”

“我知道。好的，该我了。”克拉丽弯下腰，也准备钻过洞口，她的石杖戳到她的胃部，很不舒服。掉到通道上的过程很吓人，不过总比在储存室里干等，不知什么东西会过来索命要好。她转身趴在洞口，将脚伸进去——

什么东西抓住她衬衫，把她拽了上来。她的石杖从皮带上掉下来，滚落在地上。她在猝不及防的震惊和疼痛中喘着气，运动衫领口的带子勒进了喉咙，差点窒息了。过了一会儿她被放开了。她摔倒在地，膝盖砸在金属地面上，发出哐啷声。她一边作呕，一边翻滚着躺下，然后抬起头，知道她会看见什么。

瓦伦丁站在她跟前。他一只手拿着把闪耀着强烈的白光的六翼天使。另一只抓着她的手，紧握成一个拳头。他犹如大理石般苍白的脸庞露出轻蔑的嘲笑。“不愧是你母亲的女儿，克拉丽莎，”他说，“你刚才做了什么？”

克拉丽痛苦地跪直了身体。她的嘴里充满了咸咸的血味，这是从撕裂的嘴唇流淌出来的。她看着瓦伦丁，逐渐沸腾的愤怒像一朵毒花在她的胸中怒放。这个人，她的父亲，杀了西蒙，让他就像垃圾那样死在地上。在以前的生命中她曾经以为自己恨过别人，她错了。这才是恨。

“那个狼人女孩，”瓦伦丁皱起了眉头继续问，“她在哪儿？”

克拉丽向前倾斜着身体，将一口鲜血吐在他的鞋上。他嫌恶又吃惊地尖叫一声，后退了几步，手里举着天使之刃。有一刻克拉丽看到他眼中毫不掩饰的怒火，认为他真要在那儿杀了她，就在他脚边她蜷伏的地方。

他慢慢放低了六翼天使，一言不发地从克拉丽身边走过，盯着被她弄出的洞看。她慢慢转过身，目光扫视着地面，直到看到它，她妈妈的石杖。她屏住呼吸，伸手去拿石杖——

瓦伦丁转身看到了她的动作。他一个大步穿过房间，将石杖踢开，让她够不着。石杖旋转着越过金属地面，掉进墙上的洞里。她半闭着眼睛，失去石杖的感觉仿佛又一次失去了妈妈。

“恶魔们会找到你暗影魅族的朋友，”瓦伦丁用他冰冷的声音说道，把天使之刃插进腰间的剑鞘里，“她无处可逃。你们都无处可逃。现在站起来，克拉丽莎。”

慢慢地，克拉丽站了起来。她全身都由于之前所受的撞击而疼痛。过了片刻，她依然在喘着气，瓦伦丁抓住她的肩膀，将她的身体扭过去背对着他。他吹着口哨，一种高声、尖锐、难听的声音。她哭了一下，想挣脱，可是瓦伦丁太强壮了。恶魔的翅膀环绕着他们两个，然后他们一起升入空中。瓦伦丁双臂抱着她，似乎真的是她的父亲。

杰斯还以为他和卢克到目前为止都应该死了。他不知道为什么他们还活着。甲板上黏黏滑滑的都是血。他浑身都脏污不堪，连头发都沾满了脓液，眼睛也被血泪刺痛。他右臂上方有道深深的伤口，但也没有时间在皮肤上刻画治愈如尼文。每次举起这条胳膊，灼烫的疼痛就传遍他整个肋部。

他们设法挤进金属墙壁上一个凹处，恶魔扑来时他们就以此为掩护跟它们打斗。杰斯已经用掉了两个轮盘，只剩下最后一把天使之刃和从伊莎贝尔那里拿过来的短剑。这些武器并不多——即便是出去面对几个恶魔他也不会仅带这么点武器，而现在则是面临着一群。他知道自己应该吓坏了，可是他几乎没什么感觉——只有对不属于这个世界的恶魔的厌恶和对把它们召唤到这里的瓦伦丁的愤怒。隐隐约约地，他知道缺乏恐惧并不完全是件好事。他甚至连胳膊上流了多少血都不在乎。

一个蜘蛛魔快速向杰斯跑来，发着啾啾的声音，嘴里还喷着黄色的毒液。他想躲开，却不够快，几滴毒液溅到了他的衬衫上。毒液嘶嘶地腐蚀掉衣料，他感到像数十支超热的针头在灼着皮肤。

蜘蛛魔满意地发出咔嗒咔嗒的声音，又喷出一束毒液。杰斯躲开了，毒液喷到一个从侧面向他走来的欧尼魔身上，欧尼魔痛苦地尖叫起来，张着爪子向蜘蛛魔扑腾过去。两个恶魔扭打在一起，在甲板上滚来滚去。

周围的恶魔急忙飞起来躲避泼溅的毒液，毒液充当了恶魔和暗影猎手之间的障碍。杰斯利用这机会喘了口气转向身旁的卢克。卢克几乎都让人认不出来了。他的耳朵完全像狼一样竖立起来，嘴唇向后翻起，一直龇牙咧嘴地咆哮着，变成爪子的手上黑黑的都是恶魔的脓液。

“我们应该到栏杆边去，”卢克的声音几乎是在号叫，“下船。我们不能把它们全部杀死。也许马格纳斯——”

“我觉得我们不会这么糟糕的，”杰斯转动着他的六翼天使——这是个坏主意，因为他的手上湿湿的都是血，天使之刃几乎从手里滑落，“通盘考虑。”

卢克发出声响，可能是一声咆哮或是大笑，也许兼而有之。然后某个巨大的奇形怪状的东西从天空中落下，把他们两个都击倒在地。

杰斯重重地倒下，手里的天使之刃飞了出去，掉在甲板上，从金属的表面滑过船的边缘，不见了。杰斯咒骂着，摇摇晃晃地站起来。

落在他们身上的是一个欧尼魔。就它的种类来说，它非同寻常的大——更别提也是非同寻常的聪明，能想到爬到船舱顶，从上面砸他们。它现在坐在卢克身上，用前额突出的獠牙砍他。卢克用他自己的爪子尽力防卫着，但是他全身已经浸透了鲜血，他的双刃剑掉在离他三十厘米的地方。卢克伸手去够，欧尼魔用铲子似的手抓住他的一条腿，像折一根树枝一样将他的腿从膝盖处折下来。杰斯听到骨头啪的一声断了，卢克叫了起来。

杰斯俯冲着去拿双刃剑，抓起它，然后翻滚一下站起来，将双刃剑用力地掷向欧尼魔后颈。双刃剑挥过去，力量大得足以让它身首异处。恶魔向前跌倒，黑色的血液从断颈喷涌而出。片刻之后它就消失了。双刃剑重重地掉落在卢克身边的甲板上。

杰斯跑到他身边跪下。“你的腿——”

“腿断了。”卢克挣扎着坐起来，脸部痛苦地扭曲着。

“不过你愈合得很快。”

卢克看看周围，脸色严峻。这个欧尼魔可能已经死了，可是其他的恶魔都学会了它的办法。它们蜂拥至舱顶。在朦胧的月光下，杰斯说不出来，那儿有多少恶魔——几十个？几百个？超过一定数量后，就无关紧要了。

卢克手握着双刃剑的剑鞘。“还不够快。”

杰斯从皮带上抽出伊莎贝尔的短剑。这是他最后一件武器了，它看起来令人遗憾的微不足道。他涌起一种强烈的感情——不是恐惧，他仍然不觉得恐惧，而是悲伤。他看见亚历克和伊莎贝尔，仿佛他们就站在他面前朝他微笑，然后又看到克拉丽伸开双臂，似乎在欢迎他回家。

他试图站起来的同时，恶魔们一阵浪似的从舱顶落下，一片黑影把月亮都挡住了。杰斯想护住卢克，可是没用，恶魔到处都是。有一个在他前面立了起来。这是一个一米八高的骷髅，嘴里缺了牙，咧嘴笑着，腐朽的骨头上还挂着一面面颜色鲜艳的经幡。不同寻常的是，它的一只骷髅手里抓着一把卡塔纳长剑——大多数恶魔是不用武器的。这把剑上面刻着恶魔如尼文，比杰斯的胳膊还长，是卷曲的，很锋利，是致命的武器。

杰斯掷出短剑。短剑扎进恶魔骨头嶙嶙的胸廓，然后扎在那里不动了。恶魔似乎都没注意到，它只是不断地前进，如同死亡一样不可避免。恶魔散发出死亡和墓地的气息。它用爪子一样的手举起了卡纳塔——

杰斯面前的黑暗被截断了，一个旋转着的黑影，动作精准而致命。向下挥去的卡塔纳受到阻拦，发出金属碰撞的刺耳声音。这个身影将卡纳塔向恶魔回插过去，又用另一只手上的武器往上方捅去，动作迅捷，杰斯的目光都来不及捕捉。恶魔向后倒去，头骨碎裂，消失不见了。周围都是恶魔痛苦和惊讶的号叫。他转着圈，看见几十条身影——人的身影——正翻过栏杆，落在地上，冲过来和恶魔打成一片。这些恶魔有的爬行，有的滑动，有的发出嘶嘶的声音，还有的在甲板上方飞行。而他们拿着发光的六翼天使，穿着结实的深色服装——

“暗影猎手？”杰斯太震惊了，以至于说出了声。

“还会是谁？”一个微笑在黑暗中闪过。

“马利克？是你吗？”

马利克点头。“今天早些时候的事情，对不起，”他说，“我是执行命令。”

杰斯正要告诉马利克，他刚刚救了他的命，足以弥补之前的事情，而且还绰绰有余，这时一群罗姆魔挥舞着触须向他们凶猛地冲来。马利克大叫一声转身，冲过去迎战，他的天使之刃像星星那样耀眼。杰斯正要随他冲去，这时一只手抓住他的胳膊，把他拉到一边。

是一个暗影猎手，浑身穿着黑色，风帽挡住了下面的脸。“跟我来。”

这只手坚持不懈地拽着他的袖子。

“我要去找卢克。他受伤了，”他猛抽回胳膊，“放开我。”

“噢，以天使的名义——”这人松开他，伸出手放下长披风的风帽，露出瘦削苍白的脸和灰色的眼睛。她的眼睛闪着碎钻一样的光芒。“现在你能做我要你做的吗，乔纳森？”

是大审判官。

虽然他们以旋风般地速度飞过空中，如果可以的话，克拉丽还是会踢开瓦伦丁。可是他抱着她，双臂仿佛铁棒一样。她的脚可以自由摇摆，可尽管她尽力挣扎，也够不到什么。

恶魔突然倾斜转弯时，她尖叫了一声。瓦伦丁笑了。然后他们快速穿过一个狭窄的金属通道，进入一个宽大得多的房间。飞行恶魔不是将他们随便丢下，而是轻轻地放在了地面上。

让克拉丽大为惊奇的是，瓦伦丁松开了她。她猛地挣脱他，跌跌撞撞地冲到房间中央，狂乱地看着周围。这里空间很大，可能以前是机器房。机器被挪到了边上，仍靠着墙，以腾出中间宽敞的方形空间。地面是厚厚的黑色金属，到处可见颜色更深的污迹。空地的中间放着四只盆，大小足以给狗洗澡。前面两个盆里是深铁锈似的褐色的脏东西，第三个盆里满是暗红色的液体，第四个则是空的。

盆后面有一个金属的军用小提箱。一块黑布盖在上面。她靠近些，看见布上放着一把银剑，散发着黑色的光：一种看得见的、发着光的黑暗。

克拉丽转了个身，瞪着瓦伦丁，他正安静地看着她。“你怎么能那么做？”她问，“你怎么能杀了西蒙？他只是个——他只是个男孩子，只是一个普通人——”

“他不是人，”瓦伦丁用温和的声音说，“他已经变成了一个怪物。你只是看不到而已，克拉丽莎，因为它戴着朋友的面具。”

“他不是怪物。”她离那把剑更近了一些。剑看起来很大，很重。她怀疑自己能不能拿得动——而且即使她拿得动，她挥得动吗？“他仍然是西蒙。”

“不要以为我不同情你的处境。”瓦伦丁说。他一动不动地站在房间里唯一的光束中，这束光是从天花板上的活板门照射进来的。“卢西恩被狼咬后我和你是一样的。”

“他告诉我，”她啐了他一口，“你给了他一把短剑，让他自杀。”

“那是个错误。”瓦伦丁说。

“至少你承认了——”

“我应该亲手杀了他。那才表明我在乎他。”

克拉丽摇着头。“可是你不是的。你从来都没有在乎过任何人，甚至是我的妈妈。他们只是属于你的东西。”

“但这难道不就是爱吗，克拉丽莎？拥有权？‘我属于我的爱人，我的爱人也属于我’，雅歌就是这么说的。”

“不。不要跟我引用《圣经》。我认为你并不理解。”她现在已经站得离提箱非常近了，伸手就能够到剑柄。她的手指都是汗，于是偷偷在牛仔裤上擦干。“不是某个人属于你，而是把自己给他们。我怀疑你是否给过任何人任何东西，除了噩梦。”

“把你自己给某个人？”他稀薄的笑容没有犹豫，“就像你把自己交给乔纳森？”

她已经伸向圣剑的手痉挛着握成一个拳头。她收回来抵着胸口，难以置信地盯着他。“什么？”

“你以为我没看到你们两个对视的样子吗？他叫你名字的方式？你或许以为我感觉不到，可是这并不意味着我看不到别人的感情，”瓦伦丁语气冰冷，每一个字都仿佛一片薄冰刺进她的耳朵，“我猜只能怪我们，你母亲和我。让你们分开这么久，你们从来没有发展出兄弟姐妹间那种更自然的互相的讨厌。”

“我不懂你的意思。”克拉丽的牙齿咯咯作响。

“我认为我的话够明白了，”他走出了光束，阴影中他的脸难以捉摸，“你知道，乔纳森面对恐惧之魔时，看到的是你。这告诉了我需要知道的一切。乔纳森生命中最大的恐惧就是他对自己妹妹的爱情。”

“我不做你要我做的，”杰斯说，“可是如果你礼貌地要求我，我可能会做。”

大审判官似乎想要翻白眼，可却忘了怎么翻。“我需要和你谈谈。”

杰斯瞪着大审判官。“现在？”

她一只手放在他的胳膊上。“现在。”

“你疯了。”杰斯低头看着整条船。船看起来像画家博斯[①]的地狱画面。黑暗中充满了恶魔：缓慢移动着的，怒吼着的，尖叫着的，用爪子和牙齿到处挥舞的。暗影猎手前后来回地飞奔，他们的武器在阴暗中闪亮着。杰斯已经看得出没有足够的暗影猎手。几乎不可能够。“不行——我们在战斗中——”

大审判官的手瘦骨嶙峋，却令人吃惊地有力，紧紧抓着他。“现在。”她推他，他后退了一步，惊讶得手足无措，然后又后退一步，直到他们站在墙壁上一个凹

① 耶罗尼米斯·博斯（1450—1516），原名耶罗恩·安东尼松·范·阿肯，是一位多产的尼德兰画家，被认为是超现实主义画的创始人。代表作为《愚人船》《地狱之光》等。

处。她放开杰斯，从她黑色的披风中摸索着，拿出两把天使之刃。她低声叫着天使的名字，说了几个杰斯不知道的字，然后掷向甲板，在他身边一边一个。天使之刃尖朝下停在那里，一层蓝白色的光迸发出来，将杰斯和大审判官与船上其余地方隔离开来。

“你又要把我锁住？”杰斯难以置信地盯着大审判官问。

“这不是马拉奇牢室。如果你想的话，可以出来，”她精瘦的手紧紧握在一起，“乔纳森——”

“你是指杰斯。”他不再能看到光墙外的战斗，可是还能听到战斗的声音，恶魔尖叫和怒吼的声音。如果他转一下头，就能正好看见光洒在一小块海面上，仿佛一面镜子上的粒粒钻石。下面有几十艘船，那种三体艇，是在伊德里斯的湖面上使用的，是暗影猎手的船。“你在这里干什么，大审判官？你为什么过来？”

“你是对的，”她说，“关于瓦伦丁的事。他不愿意交换。”

“他告诉你让我死。”杰斯突然感到头脑发轻。

“他拒绝的那一刻，当然了，我就召集起圣廷的人，到这里来。我——我欠你和你的家人一个道歉。”

“知道了。”杰斯说。他讨厌道歉。“亚历克和伊莎贝尔？他们在这儿吗？他们不会因为帮助我受罚吗？”

“他们在这儿。不，他们不会受罚的。”她仍然盯着他，眼睛搜寻着什么。“我不能理解瓦伦丁，”她说，“对于一个父亲来说，放弃孩子的生命，他唯一的儿子——”

“是啊。”杰斯说。他觉得头痛，希望她能闭嘴，或者有个恶魔攻击他们。“这是个谜，是的。”

“除非……”

这时他吃惊地看着她。“除非什么？”

她用一根手指戳了戳他的肩膀。“你什么时候有那个的？”

杰斯低头看到蜘蛛魔的毒液在他的衬衫上留下一个窟窿，使他的左肩很大一片裸露着。“这件衬衫？在梅西百货买的，冬季促销。”

“那个疤。这个疤在你肩膀这儿。”

“哦，那个，”杰斯很奇怪她专注的目光，“我不太确定。我很小的时候发生的事情，我父亲说的。某种意外。怎么了？”

大审判官从牙缝里低声说道：“不可能。”她嘟哝着。“你不可能是——”

“我不可能是什么？”

大审判官的声音不太肯定。“那些年，”她说，“你成长的过程中——你真的认为自己是迈克尔·维兰德的儿子？”

杰斯心中涌出一阵怒火，伴随着小小的失望，让他更痛苦了。“以天使的名义，”他愤怒地说，“你把我从战斗中拖开，只是为了再问我一次那个见鬼的问题？第一次你就不相信我，现在仍然不相信我。你永远都不会相信我，无论发生了什么，即使我告诉你的都是真的。”他用一根手指指着光墙的另一侧，“我应该在外面战斗。为什么你要把我留在这儿？那么，这一切结束之后，如果我们中任何一个还能活着，你就可以去圣廷，告诉他们我不肯站在你们这边和我的父亲开战？很好。”

她的脸色苍白得超出他的想象。“乔纳森，那不是我——”

“我的名字是杰斯！”他大喊道。大审判官半张着嘴退缩着，似乎还有什么话要说。杰斯不想听。他昂首阔步走过她身边，几乎把她撞倒，他朝甲板上一把天使之刃踢去。天使之刃倒了，于是光墙消失了。

外面一片混乱。黑色的影子在甲板上冲来冲去，恶魔在瘫倒的身体上爬过，空气中充满了烟味和尖叫声。他费力搜寻熟悉的身影。亚历克在哪儿？伊莎贝尔呢？

“杰斯！”大审判官急忙追赶着他，她的脸由于恐惧而紧绷着，“杰斯，你都没有武器，至少拿着——”

她停住了，因为这时一个恶魔从黑暗中扑到杰斯面前，像一座冰山出现在船头。它和今天晚上他之前见到的那些恶魔都不一样。这个恶魔一脸皱纹，手像一只大猴子那样敏捷，可是却长着蝎子那样有倒刺的长尾巴。它的眼睛来回转动，是黄色的。它张着针般的断牙朝杰斯吐着舌头。杰斯还没来得及躲开，它的尾巴又以攻击中的眼镜蛇的速度向前甩去。

那天晚上第二次，一个身影出现在他和死亡中间。大审判官举着一把长刀，扑到他面前，瞬时蝎子尾巴整个扎在她的胸口。

她尖叫起来，但依然站立着。恶魔的尾巴收回来，准备进行另一次攻击——可是大审判官的刀已经离开了她的手，直直地飞了出去。刀割断恶魔喉咙，刻在刀刃上的如尼文闪着光。伴随着嘘嘘的声音，就像扎破后的气球，恶魔向内瘪缩，尾巴抽搐着消失了。

大审判官倒在了甲板上。杰斯跪在她身边，一只手放在她的肩上，将她翻过来让她平躺着。鲜血浸透了她的灰色上衣。她脸色蜡黄，有一阵杰斯以为她已经死了。

“大审判官?”他叫不出她的名字，即使是现在。

她的眼睛慢慢睁开了，眼白都已经暗淡了。她极其费力地招手让他过来。他腰弯得更低了，近得能听见她的耳语，她用最后一口气小声吐出——

“什么?”杰斯困惑地说，“这是什么意思?”

没有回答。大审判官倒在甲板上，眼睛睁得大大的，嘴巴弯曲得几乎像个微笑。

杰斯向后坐在脚后跟上，麻木地瞪着眼睛。她死了，因为他死的。

有谁抓住他的衬衫把他拉了起来。杰斯伸手摸他的皮带——意识到他没有武器了——然后转身看到一双熟悉的蓝眼睛，难以置信地看着他。

“你活着。”亚历克说——短短的三个字，可是却饱含丰富的感情。他脸上的放心显而易见，同样明显的是他的精疲力竭。虽然很冷，他的黑头发还是汗津津地黏在他的双颊和额头上。他的衣服和皮肤上是一道道的血印，铠甲的袖子上有一条长长的裂口，似乎是被什么参差不齐的锋利东西撕扯开的。他右手握着一把血淋淋的吉萨姆，左手抓着杰斯的衣领。

“好像是，”杰斯承认道，“可是，如果你不给我件武器，我就坚持不了多久了。”

亚历克快速地看看周围，放开了杰斯，从皮带上拿下一把六翼天使递过来。“给你，”他说，“它叫萨曼迪里尔。”

杰斯刚接过去，一个中等大小的德瓦克魔快步向他们跑来，傲慢地啾啾叫着。杰斯举起萨曼迪里尔，可是亚历克已经用他的吉萨姆捅倒了这怪物。

“好武器。”杰斯说。然而亚历克的目光越过他，看着倒在甲板上的灰色身影。

“那是大审判官吗? 她……”

“她死了。”杰斯说。

亚历克绷紧了下巴。“终于摆脱了。她怎么死的?”

杰斯正要回答，突然被“亚历克! 杰斯!”的大喊声打断了。是伊莎贝尔穿越恶臭和烟雾朝他们匆忙跑来。她穿着紧身的黑色夹克，上面满是黄色的血液。黄金锁链带着如尼文的魔力缠绕在她的腰上和脚踝上，她的鞭子像电线线路一样绕在她身边。

她伸出双臂。“杰斯，我们以为——”

“不要，”什么东西让杰斯向后退去，不好意思接受她的拥抱，“我浑身都是血，伊莎贝尔。不要。”

一种受伤的表情掠过她的脸。“可是我们一直都在找你——妈妈和爸爸，他们——”

“伊莎贝尔！”杰斯大声喊叫道，可是已经太晚了：一只巨大的蜘蛛魔在她后面站立起来，从它的牙上喷出黄色的毒液。毒液击中她时，她尖叫起来，不过她的鞭子极快地甩了出去，将恶魔劈成两半。它分成两半，重重地砸在甲板上，然后消失了。

就在伊莎贝尔要向前倒下时，杰斯冲了过去。他接住她，笨拙地抱在怀里，这时鞭子从她手中滑落下来。大部分毒液泼到了她的夹克上，也有一些溅到了她的喉咙上，皮肤被烧伤，发出滋滋的声音。她呜咽起来——伊莎贝尔，一个从不显露痛苦的人。

“把她给我。”亚历克丢下武器，赶过去帮他的妹妹。他从杰斯怀里接过伊莎贝尔，把她轻轻地放在甲板上。他手里拿着石杖，跪在她身边抬头看着杰斯。“我给她疗伤时，不管什么都要挡住。”

杰斯的目光无法从伊莎贝尔身上移开。鲜血从她的脖子上涌出，流到她的夹克上，浸湿了她的头发。“我们得带她离开，”他粗声说，“如果她待在这儿——”

“她会死吗？”亚历克尽可能轻柔地在他妹妹的喉咙上移动着石杖尖，“我们都会死。它们太多了。我们将被屠杀。大审判官活该为此而死——这全是她的错。”

“一个蝎子魔想要杀我，”杰斯说，奇怪自己为什么说这个，为什么为他恨的人辩护，“大审判官挡住了它，救了我的命。”

“是吗？”亚历克语气中的震惊很明显，“为什么？”

“我猜她认为我值得挽救。”

“可是她总是——”亚历克停住了，他的神情变得警觉，“杰斯，你后面——两个——”

杰斯转过身。两个恶魔正在逼近：一个吞噬魔，鳄鱼似的身体和锯齿状的牙齿，它的蝎子尾巴在背上卷起；还有一个德瓦克魔，淡白色蛆虫似的身体在月色下闪着幽光。杰斯听到身后的亚历克警觉地吸了口气，然后萨曼迪里尔离开了他的手，在空中划出一道银线。它切穿了吞噬魔的尾巴，正好切中它长长的刺上悬垂的毒液囊下方。

吞噬魔怒吼起来。德瓦克魔转过身，一阵惊愕——毒液囊正好落在它的脸上。毒液囊破裂了，德瓦克魔浸满了毒液。它只发出一声含混不清的尖叫，就倒下来，头部被腐蚀得露出了骨头。德瓦克魔消失时，鲜血和毒液溅得甲板上到处都是。吞噬魔的尾巴残部血液喷溅，它拖着向前挪动了几步，然后也消失了。

杰斯弯腰小心翼翼地捡起萨曼迪里尔。金属甲板上被吞噬魔的毒液溅到的地方，还在嘶嘶响着，出现了许多细微的小洞，仿佛薄纱棉布一样。

“杰斯，”亚历克站了起来，扶着苍白但直立起来的伊莎贝尔的胳膊，“我们需要把伊莎贝尔带出去。”

“好的，”杰斯说，“你们从这儿出去。我来对付那个。”

“对付什么？”亚历克不解地说。

“对付那个。”杰斯指着又说了一遍。有个东西正穿过烟雾和火焰过来，这东西块头很大，弓着背，非常坚实。它少说也有船上其他恶魔五个那么大，身上长着甲，有许多手臂，每一根手臂的末端都有一个尖尖的壳质利爪。它的脚像大象脚一样，硕大而张开着。杰斯看见它越来越逼近，头像一只巨型蚊子头，甚至还长着昆虫的眼睛，身上悬挂着血红的进食吸管。

亚历克吸了一口气。“这究竟是什么东西？”

杰斯想了一会儿。“大，”他最后说，“非常大。”

“杰斯——”

杰斯转身看看亚历克，然后又看看伊莎贝尔。他体内有个声音告诉他，这可能是他最后一次看到他们了，然而他仍然不感到害怕，不为自己害怕。他想跟他们说些什么，也许说他爱他们，说他们任何一个对他而言都比致命秘器及其力量更有价值。可是这些话就是说不出口。

“亚历克，”他听到自己说，“带伊莎贝尔去梯子那儿，马上。不然我们都会死。”

亚历克迎接着他的目光，与他对视了片刻。然后他点点头，推着还在抗议的伊莎贝尔向栏杆走去。他帮助她爬上去，然后翻过去，杰斯看见她开始顺着梯子往下，黑色的头发消失不见了，于是大大地松了口气。现在你，亚历克，他想着，快走。

可是亚历克不打算走。现在，伊莎贝尔已经从视野中消失了，可她哥哥从栏杆又翻了回来，翻到船的甲板上。她大声哭了起来。亚历克的吉萨姆还在甲板上，他抓起它，要站在杰斯身边面对恶魔。

他却没能走过去。正向杰斯咄咄逼近的恶魔，突然转弯冲向了亚历克，血红的进食吸管饥饿地来回挥舞。杰斯一个转身要去挡住亚历克，可是他站着的金属甲板受到毒液的腐蚀，在他脚底下坍塌了。他一下陷了下去，重重地摔在了甲板上。

亚历克喊叫着杰斯的名字，然后恶魔扑在了他身上。他用吉萨姆扎过去，将锋利的刃尖深深扎进恶魔身体。这怪物向后退去，奇怪地发出人的尖叫声，黑血从伤口喷溅而出。亚历克一边后退，一边摸出另一件武器，就在这时，恶魔的利爪挥舞过来，将他击倒在甲板上，然后它的进食吸管缠住了他。

在某个地方，伊莎贝尔大声尖叫着。杰斯拼命挣扎着把腿从甲板中拽出来。他用力太猛，金属锋利的边缘扎到了他。他摇摇摆摆地站了起来。

他举起了萨曼迪里尔。这把天使之刃闪耀着光芒，明亮得如同一颗坠落的星辰。恶魔向后缩去，低声嘶嘶叫着。它把亚历克松开了一些，片刻之间杰斯以为它也许会放开他。但接着它出人意料地快速向后挥着头，以巨大的力量将亚历克扔了出去。亚历克重重砸在黏滑的满是血液的甲板上，滑了出去——然后随着一声嘶哑的叫喊，越过船舷掉落下去。

伊莎贝尔大声喊叫着亚历克的名字，她的尖叫像钉子一样刺进杰斯的耳朵。萨曼迪里尔仍在他手里闪耀着，光芒照亮了正向他昂首大步走来的恶魔，它昆虫眼中的目光明亮而凶狠，可是他能看到的只有亚历克：亚历克从船舷上掉落下去，亚历克在下方远远的黑色海水中淹没。他觉得自己嘴里有一股海水的味道，或许是血的味道。恶魔几乎扑到了他的身上，他举起萨曼迪里尔，然后掷了出去——恶魔号叫着，一种痛苦的高叫声——然后杰斯脚下的甲板倒塌了，杰斯也坠入一片黑暗之中。

第十九章

愤怒之日

“你错了，”克拉丽说，可是她的声音却不那么肯定，“你对我或杰斯一无所知。你只是试图——”

“试图什么？我试图让你知道，克拉丽莎，让你明白。”除了微微感到可笑，克拉丽没在瓦伦丁的声音中发现什么感情。

“你在嘲笑我们。你以为可以利用我来伤害杰斯，所以你在嘲笑我们。你甚至都不再生气了，”她又说，“一个真正的父亲应该感到生气。”

“我是一个真正的父亲。流淌在我血管中的血液同样也流淌在你的血管中。”

“你不是我的父亲。卢克才是，”克拉丽说，几乎都感到厌倦了，“我们一起经历了这么多。”

“你把卢克看作是你的父亲只是因为他和你妈妈的关系——”

“他们的关系？”克拉丽大声笑了出来，“卢克和我妈妈是朋友。”

她确信有那么片刻惊讶的神情掠过他的脸。但是他只说了句：“是这样吗？”然后又说：“你真的以为他经受了这一切——卢西恩，我是指——这种沉默、躲藏和逃跑的生活，这样全力保护一个他甚至都不完全理解的秘密，只是出于友谊吗？你对人的了解太少了，克拉丽，在你的年纪，对男人的了解更少。”

“你想怎么诋毁卢克都可以，没有用的。你对他的了解是错的，正如你对杰斯的了解是错的一样。你非要给每个人做的每件事都安上丑陋的动机，因为你只知道丑陋的动机。”

“如果他爱你妈妈，就是丑陋的？”瓦伦丁说，“爱情有什么丑陋的，克拉丽莎？或者是你的感觉，在内心深处，你亲爱的卢西恩既不真的是人类，也不真的像我们所理解的那样有感情——”

“卢克是人类，像我是人类一样，”克拉丽抨击他，“你真偏执。”

“哦，不，”瓦伦丁说，“我绝不是那样的。”他走过来，离她更近了一些，于是她走到圣剑前面，挡住他的视线，“你那样想我，是因为你通过你们凡人理解世界的眼镜来看待我和我做的事。凡人在他们自己中间作出区分，这种区分在任何一个暗影猎手看来都很荒唐。他们的区分建立在种族、宗教、国籍，还有其他几十种不重要和不相关的方面。对凡人而言这些似乎都合乎逻辑，因为虽然凡人不能看见、理解或承认恶魔世界，可仍在某个地方埋藏着他们古老的记忆，他们知道有那么些行走在这个地球上的东西是另类的。它们和自己不同，只意味着伤害和破坏。既然恶魔的威胁凡人看不见，只好把这种威胁转嫁到他们同类身上。他们把邻居看成敌人，因此一代代不断有悲剧发生。”他又向她迈进一步，克拉丽本能地向后退着。她现在都靠到提箱了。“我不是那样的，”他继续说，“我能看到事实的真相。凡人看东西仿佛透过玻璃，模糊地看，可是暗影猎手——我们面对面地看。我们知道邪恶的真相，知道虽然它走在我们中间，可它不是我们的同类。不属于我们世界的东西，就必须禁止在这里生根，不能让它们像株毒花一样生长，然后消灭掉所有的生命。”

克拉丽本想去拿圣剑，然后杀瓦伦丁，可是他的话让她动摇了。他的声音是如此柔和，如此有说服力，她并不认为应该允许恶魔待在地球上。应该将它们挫骨成灰，因为它们曾经毁坏了这么多别的世界……他所说的几乎让她觉得有道理，可是——

“卢克不是恶魔。”她说。

“在我看来，克拉丽莎，”瓦伦丁说，“你对什么是恶魔和什么不是恶魔缺乏经验。你遇到几个暗影魅族，在你看来他们很友好，你正是透过这副眼镜来看待这个世界。恶魔，对你来说，是从阴影中跳出来撕扯和攻击的怪物。是有这样的怪物。但是还有些非常狡猾、隐藏得很深的恶魔，它们行走在人类中间，难以辨认，通行无阻。然而我看到过它们做非常可怕的事情，相比较而言，它们野蛮的同类似乎还要好一点。我曾经认识一个伦敦的恶魔，装成一个很有实力的金融家。他从来不单独一人，所以我很难靠近杀他，虽然我知道他干了些什么。他会让仆人给他找来动物和小孩子——任何幼小的无助的东西——”

“别说了，”克拉丽用手捂住耳朵，“我不想听这个。”

可是瓦伦丁的声音继续低沉地响着，不可阻挡，清晰可闻。“他会慢慢地吃他们，一直吃很多天。他有自己的手段，他的方式，通过最最可怕的折磨让他们活着。如果你能想象一个孩子挣扎着爬到你跟前，半个身子已被扯掉——”

“停！”克拉丽把手从耳朵上放下来，“够了，够了！”

“恶魔以死亡、痛苦和疯狂为生，”瓦伦丁说，“我杀戮，是因为我必须这么做。你在一个虚假的美丽乐园长大，周围竖着易碎的玻璃墙，我的女儿。你的妈妈创造了她想要生活其间的世界，并且在那里抚养你长大，但是她从来都没有告诉你这是个假象。恶魔们时刻等待着用鲜血和恐怖作武器，去击碎玻璃，把你从谎言中拉出来。”

“是你击碎了墙，”克拉丽小声说，“你把我拖进了所有这些。没有别人，只有你。”

“碎玻璃划到你了，你感到疼痛了，流血了？你连这个也怪我吗？我不是把你放进牢笼的人。”

“别说了，快别再说了。”克拉丽的头晕了。她想向他大声喊叫，你劫持了我妈妈，你做了这个，是你的错！可是她已经明白卢克所说的没法和瓦伦丁辩论是什么意思了。他以某种方式，让她无法反驳他，并且感到自己似乎在维护将孩子咬成两半的恶魔。她奇怪杰斯这么多年是怎么忍受过来的，生活在那么苛求、强势的阴影中。她开始明白杰斯的傲慢是从哪儿来的，还有他控制得很好的感情。

她身后提箱的边缘从后面撞到了她的腿。她能感到圣剑散发出来的寒气，寒气使她脖子后面的头发刺痛了皮肤。“你想从我这里得到什么？”她问瓦伦丁。

“是什么让你认为我想从你那里得到什么东西？”

“不然你不会跟我说这些。你给我洗脑，等着——等着接下来的一步。”

“下一步，”瓦伦丁说，“是你的暗影猎手朋友来找你，而我告诉他们如果想要你活着回去，就要拿那个狼人女孩来换。我仍需要她的血。”

“他们永远不会用迈亚来换我！”

“这就是你错的地方，”瓦伦丁说，“他们知道跟暗影猎手孩子相比，一个暗影魅族的价值。他们会作这个交易的，圣廷要求这么做。”

“圣廷？你是说——这是《大律法》的一部分？”

“制订之时就写入了法律，”瓦伦丁说，“现在你看到了吗？我们并没有很大的不同，圣廷和我，或者乔纳森和我，或者甚至是你和我，克拉丽莎。我们只是在方法上有小小的不同。”他微笑着，向前迈去，站在克拉丽跟前。

克拉丽向后伸出手，一把抓起灵魂之剑，快得超出自己的想象。它像她想象的那么重，重得她差点失去了平衡。她伸出一只手让自己站稳，一边举起了它，剑尖直指瓦伦丁。

杰斯砸在坚硬的金属表面，停止了坠落，这股力量大得使他的牙齿格格作响。他咳嗽起来，嘴里一股血味，他痛苦地摇摆着站起来。

他站在一个光秃秃、漆成暗绿色的金属通道上。这里回声很大，墙壁很暗，呈圆弧状。杰斯抬起头，透过高高的烟孔，能看见一小片星空。

船舱里面是由人行通道和梯子组成的迷宫，不知道每条路都通向哪里，它们互相缠绕，仿佛巨蛇的肠子。这里非常寒冷。杰斯能看见自己吐出的气息变成一片白雾。几乎没有光。他斜眼看着阴影，然后把手伸进口袋，摸出他的巫光石。

白光照亮了黑暗。这个人行通道很长，在远远的一端有梯子通往下面一层。杰斯朝梯子走去的时候，有什么东西在他脚边闪着光。

他弯下腰，是一根石杖。他忍不住环顾四周，似乎期待着有人从阴影中现身。暗影猎手的石杖怎么会掉在这里？他小心翼翼地捡起来。所有的石杖都有一种自身的气味，隐约染上它们主人的痕迹。他认出了这根，感到一阵痛苦。克拉丽。

突然一阵柔和的笑声打破了寂静。杰斯快速转身，同时将石杖插进皮带。在巫光石的光芒中，杰斯看见一条黑影站在人行通道的末端，看不清他的脸。

“谁在那儿？”他喊道。

没有人回答，只能感到有人在对他笑。杰斯的手自动地伸向皮带，可是他坠下来时，天使之刃掉了。他没有武器了。

但是他的父亲总是教导他什么？只要运用得当，任何东西都可以当作武器。他慢慢走向那个身影，眼睛注视着周围各种各样的细节——一根支柱，他可以抱住它跃起，把脚踢出去；一块露在外面破损了的金属，他可以扔向对手，刺穿他的脊柱。所有这些想法都在瞬间涌现，就在此时，那个在人行通道末端的身影转过身来，白发在巫光中闪亮，于是杰斯认出了他。

杰斯在通道上停下来，一动不动。“父亲？是你吗？”

亚历克首先意识到的就是滴水成冰的冷。第二是他不能呼吸。他努力呼吸着空气，可他的身体抽搐不已。他坐直，把脏河水从肺里吐出来，苦涩的水流出来，使他感到哽噎和窒息。

终于，他能呼吸了，虽然肺好像着火了一般。他喘着气，看看周围。他坐在一个瓦楞纹的金属平台上——不，是在卡车上。一辆皮卡，漂浮在河水中间。他的头发和衣服淌着冰冷的水，马格纳斯·贝恩坐在他对面，用在黑暗中发着光的猫似的琥珀色眼睛注视着他。

他的牙齿开始打架。“发生——发生了什么事？”

“你要喝东河水。”马格纳斯说。似乎是第一次，亚历克看到，马格纳斯的衣服也湿透了，黏在他的身上，像是第二层黑色的皮肤。“我把你拉了出来。”

亚历克的头咚咚响着。他在皮带上摸石杖，可是不见了。他努力回想着——满是恶魔的船，伊莎贝尔摔倒，杰斯抱住了她。血，到处都是，恶魔在攻击——

“伊莎贝尔！我掉下来时她正爬——”

“她很好。她成功地爬上了一条船。我看见她了，”马格纳斯伸出手摸着亚历克的头，“而你，可能会脑震荡。”

“我需要回去战斗，”亚历克推开他的手，“你是巫师，你难道不能让我飞回到那艘船上或做些别的什么吗？而且你能不能治好我的脑震荡？”

马格纳斯的手本来仍然伸着，这时垂落下来。在星光中，他的眼睛闪耀着点点绿色和金色，宛如宝石般硬实平滑。

“对不起。”亚历克说。他意识到他的话听起来会给人怎样的感觉，尽管如此，他仍然觉得马格纳斯应该明白，到那艘船上去是最重要的事情。“我知道你不一定非要帮助我们——这是一种恩惠——”

“别说了，我不对你施加恩惠。亚历克，我为你做事是因为——呃，你认为我为什么这么做？”

亚历克的喉咙里升起某种东西，挡住了他的回答。和马格纳斯在一起时总是这样，仿佛有一个疼痛或悔恨的气泡在他心里，每当他想说些什么，或说任何似乎有意义或真实的话时，它就上升，噎住他的话。“我需要回到船上去。”最终他说道。

马格纳斯听起来太疲惫了，疲惫得都没有力气生气。“我愿意帮你，”他说，“可是我帮不了。去除轮船的防护带已经够糟糕了——这是一种很强、很强的魔法，恶魔的魔法——可是你摔落下来时，我必须快速对卡车施魔法，让卡车在我失去意识时不沉下去。而我就要失去意识了，亚历克。这只是时间问题。”他用一只手抚摸过他的眼睛。“我不想你淹死，”他说，“魔法应该足以坚持到你把卡车开回到陆地上。”

“我——没意识到。”亚历克看着马格纳斯，他已经三百岁了，可总是看起来很年轻，似乎在十九岁之后就再也没有变老。现在他的眼睛和嘴巴周围却刻上了鲜明的皱纹，他弓着背，也不是他惯常的无所谓的姿势，而是真的精疲力竭了。

亚历克伸出双手。在月光下手很苍白，由于浸在水里，皮肤皱了起来，还布满了几十个银色的伤疤。马格纳斯低头看着，然后又看看亚历克，目光中一片疑惑。

“握着我的手，”亚历克说，“把我的力量也拿走。无论你能用它做什么——让你自己好起来。”

马格纳斯没有动。“我还以为你要回到船上呢。”

“我必须战斗，”亚历克说，“可你就在这么做，不是吗？你和船上的暗影猎手一样，同样也参加了战斗——而我知道你可以拿走我的力量，我听说过巫师这么做的——所以我要给你我的力量。拿走，它是你的。”

瓦伦丁笑了。他穿着黑色的铠甲，戴着金属手套，反射着黑色甲壳虫一样的光。“我的儿子。”

“不要那么叫我。”杰斯说。然后，他双手开始发抖。“克拉丽在哪儿？”

瓦伦丁仍然微笑着。“她跟我顶嘴，”他说，“我要教训她一下。”

“你对她干了什么？”

“没什么。”瓦伦丁走得离杰斯更近了，如果他伸出手的话，都可以摸到杰斯了。可是他没有。“她能恢复得过来。”

杰斯的手握成了拳头，不让他的父亲看到他的手在发抖。“我想见她。”

“真的？在这种情况下？”瓦伦丁向上瞥了一眼，似乎能透过船身看到甲板上的厮杀似的，“我还以为你会想要和其余的暗影猎手朋友一起战斗呢，为他们的努力都白费了而遗憾。”

“你根本不懂。”

“我很懂。我可以为他们每一个人召唤一千个恶魔。就连最好的暗影猎手也不可能抗得住。就像，”瓦伦丁补充道，“可怜的伊莫金。”

“你怎么——”

“我能看见我的船上发生的一切，”瓦伦丁眯起了眼睛，“你很清楚，她的死是你的错，不是吗？”

杰斯吸了一口气。他感觉得到，自己的心脏用力地搏动着，仿佛想撕开胸膛跳出去。

“如果不是因为你，他们本不会来到船上。他们认为自己是在援救你，你知道。如果只是为了那两个暗影魅族，他们不会找麻烦。”

杰斯几乎都忘了。“西蒙和迈亚——”

“哦，他们死了。两个都死了，”瓦伦丁的声音很随意，甚至很温柔，“杰斯，在你看到真相之前，还有多少人要死？”

杰斯感觉自己的头脑中仿佛都是旋转的烟雾，他的肩膀也灼热地疼痛。“我们已经就此谈过了。你错了，父亲。关于恶魔你可能是对的，甚至关于圣廷你可能也是对的，但只有这个不是这样的——”

“我的意思是，”瓦伦丁说，“你什么时候才会看出来你就像我一样？”

虽然很冷，杰斯却开始出汗了。“什么？”

“你和我，我们很像，”瓦伦丁说，“正如你以前跟我说的，你是我塑造的，而我则把你塑造成了我的复制品。你有我的高傲。你有我的勇气。而且你有那种让别人为你毫不犹豫献出生命的特质。”

有什么东西锤击着杰斯意识的深处。什么他应该知道，或者已经忘记的东西——他的肩膀灼热。“我不想让人为我献出生命！”他叫道。

“不，你想。你喜欢知道亚历克和伊莎贝尔愿意为你而死。你妹妹也愿意。大审判官确实为你死了，不是吗，乔纳森？而你站在一边，让她——”

“不是这样！”

“你就像我——这没什么好奇怪的，是吧？我们是父子，怎么会不像呢？”

“不！”杰斯突然伸出手，抓住弯曲的金属支柱。它在他手里发出响亮的声音，一下被折断了，参差不齐的断缘异常锋利。“我不像你！”他大叫道，然后将断下来的柱子直接插进了父亲的胸膛。

瓦伦丁张大了嘴。他摇摇晃晃地向后退去，柱子的一端从胸口伸出来。有一会儿，杰斯只在那儿干瞪眼，思考着。我错了——真的是他——然后瓦伦丁瘫倒下来，身体就像沙子一样散了。空气中充满了燃烧的味道，瓦伦丁的身体变成了灰，随风而去。

杰斯伸手摸着自己的肩膀。被无所畏惧如尼文燃烧的皮肤摸起来滚烫。强烈的虚弱感压垮了他。“阿格拉蒙。”他小声说着，在通道上跪了下来。

跪在地上，锤击般的脉搏渐渐放慢，虽然只有一小会儿，可在杰斯的感觉中似乎就是永远。他终于站起来了，双腿由于寒冷都僵硬了，指尖也发青了。空气中仍然有什么东西烧着的味道，虽然再也没有阿格拉蒙的踪迹。

杰斯的手里仍然抓着金属柱子，向通道末尾的梯子走去。他费力地用一只手爬下去，这让他的头脑清醒了。他从梯子的最后一根横档上下来，发现自己在第二条通道上，这条通道在一个很大的金属房间的边缘。还有很多别的通道连接着各处，以及各式各样的管道和机器。管道里面不时发出重重的撞击声，喷出似乎是蒸汽之类的东西，然而这里很冷。

你为自己找的地方真是太合适了，父亲，杰斯想。船里如果只有光秃秃的机器，那就不合瓦伦丁的口味了，他对自己的雕花水晶杯的工艺都非常挑剔。杰斯看了看周围。这里就是个迷宫，他根本没办法知道应该走哪个方向。他转身要爬下一个梯子，然后注意到金属地面上有一抹暗红色。

血。他用靴子尖擦过，血迹仍然潮湿，稍微有些黏稠。新鲜的血。他的脉搏加快了。在通道的另一个地方，他看到另一处红色，然后远一些的地方又是一处，像是神话故事中的面包屑踪迹。

杰斯跟踪着这些血，靴子在金属通道中发出响亮的回声。这些血溅洒的方式有些特别，似乎这里不是发生了战斗，而更像有人流着血沿着人行通道被带走。

他来到一扇门前。门是黑色的金属，上面到处是银色的凹痕和豁口。门把上有一个血手印。杰斯把前端尖利的柱子握得更紧了，推开了门。

一波更冷的空气向他袭来，他吸了口气。这个房间是空的，只在一面墙上有一根金属管道，一个角落里堆着物品，看起来像是麻袋。墙上高高的地方有个舷窗，一丝光线从那里进来。杰斯小心翼翼地向前迈步，光线落在角落里的物品堆上，他发现，这根本不是一堆垃圾，而是一个身体。

杰斯的心脏像狂风中没有锁好的门那样怦怦直跳。

金属地面上是黏黏的血。他将靴子挪开，发出了难听的抽吸声。他走过房间，在那个瘫倒的身体旁弯下身。一个男孩，黑色的头发，穿着牛仔裤和浸透了血的蓝色 T 恤衫。

杰斯抱起他的双肩，让他抬起身。他翻转过来，软弱无力，仿佛没有骨头，褐色的眼睛无神地盯着上面。杰斯憋住了呼吸，是西蒙。他脸色苍白得像纸，在喉咙底部，有一个难看的划得很深的伤口，两个手腕也被割开了，留下边缘不齐的伤口。

杰斯仍然抱着西蒙的肩膀跪了下来。他无望地想到了克拉丽，想到了她发现后的痛苦，想到了她紧握着自己手的样子。找到西蒙。我知道你会的。

他找到了。可是太晚了。

杰斯十岁的时候，他的父亲曾经跟他讲过杀死吸血鬼的各种方法。用火烧死他们。把他们的头砍下来，像点燃万圣节怪诞的南瓜灯一样点燃他们。让太阳把他们烤成灰。或者放干他们的血。他们需要血才能活着，他们依赖血，就像汽车依赖汽油。看到西蒙喉咙上的伤口，不难明白瓦伦丁干了什么。

杰斯伸出手合上西蒙睁着的眼睛。如果克拉丽不得不看到他死，最好也不要看到他这样。他的手往下移到西蒙 T 恤衫的领子，打算拉上遮盖住伤口。

西蒙动了。他的眼皮抽动着睁开了，眼睛却又翻成了白眼。然后他发出了很微弱的声音，他的嘴唇向后翻起，露出吸血鬼的尖牙。呼吸声在他割破的喉咙里呼呼响着。

杰斯的手抓紧了西蒙的领子，涌起一阵恶心。他没有死。可是上帝，这种疼痛肯定是难以想象的。他无法愈合，无法重生，除非——

除非有血。杰斯松开西蒙的衣服，用牙卷起自己右臂的袖子。他用边缘锋利的断柱沿着手腕割开一个与手腕同宽的深口。鲜血涌出来，他丢掉柱子，柱子在金属地面上发出哐啷一声响。他能闻到空气中自己浓烈的血腥味，带着一股铜的气息。

他低头看着西蒙，西蒙没有动。他觉得手腕刺痛，血现在流到了他的手上。他在西蒙脸上伸出手，让血沿着指尖滴下，滴落到西蒙的嘴上。没有反应，西蒙没有动。杰斯离得更近了，他现在跪着趴在西蒙身上，在冰冷的空气中呼出一团白色的气。他斜着身体，将流血的手腕按在西蒙的嘴唇边。“喝我的血，笨蛋，”他小声说，“喝它。”

有一会儿什么都没发生。然后西蒙的眼睛扑闪着闭上了。杰斯感到手腕传来一阵尖锐的疼痛，一种吸力，用力的按压——西蒙的右手伸过来，紧紧钳着杰斯的胳膊肘。西蒙弓着抬起了背，随着他的尖牙更深地咬下去，杰斯手腕处的压力也增强了。疼痛一路向上传遍杰斯的胳膊。“好了，”杰斯说，“好了，够了。”

西蒙的眼睛睁开了，眼白不见了，深棕色的虹膜盯着杰斯。他的双颊有了血色，像发烧一般烧得发红。他的嘴唇微微张开着，白色的长牙上沾着鲜血。

“西蒙？”杰斯说。

西蒙站了起来。他用让人难以置信的速度，将杰斯击倒在一边，然后翻滚到他上面。杰斯的头倒在金属地面上，耳朵嗡嗡响着，这时西蒙的牙咬进了他的脖子。他努力要扭开，可是另一个男孩的胳膊就像铁棒一样，手指掐进他的肩膀，将他按在地上。

但是西蒙并没有真的让他感到疼痛，一开始那种尖锐的疼痛减弱成了一种沉钝的灼烫。一种沉沉欲睡的平静感钻入杰斯的血管中，他感到肌肉松弛了，之前尽力要推开的西蒙的双手现在在他身上压得更紧了。他能感到自己心脏的跳动，感到跳动在减慢，从有力的跳动声减退为柔和的回声。一种闪烁着微光的黑暗悄悄爬进了他的眼角，美丽而奇异。杰斯闭上了眼睛——

他的脖子被割破了。他喘着粗气，睁开了眼睛。西蒙正坐在他身上，手捂着嘴巴，张大着眼睛向下瞪着。虽然鲜血依然染红了他T恤衫的前面，他的伤却不见了。

杰斯又能感到肩膀淤肿的疼痛了，还有手腕划开的疼痛，喉咙刺破的疼痛。他不再听到自己心脏的跳动，可是知道它在胸腔里跳着。

西蒙从嘴上拿开手，尖牙不见了。“我可能会杀了你的。”他说，声音中有种恳求。

“我会让你杀了我。”杰斯说。

西蒙低头盯着他，然后喉咙发出一种声响。他翻身从杰斯身上滚下，跪在地上，抱着双臂。杰斯能看见西蒙苍白的皮肤上，弯弯曲曲的深色血管，像树枝一样分成蓝色和紫色的细线。充满血的血管。

我的血。杰斯坐了起来去摸他的石杖，把石杖拿过来的感觉像把一根铅管拖过橄榄球场一样沉重。他的头一抽一跳地痛。他画完移除文后，把头向后靠在墙上，费力地呼吸着。随着治愈如尼文的起效，疼痛在逐渐离开他。我的血在他的血管里。

“我很抱歉，”西蒙说，“我非常抱歉。”

治愈如尼文正在起效。杰斯的头脑开始变得清醒，心脏的剧烈跳动也慢下来了。他小心地站起来，以为会一阵头晕，可只是感到有些虚弱和疲惫。西蒙仍然跪在那里，低头瞪着他的双手。杰斯伸出手，抓住他T恤衫的后面，将他拉了起来。“不要道歉，”他说，让西蒙走，“快走。瓦伦丁抓走了克拉丽，我们没有多少时间了。”

克拉丽的手指刚握住梅拉塔奇之剑的剑柄，一阵剧烈的寒冷就传遍了她的胳膊。她的手指麻木了，瓦伦丁带着略感兴趣的神情，看着她痛苦地喘气。她拼尽全力握住剑，可是剑却从她手里滑落，哐啷一声掉在了脚边。

她几乎没看到瓦伦丁移动，片刻间他就站到了她的面前，手里握着圣剑。克拉丽感到手上一阵刺痛。她低头瞥了一眼，看到手心上有一条灼痛的红肿伤痕。

“你真的以为，”瓦伦丁声音中带着一丝嫌恶的调子说，“我会让你靠近一件我认为你能使用的武器?”他摇摇头，“我的话你一个字也没理解，是吗?似乎我的两个孩子中，只有一个能够明白事实。”

克拉丽把受伤的手握成一个拳头，几乎是在欢迎疼痛。“如果你是指杰斯，那么他也恨你。”

瓦伦丁将剑举起来，剑尖指着克拉丽的锁骨处。“你说够了。”他说。

圣剑的剑尖很锋利。她呼吸时，剑尖刺到了她的喉咙，一股细细的血流淌下来，淌到她的胸口。圣剑的触碰似乎将寒冷传递进了她的血管中，把发着响声的冰粒送进了她的双臂和双腿里，使她的手也冻麻了。

“被教养坏了，”瓦伦丁说，“你妈妈一直都是一个执拗的女人。一开始这是我爱她的原因之一，我以为她会坚守理想。”

真奇怪，克拉丽带着一种冷漠的恐惧想，当她第一次在伦维克那里看到她父亲时，他非凡的个人魅力所表现出的都是为了杰斯好。现在他不再为此费心了，因而失去了魅力的光泽，他看起来——很空，仿佛一尊空洞的雕像，雕刻出来的眼睛只显示出了内心的黑暗。

“告诉我，克拉丽莎——你妈妈说起过我吗？”

“她告诉我我的父亲死了。”其他什么也不要说，她警告自己，可是她却肯定他能读懂自己眼睛中其余的话。而我希望她说的是真的。

“她从来没有跟你说过你是与众不同的？特别的？”

克拉丽咽了一下口水，于是剑尖刺得更深了一些，更多的鲜血流淌到她的胸口上。“她从来没有告诉过我，我是一个暗影猎手。”

“你知道为什么，”瓦伦丁的目光随着圣剑看着她，“你妈妈会离开我？”

眼泪在克拉丽眼睛的后面汹涌着，她哽咽了。“你是说只有一个原因？”

“她告诉我，”他继续说着，好像克拉丽没有说话一样，“我把她的第一个孩子变成了怪物。在我没来得及对她的第二个孩子也那么做之前，她离开了我。她说的就是你。可是她离开得已经太晚了。”

她的喉咙和四肢冷得已经不再发抖了，圣剑似乎正在把她变成冰块。“她从来没有说过这个，”克拉丽小声说，“杰斯不是怪物。我也不是。”

“我不是在说——”

他们头顶上的活动板门突然开了，两个模糊的身影从门洞里跳下来，正好落在瓦伦丁后面。克拉丽快活地松了口气，她看到第一个身影是杰斯，像一支目标明确的离弦之箭一样穿过空中。他自信轻巧地落在地上，一只手里握着一根染血的铁棍，有着锋利的尖端。

第二个身影即便不是同样优雅，也是同样轻巧地落在杰斯身边。克拉丽发现这个男孩轮廓纤细，长着黑色的头发，于是想，是亚历克。只有当他站直，她认出那张熟悉的脸后，她才意识到这是谁。

她忘了圣剑，忘了寒冷，忘了喉咙的疼痛，忘了所有。“西蒙！”

西蒙的目光越过房间看着她。他们的目光对视了一会儿，克拉丽希望他能从她脸上读懂自己完全放松的表情。一直压抑着的泪水涌出来了，淌过她的脸庞。她没有伸手去擦掉。

瓦伦丁扭头看看身后，克拉丽第一次看见他脸上露出发自内心的惊讶。他撇起了嘴，转过身面对杰斯和西蒙。

剑尖一离开克拉丽的喉咙，冰冷感也消失了，把她所有的力量一起带走了。她倒下来跪在地上，不由自主地颤抖着。她举起手从脸上擦去眼泪，看见指尖是白色的，已经冻伤了。

杰斯恐惧地看着她，然后又看着他父亲。“你对她做了什么？”

“什么都没做，”瓦伦丁说，重新控制住了自己，“还没有做。”

让克拉丽吃惊的是，杰斯的脸色变得苍白，似乎他父亲的话让他无比震惊。

“应该是我问你做了什么，乔纳森。”瓦伦丁说。虽然他是跟杰斯说话，可是他的眼睛仍然盯着西蒙。“它为什么还活着？亡魂可以复活，可是它身体里的那么点血是不可能让它复活的。”

“你是说我？”西蒙问。克拉丽望着这一切。西蒙听起来不一样了。他听起来不像一个对成年人无礼的孩子，而是像一个能平等面对瓦伦丁·摩根斯特恩的人，像一个配得上平等面对他的人。“噢，是的，你留我在那儿死掉。呃，是死得——更透。”

“闭嘴，”杰斯瞪了西蒙一眼，他的眼睛黑极了，“让我来回答。”他转向他的父亲。“我让西蒙喝了我的血，”他说，“所以他才不会死。”

瓦伦丁已经严峻起来的脸庞现出更严峻的线条，骨头仿佛都要从皮肤里迸出来了。“你情愿让一个吸血鬼喝你的血？”

杰斯似乎犹豫了一下——他瞥了一眼西蒙，西蒙正带着极端仇恨的神情，目不转睛地瞪着瓦伦丁。然后他小心翼翼地说：“是的。”

“你根本不知道你做了什么，乔纳森，”瓦伦丁用可怕的声音说，“根本不知道。”

“我救了一条命，”杰斯说，“一条你要杀死的命。我就知道这个。”

“不是一条人命，”瓦伦丁说，“你让一个只能靠杀生活命的怪物复活。它们这种东西总饿——”

“我现在就饿。”西蒙说，然后微笑着露出尖牙。尖牙闪着白色的光，牙尖抵着他的下唇。“我不介意再多喝些血。当然，你的血可能会噎住我，你有毒——”

瓦伦丁大笑起来。“我很想看你试试，亡魂，”他说，“当灵魂之剑划过你，你会燃烧起来死掉。”

克拉丽看到杰斯的目光投向圣剑，然后又看着她。他们有个心照不宣的问题。她赶忙说：“圣剑还没有转换。还没有完全转换。他还没有得到迈亚的血，所以他还没有完成仪式——”

瓦伦丁转身对着她，手里拿着圣剑。她看到他在微笑。圣剑在他手里似乎在轻轻摆动，然后什么东西击中了她——就像是被一阵波浪击倒，扔下，然后又违反你的意愿把你举起，接着又抛向空中。她滚落至地面，无法停下，直到狠狠地撞到舱壁上。她倒在舱壁底部，无法呼吸似的喘着气，浑身疼痛。

西蒙开始向她飞跑过去。瓦伦丁挥舞着圣剑，燃起一片耀眼炽烈的火海，炙热使他跌跌撞撞地退了回去。

克拉丽挣扎着用肘部撑着地抬起身来。她的嘴里都是血。世界在她周围晃动，她疑惑自己的头撞得有多厉害，会不会晕过去。她用意志强迫自己保持清醒。

火已经退了，可是西蒙仍然伏在地上，看起来眩晕了。瓦伦丁快速瞥了他一眼，然后看着杰斯。“如果你现在杀了这个亡魂，”他说，“你还可以收回你做的事。”

“不。”杰斯小声说。

“就用你手里拿着的武器，刺穿它的心脏。”瓦伦丁的声音很柔和，“一个简单的动作。你以前也干过。”

杰斯平视着父亲的目光。“我看到阿格拉蒙了，”他说，“它有着你的脸。”

“你看到阿格拉蒙了？”瓦伦丁走向他的儿子，圣剑闪着光，“而你活下来了？”

“我杀死了它。”

“你杀死了恐惧之魔，却不肯杀一个吸血鬼，甚至是在我的命令下？”

杰斯面无表情，站在那里看着瓦伦丁。“他是个吸血鬼，没错，”他说，“可是他的名字是西蒙。”

瓦伦丁在杰斯面前停住了。他手里的圣剑燃烧着强烈的黑光。有那么片刻，克拉丽担心瓦伦丁是不是要捅杰斯，而杰斯会不会任凭他那么做。“那么，我想，”瓦伦丁说，“你还没有改变想法？你之前跟我说的那些是你最终的决定，还是你后悔没听我的话？”

杰斯慢慢地摇了摇头。他一只手仍然握着折断的柱子，但是另一只手——他的右手从腰间皮带上抽出了什么东西，然而他的目光始终没有离开瓦伦丁。克拉丽不知道瓦伦丁有没有看到他在干什么。她希望没有。

“是的，”杰斯说，“我后悔没有听你的话。”

不！克拉丽想，可是她的心沉了下去。他在放弃吗？他认为这是救她和西蒙唯一的方法吗？

瓦伦丁的脸色缓和了。“乔纳森——”

“尤其是，”杰斯说，“既然我打算再这么做一次。就现在。”他的手快如闪电，某样东西抛向空中，奔克拉丽而去。它掉在离她几厘米远的地方，哐啷一声落到金属地面上翻滚着。她睁大了眼睛。

是她妈妈的石杖。

瓦伦丁开始大笑起来。“石杖？杰斯，这是开玩笑吗？还是你最终——”

克拉丽没有听到他接下来的话。她喘着气费力地爬起来，感觉头很痛。她眼睛里含着泪水，视线模糊了。她伸出颤抖的手，去拿石杖——手指碰到石杖时，她听到一个声音响起，清楚得仿佛她妈妈就站在身边。拿起石杖，克拉丽。运用它。你知道怎么做。

她痉挛的手指握住了石杖。她不顾头部和脊柱传来的阵阵疼痛，坐了起来。她是暗影猎手，疼痛是生活的一部分。模模糊糊地，她听见瓦伦丁叫她的名字，听到他的脚步声越来越近——她向舱壁扑去，用力向前挥出石杖，力量大得以至于石杖碰到金属的舱壁时，好像有什么东西燃烧起来发出嘶嘶声。

她开始画了。跟平常一样，她画东西的时候，世界就消失了，只有她自己、石杖和正在刻画的东西。她记得曾经站在杰斯的囚牢外面跟自己低声说，打开，打开，打开，知道自己是用尽了全身的力气来创造那个打开杰斯手铐的如尼文。而她知道，那个如尼文所花费的力气不足现在正在刻画的这个如尼文的十分之一，甚至百分之一。她的手灼痛，于是她大叫起来，将石杖沿着金属墙壁向下拖过，在它后面留下烧焦了似的黑色线条。打开。

她所有的沮丧，所有的失望，所有的愤怒都通过手传递给了石杖，传递进了如尼文。打开。还有她所有的爱，看到西蒙活着时所有的放松，对他们也许会活下来的所有希望。打开！

她垂下了手，放在膝盖上，手里仍然握着石杖。有一会儿，一切寂静无声，他们所有人——杰斯，瓦伦丁，甚至是西蒙——都随着她一起盯着在舱壁上燃烧的如尼文。

西蒙转向杰斯，开口说：“这是什么意思？”

可是瓦伦丁回答了，眼睛并没有离开舱壁。他脸上的表情——跟克拉丽预料的根本不一样，是一种混合了胜利和恐惧，绝望和快乐的表情。“这是说，”他说，“Mene mene tekel upharsin。”

克拉丽摇晃着站了起来。“不是那样的，”她轻声说，“它说的是打开。”

瓦伦丁对视着她的目光。“克拉丽——”

金属发出的声音吞掉了他的话。被克拉丽刻画过的舱壁，一面坚固的铁墙变形了，而且还在抖动。铆钉从舱壁上飞了出来，奔流的河水涌进了船舱。

她听见瓦伦丁在大喊，可是他的声音淹没在震耳欲聋的金属扭曲变形声中。固定这艘巨船的每一只钉子，每一个螺丝，每一枚铆钉都开始从原位飞出去。

她尽力跑向杰斯和西蒙，可是另一股水流穿过舱壁上不断扩大的洞涌进来，她双膝着地，倒了下来。这股浪潮将她击倒了，冰冷的水流把她淹没了。在船碎裂的声响中，杰斯在什么地方拼命喊叫着她的名字。她只来得及叫了他一声，就被水从舱壁上不规则的洞里吸了出去，滚到了河里。

她转动着身体，在黑色的河水中蹬踢着腿。对黑暗和深水的恐惧攫住了她。数百万吨的水裹着她，挤压着她，将她肺里的空气逼出去。她分不清哪边是往上，也分不清要向哪里游。她已经憋不住气了，吸进了一肺的脏水，胸部痛得要爆炸了，眼睛冒着金星。耳边湍急的水流声被甜美得难以置信的高声歌唱代替。我要死了，她想。一双苍白的手从黑色的水中伸出来将她拉近，长长的头发在她周围漂浮着。妈妈，克拉丽想，可是她还没来得及看清她妈妈的脸，黑暗就合上了她的双眼。

克拉丽苏醒过来时周围都是说话的声音，光线反射在她的眼睛里，闪烁着。她平躺在卢克的卡车车厢上，车厢底部是铁制的，呈瓦楞纹状，头顶是灰黑色的天空。她能闻到周围河水的气息，混合着烟雾和血的味道。她眨眨眼，白色的脸庞都聚拢过来盯着她。

卢克。还有西蒙。他们都用焦急关切的神情低头看着她。瞬间，她以为卢克的头发都变白了，后来，眨了眨眼睛，才意识到上面都是灰烬。实际上，空气也是这样——有灰烬的气味——而且他们的衣服和皮肤上都是一道道发黑的灰尘。

她咳嗽起来，感觉嘴里也是一股灰烬味。“杰斯在哪儿？”

“他……”西蒙的目光转过去看卢克，克拉丽感到心脏紧缩起来。

“他没事，是吗？”她问。她挣扎着要坐起来，感到头部一阵强烈的疼痛。“他在哪儿？他在哪儿？”

“我在这儿。”杰斯的脸藏在阴影中，出现在她视野的边缘。他跪在她身边。“对不起。你醒来时我应该待在这儿。只是……”

他的声音沙哑。

“只是什么？”她盯着他。由于背光，他的头发更像是银色而不是金色，眼睛则失去了色彩。他的皮肤上有一道道的黑色和灰色。

“他以为你也死了。”卢克说，然后突然站了起来，向河水那边眺望着，克拉丽看不到他在望着什么。天空中满是旋转着的黑色和猩红色的烟雾，似乎是着火了。

“也死了？谁？”她感到疼痛欲呕，停了下来。杰斯看到她的表情，把手伸进口袋里拿出他的石杖。

“拿住别动，克拉丽。”她的前臂传来灼热的疼痛，然后她的头脑开始清醒了。她坐起来，看到自己在一块湿的厚木板上，木板搭靠在卡车后车厢。车厢里积满了泼溅的河水，从空中飘落下来的黑色灰烬，混在水中旋转。

她看了一眼手臂内侧杰斯画治愈印记的地方。她的虚弱感已经开始消退，似乎他把力量注射进了她的血管中。

他用手指划过在她手臂上画的移除文，然后才收回。他的手和她的皮肤一样冰冷潮湿。他身体的其他部位也是湿的，头发很潮，浸湿了的衣服贴在他的身体上。

她嘴里有辛辣的味道，像舔到烟灰缸底部了一样。“发生什么事了？着火了吗？”

杰斯看看卢克，卢克正盯着起伏的灰黑色河水。河面上到处分布着小船，可是却没有瓦伦丁的船的踪迹。“是的，”他说，“瓦伦丁的船烧成了一片灰烬，什么也没留下。”

“大家都在哪儿？”克拉丽将目光转向西蒙，西蒙是他们中唯一一个身上不潮湿的人。他已经很苍白的皮肤蒙上了一层微弱的绿色，似乎他感到恶心，或者是发烧了。“伊莎贝尔和亚历克在哪儿？”

“他们在另一条暗影猎手的船上。他们很好。”

“马格纳斯呢？”她扭过身看卡车驾驶室，驾驶室却是空的。

“一些伤得更严重的暗影猎手需要他来照看。”卢克说。

“可是每个人都没事吗？亚历克，伊莎贝尔，迈亚——他们都没事，是吗？”克拉丽觉得自己的声音又小又细。

“伊莎贝尔受伤了，”卢克说，“罗伯特·莱特伍德也受伤了，他需要很长时间才能恢复。许多其他的暗影猎手，包括马利克和伊莫金，都死了。这是一场艰难的战斗，克拉丽，对我们不太有利。瓦伦丁不见了，圣剑也不见了。圣廷支离破碎。我不知道——”

他停了下来。克拉丽看着他，他的声音中有种东西吓到了她。“对不起，”她说，“这都是我的错。如果我没有——”

“如果你没有做你所做的事，瓦伦丁会杀了船上的每个人，”杰斯激烈地说，“因为你，才避免了一场大屠杀。”

克拉丽盯着他。“你是说我画的如尼文？”

“你把那艘船撕扯成了碎片，”卢克说，“每一个螺栓，每一个铆钉，任何将船固定组合起来的东西，都松开了。整艘船碎成了一片片的，油箱也碎裂了，我们大多数人刚跳进水里，整艘船就开始烧起来了。这就是你所做的——没有一个人曾经目睹过这样的事情。”

“哦，”克拉丽小声说，“有人——我伤害到什么人了吗？”

“船沉没的时候，好多恶魔淹死了，”杰斯说，“但是我们暗影猎手都没伤到，没有。”

“因为他们会游泳？”

“因为他们被救了起来。水妖把我们都拉出来了。”

克拉丽想起了水中的手，想起环绕着她的不可思议的甜美歌声。所以那终究不是她的妈妈。“你是说水里的精灵？”

“希丽宫女王过来了，正在路上，”杰斯说，“她履行了诺言，在她的能力范围之内帮助我们。”

“可是她怎么……”她怎么知道的？克拉丽正要说出来，却想起了女王智慧而精明的眼睛，想起杰斯在雷德胡克的河岸边将那片白纸扔进水里，于是决定不问了。

“暗影猎手的船只开始动了，”西蒙望着河面说，“我猜他们已经把能救的人都救上来了。”

“对，”卢克挺直胸膛，“该走了。”他缓慢地走向卡车的驾驶室——他一瘸一拐的，除此之外似乎没有其他的伤。

卢克坐到司机位上，很快，卡车的引擎就开始转动了。他们掠过水面出发了，车轮溅起的水滴反射着逐渐亮起来的银灰色的天空。

“这真诡异，”西蒙说，“我总觉得卡车要开始沉没了。”

“你刚经历了这些事情，还认为这很诡异。”杰斯说，不过他的语气中没有恶意，也没有厌烦。他只是听起来非常非常的疲惫。

“莱特伍德夫妇将会怎么样？”克拉丽问，“在这一切发生之后——圣廷——”

杰斯耸了耸肩。“圣廷的工作方式很神秘。我不知道他们会怎么做。不过，他们会对你很感兴趣，还会对你能做到的感兴趣。”

西蒙出了一下声，克拉丽一开始以为是抗议的声音，可是她近距离地看他时，发现他比以前更绿了。“你怎么了，西蒙？”

“是河水，”他说，“流水对吸血鬼不好。它是纯净的，而——我们不是。”

“东河的水根本不纯净。”克拉丽说，可是不管怎样，她还是伸出手，轻轻拍拍他的胳膊。他向她微微一笑。“船碎裂时你没有掉进水里吗？”

“没有。有一片金属漂在水面上，杰斯把我推了上去。我没有掉进河里。”

克拉丽扭头看着杰斯。她现在能更清楚一些看他了，黑暗正在消退。“谢谢你，”她说，“你认为……”

他扬起了眉毛。“我认为什么？”

“瓦伦丁也许已经淹死了？”

“在你见到尸体之前，千万不要相信坏蛋已经死了，”西蒙说，“那只会导致不幸和突袭。”

“你说得不错，”杰斯说，“我猜他没有死。否则我们会找到致命秘器的。”

“圣廷没有致命秘器可以继续下去吗？无论瓦伦丁是死是活？”克拉丽疑惑道。

“圣廷总是能继续下去，”杰斯说，“它只知道要这么做。”他将脸转向东方的地平线，“太阳就要升起来了。”

西蒙一下僵住了。克拉丽先是吃惊地盯着他看了一会儿，然后感到令人震惊的恐惧。她转过身追随杰斯的目光。他说得没错——东方的地平线上一片血红色，来自一轮金色的圆盘。克拉丽看见首先出现的太阳边缘把周围的海水染上神秘的色彩，绿色的，猩红色的，还有金色的。

“不！”她小声说。

杰斯惊讶地看着她，然后又看看西蒙。西蒙一动不动地坐着，像只被捕的老鼠盯着猫一样盯着正在升起的太阳。杰斯迅速站起来，走过卡车的车厢。他低声说着话。克拉丽看到卢克转身看着她和西蒙，然后又再看看杰斯，摇了摇头。

卡车突然倾斜着向前。卢克肯定加大了油门。克拉丽抓着车厢的边缘让自己坐稳。杰斯在前面向卢克大喊着，必须想法子让这该死的东西开快点，但是克拉丽知道他们无论如何也无法跑在黎明之前。

“肯定有办法。”她对西蒙说。她无法相信在不到五分钟之内，她从不可思议的轻松变成不可思议的恐惧。“也许能用我们的衣服挡住你。”

西蒙仍然盯着太阳，他的脸很白。“一堆破布起不了作用，”他说，“拉斐尔解释过——要用墙保护我们不晒到阳光。我会在布下面烧起来的。”

“可是肯定有什么东西——”

“克拉丽。”在黎明前灰蒙蒙的光线中，她现在能看得更清楚了。白色的脸庞上，他的眼睛显得很大很黑。他向她伸出手。“来这儿。”

她靠在他身上，用自己的身体尽可能多地挡住他的身体。她知道这没用。当阳光碰到他的时候，他就会化成灰烬。

他们互相挽着胳膊，一动不动静静地坐了一会儿。克拉丽能感觉到他胸口的起伏——不一定是这样，而是习惯，她提醒自己。他可以不呼吸，可仍然会死。

“我不会让你死的。”她说。

“我想你没有选择。”她觉得他在微笑。“我觉得我不会再看到太阳了，”他说，“我猜我错了。”

“西蒙——”

杰斯大喊着什么。克拉丽朝上看去，天空上一片玫瑰色的光，仿佛把染料倒入了一汪清水之中。西蒙在她身下非常紧张。“我爱你，”他说，“除了你，我再没爱过其他人。”

金色的光线划过玫瑰色的天空，仿佛昂贵的大理石里的金色纹路。周围的河水波光粼粼，西蒙全身僵硬，头朝后仰着，张开的眼睛里满是金色，好像融化了的液体正从他的体内涌出。他的皮肤上现出黑色的线条，仿佛破损的雕像上的裂缝。

“西蒙！”克拉丽尖叫起来。她伸手要去抱他，可感觉自己被拉了回来。是杰斯，他的双手紧紧抓着她的肩膀。她奋力想要挣脱，可是他抓得很紧。他在她耳边说着什么，说了一遍又一遍，过了一会儿她才听懂：

“克拉丽，看，看。”

“不！”她飞快地用手捂住脸。她从手心里尝到了卡车车厢底部难喝的水的味道，是咸的，像眼泪。“我不想看。我不想——”

“克拉丽。”杰斯抓着她的手腕，把她的手从脸上拉开。黎明的光线刺痛了她的双眼。“看。”

她看了，然后听到喘气时自己的呼吸在肺里呼呼作响。西蒙正从卡车后面坐起来，坐在一小片阳光里，张着嘴低头看着自己。阳光在他身后的水面上舞动，在他头发的边缘发着金光。他没有被烧成灰烬，而是坐在阳光里，没有被烤焦，而且脸上、胳膊上、手上那些苍白的皮肤完全都没有灼伤的痕迹。

学院外面，夜色正在降临。夕阳微红的余光照进杰斯卧室的窗户，而杰斯正盯着床上的一堆东西。这堆东西比他原先想的少很多，在这个地方生活了整整七年，而这就是所有能代表这七年生活的东西：半帆布包的衣服，一小摞书，还有几件武器。

他犹豫着今天晚上离开时，要不要带走从伊德里斯的庄园里救出来、带在身边的几样东西。马格纳斯把他父亲的银戒指还给了他，而他却觉得戴着不舒服。他用一根链子把戒指穿起来，挂在脖子上。最终，他决定带走所有的东西：没有必要把什么留在这个地方。

他正在用帆布包装衣服，这时有人敲门。他过去开门，以为是亚历克或伊莎贝尔。

是玛丽斯。她穿着一套庄重的黑色裙子，头发全部梳在脑后。她看起来比他印象里的要苍老，两条深深的皱纹从她的嘴角一直延伸到下巴，只有眼睛还有一些光彩。“杰斯，”她说，“我能进来吗？”

“你可以做你想做的任何事，”他说着，回到床边，“这是你的房子。”他抓起一把衬衫，用不需要那么大的力气塞进帆布包。

“事实上，这是圣廷的房子，”玛丽斯说，“我们只是看管。”

杰斯把书扔进包里。“随便是谁的。”

“你在干什么？”假如杰斯不是那么了解她，会觉得她的声音有一些颤抖。

“我在打包，”他说，“人们要搬出去时通常会这么做。”

她脸色变白了。“别走，”她说，“如果你想留下——”

“我不想留下。我不属于这里。”

“你要去哪儿？”

“卢克那里，”他说，然后看到她退缩了，“待一阵子。之后，我不知道，也许去伊德里斯。”

“你认为你属于那里吗？”她的声音中有种痛苦的悲伤。

有那么片刻，杰斯停住了打包的动作，他低头盯着自己的包。“我不知道我属于哪里。”

“属于你的家人，”玛丽斯试探性地向前迈了一步，“属于我们。”

“你把我扫地出门了。”杰斯听出自己声音很严厉，想尽力缓和一些。“对不起，”他说着，转过去看着她，“对于发生的所有事情。可是你们之前不想要我了，我没料到现在你们又想要我。罗伯特的病会延续一阵子，你需要照顾他。而我会妨碍你们的。”

“妨碍？”她似乎难以相信，“罗伯特想要见到你，杰斯——”

“对此我很怀疑。”

“那亚历克呢？伊莎贝尔、麦克斯——他们需要你。如果你不相信我想要你在这儿——而我不能责怪你不相信——你也肯定知道他们希望你在这儿。我们经历了一段糟糕的时光，杰斯。他们已经受到伤害了，不要再伤害他们。”

“那不公平。”

“如果你恨我，我不怪你。”她的声音在颤抖。杰斯转过身吃惊地盯着她。“可是我所做的——甚至把你赶出去——那样对你，是保护你。因为我害怕。”

“害怕我？”

她点点头。

“好吧，这让我感觉好多了。”

玛丽斯深呼吸了一下。“我以为你会像瓦伦丁那样伤我的心，”她说，“你知道，在他之后，你是我第一个爱的却不是我亲生骨肉的人。第一个活着的小东西。而且你只是一个孩子——”

“你把我当成了别人。”

“不。我一直都知道你是谁。自从第一次看到你从伊德里斯来的船上下来，当你十岁的时候——你就走进了我的心里，就像我自己的孩子出生时那样，”她摇摇头，“你不会明白。你从来没做过父母，你爱任何东西都不会像爱自己的孩子那样。而孩子最会让你生气了。”

“我的确注意到了生气的部分。”杰斯停顿一下后说道。

“我不期待你会原谅我，”玛丽斯说，“可是如果你为了伊莎贝尔、亚历克和麦克斯留下来，我会非常感激——”

要说不该说的话了。“我不想要你的感激。”杰斯说，然后转向帆布包。没什么要放进去了。他拉起了拉链。

“啊，清澈的泉水，”玛丽斯用法语说，“我在那里走过。”

他转身看着她。“什么？”

“我早就爱上了你，再也无法将你忘怀——这是我过去常唱给亚历克和伊莎贝尔听的古老的法国歌谣，你问过我的。”

这时，房间里没什么光线了，在昏暗中，玛丽斯在他看来几乎跟他十岁时一样，似乎在过去的七年中未曾有过变化。她显得严肃、担心、焦急——还充满了希望，看起来就像他认识的唯一的母亲。

“你说我从没有唱给你听，你错了，”她说，“只是你从来没有听我唱。”

杰斯没有说话，可是他伸手将帆布包的拉链拉开，把东西撒到了床上。

后 记

“克拉丽！”西蒙的妈妈见到站在门阶上的她，整张脸都堆满了笑容，“我好长时间没见到你了，我都开始担心你和西蒙吵架了。”

“噢，没有，”克拉丽说，“我只是不太舒服，没别的。”即使你有神奇的治愈如尼文，显然也不是刀枪不入的。战斗之后的那天早上，她醒来后发现自己头痛得嗡嗡直响，还发烧了。她以为自己得了感冒——晚上在露天的水面上穿着冰冷潮湿的衣服待好几个小时，谁会不感冒？可是马格纳斯说，最有可能的是她因为创造出摧毁瓦伦丁船的如尼文而累坏了。

西蒙的妈妈同情地嚷嚷着：“我打赌是和西蒙上上周一样的小毛病。他几乎都起不了床。”

“可是他现在好些了，对吧？”克拉丽说。她知道是这样，可是不介意再听一遍。

“他很好。我想他在后面的花园里。你过去吧，”她微笑着，“他看到你肯定高兴。”

西蒙家坐落的街道上，红砖的联排房子被精巧的白色铁栅栏隔开，每家都有一扇通往后面花园的门。天空湛蓝，虽然天气晴朗，空气却很清凉。克拉丽能体会到将至的雪的气息。

她把身后的门关好，然后去找西蒙。正如他母亲说的那样他在后花园里，躺在一个塑料躺椅上，膝盖上翻开着一本漫画书。他看到克拉丽，把书推到一边，坐起来，露着牙齿笑了。“嗨，宝贝。”

“宝贝？”她在椅子上坐下来，坐在他身边，“你在跟我开玩笑，对吧？”

“我试验一下，不好吗？”

“不好。”她坚决地说，然后俯身过来吻他的嘴。她退回来后，他的手指仍抚摸着她的头发，可是他的眼睛却显得若有所思。

“我很高兴你过来。”他说。

“我也是。我本应该早些来，可是——”

“你病了，我知道。”她一个星期都躺在卢克家的沙发上给他发短信，同时裹着一条毯子看《犯罪现场调查》重播。在一个每个谜团都有科学解答的世界里过日子，让人觉得很舒服。

“我现在好些了，”她环顾四周，颤抖了一下，于是把她的白色开衫裹得更紧了，“无论如何，这样的天气你躺在外面干什么？你不冷吗？”

西蒙摇摇头。“我不再真正感到冷或热。而且——”他绽开一个微笑，“我想尽可能多地待在阳光下。白天我仍然会困，可是我正努力克服。”

她用手背去触摸他的脸颊。他的脸由于阳光的照射很温暖，可是下面的皮肤却是冰凉的。“可是其他一切仍然……仍然和往常一样？”

“你是说我仍然是个吸血鬼？是的，似乎是这样的。仍然想喝血，仍然没有心跳。我必须躲开医生，不过既然吸血鬼不生病……”他耸了耸肩。

“你和拉斐尔谈过吗？他仍然不知道你为什么能出来晒太阳？”

“一无所知。他似乎是在故意捣乱，”西蒙困倦地朝她眨眨眼，似乎现在是凌晨两点钟而不是下午，“我想这打乱了他的思维定式。而且如果我要是决定白天活动，他要让我夜晚活动就难多了。”

“他受刺激了。”

“吸血鬼不喜欢变化。他们非常传统。”他向她微笑，她想，他会一直是这样子。当我五十岁或六十岁时，他仍然会是十六岁的样子。这可不是一个让人高兴的想法。“无论如何，这对我的音乐生涯有好处。如果那个安妮·赖斯的吸血鬼故事能畅销，那么吸血鬼也能成为摇滚巨星。”

“我不确定这一点是不是靠谱。”

他靠在椅背上。“什么是靠谱的？当然除了你。”

“靠谱？你就是这么认为我的吗？”她装作愤慨地问，“这可不太浪漫。”

一层阴影蒙上他的脸。“克拉丽……”

“什么？怎么了？”她伸手去摸他的手，然后握着，“你在用说坏消息时的声音。”

他看向别处。“我不知道它是坏消息还是好消息。”

“什么事都有好有坏，”克拉丽说，“我只想你告诉我你没事。”

“我没事，”他说，“可是——我想我们不应该再见对方了。”

克拉丽差点从躺椅上掉下来。“你不想再做朋友了？”

“克拉丽——”

“是因为恶魔吗？因为我把你变成了吸血鬼？”她的声音越来越高，“我知道这一切都很疯狂，可是我能让你远离这一切。我能——”

西蒙眨了下眼。“你听上去像只海豚那样聒噪不停，知道吗？停。”

克拉丽住口了。

“我仍然想做朋友，”他说，“但对其他事情我不太有把握。”

“其他事情？”

他脸红了。她以前不知道吸血鬼还会脸红。在苍白肌肤的衬托下，他的脸红让人一惊。“男女朋友的事情。”

她沉默了好长时间，搜索着要说的话。最后她说：“至少你没有叫它‘接吻的事情’。我还担心你会那么说。”

他低头看着他们紧握着放在塑料躺椅上的手。在他的手指的陪衬下，她的手指显得很小，可是第一次，她的皮肤要显得比他的颜色更深一些。他漫不经心地用拇指抚摸着她的指节，说：“我不会叫它那个的。”

“我还以为这是你想要的，”她说，“我想你说过——”

他抬起头，透过他黑色的睫毛看着她。“说我爱你？我确实爱你。可是这并不是全部。”

“是因为迈亚吗？”她的牙齿开始格格作响，而冷只是其中一个原因，“因为你喜欢她？”

西蒙犹豫了一下。“不。我是说，是的，我喜欢她，但不是你指的那种。只是我和她在一起时——我知道有一个像我一样的人是什么感觉，这跟和你在一起时不一样。”

“可是你不爱她——”

“也许有一天我会。”

“也许有一天我会爱上你。”

“如果你爱上我，”他说，“过来告诉我。你知道去哪儿找我。”

她的牙齿响得更厉害了。“我不能失去你，西蒙。我不能。”

“你永远不会。我不会离开你。但是我宁愿拥有我们有的东西，这是真实的，重要的，而不愿假装什么。我和你在一起的时候，我想知道我是和真实的你在一起，真实的克拉丽。”

她闭上眼睛，头靠着他的头。不管怎样，西蒙感觉还是西蒙，闻起来依旧是他的味道，洗衣皂的味道。“也许我不知道那是谁。”

“可我知道。”

克拉丽离开西蒙家，把门在身后关好。卢克崭新的皮卡已经在路边发动了引擎。

“你送我过来了，没必要还来接我。”她说着，爬上了驾驶室，坐在他旁边。卢克坏了的旧车被他用一辆一模一样的新车替换了。

“原谅我父亲般的惊慌。”卢克说着，递给她一杯咖啡。她抿了一小口——没有加奶，加了很多糖，是她喜欢的口味。“这些天你一不在我的视线范围内，我就有些紧张。”

“哦，是吗？”克拉丽紧紧拿着咖啡，以使他们在坑坑洼洼的路上颠簸前行时，咖啡不至于洒出来，“你觉得这种情况会持续多长时间？”

卢克好像在考虑。“不长。五年，也许六年。”

“卢克！”

“我打算让你三十岁时开始约会，如果那有好处的话。”

“事实上，听起来没那么糟糕。也许直到三十岁我才准备好。”

卢克斜眼看了她一下。“你和西蒙……”

她挥了挥没有拿咖啡的那只手。“别问。”

“我明白，”他可能明白，“你想让我把你送回家吗？”

“你要去医院，对吧？”她能听出他玩笑背后的紧张，“我和你一起去。”

他们现在驶在桥上，克拉丽望着外面的河水，若有所思地小心看管她的咖啡。狭窄的河水流淌在曼哈顿和布鲁克林峡谷般的高墙中，这样的景色她从来不曾厌倦过。河水在阳光中像铝箔一样闪着亮光，她奇怪自己为什么从来没试过把它画出来。她记得有一次曾问过妈妈，为什么她从来不用自己作模特，从来没画过自己的女儿。“画某个东西就是试图要永远抓住它，”乔斯琳说，拿着画笔坐在地板上，镉蓝色的颜料正滴落到她的牛仔裤上，“如果你真爱某个东西，你不会试图让它永远保持原样。你必须要让它自由地变化。”

但是我讨厌变化。她深呼吸了一下。“卢克，”她说，“我在船上时瓦伦丁跟我说了一些事情，一些关于——”

“以‘瓦伦丁说’开头的从来没有好事。”卢克嘟囔道。

“也许吧。但这是关于你和我妈妈的。他说你爱她。”

沉默。他们堵在了桥上，她能听到Q线列车呼啸而过。“你认为是真的吗？”卢克终于说。

“呃，”克拉丽能察觉到空气中的紧张，尽量小心翼翼地选择措辞，“我不知道。我的意思是，他以前说过，我只当成妄想和仇恨，没有理睬。可是这次我想，而且，呃——你总是在我们身边是有些奇怪，你对我就像爸爸一样，我们夏天实际上都住在农场，而你和我妈妈都没有和别人约会过。所以我想也许……”

“你想也许什么？”

“也许你们一直都在一起，只是不想告诉我。也许你认为我太小了，不会明白。也许你担心这会引发关于我爸爸的问题。但是我已经不小了，能明白了。你可以告诉我。我猜这是我要说的，你可以告诉我任何事情。”

“也许不是任何事情。”又是另一阵沉默，这时卡车正在堵塞的交通中一寸寸地往前挪。卢克斜眼看看太阳，手指在方向盘上轻轻敲击着。最后他说：“你说的对。我爱你妈妈。”

“太好了。”克拉丽说，尽可能让自己听上去对此非常支持，虽然以她妈妈和卢克的年纪，谈恋爱是多么不适宜的想法。

“可是，”他结束道，“她不知道。”

“她不知道？”克拉丽的胳膊大幅度地扫过，幸亏她的咖啡已经空了，“她怎么会不知道？你没告诉过她吗？”

“事实上，”卢克踩下油门，让卡车向前冲去，“没有。”

“为什么不告诉她？”

卢克叹了口气，疲劳地摸摸长着胡茬的下巴。“因为，”他说，“似乎一直都没有合适的时候。”

“这是无力的借口，你知道的。”

卢克费力地挤出介于低声轻笑和烦心地咕哝之间的一种声音。“也许吧，可这是真的。我第一次意识到我对乔斯琳的感觉，是在你现在的年纪，十六岁。而我们刚刚遇到瓦伦丁，我根本不是他的对手。我甚至还有些高兴，如果她想要的不是我，那么他也是一个真正配得上她的人，”他的声音严肃起来，“当我认识到我大错特错的时候，已经太晚了。我们一起逃离了伊德里斯，她怀着你，我提出要娶她，照顾她。我说无论孩子的父亲是谁都没关系，我都会像自己的孩子一样来抚养。她觉得我是在可怜她。我无法说服她我这么做是有很大私心的。她告诉我不想成为我的负担，再要求别的太过分了。她在巴黎离开我后，我回到了伊德里斯，可是我一直都很不安，根本就不快乐。我总觉得自己缺少了一部分，那部分就是乔斯琳。我会梦见她在某个地方需要我的帮助，她大声喊我而我却听不到。最后我去找她了。”

“我记得她很开心，”克拉丽小声说，“当你找到她的时候。”

“她开心又不开心。她见到我很开心，可是同时我又代表了她逃离的那个世界，那个世界她一点也不想要。我答应会断绝和狼群、圣廷、伊德里斯以及其他一切的联系，她才同意让我留下来。我本来想提议搬过来和你们两个一起住，可是乔斯琳认为我的变形很难瞒过你，所以我不得不让步。我买了书店，换了新名字，假装卢西恩·格雷马克死了。而其实，他也确实已经死了。”

“你真的为我妈妈做了很多。你放弃了整个生活。”

“我本想做更多，”卢克实事求是地说，“可是她很坚持，不想和圣廷或暗影魅族有任何联系，不管我假扮成什么，我仍然是一个狼人。我活生生地让人想起那一切。而她想让你永远不知道任何事情。你知道，我从来都不同意去马格纳斯那里，更改你的记忆或你能看到的东西，可她想这么做。我之所以让她这么做，是因为如果我要阻止她，她会让我离开的。而没有可能——没有可能——她会让我和她结婚，成为你的父亲而不告诉你关于我的真相。那将会毁了一切，所有那些她如此努力要在自己和隐形世界之间建立起来的易碎的墙。我不能那么对她。所以我就保持沉默。”

“你是说你从来没告诉过她你的感觉？”

“你妈妈不笨，克拉丽。”卢克说。他听起来很平静，可是声音中却有某种紧张。“她肯定知道。我提议和她结婚。无论她的拒绝多么委婉，我确实知道一件事：她知道我的感觉，而她却没有同样的感觉。”

克拉丽沉默了。

“没关系的，”卢克说，尽量轻松一些，“我很久以前就接受了。”

克拉丽的神经突然紧张了一下，她知道这不是由于咖啡因的缘故。她回想了一下自己的生活。“你提议要和她结婚，可是你说过是因为爱她吗？听起来好像不是。”

卢克沉默了。

“我想你应该告诉她真相。我认为对于她的感觉你的判断是错的。”

“我没错，克拉丽。”卢克的声音很坚定，现在这个问题说够了。

“我记得曾经有一次我问她为什么不约会，”克拉丽没理睬他的告诫，说道，“她说因为她已经心有所属了。我还以为她是指我爸爸，可是现在——现在我不这么肯定了。”

卢克真的很惊讶。“她这么说的？”他平静了一下，又说，“可能她确实是指瓦伦丁，你知道。”

“我不这么认为，”她用眼角瞥了他一眼，“另外，你不讨厌那样吗？从来都没说出你真正的感觉？”

这次沉默一直持续到他们下桥沿着奥卡德街隆隆前行。街道两侧是商店和餐馆，它们的招牌上是弯曲的金色和红色线条构成的漂亮的中国字。“是的，我讨厌，”卢克说，“讨厌的时候，我就想我们现在的关系总比没有强。可是如果你不能向最在乎的人说出真话，最终你会无法告诉自己真话。”

克拉丽耳朵里传来像水般急速流淌的声音，低下头，她看见她已经把一直拿着的空咖啡杯揉成一个难以辨认的球了。

“带我去学院，”她说，“拜托。”

卢克吃惊地看着她。“我以为你想去医院的？”

“我完事后去那儿和你会合，”她说，“有件事我要先去做。”

学院下面的楼层洒满了阳光，到处都是白色的小灰尘。克拉丽沿着座位中间狭窄的过道跑过去，跑到电梯边，摁了一下按键。“快来，快来，”她嘟哝着，“快——”

金色的电梯门嘎吱开了。杰斯正站在电梯里，看到她时睁大了眼睛。

“——来，”克拉丽说完，放下了胳膊，“噢，嗨。”

他盯着她。“克拉丽？”

“你理发了。”她不假思索地说。是真的——金属丝一样的长发不再飘落在他的脸上，而是剪得整洁均匀，这使他看起来更文雅了，甚至老成了一些。他穿得也很齐整，一件深蓝色的毛衫和牛仔裤。银色的什么东西在他喉咙处泛着光，就在毛衫领子的下面。

他举起一只手。“哦，对，玛丽斯剪的，”电梯门开始合上了，他挡了一下，“你要去楼上吗？”

她摇摇头。“我只想和你谈谈。”

“哦，”他显得有些惊讶，可还是迈出了电梯，门在他身后哐啷一下关上了，“我正要去塔基饭店买些吃的。没人想做饭……”

“我明白。”克拉丽说，接着她就希望自己没这样说。似乎莱特伍德家的人想不想做饭和她一点关系都没有。

“我们可以在那儿谈。”杰斯说。他开始向门走去，然后停下来回头看她。他站在两个点燃的枝状烛台中间，烛光给他的头发和皮肤投上一层浅黄色，他看起来就像油画里的天使。她的心脏缩紧了。“你过来吗，还是不过来？”他厉声说道，听起来一点也不像天使。

“哦，好吧，我过去。”她急忙赶上他。

他们走在去塔基饭店的路上，克拉丽尽力避免谈到她、杰斯或其他类似的话题。相反，她问他伊莎贝尔、麦克斯和亚历克在做些什么。

杰斯犹豫了。他们正穿过第一大街，清凉的微风吹过街道。天空万里无云，碧蓝如洗，纽约秋季完美的一天。

“对不起，”克拉丽为自己的愚蠢眨巴着眼睛，“他们肯定很难过。他们认识的很多人都死了。”

“这对暗影猎手来说不一样，”杰斯说，“我们是斗士。我们期待死亡的方式和你们——”

克拉丽忍不住叹了口气。“‘你们盲呆不同’。这是你要说的，对吗？”

“对，”他承认，“有时连我都很难明白你到底是什么。”

他们来到了塔基饭店前面，它的屋顶中间下垂，正面没有窗户。守卫前门的魔人用怀疑的红眼睛低头打量着他们。

“我是克拉丽。”她说。

杰斯低头看着她。风把她的头发吹过脸庞，他伸手帮她理好，几乎是无意识的。“我知道。”

他们在饭店里面发现角落里有个小隔间，坐了进去。没什么人在用餐：小精灵女侍者凯莉靠着柜台闲坐着，懒洋洋地扑扇着她蓝白相间的翅膀。她和杰斯约会过一次。两个狼人坐在另一个小隔间里，正吃着生羊腿，还争论着谁会在争斗中赢：《哈利·波特》里的邓布利多还是马格纳斯·贝恩。

“邓布利多会完胜，”第一个说，“他有超级厉害的索命咒。”

第二个狼人尖利地说：“可是邓布利多不是真实的。”

“我认为马格纳斯·贝恩也不是真实的，”第一个嘲笑道，“你见过他吗？”

“这真诡异，”克拉丽说着，缩到座位里，“你听到他们说话了吗？”

“没有。偷听不礼貌。”杰斯正在研究菜单，这给了克拉丽偷偷看他的机会。我从不看你，她跟他说过。这并不假，或者至少她从未以艺术家的眼光看过他。她总是会走神，被细节分散了注意力：他颧骨的曲线，睫毛的角度，嘴巴的形状。

“你在盯着我看，”他说话的时候并没有抬起头来，“你为什么盯着我看？有什么不对劲吗？”

凯莉来到他们的桌边，这救了克拉丽，她不用回答了。克拉丽注意到，她的笔是一截银色的白桦小树枝。她用全是蓝色的眼睛好奇地注视着克拉丽。“你想要些什么？”

克拉丽还没准备好，于是就从菜单上随便点了几样东西。杰斯打包一盘炸甘薯条和几样菜带回家给莱特伍德一家人。凯莉离开了，留下淡淡的花香。

“告诉伊莎贝尔和亚历克，我对发生的一切很抱歉，”等凯莉走到听不见他们说话的距离时，克拉丽说，“告诉麦克斯我随时都能带他去‘禁忌星球’。”

“只有凡人才在想说‘我分担你的悲痛’时说抱歉，”杰斯说，“这不是你的错，克拉丽。”他的眼睛突然由于仇恨而明亮起来，“是瓦伦丁的错。”

“我认为一直没有……”

“没有他的迹象？不。我猜他在什么地方躲起来了，直到完成他用圣剑开始的事情……”杰斯耸了耸肩。

“之后，会怎么样？”

“我不知道。他是一个疯子，很难去猜一个疯子接下来会做什么。”他躲开她的目光，克拉丽知道他在想什么：战争。那是瓦伦丁想要的，和暗影猎手的战争，而他会发起的，只是在哪儿首先挑起的问题。“无论如何，你过来是要和我谈这个？”

“不是。”现在那个时刻到来了，克拉丽却很难找到合适的词语。她瞥了一眼自己在餐巾盒银白色侧面上的影子，白色的开衫，白白的脸上双颊通红，看起来像发烧了一样。她也是感觉有些发烧。“过去几天来我一直想和你谈谈——”

“你可能骗了我，”他的声音不自然地尖利，“每次我打电话给你，卢克都说你病了。我推想你可能在躲开我。又一次。”

“我没有，”她觉得他们之间似乎有巨大的距离，虽然这个隔间没那么大，而他们彼此也没有坐得那么远，“我真的想和你说话。我一直都在想着你。”

他惊讶地叫了一声，把手伸过桌子。她握着他的手，一下子感到轻松了。“我也一直在想着你。”

他握着她的手很温暖，舒服，她想起来在伦维克她怎样把血淋淋的移空门碎片从他手里拿出来——他往日生活留下来的唯一的东西——而他怎样把她揽到自己怀里。“我真的病了，”她说，“我发誓。我差点死在了船上，你知道。”

他放开她的手，可是还盯着她，似乎要记住她的脸。“我知道，”他说，“每次你差点死去，我也差点死去。”

他的话让她的心脏响个不停，似乎她刚吞下一口咖啡因似的。“杰斯，我来是要告诉你——”

“等等。让我先说，”他举起手，仿佛要挡掉她下面的话，“在你说话之前，我想向你道歉。”

“道歉？为了什么？”

“为了没有听你的话，”他用两只手抓过头发，她注意到一个小小的伤疤，喉咙上的一条细细的银色，是以前没有的，“你不断告诉我我不能从你那里得到我想要的，而我不断推开你，推开你，根本不听你的话。我只想要你，我也不在意别人会说什么，甚至是你会说什么。”

她突然口干舌燥了起来，可是她还没来得及说些什么，凯莉回来了，端着杰斯的薯条和给克拉丽的几个盘子。克拉丽低头看着她点的东西。一份绿色的奶昔，看起来像是生的汉堡牛排，还有一盘蘸巧克力的蟋蟀。这没关系，她的胃纠结得太厉害，都想不起来吃东西。“杰斯，”女侍者一走，她就说，“你没有做错任何事。你——”

“不，让我说完，”他盯着他的薯条，似乎里面藏着宇宙的秘密，“克拉丽，我必须现在说，不然——不然我再也不会说的。”他的话像竹筒倒豆子一般，“我以为我已经失去了亲人。我不是指瓦伦丁，我是指莱特伍德家的人。我以为他们和我结束了。我以为我的世界里什么也没有了，除了你。我——我为失去的一切发疯，于是发泄到你身上，对不起。你是对的。”

“不。我很愚蠢。我对你很残忍——”

“你有理由那么做。”他抬起眼睛看她，这让她突然奇怪地想起四岁的时候在海滩上，风刮过来吹倒了她堆的城堡，于是她大哭起来。她的妈妈告诉她，如果她愿意的话，可以再堆一座，可是这并没有止住她的哭泣，因为她认为永恒的东西根本就不是永恒的，而只是用沙子堆成的，风一吹或水一打就消失了。“你说的是对的。我们不是在真空中生活或恋爱。我们周围有在乎我们的人，如果我们只跟随自己的感觉，他们会受到伤害，也许会被毁掉。如果那么自私，就意味着——意味着像瓦伦丁一样。”

他用如此决绝的语气说出他父亲的名字，克拉丽觉得有一扇门当着她的面啪的一声用力关上了。

“从现在开始我只做你的哥哥。”他说，看着她，满怀希望地期待她会感到高兴。这让她想要尖叫出来，他正在把她的心击成碎片，他必须住口。“这是你想要的，不是吗？”

过了好长时间她才回答，她自己的声音就像从非常遥远的地方传来的回声。“是的，”她说，然后耳朵里听到海浪冲过来的声音，眼睛似乎被沙子或者飞扬的盐粒刺痛了，“这是我想要的。”

克拉丽麻木地走在通往贝斯以色列医院宽大的玻璃前门的台阶上。从某种程度上说，她很高兴自己是在这儿而不是别的什么地方。她最想做的事情就是扑到妈妈的怀里大哭，即使她永远也无法向她的妈妈解释她为什么哭。既然她不能那么做，坐在妈妈的床边哭似乎不是最好的选择。

在塔基饭店她控制得相当好，甚至离开时还和杰斯拥抱说了再见。直到上了地铁，她才开始放声大哭，接着她发现自己在为还没有哭过的一切大声痛哭，杰斯、西蒙、卢克、她妈妈，甚至瓦伦丁。她哭的声音很大，以至于坐在她对面的男子给了她面纸，而她则向他大声喊叫，你以为你在看什么，混蛋？因为在纽约人们就是这么做的。那之后她感觉好些了。

她快到台阶顶时，发现有一个女人站在那里。她在裙子外面穿了一件长长的深色斗篷，不是你通常在曼哈顿街上看到的那种。斗篷是深色天鹅绒料子的，还有一个很大的风帽，风帽竖着，遮挡着她的脸。克拉丽环顾四周，发现医院台阶上和站在门边的人似乎没有一个注意到这个幽灵。那么，是魔力伪装。

她来到了台阶顶端，停在那里抬头看着这个女人。她仍然看不见她的脸。她说："好吧，如果你来这里见我，那就告诉我你想要什么。我现在对所有这些魔力或秘密的东西不太有心情。"

她注意到周围的人停下脚步，盯着她这个自言自语的疯女孩。她好不容易才压抑住向他们吐舌头的欲望。

"好吧。"这个声音很温柔，一种奇怪的熟悉感觉。这个女人抬手放下她的风帽。银白色的头发一下子散出来披在她的肩上。这是克拉丽曾经在大理石公墓盯着看的那个女人，同样是她在学院把他们从马利克的刀下救了出来。走近一些，克拉丽看到她的脸是那种过于尖利而不够好看的脸，虽然她淡褐色的眼睛热情而可爱。"我的名字是玛德莱娜，玛德莱娜·贝尔弗莱。"

"那……"克拉丽说，"你找我有什么事？"

这个女人——玛德莱娜——犹豫了一下。"我认识你妈妈，乔斯琳，"她说，"我们在伊德里斯是朋友。"

"你不能见她，"克拉丽说，"除了家人，她好转前不见访客。"

"可是她不会好转的。"

克拉丽感觉像被人在脸上扇了一记耳光。"什么？"

"对不起，"玛德莱娜说，"我并不是有意要让你难过。只是我知道乔斯琳怎么了，现在凡人的医院无能为力。她身上发生的事——是她自己做的，克拉丽莎。"

"不。你不明白。瓦伦丁——"

"瓦伦丁还没到她身边之前她就那样做了，这样他就无法从她嘴里得到任何信息。她是那样计划的。这是一个秘密，一个她只和另外一个人分享的秘密，而且她只告诉了一个人怎样才能解除魔法。那个人就是我。”

“你是说——”

“是的，”玛德莱娜说，“我是说我可以告诉你怎样唤醒你妈妈。”